U0096361

中國新聞史研究輯刊

初 編

主編 方漢奇

副主編 王潤澤、程曼麗

第12冊

記錄中國地方廣播電視發展軌跡的權威載體
——廣播電視志理論與實踐初探

劉書峰 著

花木蘭文化出版社

國家圖書館出版品預行編目資料

記錄中國地方廣播電視發展軌跡的權威載體——廣播電視志
理論與實踐初探／劉書峰 著 -- 初版 -- 新北市：花木蘭文化
出版社，2013〔民102〕
序 4+ 目 4+268 面；19×26 公分
（中國新聞史研究輯刊 初編：第 12 冊）
ISBN：978-986-322-303-0（精裝）
1. 廣播事業　2. 電視事業　3. 中國
890.9208　　　　　　　　　　　　　　　102012313

ISBN-978-986-322-303-0

9 789863 223030

中國新聞史研究輯刊

初　編　第十二冊　　　　　ISBN：978-986-322-303-0

記錄中國地方廣播電視發展軌跡的權威載體
——廣播電視志理論與實踐初探

作　　　者　劉書峰
主　　　編　方漢奇
副 主 編　王潤澤、程曼麗
總 編 輯　杜潔祥
出　　　版　花木蘭文化出版社
發 行 所　花木蘭文化出版社
發 行 人　高小娟
聯絡地址　235 新北市中和區中安街七二號十三樓
　　　　　　電話：02-2923-1455 ／傳真：02-2923-1452
網　　　址　http://www.huamulan.tw 信箱 sut81518@gmail.com
印　　　刷　普羅文化出版廣告事業
初　　　版　2013 年 9 月
定　　　價　初編 12 冊（精裝）新台幣 20,000 元
版權所有·請勿翻印

記錄中國地方廣播電視發展軌跡的權威載體
——廣播電視志理論與實踐初探

劉書峰　著

作者簡介

劉書峰，1978 年 3 月出生於山東省濟南市，漢族。2007 年畢業於中國傳媒大學電視與新聞學院，獲文學博士學位。現為中國傳媒大學中國廣播電視年鑒編輯部主任助理，副編審。兼任中國新聞史學會理事，中國廣播電視協會史學研究委員會理事，北京地方志學會年鑒工作委員會副秘書長。合著有《中國城市文化消費報告（廣州卷）》，發表《試論專業志與新史學的關係——以廣播電視志為例》、《中國早期民營廣播期刊〈無綫電問答彙刊〉研究》等論文多篇。主要研究方向為新聞史、廣播電視、文化產業等。

提　　要

　　本書共有六部分，分別是緒論、總覽篇、理論篇、實踐篇、續修篇以及附錄。緒論介紹了本研究的理論、實踐價值，就過去的研究進行文獻綜述，還概述了本書研究框架和方法。總覽篇回顧了廣播電視志編修的歷史和當前編修的概況。理論篇主要研究廣播電視志的基礎理論，包括廣播電視志的性質、特點和功能等。實踐篇分析了廣播電視志文本的編纂體例，並對廣播電視志的編纂組織管理體制進行了探討。續修篇對第二輪修廣播電視志的基礎理論、篇目設計和體制改革進行了探討，並從廣播電視志的載體、組織管理方式、內容與形式以及理論研究等方面對廣播電視志的創新提出了設想。附錄作為全文的最後一部分，收錄了對近些年出版的幾本廣播電視志的簡評、對曾經參與廣播電視志編修或對地方志及廣播電視志比較關注的專家的訪談記錄、幾部有關地方志編修的法規條例以及台港澳編修志書中有關廣播電視的情況等。

　　本研究以新史學的觀點探討了地方志續修的意義，就史志應用的方法進行了探索，如以「電視大學」為例，探討如何進行史志互正、史志互證和史志互補等。本研究還提出，廣播電視志理論研究和學科歸屬是廣播電視學。包括廣播電視志在內的專業志不是部門志，因此修志不應僅限於部門內部，而隨著社會的發展和科技的進步，廣播電視志的發展方向是數字化、網絡化與影像化。

序

　　盛世修志，是中國史學的一個傳統。中國大陸編纂廣播電視志是上世紀80 年代新興的一項專業史學活動，經過 20 多年的努力，成果頗豐。截至上世紀末，我所見到的省市縣級廣電志、臺志（包括未發表的志稿）已經有幾百種，其中第一輪省級廣電志已經全部出齊。然而，相對於欣欣向榮的志書編修活動及成果而言，當前對廣電志的使用及研究卻並不令人滿意，因此，本書作爲第一本以廣電志爲研究對象的專著問世，是令人欣喜的。

　　新聞傳播史的研究，不外乎通史、斷代史、專題史等幾個方面。其中斷代史、專題史的研究是通史寫作的基礎，沒有斷代史和個案的紮實研究，通史的研究就會很吃力。所以我一直希望有志於從事新聞傳播史學研究的中青年學者能夠在斷代史和專題史的研究上下更大力氣，取得更多成果。在史學研究中，對「中層理論」和「區域研究」的關注近年來引起了許多討論，對廣電志的研究從某種意義上說也與之有許多契合之處。當前，在更爲宏觀的通史研究和更爲具體的微觀地方志書個案研究之間，作爲中觀研究對象的廣電志不失爲廣播電視史學研究領域裏的一個較爲適當並具有一定理論價值的選題。而在實踐層面，第一輪廣電志的編修在取得了較爲豐碩的成果的同時也存在一定問題。其中有些問題是具有普遍性的，比如廣電志的篇目設置問題、某些記述內容的缺項問題，以及續修的模式問題等。從事廣電志編纂工作的人員也十分需要對廣電志的理論研究和全面總結，作爲其具體工作的指導和借鑒。因此，本書對廣播電視系統新一輪的修志工作也具有一定的借鑒意義。

　　廣電志是廣播電視史學活動的組成部分。作爲曾任中國廣播電視協會廣播電視史研究委員會的會長，我自廣電史研委會籌建起即參與其中，比較瞭解廣播電視編修史志的工作。自 1987 年廣電史研委會成立以來，已舉辦過的八次中國廣播電視史志研討會都把編修史志工作作爲研討要點之一，都有關

於廣電志工作的專項發言，都進行廣電志方面的新書展示，雖然這些討論的內容不一定很深入，但對推動廣電志編修工作還是起了一定作用的。1997 年 7 月，當時的廣播電影電視部田聰明副部長出席了第四次中國廣播電視史志研討會並講話，他還建議對已出版的廣電志開展評獎活動。田聰明對編修廣播電視史志的重視和建議受到了熱烈的歡迎，中國廣播電視協會也同意從第三屆廣電學術著作評獎起，將廣電志納入評獎範圍。到 2008 年，已有 20 餘部廣電志書在中國廣播電視學術著作評選中分獲一二三等獎項，有的省級廣電志還在全國志書的評選中獲獎。

正是有鑒於上述情況，經我提出並與劉書峰商定，將廣電志的研究定為他的博士論文選題。經過兩三年的努力，劉書峰於 2007 年完成了博士論文的寫作，並順利通過答辯獲得博士學位。本書正是在論文基礎上補充修訂而成的。

我認為本書有以下幾個特點：

第一，內容全面。本研究縱向梳理了廣電志的編修歷史，從理論上探討了廣電志的性質、特點和功能，從廣電志的體例和體制對廣電志的實踐問題進行了研究，對部分新修廣電志進行了評論，還收錄了新中國成立以來有關地方志和廣電志的相關法規文件。從歷史到現狀，從理論到實踐，從首輪到續修，從基礎到創新，從評論到法規，內容充實，材料豐富。

第二，材料嚴謹。史料是歷史研究的基礎，缺乏豐富的第一手史料，很難進行史學的研究，更談不上得出正確的結論。中國人民大學的方漢奇教授曾就史料問題說，現在的新聞史教材，並不是史料太多，而是史料不夠。因為史料不夠，有些似是而非的問題就得不到解決。廣電志的重要作用之一就是提供真實的廣播電視發展史料。本書作者查閱了所有已出版的 20 多種省級廣電志及部分市縣廣電志，收集到大部分有關廣電志研究的研究論文，參考了最新地方志的研究成果，同時通過實地調研與訪談，掌握了大量、可靠的第一手材料。全書在對待史料的態度上是比較嚴謹的。

第三，敢於創新。地方志是歷史的一種，本書從新史學的觀點出發，對廣電志的續修從內在理路和外在考察兩方面進行了研究。同時對廣電志的理論研究和實踐創新等方面進行了大膽而不失合理的設想和探索。論文從選題到論述都有一些創新點，比如對廣電志「是專業志而不是部門志」的看法以及由此而產生的對志書體例和編纂體制的要求的論述；比如以「電視大學」

為例，探討史志互正、史志互證和史志互補的史學研究方法的探討；比如以「新史學」的觀點探討地方志續修的意義；比如認為廣電志的理論研究和學科歸屬是廣播電視學的觀點；比如對廣電志數位化、網絡化與影像化的探索研究；以及建議由國家有關部門牽頭編修全國性廣播電視通志等，都具有一定創新意義，體現了作者的學術水平和創新能力。

本書在廣播電視史學研究領域雖然具有一定開拓性和創新性，但在很多方面還可以展開更進一步研究。比如在運用地方志的有關理論評析廣電志的成績與存在的問題時，還有待於進一步細化；對廣電志的理論價值和在廣播電視學學科體系中的地位與重要性應進一步闡釋；對廣電志的編修體制問題還可以提出更進一步的設想。

劉書峰是我指導的博士研究生中最年輕的一個，他敏而好學，積極上進。現在從事的工作廣播電視年鑒也與廣電史志有關，希望他在今後的工作科研中繼續關注廣電史志的有關課題，多向從事廣電史志編修工作的同志請教，以便向學術的更高階層邁進。

去年初夏之際，我第一次收到來自海峽彼岸的花木蘭文化出版社的信件，邀我為其推薦優秀博士論文由該社出版，並委託我向本校圖書館推薦購置該社的中國古典文史學術出版物。我自上世紀 90 年代初起，曾多次赴臺參加兩岸新聞與傳播學術交流活動，但該社的這種學術交流方式，尚屬首見。事關兩岸文化交流當屬幸事，我也樂於促成一二。先是將寄來的書目當面交給本校圖書館館長，請他們酌情購置。今逢收到該社第二次寄來書目之時，恰逢劉書峰前述著作付梓之際，故序之如上。祝願兩岸學術文化交流日益繁榮昌盛。

趙玉明

2009 年初春草成

2013 年改定

趙玉明為中國傳媒大學教授，曾任中國新聞史學會會長（現為名譽會長）、中國廣播電視協會廣播電視史研究委員會會長（現為顧問），現為《中國廣播電視年鑒》主編。

緒　論

一、問題的提出

　　盛世修志是我國的優良傳統，地方志是中華民族的寶貴遺產。廣播電視志的編纂工作，起始於 20 世紀 80 年代初，從 90 年代開始，進入廣播電視志的豐收時期。就省級（含自治區、直轄市）廣播電視志來說，各地的編纂情況很不一致：有的於 20 世紀 90 年代初就早早編修完首部志書，新一輪志書的編纂已經順利展開；有的首輪廣播電視志剛剛出版，還處於總結階段；還有的地方至今仍然沒有出版其首部廣播電視志。當前，我國地方志工作整體已經進入新一輪的編修，廣播電視志的首輪編修整體上也基本上已經完成，而學界、業界對廣播電視志的研究還比較薄弱，有必要對首輪修廣播電視志的情況進行全面徹底的總結和回顧。因此，本研究在廣播電視志的理論和實踐方面都有較爲突出的意義。

（一）理論意義

　　研究廣播電視志，對廣播電視史乃至新聞史的研究而言，都是有力的補充。在研究廣播電視歷史的四種體裁中，即通史、斷代史、專項史和地方史，當前以地方史的研究爲最弱。從上世紀 80 年代開始，各地開始編纂地方志，至 2006 年底，大部分省級廣播電視志都已經編纂出版。這些廣播電視志，都是由地方廣播電視部門牽頭，組織大量人力、物力、財力，歷時多年編纂而成，具有較高的存史價值。對於廣播電視史學乃至新聞史的研究，能夠起到

重要的補充、修正的作用。就廣播電視志的研究而言，從 1987 年起，中國廣播電視協會廣播電視史研究委員會（以下簡稱中廣協會廣電史委員會）成立以來召開了七次廣播電視史志研討會，對廣播電視史志的編纂和研究進行了研討和總結，並從 1998 年起把廣播電視志作爲學術著作進行評獎。在此之前，「中國廣播電視史座談會」於 1983 年 7 月在吉林省長春市舉行，會上明確提出修廣播電視志並進行討論的文章也有幾篇。除此之外，從 1993 年開始，中國新聞史學會主辦了兩屆全國地方新聞史志研討會，總結了含廣播電視志在內的地區新聞史志研究的成功經驗，推動了我國地方新聞史志的學術研究的縱深發展。另外，中國傳媒大學（原北京廣播學院）還有一篇專門研究廣播電視志的碩士論文。這基本是當前有關直接研究廣播電視志的全部。總體而言，對廣播電視志的研究還是非常薄弱的。而且我們可以注意到，在廣播電視史和新聞史的研究中，很少有學者引用廣播電視志的內容，這一方面可能是由於客觀條件限制，查找地方志比較困難，另一方面，也是由於對廣播電視志的研究比較少，學者們出於對志書作爲「官書」的敬畏和對其研究價值的懷疑，較少查找、引用廣播電視志的內容。因此，對地方廣播電視志理論和編修的全面評價與研究，是廣播電視史學研究的新課題，從某種意義上講具有開拓新的研究領域的價值。

研究廣播電視志，對專業志的研究也有重要的塡補空白的意義。當前，對地方志的研究較多，但就研究範圍而言，一般集中在對地方志的進行「概論」、「導論」等層次進行。對專業志的研究，就筆者目力所及，一般文章只是把「地方志」換成「專業志」然後展開論述，且有相當部分文章是停留在工作彙報、經驗總結層面上的，眞正結合具體專業的特性對志書進行深入的研究還不多。因此，對廣播電視志理論和編修的評價與研究，是地方志研究的重要組成部分，對專業志的研究有塡補空白的意義。

（二）實踐意義

研究廣播電視志，也具有較強的實踐意義。首先，首輪廣播電視志的編修取得了較爲豐碩的成果，但也存在一定的問題。其中有些問題是具有普遍性的，比如廣播電視志的篇目設置問題、某些記述內容的缺項問題，以及續修的模式問題等。其次，從事廣播電視志編纂工作的人員也十分需要對廣播電視志的理論研究和全面總結，作爲其具體工作的指導和借鑒。因此，本研究對廣播電視系統新一輪的修志工作具有一定的借鑒意義。

　　本研究對首輪廣播電視志的編修進行了全面的理論總結和反思，以首輪廣播電視志的編修實踐爲基礎對廣播電視史志的關係進行了較爲深入的闡述，並爲新一輪廣播電視志的編修和創新提出了可供借鑒和參考的方式和方法。本研究既有一定的理論基礎性，同時對實踐有一定的指導意義。本研究的難點在於：雖然廣播電視志只是一種專業志書，所反映的廣播電視歷史也不長，但廣播電視志屬於首次編修，沒有經驗的積纍，而且廣播電視的實踐豐富，涵蓋面廣，複雜性強，各地發展情況不均衡，搜集史料困難。因此，本研究必須既要對各地廣播電視發展的情況有總體的把握，又要對這些涵蓋時間和內容雖然大體一致，但具體特點、表現形式、側重點明顯不同的鴻篇巨著做出恰當的史學評論，駕馭起來有一定的難度。

二、文獻綜述

　　據統計，截至 2009 年 12 月，全國公開出版的省級廣播電視志已有 29 部，公開出版的地州市縣級廣播電視志有 17 部。總體上看，相對如此豐厚的志書成果而言，學界對廣播電視志的研究顯得比較薄弱，但也存在一定的基礎。第一，基礎理論充足，這主要是指方志學和廣播電視學；第二，對廣播電視志的研究已經從一般性的學習體會，開始走向縱深研究；第三，各地廣播電視志編修的實踐爲研究提供了大量而豐富的材料。由於廣播電視志橫跨廣播電視學和方志學兩方面，下面就這兩方面的有關研究情況作一綜述和評析。

（一）廣播電視學界

　　《中國廣播電視史志研討會專輯》（第一輯至第七輯），記錄了中廣協會廣電史委員會召開的廣播電視地方史志研討會的情況，並收錄了相關論文，對本選題有重要參考價值。

　　中廣協會廣電史委員會從 1987 年起，至今已經組織了七次全國性的廣播電視史志研討會，會後結集出版的共七輯論文集中，共有 88 篇有關廣播電視志的論文；在此之前，1983 年召開的「中國廣播電視史座談會」上明確提出修廣播電視志並進行討論的文章有 3 篇；除此之外，中國廣播電視出版社於 1992 年 3 月出版了新愚編的《聲屏史志文集》，其中廣播電視志部分共有文章 25 篇，多數是有關湖南省的文章，也收入了部分其他省同行的文章；另外，《中國廣播電視學刊》和《中國廣播電視年鑒》中也收入了幾篇有關廣播電視志的研究文章。以上共 121 篇文章（有六篇重複收入），主要包括

以下幾個方面：第一，有關廣播電視志編纂情況的工作總結；第二，結合本地廣播電視志工作進行的理論探討；第三，對已出版廣播電視志的回顧和理論綜述；第四，對有關廣播電視志的評論及相關文章等。除此之外，中國傳媒大學（原北京廣播學院）研究生徐暉明以《廣播電視志芻議》作爲其碩士畢業論文，並有一篇相關文章發表於《新聞春秋》（內部刊物）1994 年第 1 期。詳見下表：

表一：廣播電視志研究文章匯總表

類別\名稱	總結類	理論類	綜述類	評論及其它	合　計
第一輯〔註 1〕	2	9	0	0	11
第二輯	12	9	0	0	21
第三輯	4	7	1	0	12
第四輯	8	7	1	4	20
第五輯	7	2	1	0	10
第六輯	6	4	0	0	10
第七輯	3	1	1	0	5
中國廣播電視史座談會	0	3	0	0	3
聲屏史志文集	0	25（有四篇重複計入）	0	0	25
中國廣播電視學刊	0	0	3（有兩篇重複收入）	0	3
中國廣播電視年鑒	0	0	3	2	5
徐暉明	0	0	2	0	2
總計	42	67（有四篇重複計入）	12（有兩篇重複收入）	6	127（有六篇重複計入）

〔註 1〕此處第一輯爲中廣協會廣電史委員會召開的第一次中國廣播電視史志研討會專輯，下同。

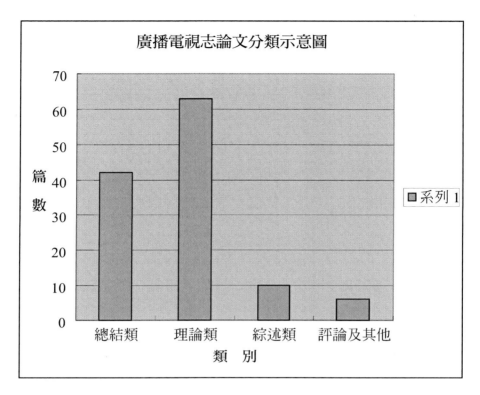

上表基本上涵蓋了近 20 年來有關廣播電視志編修和研究的所有文章（不含會議報告、會議總結、會議綜述）。分析上表可以看出，對廣播的編修和研究文章總共 121 篇，其中有關工作總結、彙報和基於廣播電視志編修進行的理論探討、總結兩類文章最多，分別為 42 篇和 63 篇，共占所有文章的 86.8%；對廣播電視志的編修進行綜合性的全面回顧和深度研究的文章 10 篇，約占所有文章的 8.3%；有關廣播電視志的評論及其他文章 6 篇，約占所有文章的 4.9%。就理論深度看，第一類文章以工作總結為主，理論水平一般；第二類文章一般都從各地編修實踐出發，對廣播電視志的某些方面進行理論探討，水平參差不齊；第三類文章理論水平相對而言是比較高的，但篇數比較少；第四類文章最少，水平也一般。而從所有寫作這些廣播電視志理論文章的作者來看，除極為個別的學者外，絕大部分是來自廣播電視志編修第一線的工作人員。

從 20 世紀 80 年代廣播電視志編纂工作開始，相關的研究就已經出現。當前已有二十多個省、自治區和直轄市出版了省級廣播電視志，地方志的編纂整體上也已經進入到第二輪修志工作中去，無論是外在環境和還是可供分析的志書都有了較大的變化。因此，在對廣播電視志理論研究進行總結和回

顧的時候，有必要對某些研究集中論述的幾個重要問題做出回應。

趙玉明教授於 1997 年 7 月 9 日在第四次中國廣播電視史志研討會上的發言《首屆編修廣播電視志進展評述》（以下簡稱「趙文」）中，曾單闢一節論述幾個帶有「共同性的問題」，認為「需要在總結經驗的基礎上作進一步的探討，以便有助於提高廣播電視志的水平。」〔註2〕趙玉明教授對當時已正式出版的共 12 個省、自治區的省級廣播電視志，進行了全面的回顧和深入的總結，在文中提出的問題有：關於廣播電視志單獨成卷的問題，關於民國時期廣播事業的入志問題，以及關於「宜粗不宜細」的問題。

第一，關於廣播電視志單獨成卷的問題。趙文認為，當時已經出版的 12 部省級廣播電視志有兩種模式，一種是廣播電視單獨成卷，另一種是廣播電視與報刊合為一卷。這兩種做法又以第一種居多。由於新聞宣傳只是廣播電視宣傳的一個組成部分，但如果把廣播電視與報刊並列，納入新聞志的範圍，勢必將廣播電視的許多內容捨棄，這顯然是不合適的。因此，應以廣播電視單獨成卷這種模式為宜。

當前，我們發現趙文之後出版的省級廣播電視志基本上都採用了第一種模式，即廣播電視單獨成卷。應該說，這種做法是符合廣播電視在社會中所處的地位和作用的實際的，應該在新一輪修志中繼續下去。諸葛計、梁濱久等方志學界的專家也持這種觀點：「《西峽縣志》，將報刊、廣播、電視三節，都歸於『新聞』章之內，屬歸類不當。」〔註3〕「《青田縣志》『新聞』的標題下含廣播、電視，是不妥的，應將其並列。」〔註4〕廣播電視的首要屬性是輿論工具、新聞媒體，但廣播電視同樣具有娛樂大眾、社會教育、經營收益等各方面的作用，如果將廣播電視簡單的收入「新聞志」當中，實際上忽視了廣播電視的其他重要特點，是不科學的。上海研究地方新聞史志的專家寧樹藩在接受筆者訪問時也認為，「當前新聞史的教學和研究應當向方志界學習，將報業、廣播電視等分開來研究。」〔註5〕進入新世紀，隨著國家廣播電影電視主管部門的管轄範圍的調整及其他一系列改革，部分新出版的廣播電

〔註2〕趙玉明：《首屆編修廣播電視志進展評述》，載《中國廣播電視史文集》（續集），北京廣播學院出版社 2000 年 1 月版，第 98 頁。

〔註3〕諸葛計：《續修志書中的「糾」字說》《中國地方志》2001 年 1～2 期，第 41 頁。

〔註4〕梁濱久：《讀〈青田縣志〉札記》，《梁濱久方志文集》，香港天馬圖書有限公司，1999 年 6 月版，第 37 頁。

〔註5〕引自本人 2006 年 7 月 24 日對寧樹藩教授的訪談記錄。

視志中又加入了電影部分的內容，如《天津通志‧廣播電視電影志》、《西藏自治區志‧廣播電影電視志》等，電影的內容也都在其中佔了一定比例。這樣，有了電影內容的廣播影視志就更應當單獨成志，而不是作為新聞志的一個組成部分了。

另外，雖然字數多寡不是衡量一部廣播電視志書水平高低的標準，但字數過多或過少都不合適。字數過少，必然內容單薄，反映不出本地區廣播電視的全貌和取得的成就。如《河南省志‧廣播電視志》，以約 5.6 萬字的篇幅涵蓋自 1934 年至 1987 年之事，歷經民國、新中國成立、文化大革命及改革開放等多個時期共 50 多年廣播電視發展歷程，其中必然有較多疏漏，造成較大的缺憾。當然，字數過多，則難免冗長，也不便於查找使用。中國地方志指導小組 1997 年發佈的《關於地方志編纂工作的規定》，針對志書越修越厚的趨勢，也明確規定：「志書的篇幅不宜過大，今後續修，字數要相應減少。」

第二，關於民國時期廣播事業的入志問題。趙文認為，人們對民國時期的廣播事業寫入志書中並無不同意見，問題是如何入志。趙文總結了 1997 年以前出版的省級志的三種寫法：一種如四川、黑龍江、雲南等省的寫法，將民國時期的幾種類型的廣播事業單列章節來寫，此後其他章節再不涉及解放前的廣播事業（包括宣傳）；第二種是如陝西省廣播電視志的寫法，在「概述」中記述解放前的國民黨辦的廣播電臺、解放前辦的廣播電臺的一般情況，爾後在各專業分述中仍相應介紹民國時期廣播電臺的相應情況；第三種如湖北省，國民黨廣播電臺、日偽廣播電臺的一般情況只在「概述」中略加介紹，廣播電視志的「專業分述」則從解放前廣播事業寫起。趙文認為第二種寫法比較符合志書的體例。除此之外，對民國時期幾種不同類型的廣播電臺的寫法也不同，有的是按時間順序寫，有的是按解放區的人民廣播電臺、國民黨廣播電臺、民間廣播電臺和日偽廣播電臺的順序來寫，趙文認為，以時間為順序的寫法比較適宜。

綜觀 1997 年趙文之後出版的廣播電視志，在記述民國時期廣播入志時，基本仍然以這三種寫法為主，但在《西藏自治區志‧廣播電影電視志》中，只記述了西藏解放之後的廣播，對解放前西藏的廣播情況絲毫沒有涉及，這屬於明顯的缺失，有關這一點在第四節中有詳細論述。

第三，關於「宜粗不宜細」的問題。趙文認為，總結建國以來廣播電視事業的歷史經驗，要以黨的《關於建國以來黨的若干歷史問題的決議》為指

導，既要認眞總結廣播電視事業取得的成就，也要深刻研究和總結那些嚴重的失誤。在編修廣播電視志的過程中，大家都感到總結成績相對好些，但在總結失誤的教訓時就比較難辦，於是來個「宜粗不宜細」，一筆帶過。趙文以反右派鬥爭爲例，認爲這種簡單地淡化失誤的做法是不可取的。《決議》中關於反右派鬥爭的評價是：既是完全必要的，但又犯了嚴重擴大化的錯誤。從廣播系統來講，這個原則也是適用的。就廣播系統來講，關於反右派鬥爭方面的問題，一是宣傳了反右派鬥爭擴大化的錯誤，助長了擴大化；二是在本系統內部開展的反右派鬥爭中錯劃了一批「右派分子」。而如何記載這一史實也有三種方式，一是如雲南、吉林等，既比較實事求是地記載了反右派鬥爭的必要性，又指出了存在的擴大化的問題，符合《決議》精神。第二是有的志書只記載了有關宣傳報導情況，讀了卻看不出宣傳反右派鬥爭擴大化的錯誤，甚至還可能會讓不瞭解這段歷史的人誤認爲反右派鬥爭是「正確」的。第三種則是對反右派鬥爭略而不提，給人的印象是該地區既沒有宣傳過反右派鬥爭，也沒有開展過反右派鬥爭。總的來說，廣播電視志不能迴避諸如反右派鬥爭、「大躍進」宣傳和「文革」災難對廣播電視系統帶來的消極影響，應恰如其分的進行記述。

總的來看，當前所有出版的省級廣播電視志，對「宜粗不宜細」的理解仍然有很大不同，對上述三個問題的記述方式也有不同。「歷次政治運動都是特定條件下的重大歷史事件，它涵蓋的內容多、持續時間長、鬥爭激烈複雜，對國家的政治、經濟、思想文化、社會生活都有深刻的影響，不寫清楚主要政治運動的情況，就不能說清楚這個時期的歷史和社會的變遷。」〔註6〕當然，廣播電視志不是政治志，對有關政治運動應結合廣播電視本身的特點，以及對廣播電視本身的影響來記述。對反右派鬥爭情況的記述，各地情況不一。總得來看，只有雲南、吉林、新疆、福建、江西、江蘇、上海、陝西、湖南、黑龍江、天津以及四川、青海、湖北等記述了反右派鬥爭的情況。其中，有的志書記載的比較實事求是，如雲南、吉林、新疆、福建、上海、江蘇、陝西、天津等，或既對反右派鬥爭必要性的宣傳給予肯定，又指出其存在的擴大化的問題；或直接記述當地有多少名錯劃右派以及何時平反，有的還直接記載了錯劃爲右派的名單。當然，也有的志書記述反右派鬥爭問題

〔註6〕中國地方志指導小組辦公室編：《新方志糾錯百例》，方志出版社2003年9月版，第232頁。

存在「態度模糊」的問題，這在下一節中有專門的論述。而接近一半的志書沒有記述廣播電視系統反右派鬥爭的情況，既沒有記述對反右派鬥爭的宣傳，也沒有記述廣播電視系統內反右派鬥爭的情況，更不要提反右派鬥爭及嚴重擴大化對廣播電視的影響。有關「大躍進」問題，大部分省級廣播電視志都有記載，能夠記述廣播電視對「大躍進」的宣傳和廣播電視自身在「大躍進」中的發展。如對「廣播大會」這一特殊時期出現的特殊宣傳方式的來龍去脈進行了適當的介紹等。對於「文化大革命」，由於這段時間較長，幾乎占大部分廣播電視志記載內容的五分之一或六分之一，而且「文化大革命」對廣播電視的影響也比較大，因此所有的廣播電視志中都有相關記載。但是，記載的水平如何，是否恰當的反映了歷史事實，各廣播電視志卻是有明顯不同的。一般的說，較早出版的廣播電視志有關「文化大革命」的記載水平不如較近出版的；總字數較少的廣播電視志有關「文化大革命」的記載水平不如總字數較多的。如上世紀 90 年代中期及以前出版的湖北省、山東省、河南省、河北省等廣播電視志，不但總字數較少，有關「文化大革命」的記載字數更少，基本上是一筆帶過，不作具體的記述。對廣播及電視受林彪、江青反革命集團控制，錯誤地進行宣傳工作以及事業建設受到的影響，或語焉不詳，或片面絕對，不能真實的反映情況。應該說，對反右派鬥爭、「大躍進」宣傳和「文革」災難記述的如何，基本上可以反映廣播電視志編纂者的基本態度和認識水平，可以當作評價該部志書質量高低的重要標準之一。

除此之外，還有很多文章對體例篇目問題進行了研究，如陸原的《從廣播電視專志篇目談起》、《廣播電視志體例管窺》，鄭成貴的《如何提高廣播電視志的編纂質量》，王允淵的《擬定篇目是關鍵》，孫炎上的《關於篇目設計的教訓與體會》，易瑞麟的《市級廣播電視專業志篇目和章法初探》等，都十分詳細的結合本地修志實踐，對適合當地情況的廣播電視志篇目和體例進行了研究。總的來看，由於所反映的內容各有地方特色，篇目設置既應當遵循一定的規律，但也不能拘泥於某一特定形式。

另外一些文章對修志的體制和在實踐中的種種問題進行了探討和論述，但多數集中在「修志需要領導重視」、「領導重視是修志工作成功的關鍵」這個層面。這種觀點確實是當前修志工作的現實情況，但從理論上看沒有真正涉及到修志體制的根源。

還要特別提出的是，方漢奇先生、寧樹藩先生的有關新聞史的研究回顧、

綜述和專門研究、評論地方新聞史志的文章，以及向純武的《地方新聞史研究芻議》等論文，也就地方新聞史志的研究進展和理論進行了探討，對廣播電視志的研究有一定借鑒意義。而方漢奇主編的《中國新聞事業通史》（三卷本）、趙玉明主編的《中國廣播電視通史》（2004 年）等全面勾勒了新聞傳播事業和廣播電視在中國的發展歷程，對本研究起到一種背景支撐作用。

（二）方志學界

對於方志學界來說，廣播電視志不過是地方志書中專業志的一種，很少有專文進行研究和論述。但隨著我國方志事業的蓬勃發展，地方志理論的研究取得了很大的成績，是廣播電視志研究重要的基礎理論。從史、論和編纂等角度而言，以下三本著作及期刊最值得研究和借鑒。

1. 諸葛計著《中國方志五　年史事錄》，方志出版社 2002 年 12 月版。

著者諸葛計為中國地方志指導小組辦公室原主任、《中國地方志》雜誌原主編。他的這本《中國方志五十年史事錄》為編年體當代中國方志史，較為全面、系統地記述了 1949～2000 年中國地方志史事，全面總結了新中國建立以來兩次大規模的修志工作，對港、澳、臺地區修志史事及海峽兩岸的合作與交流也作了較為詳細的反映，對開展新一輪志書的編修有較大的參考價值。本書對方志編纂和方志理論探索中出現的一些新事物、新做法、體例上的創新，以及新觀點和新理論的提出、爭辯和形成，均有詳細的介紹。特別是對已出版的新志書，凡在體例和觀點上有所創新，地方特點、時代特點和專業特點突出，或有珍稀史料發掘和出版後引起較大反響者，均予以列出，以勾勒 50 年來中國方志事業之全貌。一些條目之下所加的「按語」，更體現了作者對該問題的研究、探索所得，極具獨到見解。

2. 　修　著《方志學通論》（修訂本），方志出版社 2003 年 10 月版。

著者倉修良教授為浙江大學歷史系教授，中國歷史文獻研究會副會長、學術委員會主任委員，中國方志協會學術委員。主要學術成果有《中國古代史學史簡編》、《章學誠和〈文史通義〉》、《章學誠評傳》（兩種）等。本書從方志的起源談到當前新一輪志書的修纂，再次廓清了我國方志發展的歷史及發展規律。作者對新中國成立後五六十年代和八十年代興起的兩次修志大潮進行了整理、研究，尤其對第一次修志概況的挖掘極具存史價值，對當前新一輪志書修纂過程中的「修」和「續」等問題也提出了自己的見解。該書論證嚴謹，資料翔實，創見迭出，填補了研究的空白，有很高的學術價值。

3. 梅森著《方志學簡論》，　　　書社 1997 年 11 月版。

　　著者梅森編審現爲上海市地方志辦公室方志處處長、上海市地方史志學會秘書長、《上海志鑒》雜誌副主編，曾在安徽省志辦工作，並參與編修安徽省地方志。本書包括方志基本理論和研究的基本方法、方志編纂學、方志批評學與方志評論三編。方志基本理論主要論述的是方志學與馬克思主義哲學的關係、方志性質、方志學研究的基本方法；另外方志發展史包括編纂史和方志學研究史等等。方志編纂學凝結了作者十多年來的實踐經驗，同時分析了方志編纂學在方志學學科建設中的地位和作用，方志編纂的具體要求和方法等等。而方志批評學與方志評論包括它的功能和指導思想，包括評論的標準等等；同時收錄了作者的評論文章。書末還選錄了作者起草的認爲具有學術和專業價值的業務文件規定和報告。總的來說，本書理論與實踐相結合，對實踐的指導意義尤爲突出。

4.《中國地方志》雜誌

　　《中國地方志》是由中國社會科學院主管、中國地方志指導小組主辦的國內外公開發行的學術性刊物，作爲全國史學類核心刊物之一，它的任務是堅持以馬列主義、毛澤東思想、鄧小平理論和「三個代表」重要思想爲指導，貫徹執行中國地方志指導小組的工作方針，宣傳國家關於地方志工作的政策法規；溝通中央和地方方志工作及海內外同類書刊編纂信息；進行方志學術探討爭鳴，交流方志工作經驗教訓，推進方志理論和實踐的發展。

　　有關方志學的著作和文章非常多。從章學誠的《文史通義》，到梁啓超的《清代學術概論》、《中國近三百年學術史》、《說方志》等都對方志學有經典的論述，對本課題的研究起到重要的背景和基礎作用。而新中國成立後，尤其 80 年代以來，有關地方志的學術期刊和著作有很多。但由於在方志學界的研究視野裏，廣播電視志只是專業志中的一種，很少有文章直接涉及到廣播電視志的編修和研究，所以這裏只就新中國地方志編修和研究的歷史以及方志學理論兩方面的最新的代表著作進行評介。

　　以上從廣播電視史學和方志學兩個向度對有關廣播電視志的研究進行了介紹。應該說，對廣播電視志的研究既不是無本之木，但也存在明顯的問題。這裏可以借用李彬教授對新聞傳播史研究範式轉換的有關論述來進行審視：「一是從微觀的考據向宏觀的把握轉換，二是從表象的觀察向深層的透視轉換，三是從事實的描述向意義的闡發轉換。一句話，由『史實』與『學

術』層面，向『義理』與『思想』層面轉換，由此形成一種新的研究範式。」
〔註7〕確實，以上所分析的所有有關廣播電視志的研究，都不同程度的存在
研究範式亟待轉換的問題。本文力圖通過對廣播電視志外在理路和內在脈絡
兩條線的研究，在研究的深度和厚度上有所拓展和加強。同時本選題將在上
述成果基礎上，重點採取文獻研究法及統計分析、個案研究、比較分析、調
查訪問等方法，將廣播電視志的研究進一步細化、深化和系統化，進而形成
一個較為獨立和完整的體系。

三、研究框架和方法

（一）研究

本文除本緒論外，還有五部分。第一部分總論篇，回顧了廣播電視志編
修的歷史和當前編修的概況；第二部分理論篇，主要研究廣播電視志的基礎
理論，包括廣播電視志的性質、特點和功能等；第三部分實踐篇，從廣播電
視志編修實踐的角度，主要研究廣播電視志的編纂體例和體制問題；第四部
分續修篇，對第二輪修廣播電視志的基礎理論、篇目設計和體制改革進行了
探討，並從廣播電視志的載體、組織管理方式、內容與形式以及理論等方面
對廣播電視志的創新提出了設想；最後一部分收錄了對最近出版的幾本廣播
電視志的簡評，對曾經參與廣播電視志編修或對地方志及廣播電視志比較關
注的專家的訪談記錄以及幾部有關地方志編修的法規和條例。

需要指出的是，限於篇幅和資料，本文主要研究中華人民共和國境內除
臺灣、香港、澳門三地之外的地方廣播電視志。對各種廣播電視臺志、部門
志以及臺灣、香港和澳門地區同時期的修志情況基本不涉及。有關臺港澳地
區的編志情況在附錄中有專文簡單說明。

（二）研究方法

杜維運在其《史學方法論》中指出：「將所有的史學方法，分成科學的、
藝術的、哲學的三種，大致是符合實際的。不過，當此類外來的方法為史
學家採用以後，不但其本來的特性消失了，其獨立性也不見了，它變成了
史學方法的一部分，與其他史學方法相呼應，相輔翼。所以史學家不能以
採用了任何一種外來的方法自豪，而摒拒應用其他方法；同時不論是記錄
當代事，或是研究單獨問題，或是撰寫通史、斷代史、專門史，皆須應用

〔註7〕李彬：《全球新聞傳播史》，清華大學出版社2005年8月版，第6頁。

一整套史學方法，不能從其中零星摘取。有整體性的東西破裂了，其價值也就煙消霧釋了。」〔註8〕採用什麼樣的研究方法，應當以研究課題對象決定。本研究以廣播電視志的理論和編修為研究對象，在具體的操作中以文獻研究法為主，同時採用了較多其他學科的研究方法，如統計分析、個案研究、比較研究、調查訪問等。「科學的測驗證據的方法，科學的直接觀察的方法，科學的完密健全的歸納方法，科學的細密分析、精確比較、清晰討論的方法，科學的促使頭腦深於邏輯、思緒趨於冷靜、辯難合於系統的方法，毫無疑問的對於歷史研究，都大有裨益。」〔註9〕現就本研究的主要研究方法總述如下

第一、文獻研究法（Textual Research）

對歷史的研究而言，第一手資料是最為珍貴的。本文的研究對象是廣播電視志，並以已出版的省級廣播電視志為主。本研究收集到的材料主要有：1. 所有已出版的省級廣播電視志；2. 部分已正式出版的市、縣級廣播電視志和志稿；3. 部分省級新聞志、出版志。

其他的研究文獻還包括：1. 中國廣播電視協會廣播電視史專業研究委員會召開的史志研討會的所有文件、論文集——《中國廣播電視史志研討會專輯》（第一輯至第七輯）；2. 有關地方志發展史和地方志理論的學術專著和論文；3. 地方志網站及有關網絡上的資料；4.《重修臺灣省通志》廣播電視部分。

對上述文獻資料進行搜集整理後，通過統計分析，內容分析，比較分析等多種方法進行分析。

第二，　計分　（Statistic Analysis）

除了緒論中對所有有關廣播電視志研究的文章的統計以外，本文還對已出版的省級廣播電視志、開通地方志網站的省級行政單位，以及在地方志網站上收入廣播電視志的省級行政單位進行了統計分析。通過數字比較，能夠更加直觀地說明問題。

第三，　　研究（Comparison Research）

本研究較多的採用了比較分析法。比較分析有利於理解和看出歷史現象之間的聯繫和區別。「科學地認識與理解歷史比較研究的客觀基礎，對於探討

〔註 8〕 杜維運：《史學方法論》，北京大學出版社 2006 年 5 月版，第 7～8 頁。
〔註 9〕 杜維運：《史學方法論》，北京大學出版社 2006 年 5 月版，第 41 頁。

和確定歷史比較研究的原則、類型與具體方法，都是很有意義的。」〔註 10〕
廣播電視的史志對比是本研究的難點之一，通過結合廣播電視史志具體情況
的研究，能夠釐清廣播電視史和廣播電視志在各個層次上的區別和聯繫。本
研究對省、自治區、直轄市的廣播電視志和記載廣播電視內容的新聞史著作
進行了全面深入的對比，通過實例充分說明了史志的異同。

第四，調查訪問（Investigation）

本研究具有很強的現實性，因此深入實際、進行調研的方法就顯得尤為
重要。在研究過程中，筆者曾在北京、湖南、上海等地進行了調研，調研對
象有中國地方志指導小組及方志出版社的有關原任和現任負責人；有參與首
輪、新一輪和兩輪皆參與了的廣播電視志、新聞志編修人員，其職務包括主
編、一般搜集材料的人員以及原編輯部成員等；還有地方史志辦負責專業志
編修、規劃以及負責網站建設的同志。所有訪談均有記錄。同時，筆者在香
港進行學術交流時還參觀了香港歷史博物館。該館開辦的「香港故事」展覽，
在某種意義上是香港地方志的圖志版或影像版。

「史學方法是歷史認識過程中主客體經由中介到統一的具體手段、工
具、規則、程序，是歷史研究所面對的材料通向所要達到的目標的整個操作
系統，它的科學化是整個歷史研究科學化的可靠保證。」〔註 11〕「正是堅信
科學的態度和方法有可能應用於人類社會的研究，才是一般的社會科學，尤
其是社會學和人類學，對那些試圖擺脫由於拘泥於歷史主義而陷入困境的歷
史學家做出的主要貢獻。」〔註 12〕本研究對史學方法、社會學方法等的綜合
運用，力圖使本研究更富立體感，努力使本研究做到科學思維、藝術思維和
哲學思維的相結合。

〔註10〕 姜義華、瞿林東、趙吉惠：《史學導論》，復旦大學出版社 2003 年 8 月版，第
148 頁。
〔註11〕 姜義華、瞿林東、趙吉惠：《史學導論》，復旦大學出版社 2003 年 8 月版，第
115 頁。
〔註12〕 〔英〕傑弗里・巴勒克拉夫：《當代史學主要趨勢》，楊豫譯，北京大學出版
社 2006 年 10 月版，第 63 頁。

總　覽　篇

第一章　廣播電視志的編修概況

　　地方志是我國文化遺產中非常寶貴的組成部分，爲研究我國各地各方面的情況提供了很多寶貴的材料。所謂地方志，是指全面系統地記述本行政區域自然、政治、經濟、文化和社會的歷史與現狀的資料性文獻。編修地方志是我國民族文化中一個優良傳統，也是中華民族所特有的文化形式。

　　從二十世紀八十年代起，廣播電視志作爲新修地方志當中的專業志，在全國範圍展開了首輪的編修。20 多年來，在各地史志辦的指導以及廣播電視主管部門的直接領導下，廣播電視志的編修和研究取得了巨大的成績，培養了一批敬業負責的廣播電視志編纂人員、出版了一批具有較高水平的廣播電視志、出現了部分有一定研究水平的有關廣播電視志理論和編纂的學術成果。當然，廣播電視志的編纂和研究也存在一定的問題，無論是外部環境還是實際的編纂、研究狀況，都還有待於進一步的提高。

第一節　廣播電視志編纂、研究的歷程

　　廣播電視志的編纂和研究從一開始就是聯繫在一起的。廣播電視本身的發展歷史較短，廣播電視志也是第一次編修，在地方志書中算是一個新鮮事物，因此廣播電視修志者是在邊學習修志理論，邊進行修志工作。

一、廣播電視志的萌芽（1958～1966）

　　中國地方志編修事業的歷史源遠流長。新中國成立以來，黨和政府一直十分重視地方志的工作。1954 年 9 月，在第一屆全國人民代表大會第一次會議期間，郭沫若、馬寅初等著名學者和山東省代表、山東省教育廳副廳長王

祝晨等，建議「早早編修地方志」。在毛澤東主席的親自關懷和倡導、周恩來總理的直接支持與指導下，1956 年，編修地方志的任務作為 20 個重點項目之一被列入了國務院科學規劃委員會制定的《十二年哲學社會科學規劃方案》。為了避免各地修志各自為政，由中國科學院哲學社會科學部和國家檔案局在當年聯合成立了中國地方志小組，這是統一指導全國修志活動的專門機構。據國家檔案局統計，到 1960 年，全國有 20 多個省、市、自治區的 530 多個縣開展了新編地方志工作，其中完成志書初稿的有 250 多個縣，正式出版的有 30 多部。

　　新方志的編纂是隨著新中國政治形勢的逐漸穩定和國民經濟的逐步恢復好轉開展起來的，編修廣播電視志則是有史以來的第一次。在這段時間裏，廣播正在通過有線、無線等各種方式逐步普及，電視則剛剛出現，基本上是由廣播部門代管的。因此，從發展狀況來看，廣播電視在這段時期還沒有單獨形成志書的條件。有些地方志中包含了廣播方面的內容，而電視則基本沒有涉及到。比較早收入廣播方面內容的志書是北京和甘肅。「北京市於 1958 年開始修市志，其中之地質、植物（上冊）、郵電、航空、林業、財政金融、歷史、人物傳、自然地理、氣候、市政建設、新聞、報刊、廣播、戲劇、電影、工藝美術、文物、音樂、宗教、風俗習慣等 21 篇完成。」〔註 1〕「1959 年 3 月 7 日，中共甘肅省委宣傳部關於編寫《甘肅新志》的意見，成立以省委第一書記張仲良為主任、書記處書記霍維德、高健君為副主任的甘肅新志編纂委員會，由省委宣傳部組織人力編寫《甘肅新志》。經過兩年多的努力，完成志稿有：《甘肅新志·文化藝術志》（由省委宣傳部文化藝術志編寫小組編成），包括報紙、廣播、出版、歷史文物、戲劇電影、音樂舞蹈、美術、文藝隊伍、文學等 9 編。」〔註 2〕遼寧省撫順市清原縣這段時間內編纂的《清原縣志》在第六篇文教衛生中，也記述了廣播站、報刊、雜誌、新聞等的內容。〔註 3〕

　　從 50 年代開始的修志工作，至「文化大革命」中全部中斷。雖然這段時間不長，修成的志書（稿）大多也還比較簡略，但應對這段修志工作進行全面的認識和評價。如中國地方志指導小組辦公室原主任、《中國地方志》雜誌原主編諸葛計就提出應正確地認識這一階段的工作，他發現「有的人認為那

〔註 1〕巴兆祥：《方志學新論》，學林出版社 2004 年 6 月版，第 206 頁。
〔註 2〕諸葛計：《中國方志五十年史事錄》，方志出版社 2002 年 12 月版，第 18 頁。
〔註 3〕巴兆祥：《方志學新論》，學林出版社 2004 年 6 月版，第 209 頁。

是一次不成功的嘗試。有些甚至是一些在志界頗有影響的人士，不瞭解情況，也信口地說當時修出來的志書基本上是廢品。」〔註4〕實際上，這段時間修成的志書或志稿，雖然存在這樣那樣的缺點，但使我國的修志傳統得以繼承，爲80年代重新開始的修志打下了基礎，提供了經驗。廣播電視在這段時間內發展雖然也比較迅速，但整體上看還處於剛剛起步的發軔期，因此沒有單獨成志的條件，但有部分省市也在志稿中收入了廣播的內容，爲此後首輪修廣播電視志的工作打下了一定的基礎。總體而言，此段修志工作起到了承前啓後的作用。

二、廣播電視志的單獨出現與迅速發展（1979～2001）

　　中共十一屆三中全會後，新編地方志工作再次掀起高潮。全國組織10餘萬人，其中專職人員2萬餘人，普修省、市、縣三級志書，計劃出版志書總字數在50億左右，這其中包括編修廣播電視志在內的各種專業志。

　　1979年5月1日，山西省臨汾市李百玉就《縣志應當續訂》投書給中共中央宣傳部和《光明日報》社，建議恢復地方志編纂工作。7月9日，時任中共中央秘書長兼中央宣傳部部長的胡耀邦批示：「大力支持在全國開展修志工作。」同年8月8日，湖南省革命委員會發文決定省志編纂委員會恢復工作，繼續編輯《湖南省志》。這是「文化大革命」後，最先恢復省級修志工作的。1981年，中國地方史志協會成立，召開了有史以來第一次全國性地方史志的學術會議，對推動地方史志的工作起了很大作用。1983年4月，中央批准恢復組建中國地方志指導小組，並由國務院委託中國社會科學院代管。在此前後，全國除港、澳、臺以外的省、市、縣三級，普遍由當地主要領導牽頭組建地方志編纂委員會，並將其編入政府序列，成爲具有行政職能的工作機構。1985年4月，中國地方志指導小組通過《新編地方志工作暫行工作規定》，1997年5月，通過《關於地方志編纂工作的規定》，這些規定參考了傳統修志的經驗，總結了新修方志的經驗和教訓，對新修方志有一定的推動作用和約束力。1996年召開的第二次全國地方志工作會議提出，在2000年完成首輪修志工作，並著手開展續修準備，同時倡議加強方志理論研究。隨後，中國地方史志協會、中國地方志指導小組及各地的方志機構組織主辦了多次學術研討會並出版論文集，爲培養隊伍、提高認識、解決分歧起到了很好的作用。

〔註4〕諸葛計：《中國方志五十年史事錄》，方志出版社2002年12月版，第17頁。

80 年代開始，中國的廣播電視進入了一個飛速發展的時期，在宣傳工作和事業建設方面都取得很大的進展和成績。尤其在第十一次全國廣播電視工作會議上決定實行「四級辦廣播、四級辦電視、四級混合覆蓋」方針後，充分調動了地方辦廣播、電視的積極性，同時促進了廣播電視事業建設的調整和改革，對推動中國廣播電視事業發展發揮了關鍵性的歷史作用。「對廣播電視的事業建設方針作這樣的調整、改革，目的是爲了調動地方各級政府和社會各方面辦廣播電視的積極性，充分吸收地方機動財力，加快廣播電視的發展步伐。」〔註5〕廣播電視成爲我國重要的宣傳輿論工具和人們獲取信息的重要來源。

年	廣播電臺（　）	率	電視臺（　）	率
1978	93	68.3	32	68.4
2000	296	92.08	354	93.41

資料來源：《中外廣播電視百科全書》，中國廣播電視出版社，1995 年 1 月版；《中國廣播電視年鑒》（1986 年度，2001 年度），北京廣播學院出版社、中國廣播電視年鑒社。

廣播電視的迅速發展，爲廣播電視單獨成志打下了物質基礎。首輪修志工作啓動之初，各地紛紛開始廣播電視的修志工作。據不完全統計，最早正式出版的廣播電視志是《四川省自貢市廣播電視志》，1990 年 2 月由四川辭書出版社出版，24 萬 3 千字，記載內容上下年限爲 1947～1985 年。最早出版的省級廣播電視志是《吉林省志・新聞事業志・廣播電視》，1991 年 10 月由吉林人民出版社出版，32 萬字，記載內容上下年限爲 1932～1985 年。截至 2000 年底，全國已有 21 個省級行政區正式出版了省級廣播電視志，另有 13 個縣市區也出版了廣播電視志。這段時期既是廣播電視大發展的時期，也是廣播電視志大發展的重要時期。

在廣播電視志歷時二十幾年的編纂過程中，中廣協會廣電史委員會發揮了重要的作用。雖然廣播電視志都是由各地廣播電視部門根據各地史志辦的統一要求自行組織編纂，但作爲全國性的廣播電視史學研究組織，他們認爲有責任也有必要就各地展開的廣播電視志編修工作進行經驗交流和理論研討，以推動這一廣播電視史學活動的發展，提高各地廣播電視志編修水平。

〔註 5〕趙玉明：《中國廣播電視通史》，北京廣播學院出版社 2004 年 1 月版，第 383 頁。

從 1987 年在大連舉行第一次中國廣播電視史志研討會以來，中廣協會廣電史委員會召開的每次研討會中都有廣播電視志編纂交流的內容，全國各地編纂廣播電視志的人員能夠有機會聚集在一起交流編史修志的心得體會，展出各地廣播電視志的最新編修成果，並通過相互交流和互相促進，提高廣播電視志編修水平。每次學術會議後，中廣協會廣電史委員會都出版一本學術論文集，除每次會議的主題外，廣播電視志編纂交流方面的內容都佔有一定的比重。而且陸續將出版的省級和部分地市級廣播電視志的目錄刊登在上面，為有關廣播電視志的學術交流、經驗總結、理論探討保存下珍貴的資料。除此之外，中國廣播電視學會史學研究委員會在其舉辦的學術評獎中也將廣播電視志列入其中。截至 2003 年 10 月，共有一篇廣播電視志方面的論文和 17 部省、市廣播電視志在中廣協會廣電史委員會廣播電視學術論文評選和廣播電視學術著作評選獲獎。而在 1997 年由中國地方志指導小組舉辦的全國地方志評獎中，《雲南省志‧廣播電視志》更是獲得了一等獎。這既說明《雲南省志‧廣播電視志》在全國各級各類地方志中相比較而言，也同樣具有較高的水平；同時，這種肯定也代表了廣播電視志在地方志系統中所受到的重視。

三、廣播電視志的持續發展（2001 至今）

　　進入 21 世紀，第二輪修志工作陸續展開。2001 年 12 月 20 日～21 日召開的全國地方志第三次工作會議，實際上是全面啟動新一輪修志工作的動員部署大會。為了指導和推動第二輪修志健康、有序地開展，提高第二輪修志工作水平，2006 年 5 月 18 日，國務院總理溫家寶簽署了第 467 號國務院令公佈《地方志工作條例》，為新一輪修志工作指明了方向。

　　進入新的世紀，我國廣播影視事業也進入到一個至關重要的發展階段。新世紀以來，廣播影視工作的輿論導向正確、引導有力；安全播出工作得到了進一步的加強；事業建設和產業發展速度進一步加快；管理工作也得到了進一步加強；廣播電視隊伍和作風建設也得到了加強。〔註 6〕然而，隨著改革開放的不斷深入，社會主義現代化建設事業的蓬勃發展，廣大人民群眾的精神文化需求也日益旺盛和豐富多彩。人們對廣播電視的要求越來越高。隨著開放的擴大，對外交流的增多，西方的文化理念、價值觀念、政治意識等越來越多的傳入到中國社會，而隨著新技術的發展，我國廣播影視與西方傳媒相比在技術上

〔註 6〕　《王太華在全國廣播影視局長會議上的講話》，載《中國廣播電視年鑒》（2006），中國廣播電視年鑒社，2006 年 10 月版，第 6～8 頁。

顯得也比較落後，實力上相對弱小，這也迫切需要廣播電視深層次的改革。總體而言，當前廣播影視隊伍的素質、水平、能力同社會的需求和外在環境的發展還很不適應，廣播影視節目還遠遠滿足不了小康社會人民群眾對精神文化的需求，廣播電視事業還需要更深層次的體制、機制改革。進入新的世紀，我國將逐步由廣播電視大國邁向世界廣播電視強國的行列。這些情況還沒有進入到首輪修志的內容中去，但這是新一輪修志所處的直接的外在環境。在各地的續修中，新世紀廣播電視的新發展將在以後的續修中佔有重要位置。

　　進入 21 世紀，廣播電視志的編修出版情況進展不一，首輪廣播電視志早已修完的省份大部分已經進入到第二輪修志中，有的甚至已經進入總纂、定稿階段，如湖南省、上海市等；有些省份剛剛出版了第一輪廣播電視志，如福建省、內蒙古自治區、天津市、北京市、西藏自治區等，還處在對首輪廣播電視志進行總結的階段；還有些省級行政單位由於種種原因，首輪廣播電視志還未編纂正式出版，如重慶市、海南省、寧夏回族自治區等。（其中重慶市、海南省由於單獨建制較晚，其廣播電視內容已經分別編入《四川省志·廣播電視志》和《廣東省志·廣播電視志》中。海南省建省之後，《海南廣播電視志》從 1990 年開始編寫，1999 年 4 月決定納入《海南文化志》中作為一個分編，仍由海南省文化廣電出版體育廳牽頭組織編寫，現書稿已基本完成。）

　　在回顧廣播電視志編修和研究的歷程時，應就有關分期問題加以特別說明。本文將廣播電視志的發展分為三個階段：廣播電視志的萌芽（1958～1966）、廣播電視志的單獨出現與迅速發展（1979～2001）、廣播電視志的持續發展（2001 至今）。在第一個階段，由於廣播電視自身的實踐較少，沒有單獨成志，但「它代表方志發展的一個特定的歷史階段，這是任何人也無法否定的」。〔註 7〕因此認為這段時間是廣播電視志的萌芽期應該沒有很大問題。對第二和第三階段的劃分則基本是按照地方志的整個發展進程來劃分的。如前所述，2001 年的全國第三次地方志大會實質上是新一輪修志的動員部署大會，因此本文以這次大會召開的 2001 年作為第二和第三階段的劃分點，即把新一輪修志的開端作為分期的劃分標誌。當然，就廣播電視志的編修和研究而言，應充分研究廣播電視志的發展規律，以廣播電視志自身的特點來進行分期。最好的分期方式應當以各省首輪修廣播電視志的完成為限。然而在實

〔註 7〕 倉修良：《方志學通論（修訂本）》，方志出版社，2003 年 10 月版，修訂本前言，第 2 頁。

踐中，各地修志進度不一，上下限也不同，迄今為止仍有部分省級行政單位的廣播電視志沒有編修出版，而有些地方新一輪修的廣播電視志甚至都已經接近定稿。因此，無法以此種理想的方式進行分期。廣播電視志的編修是受各地史志辦的統一管理和指揮進行的，而各地史志辦又是在全國地方志指導小組的指導下進行工作，因此本文只能以全國地方志的進展為根據，劃分廣播電視志的不同發展階段。

第二節　領導體制、編修隊伍

　　地方志歷來是官修，要想取得成績，有兩個必要條件：一是有一支經驗豐富、敬業認真的編修隊伍；另外一點就是要靠各級政府部門的大力支持。為了保證首輪廣播電視志編纂任務的完成，各地均組織了專人負責方志的編修工作，還通過舉辦學習班等方法培訓修志人員，提高專業修廣播電視志人員的業務素質。筆者通過調研發現，幾乎所有廣播電視志的編修、研究者都十分重視來自政府的支持，他們認為，政府部門主管領導的重視與不重視，廣播電視志的編修情況會大不一樣。

一、領導體制

　　舊方志的編纂都是由地方官主修，聘請文人編纂的。新中國成立後，新修方志與舊志的編纂體制截然不同。1958 年，由國務院科學規劃委員會地方志小組頒佈的《關於新修方志的幾點意見》就提出：「修志的組織，應在各省、市、縣黨委和人民委員會的領導之下，進行工作。」在中共十一屆三中全會以後發佈的《新編地方志工作暫行規定》（1985 年）、《關於地方志編纂工作的規定》（1997 年）、和《地方志工作條例》（2006 年）中，也都指出要堅持「黨委領導、政府主持」的修志體制。並常設修志機構，其經費列入各級地方財政預算。有關地方志編修體制問題，全國政協副主席、中國社會科學院院長陳奎元在 2006 年的一篇文章中說，「『黨委領導、政府主持、各級地方志編委會及辦公室組織實施』是開展地方志工作正確的工作體制。這一工作體制的確立，既是對志書官修傳統的繼承，又是新時代創新的結果。這一工作體制已被修志實踐證明切實有效，完全符合中國國情，必須繼續堅持和進一步完善。」〔註8〕為了順利完成編修廣播電視志這項浩繁的工程，各地都逐漸摸索

〔註 8〕陳奎元：《傳承文化、服務社會》，載《人民日報》2006 年 4 月 7 日。

建立了適合當地地情的編修體制。一般來說，都是由廣電系統的主要領導牽頭，然後建立一個常設的工作班子，由這個工作班子具體進行編纂。領導重視，保障實施，才能充分調動各方面的積極性和主動性，最大限度的發揮各自潛力，編出一部優秀的廣播電視志書。

編修地方志不僅是一項文化工程，也是一項社會性極強的工作。從編纂一部廣播電視志書的過程來看，從發出倡議、總體設計、篇目設置，到分配任務、組織撰寫，最後到審稿驗收、出版發行，可以說每個環節都需要各方面的協作，需要科學規範的管理。歸根到底，就是需要一個合理高效的編修體制。20多年來的實踐證明，各級黨政領導的重視是廣播電視志工作順利開展的基礎和關鍵。廣播電視志工作是一項系統的社會主義文化工程，離不開黨委、政府的重視，而且由於成志時間較長，需要歷屆領導的重視。哪裏領導重視，修志事業就興旺，就能出精品；哪裏領導不到位，那裏的修志工作，就困難重重，步履艱難。可以說，歷次在全國獲獎的廣播電視志都是和當地領導的重視和支持分不開的。如作為唯一獲得中國地方志指導小組組織的全國地方志一等獎並首批獲得全國廣播電視學術著作評選一等獎的《雲南省志·廣播電視志》在進行總結時就專門指出，「幾年來廳黨組為修志先後發出了5次文件，加強對修志工作的具體領導，歷任黨組書記都關心修志工作……三屆編纂委員會都是由廳長擔任主任委員，編委中有廳黨組成員、電臺、電視臺領導、廳直屬主要處室的領導、地州廣播電視局的部分領導及參加編寫工作的離休幹部。」〔註9〕

二、隊伍建設

首輪修志採用社會力量、專家、修志工作者「三結合」的模式，形成了「眾手成書」的局面。在首輪修志的全盛時期，修志隊伍號稱「十萬大軍」，浩浩蕩蕩。修志隊伍從無到有，驟然壯大，必然導致修志人員業務水平、學術素養參差不齊。而由於修志隊伍的待遇相對不高，難以吸引高質量的人才，所以修志的主力軍是修志機構返聘的退休人員。而且幾乎所有的地方志工作人員都是半路出家，倉促上馬，只能摸著石頭過河。儘管各個地方、各行各業修志組織都組織了不同形式的方志專業知識培訓，但這種臨時抱佛腳式的

〔註9〕 《關於〈雲南省志·廣播電視志〉的編纂工作情況》，載《第四次中國廣播電視史志研討會專輯（內部資料）》，廣播電影電視辦公廳、中國廣播電視學會史學研究委員會、安徽省廣播電視學會、北京廣播學院廣播電視學會，1997年7月版，第66～67頁。

補救措施並不能立竿見影，很多人對地方志還是一知半解。所以從總體上來看，後來出版的志書在質量上一般都優於以前出版的志書。

　　廣播電視志的編纂與全國地方志的總體情況基本上是一致的。一位參與了兩輪修廣播電視志的工作人員對我說：「修志的人不得志，得志的人不修志」，這是歷史上就有的說法，也是當前修廣播電視志的同志的普遍感覺。相對於熱鬧的廣播電視實踐來說，真正參與修志的人往往是那些在某些方面「不得志」的人。這並不是說修廣播電視志的工作人員業務能力差，而是反映了修志人員普遍的一種心理狀態。修廣播電視志的工作人員中，離（退）休的老同志占很大比重，他們瞭解廣播電視的發展史，他們的政治覺悟和工作熱情也為修志工作提供了保證，但缺乏史志編修理論和實踐則是他們天然的不足。而且告別了火熱的廣播電視工作第一線，更難免使他們產生「不得志」的感覺。因此，就地方志隊伍建設來說，應發揮修志機構的主導作用，提高領導對修志人員的重視程度，充分調動退休返聘人員的工作積極性，並加大專家參與修志的比例。如上海市廣播電影電視局史志辦公室在總結獲得第四屆中國廣播電視學術著作評選一等獎的《上海廣播電視志》時認為，「建立一支精幹隊伍，是保證修志工作進度和質量的基礎。……依靠長期從事廣播電視工作的老同志，這是組建上海廣播電視修志隊伍的主導思想。……在職人員與離退休老同志相結合，實踐證明也是個有效的做法。……編纂志書與其他文體寫作不同，有著特殊的規律和要求，因此隊伍組建後業務培訓貫穿全過程。」〔註10〕

第三節　主要成果

　　正如前文所說，廣播電視志是第一次編修，是地方志書中的新鮮事物，廣播電視志的工作者是在一邊學習修志理論，一邊進行修志工作，這種情況就使得廣播電視志的編纂和研究始終密不可分。廣播電視志工作者往往既是編纂者，也是理論研究者。而總結有關廣播電視志的成果，則既應該包括各地編修的廣播電視志成果，也應該包括人們對廣播電視志的理論研究和總結。在廣播電視志編修理論研究和工作交流方面，中國廣播電視協會廣播電

〔註10〕《眾手修志結碩果——我們開展修志工作的幾點做法》，載《第四次中國廣播
　　　電視史志研討會專輯（內部資料）》，廣播電影電視部辦公廳、中國廣播電視
　　　學會史學研究委員會、安徽省廣播電視學會、北京廣播學院廣播電視學會，
　　　1997年7月版，第102～103頁。

視史研究委員會作為全國唯一的專業社團組織，起到了重要的推動作用。

一、成書成果

　　新中國首次修志規模之大，出版志書數量之多，志書質量之好，遠遠超出歷代。從縱的方面看，區縣市省各級都有編修，從橫的方面看，專業志書的編寫也包容甚廣。以上海市為例，市地方志編委會及辦公室把上海新方志的編修規劃概括為「一綱三目」，即一部《上海通志》統率下的「上海市縣志系列叢刊」、「上海市區志系列叢刊」、「上海市專志系列叢刊」，其中縣志 10 部、區志 12 部、專志 110 餘部。上海廣播電視志就是其 110 餘部專志系列中的一種。

　　從總體上看，全國地方志工作正處在全面完成首輪修志任務，逐步啟動新一輪修志工作的階段。截至 2002 年底，全國首輪修志工作，省級志書完成 70.4%，市級志書完成 74.4%，縣級志書完成 88.1%，全國絕大部分省（區、市）首輪修志任務已經接近完成。北京、西藏等起步較晚的也正在迎頭趕上，這兩地的廣播電視志也已經於 2006 年先後出版。據中國廣播電視協會廣播電視史研究委員會統計，截至 2008 年 12 月，全國公開出版的省級廣播電視志已有 28 部，公開出版的地州市縣級廣播電視志有 17 部。後來，《寧夏通志・文化卷》（廣播電視部分）於 2009 年 10 月出版，大陸首輪省級廣播電視志編修工作宣告完成。在已出版的省級廣播電視志中，字數最多的是《天津通志・廣播電視電影志》，為 200 萬字（含電影內容），最少的是《河南省志・廣播電視志》，約 5.6 萬字，其他字數有的在 20～40 萬字，最近幾年新出的則一般為 40～80 萬字左右。從出版時間來看，吉林省於 1991 年就出版了《吉林省志・新聞事業志・廣播電視》，到 2009 年《寧夏通志・文化卷》（廣播電視部分）出版，已經有十幾年的時間跨度。首輪編修的各廣播電視志均從本區域內最早的廣播電視開始記述，由於編纂出版周期較長，不少廣播電視志還在後面增加了補記，以填補下限至最終出版這段時期的空白。廣播電視志的涵蓋內容主要涉及有線廣播、無線廣播、有線電視、無線電視、管理、人才隊伍、對外交流、學術研究等，最近天津、西藏等出版的志書中還記述了電影的情況。由於成書時間不同，各地廣播電視發展水平各異，再加上編修人員對本地廣播電視和對編修志書的認識不同，因此，雖然同為新中國首輪志書，但已出版的廣播電視志從內容到形式、從編修思想到工作狀況都呈現出百花齊放的狀況。

表二：公開出版的省級廣播電視志一覽表

序號	書　名	上下年限	字數（萬字）	出版年月	出版單位
1	吉林省志・新聞事業志・廣播電視	1932～1985 年	32	1991 年 10 月	吉林人民出版社
2	湖北省志・新聞出版（廣播電視部分）	1935～1985 年	約 9.6（注 1）	1993 年 4 月	湖北人民出版社
3	陝西省志・廣播電視志	1932～1989 年	76.7	1993 年 5 月	中國廣播電視出版社
4	山東省志・廣播電視志	1933～1985 年	24	1993 年 12 月	山東人民出版社
5	河南省志・廣播電視志	1934～1987 年	約 5.6	1994 年 8 月	河南人民出版社
6	新疆通志・廣播電視志	1935～1985 年	45.7	1995 年 1 月	新疆人民出版社
7	河北省志・新聞志（第二篇廣播電視事業）	1934～1991 年	約 14	1995 年 8 月	中華書局
8	雲南省志・廣播電視志	1932～1990 年	78.7	1996 年 1 月	雲南人民出版社
9	青海省志・廣播電視志	1949～1985 年	22.4	1996 年 1 月	黃山書社
10	黑龍江省志・廣播電視志	1926～1985 年	41	1996 年 6 月	黑龍江人民出版社
11	四川省志・廣播電視志（含重慶市，注 2）	1932～1985 年	43	1996 年 7 月	四川科技出版社
12	湖南省志・廣播電視志	1930～1989 年	45	1997 年 1 月	湖南人民出版社
13	安徽省志・廣播電視志	1932～1988 年	51	1997 年 6 月	方志出版社
14	遼寧省志・廣播電視志	1925～1985 年	53	1998 年 11 月	遼寧科技出版社
15	山西通志・廣播電視志	1931～1995 年	86	1998 年 12 月	中華書局

16	廣東省志・廣播電視志（含海南省，注2）	1927～1997 年	53	1999 年 1 月	廣東人民出版社
17	江西省志・廣播電視志	1933～1993 年	58	1999 年 4 月	方志出版社
18	貴州省志・廣播電視志	1938～1996 年	85	1999 年 5 月	貴州人民出版社
19	上海廣播電視志	1923～1998 年	151	1999 年 11 月	上海社會科學院出版社
20	廣西通志・廣播電視志	1932～1995 年	72	2000 年 6 月	廣西人民出版社
21	江蘇省志・廣播電視志	1928～1997 年	80	2000 年 12 月	江蘇古籍出版社
22	福建省志・廣播電視志	1933～1990 年	54.3	2002 年 10 月	方志出版社
23	內蒙古自治區志・廣播電視志	1939～1995 年	70	2003 年 5 月	內蒙古人民出版社
24	天津通志・廣播電視電影志	1924～2003 年	約 190	2004 年 12 月	天津社會科學院出版社
25	西藏自治區志・廣播電影電視志	1951～2000 年	約 47	2005 年 7 月	中國藏學出版社
26	北京志・新聞出版廣播電視卷・廣播電視志	1927～2003 年	95	2006 年 6 月	北京出版社
27	浙江省新聞志（廣播電視編）	1928～2000 年	約 32	2007 年 5 月	浙江人民出版社
28	甘肅省志・廣播電影電視志	1933～1998 年	約 82.1	2007 年 8 月	甘肅人民出版社
29	寧夏通志・文化卷（廣播電視部分）	1934～2000 年	約 25.4	2009 年 10 月	方志出版社

注 1：字數爲版權頁所載，加「約」字爲筆者估計的廣播電視部分字數。
注 2：首輪廣電志編纂期間，海南、重慶尚未成爲省級行政單位，兩地有關廣電內容已分別記入廣東、四川廣電志書中。
注 3：因資料所限，以上統計未包含臺港澳有關情況。據筆者所知，臺灣省已經四次編修出版臺灣省通志（稿），其中均含廣播電視部分內容。香港、澳門地方志編纂工作均已正式啓動。有關情況可見本書附錄四《臺港澳廣播電視志編修情況》。

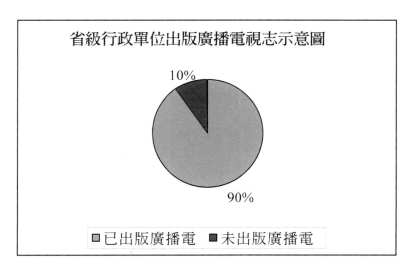

省級行政單位出版廣播電視志示意圖

10%

90%

■已出版廣播電　■未出版廣播電

（2008 年 12 月）

表三：廣播電視志　　名錄

種　類	時間	名稱	級	作品	單位
志書	1997 年 8 月	全國地方志獎	一等獎	雲南省志・廣播電視志	湖南省廣播電視廳
志書	1998 年 12 月	第三屆全國廣播電視學術著作評選	一等獎	雲南省志・廣播電視志	湖南省廣播電視廳
志書	1998 年 12 月	第三屆全國廣播電視學術著作評選	二等獎	吉林省志・新聞事業志・廣播電視	吉林省廣播電視廳
志書	1998 年 12 月	第三屆全國廣播電視學術著作評選	二等獎	黑龍江省志・廣播電視志	黑龍江省廣播電視廳
志書	1998 年 12 月	第三屆全國廣播電視學術著作評選	二等獎	四川省志・廣播電視志	四川省廣播電視廳
志書	1998 年 12 月	第三屆全國廣播電視學術著作評選	三等獎	新疆通志・廣播電視志	新疆維吾爾自治區廣播電視廳
志書	1998 年 12 月	第三屆全國廣播電視學術著作評選	三等獎	大連市志・廣播電視志	大連市廣播電視局

志書	1998 年 12 月	第三屆全國廣播電視學術著作評選	三等獎	青海省志·廣播電視志	青海省廣播電視廳
志書	1998 年 12 月	第三屆全國廣播電視學術著作評選	三等獎	安徽省志·廣播電視志	安徽省廣播電視廳
志書	1998 年 12 月	第三屆全國廣播電視學術著作評選	三等獎	成都市志·廣播電視志	四川省廣播電視廳
志書	2003 年 10 月	第四屆中國廣播電視學術著作評選	一等獎	上海廣播電視志	上海市廣播電視學會
志書	2003 年 10 月	第四屆中國廣播電視學術著作評選	二等獎	江蘇省志·廣播電視志	江蘇省廣播電視學會
志書	2003 年 10 月	第四屆中國廣播電視學術著作評選	二等獎	廣西通志·廣播電視志	廣西廣播電視學會
志書	2003 年 10 月	第四屆中國廣播電視學術著作評選	三等獎	蕭山市廣播電視志	浙江省廣播電視學會
志書	2003 年 10 月	第四屆中國廣播電視學術著作評選	三等獎	廣東省志·廣播電視志	廣東省廣播電視學會
志書	2003 年 10 月	第四屆中國廣播電視學術著作評選	三等獎	鎮江市廣播電視志	江蘇省廣播電視學會
志書	2003 年 10 月	第四屆中國廣播電視學術著作評選	三等獎	福建省志·廣播電視志	福建省廣播電視學會

（2007 年 1 月）

二、理論成果

理論是在事物發展的過程中形成的，又必須具有一定的前瞻性，從而反過來指導實踐。縱觀現有廣播電視志的研究，人們一般從兩個方面入手：方志學和廣播電視學。地方志的歷史很長，但方志學的出現則相對晚得多。清代以前，對於總結歷代地方志得失，從理論上對地方志進行深入探討和研究者，尚無其

人。清代章學誠根據自己編修地方志的實踐並總結了前人的成敗得失，對地方志進行了深入透徹的研究，成為封建時代方志學的集大成者。梁啓超則最早將方志學作為一門學問。新修地方志時間緊、任務重，以全新的指導思想和工作方法進行編修，在工作的迫切需要下，也產生了一批新的方志理論著作。雖尚無與章氏可比擬的大師及理論著作，但憑藉深厚的歷史底蘊及豐富的修志實踐，也產生了一批水平較高的方志學著作。如 1983 年，來新夏主編的《方志學概論》出版，1984 年，薛虹著《中國方志學概論》出版；1993 年，黃葦主編《方志學》出版；1997 年，梅森著《方志學簡論》出版，2001 年，韓章訓著《方志學》出版；倉修良 1990 年首版、2003 年修訂再版的《方志學通論》也是最近方志學理論成果中價值較高的一種。方志學主要研究方志的整理和利用、方志的性質和分類、方志的特徵和功能、方志的編纂理論、方志的產生和發展、方志批評和志書評論等內容。然而回顧新修方志活動中出現的方志學著作，總體來說學術品位仍略顯不夠。

　　隨著廣播電視事業的迅猛前進，我國的廣播電視理論研究也蓬勃發展，有大批學者從不同的角度對廣播電視的理論和歷史展開不同層次的研究。改革開放 20 多年來廣播電視研究取得了豐碩成果，有中國特色的社會主義廣播電視學已趨於成型。同樣，有關廣播電視志的理論成果雖然也有一些，但非常不足。無論與方志學理論研究還是與廣播電視理論研究相比，都有很大差距。而且理論的研究嚴重落後於廣播電視修志實踐。這集中體現在以下幾個方面，首先是研究的人較少；第二是研究者的基礎和比較薄弱和單一；第三是研究成果較少；第四是成果理論水平不高。筆者以「廣播電視志」為主題對 CNKI〔註 11〕進行檢索，沒有找到任何一篇有關理論研究的文章。

〔註 11〕CNKI：國家知識基礎設施（National Knowledge Infrastructure，CNKI）的概念，由世界銀行提出於 1998 年。CNKI 工程是以實現全社會知識資源傳播共享與增值利用為目標的信息化建設項目，由清華大學、清華同方發起，始建於 1999 年 6 月。在黨和國家領導以及教育部、中宣部、科技部、新聞出版總署、國家版權局、國家計委的大力支持下，在全國學術界、教育界、出版界、圖書情報界等社會各界的密切配合和清華大學的直接領導下，CNKI 工程集團經過多年努力，採用自主開發並具有國際領先水平的數字圖書館技術，建成了世界上全文信息量規模最大的"CNKI 數字圖書館"，並正式啓動建設《中國知識資源總庫》及 CNKI 網格資源共享平臺，通過產業化運作，為全社會知識資源高效共享提供最豐富的知識信息資源和最有效的知識傳播與數位化學習平臺。
引自「中國知網」，http://www.cnki.net/gycnki/gycnki.htm。2006 年 11 月 14 日。

　　目前廣播電視志的理論研究者以編纂人員爲主，這些編纂廣播電視的工作者大多現在或過去曾在廣播電視領域工作過，因此對廣播電視的發展狀況比較瞭解，對有關廣播電視的理論也比較容易接受，對方志學則要從頭學起。另外一些研究廣播電視志的人則來源於研究廣播電視史、新聞史領域。由於史志關係密切，廣播電視志也屬於「史」這個大的範疇內，所以一些研究廣播電視史、新聞史的學者也對廣播電視志進行了一定程度的研究。

　　與廣播電視志有組織、有規模的編纂不同，廣播電視志的理論研究基本是自發行爲。中國廣播電視協會廣播電視史研究委員會在廣播電視志編修理論交流和研究方面，起到了非常重要的推動作用。當前，有關廣播電視志編修和理論研討的文章，集中發表在中國廣播電視協會廣播電視史研究委員會出版的內部刊物上。從 1987 年起到 2005 年，在其每次召開的研討會中都就各地廣播電視志的編纂情況進行交流，並研討編修廣播電視志的理論，在每次會後出版的學術論文集中也都收錄一定比例的廣播電視志方面的論文，同時陸續將所有出版的省級和部分地市級廣播電視志的目錄刊登在論文集中，方便理論研討和交流。除此之外，貴州省廣播電視廳和天津廣播電視局也曾於 1988 年和 1993 年起，分別編印了有關廣播電視史志的專業內部刊物《廣播電視史志通訊》和《天津廣播電視史料》，於上世紀 90 年代先後停刊。

　　下面對部分理論水平較高、影響較大的廣播電視志有關研究略做簡單介紹：

　　1. 趙玉明：《首屆編修廣播電視志進展述評》，1997 年 7 月 9 日，在安徽省黃山市召開的第四次中國廣播電視史志研討會上的發言，載 1997 年 7 月《第四次中國廣播電視史志研討會專輯》（內部資料），於《中國廣播電視學刊》1997 年第 10 期刊登，並被收入《中國廣播電視年鑒》1998 年版、《中國廣播電視史文集》（續集），北京廣播學院出版社 2000 年 1 月版。

　　本文是學界第一篇從宏觀上對廣播電視志理論與實踐進行全面回顧和深入研究的文章。圍繞廣播電視史志關係，廣播電視志的專業特色、時代特色和地區特色，以及當時所有已出版的廣播電視志的共同性問題展開評述。本文作者長期從事廣播電視史學研究，一直關注廣播電視志的進展情況，他主編的《中國廣播電視通史》被認爲是中國廣播電視史研究的「奠基之作」。這篇文章對廣播電視志的研究起到了奠基作用，對很多問題的見解到今天仍是眞知灼見。該文獲中廣協會廣電史委員會組織的第六屆全國廣播電視學術論文評選二等獎（一等獎空缺），是該評選歷年來唯一一篇研究廣播電視志的獲獎論文。

2. 辛光武：《廣播電視志 時代的見證——論已出廣播電視志的共性與個性》，載 2000 年 9 月《第五次中國廣播電視史志研討會專輯》（內部資料）。

本文出現於 2000 年，對已出版的省級廣播電視志的共性和個性特徵進行了比較深入的比較分析。認爲廣播電視志正確地揭示了現代媒體自身發展的規律，廣播電視以自身的視聽優勢，逐步發展成爲眾媒體之首，歸納了已出省級廣播電視志的個性特點，並總結了廣播電視志的一些問題。文章涉獵面廣，基本涉及到當時已正式出版的大部分省級廣播電視志；同時，文章對廣播電視志的特點和問題所做總結基本符合實際，部分地反映了首輪修的省級廣播電視志的特點和情況。

3. 張遠林：《地方廣播電視史志的特點與編修》，載 2005 年 12 月《第七次中國廣播電視史志研討會專輯》（內部資料）。

本文出現於 2005 年，對地方廣播電視史志的理論和編纂進行了比較分析和深度思考。作者分析了地方廣電史志的定位和體例特徵的不同，對地方廣電史志的特點及編修原則進行了歸納，認爲地方廣電史志的編修應實行「三結合」的編修體制。文章從史志的關係入手，對地方史志的特點及其編修原則進行了頗有新意的歸納和解釋。

4. 盧仰英、李國光：《再談編纂廣播電視志的幾個問題》，載 1987 年《第一次中國廣播電視史志研討會專輯》（內部資料）。

本文爲中廣協會廣電史委員會組織的第一次廣播電視史志研討會專輯中的文章，作者來自陝西省廣播電視廳。文章運用傳播學理論、系統理論等，對廣播電視志的科學對象、科學體系以及廣播電視志的功能等進行了獨到的分析，而且圖文並茂，很有特點。

5. 陸原：《廣播電視志體例管窺》，載 1991 年 5 月《第二次中國廣播電視史志研討會專輯》（內部資料）。

作者是《四川省志‧廣播電視志》的常務副主編，對廣播電視志的理論和編纂等都有較高水平。本文對廣播電視志的體例，從體裁（志體）、結構（篇目）、章法（撰寫要求）等三個方面進行了探討和闡述。體例是衡量一部廣播電視志成功與否的重要標準，本文對這一核心重大問題進行的闡述脈絡清晰，觀點正確，體現了作者紮實的功底。

作者另有《廣播電視良志的探究——編纂〈四川省志‧廣播電視志〉的思索》和《存眞求實勤有徑 益今惠後史無涯——〈四川省志‧廣播電視志〉編纂

感言》，均載 1994 年 12 月《第三次中國廣播電視史志研討會專輯》（內部資料），從四川省編纂廣播電視志的角度出發，闡述了廣播電視良志所應有的要素和做法，以及編纂四川廣播電視志的過程、意義。文章理論含量較高，遠遠高於一般的工作總結或理論總結。

6. 王辛丁：《切實提高廣播電視志稿的質量——談地（州）、市、縣廣播電視志編寫問題》，載 1991 年 5 月《第二次中國廣播電視史志研討會專輯》（內部資料）。

作者是《湖南省志‧廣播電視志》的主編。本文對部分地（州）、市、縣的廣播電視志稿進行了初讀和評論，提出了這些志稿存在的「歸類不當」、「概述欠實」、「史實不准」、「史料不全」、「不合保密原則」、「標題欠妥」、「見事未見人」七類共十五個問題。對廣播電視志的編纂具有極強的借鑒意義。

作者另有《做〈湖南廣播電視志〉主編之我見》一文，載 1994 年 12 月《第三次中國廣播電視史志研討會專輯》（內部資料），回顧和總結了作者作為《湖南省志‧廣播電視志》主編的工作過程和體會。主編是一部志書能否獲得成功的重要因素，方志學界對「主編」的研究也有很多。《湖南省志‧廣播電視志》是一部優秀的志書，而且通過筆者的調查也得知，王辛丁對湖南志所下的功夫和起到的重要的積極的作用。目前，作者王辛丁已經離世，本文對廣播電視志編纂經驗繼承和理論總結具有重要的理論價值和史料價值。

除此之外，不可忽視原北京廣播學院 91 級碩士研究生徐暉明的畢業論文《廣播電視志芻議》及之前所發表的《地方廣播電視志編修情況述評》。徐暉明的研究主要對廣播電視志的篇目結構、廣播電視志的入志材料和廣播電視志的記述與編纂進行了研究。論文認為，編修廣播電視志是廣播電視事業發展的要求。編修廣播電視志的任務，就是以志書的形式，全面、準確地記錄和展現廣播電視事業的發展歷程及其現狀，從而起到「存史、資治、育人」的作用。廣播電視志有其鮮明的專業特點。廣播電視的篇目結構是志書的整體框架，設計篇目結構要注意三個方面的問題：一是篇目結構的設計應具有科學性，也就是合理地橫分門類，以類系事，並且注意志書各部分內容之間的內在聯繫，增強志書的整體性；二是篇目結構的設計應體現廣播電視專業特色；三是篇目結構的設計應因「級」而異，市、縣級廣播電視志不宜生硬地搬用省級廣播電視志篇目結構的模式。地方志是資料性的科學著述，它一個重要特點就是用史實（材料）說話。材料工作做得如何，直接關係到志書質量的高低。廣播電視志的語

言表述要符合志體，要善於運用紀、志、傳、圖、表、錄等各種體裁，達到「齊、清、定」的要求。論文成稿時間爲 1994 年，當時出版的廣播電視志還不多，研究廣播電視志的材料基礎較少，對廣播電視志的認識也還不夠深入。

總體而言，相對於已出版的上千萬字的廣播電視志書來說，目前的 100 多篇研究文章無論是從數量還是質量上來看，都遠遠地落在了後面，需要引起人們的重視。

第四節　存在問題及解決方法

目前，首輪修志任務已基本完成，對積纍保存地方文獻，全面反映我國地情國情，推進社會主義物質文明、政治文明和精神文明建設發揮了重要作用。首輪修廣播電視志開創了社會主義編修廣播電視志的新事業，取得了重大成果，但在理論研究和編纂實踐方面也仍然存在明顯的問題。集中體現在成果參差不齊、修志體制不順等方面。

一、成果參差不齊

對於新修地方志，一般可以用「成果巨大」來概括，但具體到志書質量，則可以用「參差不齊」來形容。90 年代初期，原任中國地方志指導小組秘書長驪家駒先生認爲，眞正高水平的志書是少數，眞正不合格的也是少數。本文認爲，廣播電視志也是如此，既便那些公認爲質量較高、甚至獲得各種嘉獎的廣播電視志如《雲南省志‧廣播電視志》、《上海廣播電視志》等，也不是沒有問題。因此，在新一輪廣播電視志啓動之際，有必要對首輪修成的志書進行全面的總結和評價，並對某些存在的錯誤和缺失進行彌補。再高明的編纂者修成的志書也難免出現這樣那樣的問題，本研究對所有已出版的省級廣播電視志進行研讀後，發現了五類共幾十處有代表性的問題或值得商榷之處。

第一類問題是記述遺　。

比較明顯而普遍存在的遺漏是各地廣播電視志對「反右」問題的記述。從目前正式出版的省級廣播電視志來看，僅僅有新疆、江西、江蘇、上海、福建、雲南、吉林等廣播電視志記述了有關反右派的情況，有超過一半的志書根本沒有涉及到「反右」有關的問題，給人的感覺就是「反右」這件事情根本就沒有發生過，更不要說反右派鬥爭擴大化對廣播電視事業的消極影響

了。以《貴州省志・廣播電視志》爲例，該志在第一篇「無線廣播」下的第三章「貴州人民廣播電臺節目設置與宣傳」中專設一節：「重要活動宣傳」，集中記述與廣播電視有關的重要活動宣傳，其下面的具體目錄包括：「建國初期的清匪、反霸、抗美援朝宣傳」、「農業互助合作運動宣傳」、「『大躍進』、人民公社宣傳」、「十年動亂期間的宣傳」、「粉碎『四人幫』後的宣傳」、「農村聯產承包責任制宣傳」、「擴大企業自主權、以城市爲重點的經濟體制改革宣傳」、「愛國主義宣傳」、「精神文明建設宣傳」、「改革開放時期的宣傳」等共十個條目，唯獨沒有「反右」及相關內容。河南志也有類似情況，在「廣播宣傳」章中設「重大宣傳」一節，卻沒有記述反右派鬥爭的有關內容。

除此之外，還有個別省志遺漏記載了某些史實，主要是新中國成立以前的廣播電臺。如《西藏自治區志・廣播電影電視志》中沒有記述西藏解放之前的廣播的情況，給人的感覺是西藏在解放之前沒有廣播。但根據周德倉著《西藏新聞傳播史》記載，曾被任命爲西藏地方政府「外交部長」的英國人福特（R・Ford），「從 1948 開始，花了一年的時間，建立了西藏的第一座無線電廣播站——西藏廣播電臺（也稱『拉薩電臺』），西藏第一次可以向外界廣播了。」〔註 12〕隨後西藏當局又在昌都、那曲、阿里、亞東等地建立了四座分臺。在 1949 年秋天的「驅漢事件」中，西藏廣播電臺用藏漢英三種語言播出了所謂《西藏獨立宣言》。而當時西藏獲取域外信息最快捷的方式就是收聽廣播。林青主編的《中國少數民族廣播電視發展史》也記載了西藏地區當時在拉薩和昌都的電臺。

又如查閱有關材料知，解放前遼寧有一個「瀋陽軍中廣播電臺」，該臺呼號爲 XMPE，波長 260.8，負責人爲謝恒玉，從 1947 年 10 月～1948 年 10 月播音，隸屬於國民黨政府國防部新聞局。〔註 13〕然而，這個廣播電臺沒有被收入《遼寧省志・廣播電視志》中，是明顯的史實遺漏。趙玉明教授在《首屆廣播電視志進展評述》中也提到了這一類的問題。舊中國的廣播電臺性質複雜，各地發展不均衡，「各省、自治區、直轄市的廣播電視志在涉及舊中國的廣播電臺時應注意全面調查，不要遺漏屬於本地區範圍內的上述任何一種類型的廣播電臺。已出版的省級廣播電視志結合本地情況大都注意到這個問題，但也有遺漏的。這裏僅舉一例說明。抗日戰爭後期，美軍進入中國戰區，

〔註 12〕 周德倉：《西藏新聞傳播史》，中央民族大學出版社 2005 年 9 月版，第 121 頁。
〔註 13〕 《中國廣播電視年鑒》（1995 年版），北京廣播學院出版社 1995 年 9 月版，第 670 頁。

參加對日作戰，當時曾在雲南、四川境內設置美軍廣播電臺。《雲南省志・廣播電視志》在第一章無線廣播（上）專設『第三節駐雲南美軍廣播電臺』記述其事。解放戰爭時期，美軍在一些駐地如北平、天津、青島等地也曾辦有軍用廣播電臺，已出版的《山東省志・廣播電視志》並未記載青島美軍廣播電臺一事。另，解放戰爭時期，中共曾在老解放區和後來的新解放區先後辦起近 40 座人民廣播電臺，陝西、河北、黑龍江、吉林、山東、湖北等省都在本省內的解放區廣播電臺設置專章、專節予以記述，雲南省境內雖然在 1950 年以前中共未設立廣播電臺，但卻有一節專門記述雲南省各地『收聽新華廣播電臺紀實』，很有特色。1949 年 2 月中共在河南鄭州建立中原新華廣播電臺，這是中南解放區的第一座廣播電臺，但《河南省志・廣播電視志》中卻未見記載。」〔註 14〕

　　第二類問題是稱　有誤。

　　新中國成立之後，我國各地及廣電系統建制有過多次名稱上的更改和調整。在志書編纂中，因編纂者不瞭解或者不注意，往往出現地名或臺名張冠李戴的情況。

　　如《西藏自治區志・廣播電影電視志》提到，1989 年的政治風波也影響到西藏。「西藏電臺嚴守宣傳紀律，沒有發生廣播宣傳輿論導向方面的錯誤，受到國家廣播電視部的表揚。」〔註 15〕然而實際上，這裏提到的「廣播電視部」建立於 1982 年 5 月，從 1986 年 1 月起，「廣播電視部」改名為「廣播電影電視部」，到 1998 年 3 月，「廣播電影電視部」更名為「國家廣播電影電視總局」。〔註 16〕因此，在 1989 年政治風波這段時間，西藏電臺應當受到的是來自「廣播電影電視部」的表揚。

　　《西藏自治區志・廣播電影電視志》在介紹「邊境口岸有線廣播」時，提到 1966 至 1967 年建成的乃堆拉、則里拉、卓拉哨所大功率有線廣播站，「節目內容有錄放前一天晚上 11：00～1：00 北京電臺（中國國際廣播電臺）印地語節目和自編節目。」〔註 17〕然而查《北京志・新聞出版廣播電視卷・廣播

〔註 14〕趙玉明，《首屆廣播電視志進展評述》，載《中國廣播電視史文集》（續集），
　　　　北京廣播學院出版社 2000 年 1 月版，第 97 頁。
〔註 15〕《西藏自治區志・廣播電影電視志》，中國藏學出版社 2005 年 7 月版，第 10 頁。
〔註 16〕徐光春主編：《中華人民共和國廣播電視簡史》，中國廣播電視出版社 2003 年 6
　　　　月版，《附錄：中國廣播電視管理機構沿革表（1949～2000）》，第 557～566 頁。
〔註 17〕《西藏自治區志・廣播電影電視志》，中國藏學出版社 2005 年 7 月版，第 54 頁。

電視志》可知，在這段時間內，中國國際廣播電臺前身的名稱應爲「中央人民廣播電臺國際廣播編輯部」，其對外廣播的呼號爲「北京廣播電臺」。〔註18〕因此《西藏自治區志·廣播電影電視志》記載的中國國際廣播電臺前身並不是「北京電臺」。

《山西通志·新聞出版志·廣播電視篇》「附錄」的「大事年表」記載，「1969年8月19日，山西省廣播管理局和山西人民廣播電臺、太原電視臺的絕大多數幹部和業務人員到北京參加中共中央辦的毛澤東思想學習班山西機關幹部班學習，停止自辦節目，全部轉播中央人民廣播電臺、中央電視臺節目。」〔註19〕而實際上，「中央電視臺」這個名稱，是從1978年5月1日起才開始使用的，此前它的名字一直是「北京電視臺」。因此，這段「大事年表」中提到的「中央電視臺」，在當時應是「北京電視臺」。

第三類問題是規　不一與　度模　。

《上海廣播電視志》大事記中記述了上海廣播電視對1976年周恩來、朱德、毛澤東逝世所進行的報導的情況。然而對三位黨和國家領導人的記述卻規格不統一。有關國務院總理周恩來的逝世及報導情況，共有三條，其中把總理逝世的日期單獨拿出來作爲一條；有關全國人大常委會委員長朱德的逝世及報導情況，共有兩條，但沒有提到逝世時間；有關中共中央主席毛澤東逝世及報導情況，共有兩條，將逝世的時間與報導的時間同放置在一條下。同樣是黨和國家的重要領導人，在記述中沒有做到規格統一，這種處理方法是很不妥當的。

對反右派鬥爭的記述是當前廣播電視志的一個普遍問題，除了前述第一類問題的明顯遺漏外，還有部分志書態度模糊。如在青海、湖北、四川等廣播電視志中，有的對反右派鬥爭記述很少，只有一句話，看不出對「反右」的認識和評價；有的採取「純客觀」的記述方法，人們讀後從中看不出志書的態度，看不出宣傳反右派鬥爭擴大化的錯誤，甚至可能還會誤認爲反右派鬥爭是「正確」的。

第四類問題是前後不一致。

在《上海廣播電視志》中，在記述民國時期廣播廣告節目時提到，「唐霞

〔註18〕 《北京志·新聞出版廣播電視卷·廣播電視志》，北京出版社2006年6月版，第42頁。

〔註19〕 《山西通志·新聞出版志·廣播電視篇》，中華書局1998年12月版，第661頁。

輝為三友實業社在華東、大亞廣播電臺播送廣告……被譽為上海的『播音皇后』」。〔註20〕而在第十編「人物」部分的唐霞輝傳中，既沒有提到為「大亞廣播電臺」播送廣告，也沒有提到「播音皇后」的稱號，而是將其稱作「唐小姐」和「上海之鶯」。〔註21〕前後明顯不一致。同樣，在介紹上海人民廣播電臺對農村廣播節目中，提到曾經創辦了一個具有地方特點，既適合農民「胃口」，又有廣播特色的評論性欄目《阿富根談生產》。而「文化大革命」開始不久，「被郊區農民譽為『貼心人』的『阿富根』被打成『喇叭頭裏的階級敵人』，遭到粗暴的批判，並在《對農村廣播》中銷聲匿迹了。」〔註22〕而在「人物編」的顧大偉傳中，提到「由他主播的對農村廣播《阿富根談生產》深受市郊廣大農民喜愛，家喻戶曉。」〔註23〕卻又並未提到他在「文化大革命」期間的情況，到底是不是前文提到的遭到粗暴對待的那個「阿富根」。在以上這些的標準不統一、語焉不詳等問題看起來瑣碎，實際上都是態度模糊的體現。

　　同樣在上海志中，據其「大事記」記載，「1960年2月18日，上海電視臺和華東師範大學聯合辦的電視大學開始招生。……4月6日，上海電視大學開學。」〔註24〕然而，在「專記」中，卻又記載：「1960年3月9日，由上海市高等教育局牽頭，召開了有上海市教育局、上海市總工會、共青團上海市委員會、上海人民廣播電臺（按：當時上海電視臺隸屬於上海人民廣播電臺領導）、復旦大學、華東化工學院、華東師範大學等單位負責人參加的會議，討論了開辦上海電視大學的有關問題。3月12日，召開了第一次校務委員會會議，作了具體部署。經過20多天的緊張籌備與組織招生，上海電視大學於1960年4月6日舉行開學典禮。」〔註25〕上海電視大學到底何時招生，前後記載不一致。

　　第五類問題是概念不清。

　　諸葛計認為，「將新中國的建立簡稱作『建國』、『建國前』、『建國後』的用語在志書中大量出現，這是一個不準確的口頭用語。中國已有5000多年的歷

〔註20〕《上海廣播電視志》，上海社會科學院出版社1999年11月版，第176頁。
〔註21〕《上海廣播電視志》，上海社會科學院出版社1999年11月版，第781頁。
〔註22〕《上海廣播電視志》，上海社會科學院出版社1999年11月版，第241頁。
〔註23〕《上海廣播電視志》，上海社會科學院出版社1999年11月版，第783頁。
〔註24〕《上海廣播電視志》，上海社會科學院出版社1999年11月版，第46頁。
〔註25〕《上海廣播電視志》，上海社會科學院出版社1999年11月版，第938頁。

史，怎麼可以說直到 1949 年才『建國』呢？」〔註26〕當然，「建國」一詞並不是不能用，從大陸整體範圍來看，「建國」是可以用的，然而具體到一地一事業的情況，用「建國」則顯得不夠科學。這一問題出現在《江西省志·廣播電視志》中，從概述到正文，一直使用「建國」、「建國前」、「建國後」等概念。

另外，2006 年 6 月剛剛出版的《北京志·新聞出版廣播電視卷·廣播電視志》，在介紹中央人民廣播電臺時，提到其前身延安新華廣播電臺於 1940 年創建之後，「英文臺名 XNCR」。〔註27〕實際上，這裏編者犯了常識性的錯誤，XNCR 是該臺的「呼號」，而不是「英文臺名」。這種基本概念的模糊不清，嚴重影響了志書的質量。

第六類問題是觀念問題。

上面提到的基本屬於編輯層面的問題，很多問題經過進一步的細心編校能夠得到避免或提高。然而廣播電視志中存在另外一類更為重要的問題，就是由於編纂者的觀念受到束縛或存在其他問題，導致志書水平不高。而這種觀念上的問題往往導致志書出現一系列相關聯的問題，是很難通過編輯手段在短時期內迅速得到改善的。比如前面講到記述的遺漏和態度的模糊，不注意記述解放前廣播的情況是當前已修成志書的通病，而這實質上是由於編纂者的觀念問題所造成的。一方面部分編纂者受到「左」的思想的束縛，加上方志界歷來有「詳今略古」、「詳今略遠」的提法，再加上編纂時間緊張、條件有限，就不下功夫去調查解放前尤其是民國時期廣播的情況了，使民國時期廣播著墨不夠。特別是早期廣播的圖片之少，相對於當前各級領導的照片而言，實在是比例過於失調了。還有的志書存在不顧歷史事實，以政治劃線的情況，如對民國時期幾種不同類型廣播電臺的記敘順序，河北省不按廣播出現的時間順序，而是按照解放區的人民廣播電臺（1945 年 8 月開始）、國民黨廣播電臺（1934 年 10 月開始）、民間廣播電臺（1936 年秋開始）、日偽廣播電臺（1937 年 8 月開始）的順序來寫，以政治掛帥，影響了記述的邏輯性和真實性。

〔註26〕 諸葛計：《續修志書中的『糾』字說》，載《中國地方志》2001 年第 1～2 期，第 54 頁。
〔註27〕 《北京志·新聞出版廣播電視卷·廣播電視志》，北京出版社 2006 年 6 月版，第 29 頁。

二、修志體制不順

　　修志體制不順是困擾廣播電視志編修實踐中的首要問題和核心問題。中國地方志指導小組辦公室原主任、《中國地方志》雜誌原主編諸葛計在接受筆者採訪時認為，當前最重要的問題，就是修志體制不順。而修志體制問題，決定和影響了全國各地、各級、各類編修志書的基本情況和發展態勢。

　　修志體制的最根本問題是中國地方志指導小組的地位問題。諸葛計認為：「中國地方志指導小組的歸屬不當是當前修志體制不順的關鍵。現在，中國地方志指導小組由中國社科院託管，這造成指導小組在與各地接洽時非常不方便，既不對口，又沒有任何行政力量。而作為一部官書的編修而言，沒有行政力量的足夠支持，基本上是寸步難行。因此，中國地方志指導小組應當掛靠在國史館或者國家檔案館，各地則參照中央進行改革。這樣既名正言順，也有利於中國地方志指導小組與各地的接洽和指導的進行，各地的編修也相應的更加順暢和有效率。」〔註 28〕當前修志中存在的各方面問題，如過於依賴主管領導個人的重視程度、如修志人才問題、如地方志的研究問題等，都直接或間接是由修志體制不合理造成的。

　　全國方志事業是一個整體，廣播電視的修志也存在體制不順問題。諸葛計認為：「當前各行各業都在進行改革，地方志編纂體制的改革，就是要理順關係。首先中央要重視，要通過立法等手段來保證修志事業的順利進行。過去很多年，我國修志一直沒有一部法律，一直以『意見』以及『暫行』等面貌出現，最新出臺的《規定》，是國務院總理令的形式簽發，級別和效力還應該更高些。事實證明，哪個地方修志立法了，哪個地方修志水平就高，修志工作開展就順利。」〔註 29〕修志立法問題不解決，也使得廣播電視志的編修十分依賴廣播電視部門有關領導的重視程度。現在的情況是，領導重視了，修志工作進展就相對順利，志書水平可能就高一點；領導不重視，修志工作進展就步履維艱，修成的志書也很難達到較高水平。

　　由於體制的不順，在修志人員方面也產生了明顯的問題。首先是修志人員沒有編制，這就造成廣播電視的修志事業基本上無法培養正規的專業人才。首輪及續修廣播電視志的主要成員雖然都是廣播電視系統的工作人員，

〔註 28〕2007 年 2 月 8 日，對中國地方志指導小組辦公室原主任、《中國地方志》雜誌原主編諸葛計的調研訪談記錄。
〔註 29〕2007 年 2 月 8 日，對中國地方志指導小組辦公室原主任、《中國地方志》雜誌原主編諸葛計的調研訪談記錄。

但這些人卻不是專職修志人員。有的編制在總編室，有的編制在當地的廣播電視學會或協會，還有的就是退休返聘人員，他們都是由於領受了任務而臨時拼湊組織起來的，一部廣播電視志編完之後，這些人員又分散到了別的崗位去。沒有常設的崗位和編制，也導致志書水平不高，經驗無法總結，教訓無法避免等種種問題。當前，參與首輪修志人員大部分已經退休，即使有個別仍然在崗的年齡也都偏大，一般並不擔任重要的核心職務。還有些參與了首輪修廣播電視志部分工作的同志在續修中仍然參與該部分工作，但影響力不夠，不能把握和影響整部廣播電視志的續修工作。而且編修廣播電視志的待遇與其他廣播電視業內人員相比，總體來看仍然較低，也相對邊緣，無法涵養住人才。所以在進行續修廣播電視志的過程中，有些地方對首輪修志工作進行了經驗總結，還有很多地方仍然沒有避免第一輪修志的一些問題。對廣播電視志專業人才的培養，是提高廣播電視志質量的關鍵，提高這部分人的經濟及社會待遇，才能使他們踏踏實實地進行編纂工作，紮紮實實地提高廣播電視志質量。

正是由於體制的不順造成的修志人員不穩定，也使得新修方志始終無法進行較好的經驗總結和理論研究。雖然首輪修志是在理論準備不足的情況下開始進行的，方志界也充分地認識到理論研究的重要性，並始終在修志過程中組織專業培訓。但整體而言，方志編修還是缺乏對理論的研究和運用。就廣播電視志而言，理論界對廣播電視志理論問題的研究缺乏動力，無論是與廣播電視志書成果比還是與廣播電視理論以及方志學理論比，都顯得成果不多、水平不高，更難以運用成熟的廣播電視志理論來指導實踐。而各地在續修廣播電視志時，雖然都有意識地請當地地方史志辦工作人員來進行輔導培訓，但他們雖然對編史修志內行，對廣播電視的發展情況卻不甚瞭解，因此也難以對廣播電視志的編纂進行十分具體的指導。當前對廣播電視志進行研究的主要集中在參與編修廣播電視志的工作人員中，但與每部廣播電視志數十甚至上百的參與人數相比，這些進行理論探討和研究的人實在是太少了。從某種程度上說，理論研究的不足也與修志的體制有著較為直接的關係。

本章小結

從 20 世紀 50 年代開始，廣播電視開始出現在新中國的地方志中，雖然當時的歷史條件並不足以使廣播電視單獨成志，但 1958～1966 仍然可以看作

是廣播電視志的萌芽時期。十一屆三中全會之後，在全國普修地方志的大潮中，廣播電視開始單獨成志，並作為一個新的志種逐漸發展起來，這可以看作是廣播電視志的形成與迅速發展期。2001 年 12 月 20 日～21 日召開的全國地方志第三次工作會議，實際上是全面啟動新一輪修志工作的動員部署大會。雖然仍有少數省份沒有正式出版省級廣播電視志，但廣播電視志已經整體進入第二輪的編修中。廣播電視志的這三個發展階段充分體現了廣播電視志從無到有，從少到多，從有到優的過程。

就當前已正式出版的省級廣播電視志而言，其編修體制始終堅持了「黨委領導、政府主持」，政府的支持程度在一定程度上決定了志書的水平和成敗。廣播電視的修志隊伍建設採用社會力量、專家、修志工作者「三結合」的方式，但業務水平、學術素養仍有待提高。首次編修的廣播電視志作為地方志書中的新鮮事物，取得了巨大的成果，這既包括志書成果，也包括研究成果。但在理論研究和編纂實踐方面也仍然存在明顯的問題。集中體現在成果參差不齊、修志體制不順等方面。

理　論　篇

第二章　廣播電視志的性質：作爲歷史的一種

　　廣播電視志是專業志的一種，是全面系統地記述本行政區域廣播電視歷史與現狀的資料性文獻。志書是史書的一個分支，廣播電視志與廣播電視史既有聯繫，又有區別。眞實性、學術性、專業性是廣播電視志的特點和屬性。與所有新修志書一樣，廣播電視志的主要功能爲存史、教化、資治，但其具體內涵有廣播電視的獨特特點。

第一節　廣播電視志的性質

一、歷史上對方志性質的認識

　　方志起源於兩漢地記，最早被認爲屬於地理的範疇，主要記載江河湖海、地理沿革等內容。如唐代顏師古〔註1〕便在《漢書・地理志注》中，論述了方志性質，認爲方志屬於地理。從宋代開始，已經有學者提出方志是屬於史的範疇的看法，如宋朝鄭興裔在《廣陵志序》中提出其著名的觀點「郡之有志，猶國之有史，所以察民風，驗土俗，使前有所稽，後有所鑒，甚重典也。」〔註2〕這種說法也爲其後許多學者所認同、引用。與鄭興裔同時期

〔註1〕　顏師古（581～645年）：唐京兆萬年人，著名經學家，史學家，官中書侍郎，秘書監。撰《五經定本》，其《漢書注》，爲通行注本。顏氏在《漢書・地理志注》中，論述了方志性質，同時論及了中古以來方志附會失眞之弊，並指出這是由於撰者「竟爲新異」未加考證所致，開了方志批評的先例。
〔註2〕　轉引自呂志毅著，《方志學史》，河北大學出版社1993年10月版，第169頁。

的王象之也在《輿地紀勝》中認爲地方志屬於地理的性質。到明清時期，人們對方志性質的研究仍集中在地理、歷史兩方面。明代嚴嵩的文史造詣在後世的史書中很少被人提及，這與嚴嵩身負「奸臣」的罵名有關。然而他纂修的正德《袁州府志》和嘉靖《袁州府志》當時爲嚴嵩贏得了一定的名望。在志序中，嚴嵩認爲「志屬史類」：「郡有志，猶國有史也，古者列國皆有史，晉《乘》、《楚木壽杌》，魯《春秋》是也；後世作於朝廷者曰史，於四方者曰志。」〔註3〕

有清一代，方志理論家輩出，顧炎武、方苞、紀昀、戴震、錢大昕、章學誠、洪亮吉、孫星衍、李文藻、姚鼐、龔自珍、林則徐、吳汝綸、孫詒讓等，在方志理論的各個層面做出了不小的成績。清代方志理論最著名的是兩大派別：以戴震爲代表的地理學派（又稱考據學派），和章學誠爲代表的史志學派。地理學派認爲方志是地理書，內容應以考證敘述地理爲主，注重文獻資料的收集、整理、考證。史志學派則認爲「方志屬史」，「方志乃一方之全史」，其他如「志乃史體」，「志屬信史」等對後世影響頗大的說法，也都出於章氏。紀昀的方志理論與後世的看法也有很多一致的地方，他認爲：「今之志書，實史之支流。」但強調方志應「以史爲根據，而不能全用史，與史相出入而又不能離乎史」。〔註4〕

民國時期，雖然修志事業因政局不穩而時斷時續，但這段時期志書編纂範圍之廣，數量之多，是歷代王朝所不能比擬的。而且，方志的理論研究也非常活躍，有許多著名學者都參與到方志的編纂和理論中來，方志理論研究走向新的高峰。如梁啓超撰有《清代學者整理舊學之總成績——方志學》、《說方志》、《龍遊縣志序》等論文，使方志學成爲一門獨立的學問。他認爲，「地方的專史就是地方志的變相」。李泰棻在《方志學》一書中，開宗明義便提出：「方志者，即地方之志，蓋以區別國史也。依諸向例，在中央者謂之史，在地方志謂之志。故志即史，如某省志即某省史，而某縣志，亦即某縣史也。欲知方志之定義，須先知史之定義。」〔註5〕而著有《方志今議》的黎錦熙則認爲方志兼具史地兩性。除此之外，由於方志有維護國家統治，以及爲統治者服務等功能，後來也有人提出方志是「政書」的觀點。

〔註3〕 轉引自呂志毅著，《方志學史》，河北大學出版社 1993 年 10 月版，第 252 頁。
〔註4〕 轉引自曹子西、朱明德主編，《中國現代方志學》，方志出版社 2005 年 7 月版，第 187 頁。
〔註5〕 李泰棻，《方志學》，河北人民出版社 1990 年 5 月版，第 1 頁。

　　綜上所述，我們可以看到，方志性質始終是方志學者和編纂者研究的熱點問題，無論是屬於地理書、歷史書還是政書，這些說法的出現和變化實際上都是隨著社會的前進和記載內容的變化以及學術自身的發展而出現的。浙江大學倉修良教授認為，每一部方志和每一個有關方志的學術觀點都是時代的產物，與其所產生的地理環境、時代背景甚至作者的個人素質都息息相關。一個時代有一個時代的學術風氣和時代特色，一個時代有一個時代的記載重點和特殊內容。因此，有關方志性質的每一種觀點都不是無源之水，無本之木，都是與當時的社會條件和記載內容息息相關的。

二、地理說、歷史說、政書說

　　綜合人們對方志性質的研究，可以看出主要有地理說、歷史說以及政書說等三種不同意見。然而，這三種意見的出現和盛行都與當時方志出現和編纂的實際密切相關。對於新方志來說，它的性質到底是什麼還需要具體問題具體分析。同樣的，廣播電視志也並不完全等同於一般意義上的地方志，廣播電視志有自己獨特的特點和性質。

　　地理說。中國地理環境具有嚴重的差異性，這種差異性客觀上有助於主流思想文化的保護。具體而言，關中和中原地帶地勢平坦，交通方便，適宜農耕，便於開發，這些優點同樣使這些地方容易發生地緣爭奪矛盾。對這些矛盾的解決有賴於民眾和地方政府對中央的認同，以及主流文化的加強。對周邊地帶而言，由於地理因素阻礙著中華民族與外界的進一步交流與碰撞，既保護了大的帝國，又加重了大大小小的地方意識，固化了民族的集體無意識，從而延緩中國古代封建意識的演變過程。方志起源於地記，後來發展為圖經，此時確實包含有明顯地理的性質，而且主要用來記載當時當地地理情況，因此當時把方志列入地理類是有道理的。後來的方志由於記載一方之事的性質和特點，也必然突出本地地情，而這又往往是以地方的自然地理情況為出發點才得以進行和完成的。所以說地方志始終包含一定的地理性質，當前的新方志中，自然地理方面的內容仍然是整部方志的基礎和重要組成部分。

　　歷史說。隨著方志自身的發展，山川地理只是方志記載的一個方面，更多的篇幅記載了歷史文獻。而方志的「經世致用」、「提供歷史資料」作用也是從歷史的角度出發的。人們逐漸看到方志涵蓋內容的擴大，以及表人材、察吏治、垂勸鑒的功能和作用，認為這些已經不能為簡單的地理書所包含，所以提出了「方志屬史」的觀點。章學誠指出：「夫家有譜，州縣有志，國有

史，其義一也。」〔註6〕又說「有天下之史，有一國之史，有一家之史，有一人之史。傳狀志述，一人之史也；家乘譜牒，一家之史也；部府縣志，一國之史也；綜紀一朝，天下之史也。」〔註7〕強調地方志同國史一樣，應以記載歷史文獻為主，不應該把地方志同圖經等專門的地理書混為一談。

政書說。方志只記述一方之事，往往是既記述了一地之史，具有歷史的作用和功能，但也不能完全脫離地區性地理的性質。由於人們對歷史說、地理說各執一詞，與其如此，還不如另闢蹊徑。於是後人又從方志的功能出發提出了「政書說」，認為方志無論記載的是史還是地，其最終目的都是為了「資政」，因此地方志可以看作是「政書」。如宋代的樂史在《太平寰宇記‧表》中，就闡述了修志在維護封建國家統治方面的作用：「萬里山河，四方險阻，攻守利害，沿襲根源，伸紙未窮，森然在目，不下堂而知五土，不出戶而觀萬邦，圖籍機權，莫先於此。」〔註8〕

三、廣播電視志是地方專業史

以上的這些各種觀點和理論針對的都是舊方志，對於新方志來說，它既不是地理著作，也不是單純的歷史著作或政書，而是介於史地之間的一種著作。而就專業志，尤其是廣播電視志來說，史的性質更強，總的來看，應該屬於地方專業史的範疇。

首先，廣播電視志反映的是一地廣播電視發展的全貌，雖然地理環境與人類社會有著密切的關係，廣播電視的發展情況也與當地自然地理環境有一定關係，但地理環境並不是廣播電視發展的最重要因素，也不是廣播電視志記述的主要內容。而且隨著科技的發展和進步，尤其是廣播電視等媒體技術上的不斷更新，廣播電視越來越能夠超越自然地理與環境的束縛。而且從當前已經出版的各級廣播電視志來看，只有在記述當地廣播電視事業建設時，才會有限度地涉及到其特定的自然地理環境問題，大部分廣播電視志在其作為主體的廣播電視宣傳、節目、交流、人員、體制等內容中基本不涉及當地的自然地理環境。所以就廣播電視志而言，不會也沒有人將廣播電視志歸到

〔註6〕 章學誠：《文史通義新編新注》，外篇六，《為張吉甫司馬撰大名縣志序》，倉修良編注，浙江古籍出版社2005年10月版，第1041頁。

〔註7〕 章學誠：《文史通義新編新注》，外篇四，《州縣請立志科議》，倉修良編注，浙江古籍出版社2005年10月版，第846頁。

〔註8〕 轉引自呂志毅著，《方志學史》，河北大學出版社1993年10月版，第170頁。

地理類中。其次，就廣播電視志反映的內容和所起到的功能和作用看，都屬於地方專業史的範疇。所謂地方專業史，研究的是一地的整體歷史發展中的某一側面，如法制史、文學史、教育史等等。具體到廣播電視志來說，其研究對象和所反映的內容爲一定行政區域內廣播電視領域的發展情況，起到的是記錄行業發展歷史、傳承行業傳統與文明、教化行業內工作人員及廣大受眾、爲各級有關部門領導及工作人員提供知識等作用。從這些角度來看，廣播電視志完全屬於地方專業史的範疇。

雖然廣播電視志屬於地方專業史的範疇，但廣播電視志並不等於廣播電視史，廣播電視志和廣播電視史既有一定的區別，也有密切的聯繫。黑龍江史志辦公室的梁濱久在 80 年代末期對史志關係進行了深層次的研究。他認爲：「我們應該用地方志書和直觀描述性的史著相比較，這樣才有共同的比較基礎。而現在有人是拿方志和整個歷史學相比較，過多強調志是記述史實的，史是闡述規律的，而對方志和直觀描述性的史著究竟在體例篇目與編寫方法上有什麼聯繫與區別卻研究得不細也不夠。」〔註9〕具體來說，廣播電視志和廣播電視史的區別可以從記載內容、反映形式入手，歸納爲志橫史縱、志詳史略、志近史遠、志述史論，聯繫則可以歸納爲史志互證、史志互正、史志互補等。

第二節　廣播電視志與廣播電視史的區別

就廣播電視史與廣播電視志的區別問題，可以從記載內容、反映形式等方面來分析。

一、記載內容

對於同一地的廣播電視史和廣播電視志來說，由於其資料來源相近、記載內容大體相同，因此兩者之間必然有著密不可分的聯繫和許多相同之處。但相比較而言，廣播電視史記載的內容更集中，廣播電視志記載的內容範圍則廣泛得多，這是由史志不同的性質和功能所決定的。爲了探尋歷史發展規律、總結歷史經驗教訓，廣播電視史必然有意無意地選擇能夠支持其觀點的史料。而廣播電視志則力求最大限度地保留資料，力求詳盡豐富，門類齊全，

〔註 9〕梁濱久：《史志關係研究的幾個問題》，載《中國地方志》1989 年 4 月，第 27 頁。

横不缺項，縱不斷線。只要有存史價值，或能體現一地一時廣播電視發展的特色，就應當記載。

清代李文藻認爲「志與史同也，亦異也。揚往迹以勵將來，同也。史編天下之大，志錄一邑之小。」又認爲方志「欲存故實而已，非有褒貶予奪之法也。」這就把史志在其社會作用的相同處與其在編寫方法上的不同處表達了出來。於今仍有借鑒價值。方苞在《畿輔名宦志序》中，闡述了史志之別，認爲「史作於異代，其心平，故其事信。」所以「得其實爲易。」而州郡縣志爲「並世有司之所爲」，由於「恩怨勢利請託」，「未必能辨是非之正」。所以「得其實爲難。」〔註10〕這符合舊志實際，讓我們注意參考舊志資料時務必要慎重。而這也是很多人在研究地方志時，不給地方志下「眞實性」特點的原因。黑龍江史志辦公室的梁濱久認爲，史志表述的客觀對象是一個，但任何事物都有過程和系統兩種表現形式，從側重過程方面敘述的是史，從系統方面敘述的是志。〔註11〕

就廣播電視志而言，建制沿革、隊伍建設、對外交流、科研團體等等均在其記載之列。而廣播電視史則往往省略去上述建制沿革、隊伍建設、對外交流、科研團體等內容，只通過全面系統地記載發生在本地的、各個歷史時期的大事要事，展示一地廣播電視發展的歷史全貌，並進行論述，尋找規律。第二，廣播電視志重在資料全，宏微皆備、大小全收；廣播電視史則著眼於「大事」，捨棄對歷史發展「無關緊要」的內容，重在運用史料表達觀點。第三，史重過去，志重現狀，有人將其總結爲「隔代修史，當代修志」。一般認爲，史書是當代人寫過去事，有利於保證記述的眞實可靠；志書則不同，它是資料性著述，往往是本地人寫本地事，當代人寫當代事，資料本身應當更好收集，更可靠。當然，這在首輪修廣播電視志時還不夠明顯，因爲廣播電視的發展歷史還比較短，首輪修廣播電視志的內容和廣播電視史的內容時限差別不大，一般只有覆蓋範圍的區別，但這在第二輪修廣播電視志中就會有比較明顯的體現。如當前正在進行第二輪修志的各省市，大部分都確定在續志時不涉及首輪志書中已經記述的問題。從記載內容看，廣播電視史與廣播電視志將會有越來越大的差異。

〔註10〕轉引自呂志毅《方志學史》，河北大學出版社1993年版，第345頁。
〔註11〕梁濱久：《史志關係立論的基礎》，載《史志文萃》，1988年第4期，第4～5頁。

二、反映形式

　　首先，志詳史略。一般說，史的範圍較專、較約，志的範圍則較廣、較博。廣播電視志一般都會比廣播電視史篇幅長，必須做到不缺項、不斷線。廣播電視史的寫作往往更加重視那些對廣播電視發展產生重要影響的「大事」，對人才建設、機構沿革、對外交流等較少著墨，而作為廣播電視志來說，必須對有關廣播電視的所有情況進行盡可能完整詳細地記述。以記載天津廣播電視的史志為例，限於篇幅及記述重點的原因，《天津通志‧廣播電視電影志》是首輪修廣播電視志，對新中國建立以前的廣播做了盡可能詳細的記述，所佔篇幅約 3 萬字；而《天津新聞傳播史綱要》記載的是新中國成立之前的新聞傳播情況，其中有關廣播的發展情況很少，僅有不到 3 千字，這也著實反映了廣播作為新聞傳播工具在當時歷史情況下的地位和作用。

　　其次，志述史論。地方志記事，詳今明古，大量使用材料，以現狀為重點。地方史則是在佔有大量資料的基礎上，將作者的研究所得在書中闡發，直接使用的史料相對不多，而是用更加概括的語言敘述史實，敘議結合，褒貶分明。廣播電視志從調查得來的大量資料中，經過整理鑒別，分門別類，按照事物發展的脈絡排比資料，寓觀點於記述之中，不直接褒貶，堅持述而不論。廣播電視史的寫作則必須重視史觀，史論結合，褒貶分明。以《上海廣播電視志》與《上海新聞史》、《上海當代新聞史》中的廣播電視部分為例，前者是廣播電視志中的佼佼者，堅持了志書的章法，重在記述，只在概述及每章的開頭有總括性的文字；後者同樣是目前地方新聞史中比較優秀的著作，加敘加議，論從史出。

　　第三，志橫史縱。這一點在廣播電視志中表現的並不絕對。一般而言，史書縱寫，志書橫排。寫史要先分期，後分類；修志則要先分類、後分期。「史是一條線，志是一大片」。廣播電視志將一個地區有關廣播電視的情況橫分門類，分別記述各方面情況，廣播電視史則以時間為經，縱向論述一個地區廣播電視發展的特點和規律。應該說，史、志均有縱橫，但史以縱向記述為主，志以橫向分類為主。廣播電視史與廣播電視志的分期和分類，決定了廣播電視史與廣播電視志在各方面的不同。以《天津通志‧廣播電視電影志》和《天津新聞傳播史綱要》為例。《天津通志‧廣播電視電影志》上限自 1924 年，下限為 2003 年。而《天津新聞傳播史綱要》的記述範圍則是從 19 世紀 80 年代年天津最早出現的中文報刊開始，下限到新中國成立，記載廣播內容的上

限是 1925 年 1 月天津的第一座廣播電臺開始，下限同樣爲新中國成立。《天津通志‧廣播電視電影志》集中一章「天津早期的廣播電臺」，分類別如「外國人辦的電臺」、「官辦電臺」、「民營電臺」、「軍辦電臺」、「日僞電臺」以及在另外一章的「天津新華廣播電臺」進行記述；《天津新聞傳播史綱要》中廣播的內容完全按照歷史分期，分別在十年內戰前後、淪陷時期以及解放戰爭時期等幾個階段進行記述。相比較而言，志比史記述的內容更加廣泛深入，也更有邏輯性，讀來清晰明瞭；而史比志則更能體現歷史發展的整體脈絡。

第三節　廣播電視志與廣播電視史的聯繫

一、史志關係

雖然有以上的種種不同，但廣播電視史和廣播電視志是有密不可分的聯繫的。由於廣播電視問世的時間很短，因此對同一地的廣播電視志和廣播電視史來說，當前所出版的首輪修廣播電視志所涵蓋的時間內容與廣播電視史基本上是完全一致的。

歷史學家來新夏認爲，史與志的關係是同源異體，殊途同歸和相輔相成的，沒有必要也不可能分得那麼清。作爲學術探討的課題，盡可以爭論下去，暫不作結論，但在實際工作中，完全不必要糾纏於此。在具體工作中應本著一個「志經史緯」的觀點，把史和志二體有機地結合起來，諸體並用，以達到全面準確地反映本地區情況，就算可以了。因此，廣播電視史一般只選取那些推動或阻礙廣播電視發展的重大史實，如重大歷史事件、重要的建設成果、重要的政策和決策的實施，以及重要的有關發明創造等等，它的記述範圍以及文字量都遠遠小於廣播電視志。但總體而言，廣播電視志和廣播電視史所反映的內容都是廣播電視的發展情況，不同的只在於廣播電視志包含的內容更廣泛，廣播電視史體現的內容更集中。

就史志的相互關係而言。首先，可以史志互證。「證」指的是證明。「歷史研究，最貴旁徵博引以求其是。」〔註 12〕雖然反映的對象相同，但史、志的作者一般不是相同的作者；而且史、志獲取材料的路徑也不相同，因此史與志可以就某些問題相互印證、證明。廣播電視志以存史爲其重要功能，所留存的史料系統廣泛，經過幾輪的積纍，必將對後世寫史留存重要的史料；

〔註 12〕杜維運：《史學方法論》，北京大學出版社 2006 年 5 月版，第 117 頁。

而廣播電視史往往集中於一點，如「藝術史」、「節目史」、「學術史」、「制度史」等，這種在某一具體範圍內的記述，往往能發現新的史料和史實。史志互證的例子，在廣播電視志和廣播電視史的寫作中，有非常多的例子。

其次，史志互正。史志互正與史志互證是十分緊密的聯繫在一起的。對於某些資料和史實，由於年代久遠以及資料的所限，人們得到的信息可能是有差別的，記載的內容方式、角度以及對史料的取捨也有不同，可以通過史志各自的記載進行相互對比，既可以相互印證，也可以相互校正，真實全面的反映歷史。「地方志之可靠與否，當然因修志之人之學養而有別，不過，地方志是由當地人採訪與編輯，應是第一手資料，若加運用，除可考訂正史之錯誤外，更可糾正一般專門書籍中的訛誤。」〔註13〕

林青主編的《少數民族廣播電視發展史》被認為是「第一部從宏觀上對中國少數民族廣播電視進行綜合概況，並有一定深度的史學著作。」〔註14〕然而，在該書「緒論」中的一段話，就引出許多與有關廣播電視志記載不同的問題。林著認為，「中國最早的少數民族語言廣播出現於 20 世紀 30 年代。當時，國民黨中央廣播電臺先後在南京和重慶舉辦過蒙古語和藏語廣播。此後在北平（即北京）和吉林、內蒙古、新疆等少數民族聚居地區也開辦過蒙古、朝鮮、維吾爾等少數民族語言節目。在當時的社會歷史條件下，這些廣播，宣揚的是國民黨政府的反動觀點，同時又大多帶有濃厚的殖民地、半殖民地色彩，加之這些廣播功率很小，收聽工具極少，所以在當時的社會影響十分有限。」〔註15〕然而據此查有關志書，發現在《北京志·新聞出版廣播電視卷·廣播電視志》、《吉林省志·新聞事業志·廣播電視》和《內蒙古自治區志·廣播電視志》中，都沒有提到國民黨政府在這些地方開辦少數民族語言節目的情況。如北京志中，乾脆提到「北京初辦廣播電臺時僅有單一的漢語普通話（國語）播音，到 1949 年 1 月前有幾種外國語種廣播節目」，以及「民國時期北京開辦的廣播電臺沒有設少數民族語言廣播」〔註16〕。《吉林省志·新聞事業志·廣播電視》中雖然記述了日偽放送局有漢語、朝鮮語、

〔註13〕 林天蔚：《方志學與地方史研究》，南天書局 1995 年版，第 5 頁。
〔註14〕 白潤生：《我國少數民族廣播電視史學研究的奠基之作——簡評〈中國少數民族廣播電視發展史〉》，載《中國廣播電視學刊》2001 年第 11 期，第 63 頁。
〔註15〕 林青：《中國少數民族廣播電視發展史》，北京廣播學院出版社 2000 年 6 月版，第 1 頁。
〔註16〕 《北京志·新聞出版廣播電視卷·廣播電視志》，北京出版社 2006 年 6 月版，第 21 頁，73 頁。

英語、俄語等語種，但講述國民黨佔領時期的共 6 座廣播電臺時，並沒有提到少數民族語言的廣播。《內蒙古自治區志‧廣播電視志》與《吉林省志‧新聞事業志‧廣播電視》情況相同，日僞放送局有日、俄、蒙等語言廣播，但國民黨政府接管的兩座廣播電臺都以轉播爲主要任務，很少有自辦節目，也沒有提到有少數民族語言的廣播。而林著第一章「新中國成立前少數民族地區的廣播」與各地志書的反映也基本相同，因此通過這樣的比照，可以看出，林著在「緒論」中的這句話是有問題的。應改爲：「中國最早的少數民族語言廣播出現於 20 世紀 30 年代。當時，國民黨中央廣播電臺先後在南京和重慶舉辦過蒙古語和藏語廣播，在新疆也開辦過少數民族語言節目。吉林、內蒙古少數民族聚居地區的日僞廣播電臺也有蒙古、朝鮮等少數民族語言節目。」

第三，史志互補。史志的互補是基於史志的不同而產生的。傳統史學目的單一，功能狹隘，服從於封建政治統治的需要，不僅把民眾排除在服務對象之外，而且成爲統治者束縛壓迫民眾的工具。這與傳統史學嚴重政治化的傾向相關，同時也使史學研究中厚古薄今的傾向越來越嚴重。而地方志作爲始終在地理與歷史兩者之間搖擺不定的著作，擴大了歷史記述的範圍，鞏固了中央對地方的統治，也改善了厚古薄今的情況。「國史中列傳，對人物的取捨，端視其影響性之大小如何；但，若其對全國性影響雖小，而對地方性影響卻大；對當時影響雖小，對後世影響卻大的人物，非在地方志中找尋不可。」〔註17〕

二、以電視大學爲例

方志與史書實際上一直保持著互補的作用。廣播電視史和廣播電視志的性質、特徵以及作用都各有側重，這決定了兩者各自存在的必要性和可能性，而兩類著作在記錄相同事物的不同方式，決定了他們具有一定的互補性，可以在續志和修訂史書時互爲參考。下面這個例子，就以改革開放之前各地開辦「電視大學」的情況爲題，對有關史志的不同記載進行了綜合分析：

電視大學是廣播電視部門與有關教育部門聯合，利用廣播電視這種現代化的傳播媒介，面向社會招生，舉辦大學。廣播電視的教育有三種類型，第一種是開辦有關教育類節目，面向廣大受眾；第二類是廣播電視開辦專業學校，培養廣播電視自身需要的人才；第三類則是利用廣播電視的媒介優勢，

〔註17〕林天蔚：《方志學與地方史研究》，南天書局 1995 年版，第 6 頁。

面向社會招生，成立學校。這裏所說的電視大學是第三種類型，不能與前兩種類型相混淆。尤其在各地的廣播電視志中，有關「教育」的記載多集中在對廣播電視行業內部人員的專業培養方面，需要分清三者的不同。

　　《中國新聞事業通史》是迄今爲止規模最大、涉及面最廣的中國新聞通史著作，被譽爲中國新聞史學成果的集大成者。書中也比較簡略地記載了有關電視大學的情況：「1960 年 3 月，北京電視臺同北京市教育局聯合開辦了北京電視大學，上海、哈爾濱也先後開辦了電視大學，開始了中國的電視教育事業。」〔註18〕

　　有關這段時期我國開辦的電視大學問題，在《中國廣播電視通史》當中也有記述：「1960 年 3 月 8 日，北京電視大學正式開學，這是北京電視臺和北京市教育局聯合舉辦的進行系統教育的業餘大學，也是我國第一座電視大學。……繼北京電視大學之後，上海電視大學、長春地區廣播電視大學也於這年相繼開學。……1961 年 3 月江蘇無錫電視大學成立，主要是轉播上海電視大學的課程……1962 年 9 月，廣東省、廣州市電臺、廣州電視臺和廣州市業餘教育委員會聯合舉辦的廣州廣播電視大學正式成立。」〔註19〕

　　《中國電視史》是這樣記載電視大學的內容：「1960 年 3 月 8 日，北京市教育局和北京電視臺共同舉辦的北京電視大學開學了。……差不多與北京同時，上海電視臺與華東師範大學聯合，也於 1960 年開辦了上海電視大學。……1963 年 10 月，已下馬的安徽電視臺開辦了安徽電視學校大專班。……1964 年 10 月，下馬的太原電視臺與太原市教育局聯合開辦了電視工讀學校。」〔註20〕

　　經過比較，會發現以上幾部重量級的新聞史、廣播電視史著作的記述是不一致的。《中國新聞事業通史》介紹了三地的電視學校的情況：北京、上海、哈爾濱。《中國廣播電視通史》記載了五地的電視學校：北京、上海、長春、無錫、廣州。《中國電視史》則介紹了四地的電視學校的情況：北京、上海、安徽、山西。

　　對此問題，筆者查閱了有關廣播電視志，發現志書的記載與以上兩本史書的記載也有差別，有些需要進一步說明。

〔註18〕方漢奇：《中國新聞事業通史》第 3 卷，1999 年 2 月版，第 241 頁。
〔註19〕趙玉明：《中國廣播電視通史》，北京廣播學院出版社 2004 年 1 月版，第 254 頁。
〔註20〕郭鎮之：《中國電視史》，中國人民大學出版社 1990 年 5 月版，第 56～60 頁。

　　第一，史志互證。①《中國新聞事業通史》、《中國廣播電視通史》和《中國電視史》記載的上海電視大學，開學時間為 1960 年 4 月 6 日，在《上海廣播電視志》中得到印證。②《中國廣播電視通史》記載的江蘇無錫電視大學和廣州廣播電視大學在《江蘇省志・廣播電視志》和《廣東省志・廣播電視志》中分別得到了印證。③《中國新聞事業通史》記載的哈爾濱電視大學，也在《黑龍江省志・廣播電視志》得到了印證。

　　第二，史志互正。①《中國電視史》記載：「1964 年 10 月，下馬的太原電視臺與太原市教育局聯合開辦了電視工讀學校。」然而據山西志記載，「1963 年 2 月 19 日，太原實驗電視臺停辦以後，根據國務院和中央廣播事業局精神，利用現有設備和太原市教育局聯合籌備太原電視工讀中學，播出電視教學類節目，11 月 2 日正式開播。」此處與《中國電視史》記載有兩個不同，一方面是「太原電視臺」和「太原實驗電視臺」之別，另一方面則是開辦時間上有差異。②有關北京電視大學，《北京志・新聞出版廣播電視卷・廣播電視志》載：「1960 年 3 月 8 日，中共北京市委決定由北京市教育局和電視臺聯合創辦北京電視大學。1964 年 11 月，北京市副市長吳晗兼任北京電視大學校長。同年 9 月 26 日北京電視大學開始授課。」〔註21〕（此處志書的記載自身是有問題的，「同年」到底是指哪一年沒有交代清楚。應將「1964 年 11 月，北京市副市長吳晗兼任北京電視大學校長」一句挪至「同年」句後。）北京志的記載的「創辦」與《中國電視史》、《中國廣播電視通史》所記載「開學日期」應為同義，否則會產生歧義。

　　第三，史志互補。①《中國新聞事業通史》對上海和哈爾濱「電視大學」的開辦日期沒有介紹，另外兩本史書對上海電視大學的情況進行了介紹，但沒有記載哈爾濱電視大學的情況。查閱《黑龍江省志・廣播電視志》知，「1960 年 4 月中旬，哈爾濱電視臺開辦『哈爾濱電視大學』課程，學員是中小學教師和具有高中文化程度的職工。」〔註 22〕②《中國電視史》所記「安徽電視學校大專班」，在《中國廣播電視通史》和安徽志中都沒有反映。安徽志在「教育」一章中記載了「安徽省中級廣播學校」和「安徽廣播電視學校」，前者成立於 1960 年春，但在 1962 年精簡下馬；後者於 1972 年批准成立——但兩者

〔註21〕《北京志・新聞出版廣播電視卷・廣播電視志》，北京出版社 2006 年 6 月版，第 367 頁。
〔註22〕《黑龍江省志・廣播電視志》，黑龍江人民出版社 1996 年 6 月版，第 173 頁。

都不是《中國電視史》所記載的「安徽電視學校大專班」。〔註23〕如《中國電視史》記載屬實，將補安徽廣播電視志之缺。③《中國廣播電視通史》記載的長春地區廣播電視大學，在《中國電視史》和吉林志中都沒有反映。吉林志在「其他附屬事業」一章中記載了「吉林省廣播電視學校」，但並不是《中國廣播電視通史》記載的長春地區廣播電視大學。如《中國廣播電視通史》記載屬實，將補吉林廣播電視志之缺。

　　綜上所述，我們可以看出，我國改革開放之前的電視大學（含中學）應該至少有 6 所，它們是：北京電視大學、上海電視大學、江蘇無錫電視大學、廣州廣播電視大學、哈爾濱電視大學和太原電視工讀學校。（有關太原電視工讀中學雖然是「中學」而非「大學」，但該中學當時曾受到國務院總理周恩來的批示、當時主管教育的副總理陸定一的讚揚以及《人民日報》的專門報導，也是當時中央廣播事業局推廣的重要經驗的典型，且全國並無其他同等類型的中學，因此建議將太原電視工讀中學與其他大學同等記載。）而長春地區廣播電視大學和安徽電視學校大專班是否是這一性質的電視大學，還有待於進一步的考證。

第四節　對幾部記載廣播電視史的新聞史著作與廣播電視志的比較

一、《上海新聞史》、《上海當代新聞史》與《上海廣播電視志》

　　《上海新聞史》，馬光仁主編，復旦大學出版社 1996 年 11 月版，79 萬 1 千字，從無權辦報的古上海開始記述，下限到新中國成立以前；記載廣播內容從 1923 年 1 月創辦無線廣播電臺開始，下限為新中國成立以前。記載廣播的內容約 1 萬字。《上海當代新聞史》，同樣由馬光仁主編，復旦大學出版社 2001 年 10 月版，62 萬 7 千字，記載內容從 1949 年 5 月至 1999 年 5 月，其中記載廣播電視內容約 3 萬 5 千字。

　　《上海廣播電視志》由《上海廣播電視志》編輯委員會編，趙凱主編。上海社會科學院出版社 1999 年 11 月版，151 萬 3 千字。「上限始於民國 12 年（1923 年），下限迄於 1993 年。個別記事內容有所延伸，大事記延伸至 1995

〔註23〕《安徽省志・廣播電視志》，方志出版社 1997 年 6 月版，第 239～240 頁。

年，總述和補記則延伸至 1998 年。」〔註24〕

　　《上海新聞史》和《上海當代新聞史》由同一人主編，記載時間連續，從時間上可看作一部「通史」。《上海新聞史》和《上海當代新聞史》記載廣播電視的內容偏少，但從新聞史編寫的角度看，廣播和電視的篇幅和當時所處的地位和作用還是基本符合的。《上海廣播電視志》「是一部以史實爲依據，客觀記述上海廣播電視 75 年發展軌跡的煌煌巨著，也是一部具有『資政、教化、存史』價值的上海廣播電視大集成。」〔註25〕

　　比較《上海新聞史》、《上海當代新聞史》中的廣播電視部分與《上海廣播電視志》：史志覆蓋時間基本一致，描述對象基本相同，指導思想和出發點中都包含了存眞求實的要素。從編纂方式看，前二者由個人牽頭申請項目，擔任主編，然後組織專家學者進行編寫，是自下而上的行爲，後者則是由政府部門牽頭組織，成立專門組織並在系統內分派編纂任務，是自上而下的行爲；從篇幅上看，前二者加起來一共不到 5 萬字，後者則煌煌 100 多萬字；從編排方式上看，前二者以時間爲序，將廣播電視分別放在歷史時段中進行記述，後者則橫向分類，以廣播電臺、廣播節目、電視臺、電視節目、廣播電視技術、管理、交流合作、研究出版、經營服務等分類，再依照時間順序記述；從記載內容看，前二者主要記述廣播電視作爲新聞傳媒特性的一面，後者則面面俱到，文藝、技術、管理等盡收囊中；從寫作風格看，前二者在記述廣播電視發展情況時，夾敘夾議，隨意揮灑，後者則只在概述中有少許議論，正文中則絕少議論。從以上這些最直觀的比較上，能看出廣播電視入史和入志的異同。

二、《山西新聞史》與《山西通志‧新聞出版志‧廣播電視篇》

　　《山西新聞史》，王醒著，山西人民出版社 2001 年 7 月版，32 萬字，其中有關廣播電視部分的內容不到 2 千字。本書從古代山西人類原始的傳播活動開始記述，下限到 2000 年；記載廣播內容的上限是 1949 年 4 月太原新華廣播電臺開始，下限同樣爲 2000 年。《山西通志‧新聞出版志‧廣播電視篇》，山西省史志研究院編，中華書局 2004 年 12 月版，上限自 1931 年，下限爲 1995 年。86 萬字。

〔註24〕《上海廣播電視志》，上海社會科學院出版社 1999 年 11 月版，凡例。
〔註25〕《上海廣播電視志》，上海社會科學院出版社 1999 年 11 月版，序一。

　　《山西新聞史》的副標題是「新聞傳播與山西社會發展」，從傳播史和社會發展的角度對山西的新聞傳播活動進行梳理。由於廣播電視是作爲整個人類傳播史中的一種現代化媒介手段被認識的，因此，對廣播電視只用了不到2千字進行專門記述，這也基本反映了廣播電視在人類傳播史上的地位和作用。而且本書也沒有記述民國時期山西廣播的發展情況。相對來說，《山西通志·新聞出版志·廣播電視篇》是首輪修廣播電視志，對山西的廣播電視發展情況做了盡可能詳細的記述。《山西新聞史》廣播電視的內容完全按照歷史分期進行記述，而且十分粗略；而《山西通志·新聞出版志·廣播電視篇》則「以類相從」，通過「無線電廣播」、「有線廣播」、「電視」、「有線電視」、「傳播與發射」、「科研教育」、「專業報刊與音像出版」、「廣播電視管理」等章，對山西廣播電視發展的方方面面進行了全面的記述。相比較而言，志比史記述的內容更加廣泛深入，也更有邏輯性，讀來清晰明瞭。

　　《山西新聞史》專設了附錄「山西電視臺四十年大事記」，通讀此「大事記」，發現許多與山西志書不同之處。①該「大事記」記述：「1960 年 10 月14 日，太原實驗電視臺拍攝的第一號電視新聞片《全國乒乓球錦標賽在太原舉行》在當天播出。」〔註26〕而志書的「大事記」則寫著此事發生在 1961 年的 10 月 14 日。兩處記載時間相差一年。②「1985 年 1 月 25 日，省領導李立功、李修仁、王克文、王森浩審看山西電視臺攝製的電視劇《特殊使命》。」〔註27〕而志書的「大事記」則標明此事發生在 1985 年 2 月 25 日。兩處記載時間相差一月。③「1990 年 10 月 14 日，經廣播電影電視部批准，黃河電視臺成立。」而志書則在 277 頁「黃河電視臺」目下記述爲：（黃河電視臺）「1991年 12 月 14 日，經過廣播電影電視部批准成立。」以上三處時間的明顯不同，無論是《山西新聞史》出現了錯誤還是《山西通志·新聞出版志·廣播電視篇》出現了錯誤，都是很影響其質量的。

三、《西藏新聞傳播史》與《西藏自治區志·廣播電影電視志》

　　《西藏新聞傳播史》，周德倉著，中央民族大學出版社 2005 年 9 月版，32 萬字，其中有關廣播電視部分的內容約 5 萬字。本書從原始社會的信息傳播談起，下限到 2000 年；記載廣播電視的上限是西藏和平解放以前從西藏廣播事業基礎建設，下限是 2000 年。《西藏自治區志·廣播電影電視志》，西藏

〔註26〕王醒：《山西新聞史》，山西人民出版社 2001 年 7 月版，第 389 頁。
〔註27〕王醒：《山西新聞史》，山西人民出版社 2001 年 7 月版，第 392 頁。

自治區地方志編纂委員會編，中國藏學出版社 2005 年 7 月版，48 萬字，上限自 1951 年 1 月起，下限至 2000 年 12 月止。

《西藏新聞傳播史》，以時間爲序，以「西藏區域新聞發展史」的觀點進行了歷史分期，記載了包括廣播電視在內的西藏新聞傳播的歷史。從西藏廣播事業的基礎建設開始，到西藏電視事業的創建與發展，並從橫向對廣播電視援藏進行介紹和評價。本書中的廣播電視都是作爲新聞傳播的工具被記述的，因此書中對廣播電視新聞宣傳以及事業建設等「大事」著墨較多，而且有史有論，史論結合。《西藏自治區志·廣播電影電視志》則以類相從，分廣播篇、電視篇、服務與交流篇，以及管理篇等對西藏人民廣播電視事業的情況進行了記述，在「概述」中進行了少量的論述。

廣播電視出現的時間不長，《西藏新聞傳播史》與《西藏自治區志·廣播電影電視志》對西藏解放之後廣播電視的記述內容基本一致。《西藏新聞傳播史》的寫作引用了許多《西藏自治區廣播電影電視志》（復審稿）的內容，但又不限於此，尤其對西藏和平解放以前，在英國人福特的總指導下，在拉薩、昌都和那曲進行的無線電廣播活動，以及南京國民政府在內地創辦的藏語電臺和西藏接受域外廣播情況的述評等，是十分珍貴的資料。補充了《西藏自治區志·廣播電影電視志》中沒有提到的內容。

西藏志在記載 1959 年西藏上層反動集團發動的武裝叛亂的情況時，「1959年 3 月，在平息叛亂期間，拉薩人民廣播電臺和拉薩有線廣播站，不分晝夜進行廣播。內容主要是西藏軍區司令員張國華同十四世達賴的對話，譚冠三政委同十四世達賴的往來新建，國務院、中央軍委關於平息西藏叛亂的命令，宣傳西藏工委、西藏軍區有關平叛的方針政策，報導平叛戰況。」〔註 28〕而據周德倉著《西藏新聞傳播史》記載，「1959 年 3 月，西藏上層反動集團發動武裝叛亂，拉薩人民廣播電臺無線電廣播被迫中斷。廣播站臺的數名職工冒著槍林彈雨在居民樓房頂上架設廣播線路，安裝喇叭，在地堡裏進行播音，播出黨中央、中央軍委的指示和命令，宣傳對參叛人員的政策，報導平叛情況。」〔註 29〕拉薩人民廣播電臺的無線電廣播到底是否被迫中斷，是兩本書對此事記載的主要不同之處。

〔註 28〕 《西藏自治區志·廣播電影電視志》，中國藏學出版社 2005 年 7 月版，第 4頁。
〔註 29〕 周德倉：《西藏新聞傳播史》，中央民族大學出版社 2005 年 9 月版，第 157 頁。

四、幾部廣播電視史與有關廣播電視志內容的比較研究

迄今為止，我國還沒有一部水平較高的從地方視角進行研究的地方廣播電視史的問世。總體而言，我國廣播電視史的主要成果集中在「通史」層面的研究，如《中國廣播電視通史》，是全國廣播電視系統首次獲得立項的國家社科基金項目，被稱為中國廣播電視史的「奠基之作」；如《中華人民共和國廣播電視簡史》，是在國家廣電總局領導之下完成的我國第一部系統記錄、梳理、總結、分析新中國成立以來廣播電視事業發展歷程的史書；如《中國少數民族廣播電視發展史》，被譽為「中國少數民族廣播電視史學研究的奠基之作」；還有更早的郭鎮之著《中國電視史》，記載了中國電視發展的前三十年的歷程。然而縱觀上述「通史」，雖然有的是「眾手成書」，有的走訪了許多省市地區的電視臺和數以百十計的新老電視工作者，但總體而言，記載的重心還是在幾個中央級的廣播電視發展史上，對地方的研究和重視不足。有必要將以上這些「通史」中記述的內容與有關地方廣播電視志的記載進行對比，發現史實及其他方面的不同。

1. 某些史實的記載差異

《中國廣播電視通史》記載：「中央電臺的民族廣播創建於 1950 年，1960 年停辦，1972 年起陸續恢復。」〔註30〕查北京志第 74 頁知，維吾爾語廣播節目在 1971 年 5 月 1 日就開始恢復。這一點也在《中華人民共和國廣播電視簡史》和《中國少數民族廣播電視發展史》中得到印證。

《中國電視史》記載：「1963 年，北京電視臺曾發出 7675 份觀眾意見調查表，回收 2150 份，代表 12 萬人的意見。」〔註31〕北京志的「電視篇」內有一節為「觀眾調查研究」，對此事的記載是：「1965 年曾發出 7675 份觀眾調查表，收回 2150 份。」〔註32〕二者的記載內容相同，但是時間上有出入。

《中國電視史》記載：「1980 年 5 月 1 日，《國際新聞》保留欄目名稱，併入《新聞聯播》。」〔註33〕而據北京志記載，《國際新聞》「於 1980 年 4 月 1

〔註30〕趙玉明：《中國廣播電視通史》，北京廣播學院出版社 2004 年 1 月版，第 369 頁。

〔註31〕郭鎮之：《中國電視史》，中國人民大學出版社 1990 年 5 月版，第 18 頁。

〔註32〕《北京志·新聞出版廣播電視卷·廣播電視志》，北京出版社 2006 年 6 月版，第 451 頁。

〔註33〕郭鎮之：《中國電視史》，中國人民大學出版社 1990 年 5 月版，第 155 頁。

日併入《新聞聯播》。」〔註34〕這是另一處的時間不一致。

2. 志補史缺

《中國電視史》在「自己走路」一章中講了一個典型事例：「阿波羅」首次登月是在 1969 年 7 月 20 日，然而中國的有關部門卻因爲客觀原因未能收看到圖象清晰的衛星轉播，直到十年後的 1979 年，才在中央電視臺《科學與技術》專欄中收看到這一事件的紀錄片。有關這一史實，可能能在《上海廣播電視志》中得到修正或進一步的落實。因爲據該志 「大事記」記載「1969年 11 月，上海電視臺第一次以屏幕錄像記錄了美國阿波羅 12 號登月飛行。」〔註35〕然而該志在其他地方卻沒有對此事有進一步的記載。

3. 史補志遺

《中國電視史》記載，安徽電視臺製作的電視劇《最後一幅肖像》在中央電視臺播出後，由於該劇是非不清、黑白混淆，嚴重喪失了共產黨員的原則和立場，受到觀眾的紛紛投書抗議。〔註36〕此事在安徽志中沒有記載。這是首輪修廣播電視志的普遍問題，即「記喜不記憂」，不能做到「美惡皆現」。但通過有關史書的記載，可以在一定程度上彌補這個問題。

史難在分期，志難在分類。史志可以通過相互印證，相互校正，相互補充，各自完善。而通過對兩者的正確認識和使用，可以達到史志共榮的狀態。王國維是中國現代史學建設中頗富傳奇色彩的人物。他的政治態度和文化取向都是傳統的，但對西方科學方法和哲學的熟練運用，卻是當時學術界的佼佼者。陳寅恪評價王國維的學術成就：「一曰，取地下之實物與紙上之遺文互相釋證；二曰，取異族之故書與吾國之舊籍互相補正；三曰，取外來之觀念與固有之材料互相參證。此三類之著作，其學術性質固有一同，所用方法亦不盡附會，要皆足以轉移一時之風氣，而示來者以軌則。吾國他日文史考據之學，範圍縱廣，途徑縱多，恐亦無以遠處三類之外。此先生之一書所以爲吾國近代學術界最重要之產物也。」〔註37〕這種相互「釋證」、相互「補正」、

〔註34〕 《北京志・新聞出版廣播電視卷・廣播電視志》，北京出版社 2006 年 6 月版，第 349 頁。

〔註35〕 《上海廣播電視志》，上海社會科學院出版社 1999 年 11 月版，第 52 頁。

〔註36〕 郭鎭之：《中國電視史》，中國人民大學出版社 1990 年 5 月版，第 147 頁。

〔註37〕 陳寅恪：《王靜安先生遺書序》，《金明館叢稿二編》，上海古籍出版社，1980。轉引自劉俐娜，《由傳統走向現代──論中國史學的轉型》，社會科學文獻出版社 2006 年 4 月版，第 109 頁。

相互「參證」乃是在中國傳統考據之學的根基之上的更新和發展的路徑，也是本文提出以上「史志互證」、「史志互正」與「史志互補」的思想源泉。

本章小結

　　關於方志的性質，長期以來一直有不同的觀點。在封建社會中，方志性質始終主要糾纏於地理、歷史兩種性質中，直到民國時期仍然沒有定論。社會主義新修方志中，對方志性質的研究是方志理論研究者所關注的熱點話題之一。方志出現的最初與地理有著密不可分的聯繫，古人用志也與迫切希望瞭解地情尤其是山水地理等有關。但隨著方志自身的發展，其與史書的關係越來越密切，某種程度上成為官修的史書。而這種官修的體制和隨之而來的教化作用也使人們認為志書的性質是政書。總的來看，地理說、歷史說、政書說是對方志性質認識的集中總結。

　　對於廣播電視志來說，它屬於地方志的一種，但也有著廣播電視的獨特性。它與廣播電視史也有著千絲萬縷的關係，在記載內容方面，廣播電視史記載的內容更集中，而廣播電視志記載的內容範圍則廣泛得多；在反映形式方面，有志橫史縱、志詳史略、志述史論等明顯的區別。在功能上，二者可以史志互正、史志互證、史志互補。總的說來，廣播電視志屬於地方專業史的範疇，可以看作是地方廣播電視史的一種。

第三章　廣播電視志的特點：眞實性、學術性、專業性

　　有關方志的特點，有不同的看法和認識，有的提出四點：區域性、連續性、廣泛性、可靠性；有的提出五點：地方性、連續性、廣泛性、資料性、可靠性，浙江大學倉修良教授則提出可以歸納爲：「地方性、連續性、廣泛性、多樣性和時代性。」〔註1〕但這些都是針對地方志提出的，並不適用於作爲新修方志中專業志的廣播電視志。因此，分析廣播電視志的特點必須根據廣播電視志所反映的特定內容和性質做出判斷。

第一節　廣播電視志的生命：眞實性

一、歷史的眞實

　　求眞，是爲了揭示歷史的眞相；求眞，始終是史學的一個重要目的和傳統。古今中外，所有的史學家都把揭示歷史的眞相，反映歷史的本來面目作爲自己的生命。從《春秋》、《史記》開始，歷史眞實成爲史家所追求的目標。唐太宗曾對房玄齡說：「史官執筆，何須有隱？宜即改削浮詞，直書其事。」〔註2〕中國古代史學自先秦經秦漢、魏晉南北朝，直至唐代的發展歷程，無論是史書寫作還是理論探討，其基本主題一直都是「眞實」，這也對後來的劉知

〔註 1〕倉修良，《方志學通論（修訂本）》，方志出版社，2003 年 10 月版，第 68 頁。
〔註 2〕《貞觀政要・文史》。按《貞觀政要》記此事於貞觀十四年，《冊府元龜》作十六年，《資治通鑒》作十七年。轉引自瞿林東著，《中國史學史綱》，北京出版社 2005 年第 2 版，407 頁。

幾產生了重大影響。

　　劉知幾所著《史通》是我國現存最早的史學評論和史學理論著作，內容涉及史學發展、史書編纂方法、史料搜集運用、歷史評論等諸多方面，而其《史通》中的《曲筆》、《直書》兩篇，論述了「直書」的傳統及其意義。劉知幾提出「良史以實錄直書爲貴」的重要命題，並說「所謂直筆者，不掩惡，不虛美」〔註3〕；所謂實錄者「愛而知其醜，憎而知其善，善惡必書。」〔註4〕提出「兼善」和「忘私」的觀點。此後，歷代史家在這方面也都有所論述。

　　章學誠的《文史通義》論史家素養的「史德」篇，更是要求著史者用客觀的態度去書寫歷史，避免主觀情緒。而「蓋欲爲良史者，當愼辨於天人之際，儘其天而不益於人也。」〔註5〕對章學誠的研究大有造詣的倉修良先生對此的解釋是，史家應當愼重的分辨自己的主觀與客觀事實之間的關係，分清哪些是自己的主觀意圖，哪些是客觀史實。要尊重客觀事實，如實的反映歷史的本來面貌，而不能隨便的摻雜自己的主觀感情。李大釗也明確指出「研究歷史的任務是：（一）整理事實，尋找它的眞確的證據；（二）理解事實，尋出它的進步的眞理。」〔註6〕求眞，是歷史的基礎和根本原則，沒有求眞，歷史就失去了生命和意義。

　　當然，無論史家對求眞的決心有大，努力有多大，實現這一目的仍有很大困難，對史學家揭示歷史眞相的努力也無法作絕對的要求。造成歷史記載與客觀事實不相符甚至背離的原因很多，既有客觀的，也有主觀的。客觀原因主要是因爲歷史包羅萬象、紛繁複雜，任何人都無法絕對地再現歷史，而且過去的事情多年久失傳，無法印證。我國歷史悠久，如商朝之前的歷史，由於年代久遠，沒有明確的文字記載，只能依靠口頭神話般的傳承，沒有文字的輔助，可靠性大打折扣，這是沒辦法彌補的。而主觀原因則在人，即歷史記錄者。這又可以分爲兩種。歷史本來就是人們對客觀事實的主觀認識。史學家在反映客觀歷史的過程中，總要受到主觀意識的支配。而且無論多麼嚴肅或正直的史學家，仍然難免有種種局限，其個人好惡和思想傾向也影響

〔註3〕劉知幾：《史通·雜識》。

〔註4〕劉知幾：《史通·惑經》。

〔註5〕章學誠：《文史通義新編新注》，內篇五，《史德》，倉修良編注，浙江古籍出版社2005年10月版，第265頁。

〔註6〕李大釗，《史學概論》，轉引自劉俐娜，《由傳統走向現代——論中國史學的轉型》，社會科學文獻出版社2006年4月版，第184頁。

著對歷史的記錄，只是可能程度有所不同罷了。從某種意義上來說，這是不自覺的，也是不可避免的。然而另外一種則是有意爲之，由於歷史同政治的密切關係，每次朝代更迭的時候，新的統治者大多會篡改前朝歷史，並美化自己功績，爲的是起到政治上的作用，影響人民的思想，而統治者同時也大多會隱瞞一些對自己不利的事件，蓄意更改、隱瞞歷史。西方史學界對這個問題從認識論層面進行了更進一步的思考和闡釋。「語言學的轉向」告訴我們，我們只能進行歷史認識，永遠無法達到歷史的眞實。「歷史認識與所有的科學認識一樣，其性質是重建眞實，而不是再現或反映眞實，因此，從定義上講，它是有選擇性的、部分的。」〔註7〕但是總的來說，「求眞」是所有史學家的天職和追求。

二、廣播電視志的眞實性

　　眞實性又稱可靠性，對於方志的眞實性，方志學界是有不同看法的。如浙江大學倉修良教授就明確認爲，眞實性（可靠性）的提法不妥當。原因有二，一是舊方志的資料並不完全可靠；二是地方志除少數出於名家手筆外，多數並不懂得做學問。因此雖然每一部方志都有保存的價值，但對其具體的內容卻不能輕信。倉教授是從整個方志學的角度出發，充分考慮了舊有方志的情況才對整個方志學的發展情況做出這樣的判斷。但我認爲，對廣播電視志的眞實性應該具體問題具體分析。廣播電視歷史時間較短，作爲記錄當代廣播電視發展全貌的著述，眾手成志的體制再加上編志人員的不斷努力，廣播電視志是有可能也是必須保證其眞實性的。

1. 廣播電視志必須是真實的

　　廣播電視志是記錄歷史的一種方式。在中國史學發展的歷程中，始終有「直筆」與「曲筆」的對立，這說明人們早就認識到，人們既能眞實客觀地反映客觀事實，也能輕易地歪曲它。歷史的發展，很少是一帆風順的，曲折與斷裂是歷史發展的常態，而這些都很容易能造成歷史失去其本來面目，但並不因爲此就能否定歷史的眞實性。

　　眞實廣播電視志的生命。追求眞實，是廣播電視志作爲記錄廣播電視發展歷史和現狀的天然使命和終極目標。國務院公佈的《地方志工作條例》中

〔註7〕　〔法〕雷蒙·阿隆：《論治史》，馮學俊、吳泓渺譯，三聯書店2003年8月版，第125頁。

第六條明確規定：「編纂地方志應當做到存眞求實，確保質量，全面、客觀地記述本行政區域自然、政治、經濟、文化和社會的歷史與現狀。」誠然，對於舊志來說，如譚其驤先生在中國地方史志協會成立大會上的發言中所提到的：「舊方志十部中難得有一部好的……對待地方志裏的每一條史料都要愼重，照搬照抄要上大當。」﹝註 8﹞但作爲新修志書來說，其功能和作用最首要的一條就是存史。如果連其眞實性都要懷疑的話，那志書就根本完不成其存史的作用，而編修志書本身也就沒有什麼意義了。新修廣播電視志要講政治，首要的就是要追求眞實，在正確的指導思想下盡力追求眞實。把眞實性和政治標準結合起來，眞實性就是政治標準重要的衡量標準。

當然，由於缺乏經驗、編修時間太近以及資料保存不善等原因，廣播電視志在編修實踐中必然遇到種種問題，最終可能影響到其眞實性，但廣播電視志追求眞實的出發點和目標是毫無疑問的。

2. 廣播電視志可以做到具有真實性

以倉修良教授爲代表的方志學家認爲方志具有眞實性是不妥的，做出這一判斷的首要原因就是他對舊志的眞實性產生懷疑。但作爲廣播電視志來說，它是新修方志中專業志的一種，而迄今爲止，各級的廣播電視部門都是首次修志，因此，就廣播電視志來說，並不存在對舊志的判斷和繼承問題。從這一點上來說，倉教授的觀點並不適用於廣播電視志。

相當於其他行業來說，廣播電視的歷史並不長。從上世紀 20 年代廣播進入中國，以及 50 年代出現電視以來，廣播和電視的歷史都不過幾十年。當然廣播、電視都有稍縱即逝的特點，這給廣播電視的史料保存帶來了很大困難和障礙，而且人們的歷史意識不強，在工作時間緊、工作壓力大的情況下，很少有工作人員有自覺保存史料的意識。因此，這給搜集廣播電視歷史資料等方面帶來很大困難。有關廣播電視初期的材料只能憑藉十分有限的錄音錄像資料、部分刊登在當時報刊上的文字資料，以及口述史料和回憶錄等渠道獲得。而作爲重要來源的口述史料和回憶錄，還有可能因時間長或其他種種原因無法保證其完全的眞實，需要通過多方比對才有可能獲知歷史眞相。但經過艱苦的考證和資料的搜集整理，還是有可能提供盡可能多的眞實的廣播電視資料的，爲編纂廣播電視志提供堅實的基礎。

﹝註 8﹞ 譚其驤：《地方史志不可偏廢，舊志資料不可輕信》，轉引自倉修良，《方志學通論（修訂本）》，方志出版社 2003 年 10 月版，第 65 頁。

　　當前廣播電視志的編纂，全國上下普遍採用的是政府主導、部門組織、眾手成志的體制和格局。政府主導，有利於保證廣播電視志的嚴肅性和權威性，有利於動員社會各方面的力量和關注；部門組織，有利於組織真正瞭解廣播電視發展情況的人進行編修，也有利於資料的收集、整理和保存；眾手成志，則能夠充分發動多方面的力量，保證資料的準確性和多樣性，也保證志書不因編纂者某個人的喜好而有所偏向。可以說，當前廣播電視志的編修，從體制上保證了纂修廣播電視志的真實性。

　　考察當前各地編修廣播電視志的情況，目前編修廣播電視志的人員多為行業內人手，大部分是老廣播電視新聞工作者。對於這些編纂人員來說，在他們過去所從事的新聞工作中，追求真實也是重中之重。對於尋求真實，他們並不陌生。在我國首輪修志所反映的情況中，廣播電視的主要功能和定位是新聞和宣傳媒體，追求真實是廣播電視的天然使命。作為反映廣播電視發展狀況的廣播電視志，更應該盡量注重志書的真實性。同時，新聞是屬於上層建築範疇，在編修中還應該注重真實性與政治標準的關係。

　　綜上所述，中國大陸新修的廣播電視志的真實性既是必要也是可能的，真實性是廣播電視志的生命。

3. 保證廣播電視志真實性的途徑

　　廣播電視志的真實性應該體現在遵循歷史唯物主義的方法和辯證唯物主義的方法，恰如其分地記述成績和失誤。對待民國時期的國民黨廣播應當善惡並書；對民國時期日偽及其他國家在中國辦的廣播應進行原原本本的記載；對解放區人民廣播當時起到的功能和作用應當實事求是的進行考證和評價。中華人民共和國成立以來，人民廣播事業的發展既有功績也有失誤，廣播電視志應做到不溢美、不迴避。尤其對廣播電視發展影響重大的「反右」、「文革」等政治運動的失誤，應以《關於建國以來黨的若干歷史問題的決議》精神為準則，實事求是地進行記述。改革開放以來，隨著第十一次全國廣播電視會議開始的「四級辦廣播，四級辦電視，四級混合覆蓋」的方針的貫徹，廣播電視事業獲得巨大發展，但也帶來一些混亂和問題。對這些成績和問題，也應當實事求是地記述，使後人能夠看到廣播電視發展的興衰起伏，曲折前進的軌跡。

　　要想達到以上目的，應通過以下三個方面進行：

　　第一，指導思想。新修廣播電視志，必須以馬克思列寧主義、毛澤東思

想為指導思想，堅持黨的十一屆三中全會以來的路線、方針、政策，堅持四項基本原則，對待重大政治問題應以《關於建國以來黨的若干歷史問題的決議》精神為準則，實事求是地進行記述。「一是在指導思想上必須堅持當代的馬克思主義……；二是在方法論上必須堅持馬克思主義的辯證唯物主義和歷史唯物主義；三是在撰寫要求上必須堅持實事求是的原則。這三個方面的要求，在內容與表現形式上雖有所區別，而其精神實質則是一致的。」〔註9〕

第二，體制保證。廣播電視志是「官修」的文獻，既不是純粹的學術專著，更不是多人的文章彙集，因此必須按照一定的規範和程序來統一進行，要做到這一點必須有較好的工作體制進行保證。才能使得編纂出來的廣播電視志合乎規範和要求，起到應有的作用。

第三，人員努力。在影響廣播電視志質量與水平的諸因素當中，最重要的是人的因素。保證廣播電視志的真實與高質量，有賴於一支高素質、強業務、認真敬業的修志人員隊伍。如《湖南廣播電視志》主編王辛丁同志在一篇文章中敘述了對「初稿」概述篇的修改過程，在進一步搜集資料的過程中，從省檔案館、廳檔案室查閱檔案 274 卷，補充資料 16.4 萬多字。而在第二輪修《湖南廣播電視志》的過程中，幾年來每一篇都要反覆修改十幾稿。〔註10〕

第二節　廣播電視志的目標：學術性

一、方志的學術性

章學誠史學理論體系的核心之一是方志的學術化。他強調地方志編纂的研究性與思想性，如他的方志序例文章都用很大的篇幅談編修史志的理論問題。而強調方志的學術性，認為方志是學術著作，是章學誠的高明之處。被倉修良教授認為已經進入其學術成熟期的《方志立三書議》，看起來是在談方志體例，實際上卻通過對體例的把握，在「志」、「掌故」、「文徵」這三種文體中，將方志的學術性突出出來。章氏主張將方志引入史學，用史學理念觀照方志編纂，他認為「蓋方志之弊久矣……大抵有文人之書，學人之書，辭人之書，說家之書，史家之書，惟史家為得其正宗。」〔註11〕確定方志的史

〔註 9〕曹子西、朱明德：《中國現代方志學》，方志出版社 2005 年 7 月版，第 375 頁。
〔註 10〕2006 年 10 月 31 日，對湖南廣播電視局史志辦主任鍾鎮藩的調研訪談記錄。
〔註 11〕章學誠：《文史通義新編新注》，外篇四，《報廣濟黃大尹論修志書》，倉修良

學性質，實際上是也是突出了方志的學術化。

在首輪新修方志開著不久，方志學界就對地方志的定位問題進行了探討，方志是「資料性著述」的觀點被大多數人所接受。然而到了 90 年代，隨著實踐的發展，人們對志書提出了更高的要求，提出增強方志學術性的觀點。《中國地方志》、《廣西地方志》、《黑龍江史志》等雜誌先後發表過有關方志學術性的文章。然而有關地方志的學術性問題，方志學界並沒有達成一致的意見。如浙江大學著名歷史地理學家陳橋驛教授認爲：「什麼是地方志的學術性？所謂學術性，用最簡單的意思表達，就是科學性。」〔註 12〕廣州市地方志辦公室研究所所長饒展雄研究員認爲：「志書以述（資料）爲主，就是體現其以資料爲主的屬性；述（資料）時進行簡而精的以來，以體現其學術性……方志完全可以做到述中有論，從而大大地提高地方志的學術地位。」〔註 13〕《黑龍江史志》主編梁濱久認爲：「地方志的學術性，是指地方志著述本身所具有的、不同於學科學術專著而又能體現其學術價值的那些特徵——指導思想和觀點的正確性、體例的完備性、結構的嚴謹性、內容的完整性、資料的翔實性和文字圖表的合乎規範性等。」〔註 14〕李鐵映在全國地方志第三次工作會議上的講話則提出：「要形成志書自己的科學規範和概念體系」。

廣播電視志不是最原始的資料長編和資料彙集，廣播電視志要通過對原始資料的找尋、篩選、組織、加工等各項工序，闡明廣播電視各方面的內部聯繫，全面系統地記述廣播電視的發展情況。這種記述，實際上是對原始資料的深加工，是對原始資料的昇華，也是廣播電視志學術性的體現。

二、方志的學術性與資料性的關係

《黑龍江史志》主編梁濱久對方志的學術性和資料性有充分的認識，他提出：志書編纂過程中的根本矛盾是資料性與著述性的矛盾。這裏的著述性，就是指的學術性。因爲這個矛盾貫穿著志書編纂過程的始終，這個矛盾規定著方志的性質，而且從實際編纂中，也能感受到這個矛盾的作用。其實，地方志作爲一種「資料性著述」，它的資料性與學術性確實是一對矛盾，但這對

　　　編注，浙江古籍出版社 2005 年 10 月版，第 265 頁。
〔註 12〕陳橋驛：《地方志的學術性與實用性》載《浙江方志》1993 年第 4 期，第 12 頁。
〔註 13〕饒展雄：《關於方志之論與學術性問題》，載《中國地方志》2005 年第 6 期，第 28 頁。
〔註 14〕梁濱久：《試談地方志的學術性》載《廣西地方志》1997 年第 4 期。

矛盾並不是完全相互對立和排斥的，而是對立的統一。地方志的學術性並不應因其資料性而受到削弱和質疑，相反，志書的資料性正是地方志具有學術性的重要基礎，志書的學術性則寓於資料性之中。

　　資料性是方志最根本的特徵。方志不直接探索自然和歷史的發展規律，只提供資料。胡喬木在 1986 年全國地方志第一次會議上提出：「地方志是嚴肅的、科學的資料書。」〔註15〕2006 年國務院頒佈的《地方志工作條例》也規定：「地方志書，是指全面系統地記述本行政區域自然、政治、經濟、文化和社會的歷史與現狀的資料性文獻。」所謂資料性，「既包含資料含量的多少，也包含資料系統、全面、準確的程度，還應包含資料的編排是否科學合理、是否方便使用。」〔註16〕

　　學術性是志書的目標。新中國首輪修志是帶有搶救性質的。對於修志，大部分人經驗不足、水平不高，對學術性的問題注意不夠。自 90 年代初以來，胡喬木首先強調要把修志當作一門學問。李鐵映對方志的學術性問題有了更明確和更高的要求。志書以全面系統的資料、科學的安排去揭示事物發展的規律，總結時代的經驗教訓，這是一般學術著論所無法替代的。努力提高志書的學術性，可以使志書更客觀、更真實、更全面、更系統地反映地情，進而提高志書的使用價值。首輪修志湧現出不少學術品位很高的佳品，收入了不少鮮為人知的獨家資料，各個時期的具有代表性的新觀點、新技術、新成果、新發明等。這些記述有的本身就具有極高的學術價值，為後人、研究者提供了大量有意義的史實資料，顯現出極高的學術價值。

三、如何提高廣播電視志的學術性

　　學術性應是編修廣播電視志的目標，一部優秀的廣播電視志應該是一部學術性很強的資料性文獻。

　　從觀念上看，對文獻資料的整理、取捨是在一定觀念統領下進行的。無論編修者或讀者是不是能夠自覺意識到，任何一部修成的地方志都是有指導思想的。新修地方志總的指導思想是馬克思主義，列寧主義，毛澤東思想、鄧小平理論。具體到廣播電視志，則要注意體現廣播電視志的專業特色、時

〔註15〕胡喬木：《在全國地方志第一次工作會議閉幕會上的講話》，《中國地方志》，1987 年第 1 期。

〔註16〕胡巧利：《志書資料性和學術性問題辯證》，載《中國地方志》2004 年第 11 期，第 11 頁。

代特色、地區特色，才能提高其學術性。

從內容上看，廣播電視志應力求如實反映歷史和現狀。對採集的資料去僞存眞、去粗取精，如實記述。在編寫中堅持人物生不立傳、內容不越境而書，但隨著廣播電視業的發展，在堅持這些要點的同時也不絕對化。對敏感問題如反右擴大化、「大躍進」、「文化大革命」、六四風波等與廣電的關係及影響的內容如實記載，但應堅持以廣播電視新聞和事業發展爲記載主體，注意詳略得當、述而精作。

從形式上看，廣播電視志應符合體例、語言等各方面的要求。如一般爲橫排豎寫，即按事物的性質橫向分類，再以時間爲序縱向記述。縱橫問題實際上是指在志書中如何處理時與事的關係問題，即在擬定篇目、安排層次時，先分期還是先分類的問題，保證橫不缺項、縱不斷線。同時應採用記敘文體，把是非褒貶寓於記述之中，述而精論。

具體而言，提高廣播電視志的學術性主要體現在加強宏觀概述和深度記述上。從當前出版的省級廣播電視志書來看，所有的省級廣播電視志均設有「概述」，對當地廣播電視的發展進行縱向全面宏觀的記述，有的廣播電視志在每一篇的開始處也有概述。總的來看，當前出版的廣播電視志的「概述」部分一般以縱述爲主，濃縮大事，重在介紹當地廣播電視發展的歷史進程，可謂全志之綱。但從提高廣播電視志學術性角度來看，僅僅這樣做是不夠的，應該有必要通過「概述」部分進行適當的「精作」。這樣，一方面避免和減少「概述」部分與主體部分略有重複，難以出新的問題，也能夠更加融會貫通，以更加宏觀的「概述」來集中體現全志的學術性。另一方面，提高志書的學術性還應該進一步增加深度記述的內容。必須克服廣播電視志書中存在的記述平淡膚淺、缺乏深度的通病。例如在材料選擇環節，要去僞存眞、去粗取精，從眾多史料中選取有價值有深度表現力的資料。減少和壓縮一般資料、無關緊要的資料、可有可無的資料，增加廣播電視發展特點的重點資料、核心資料、全局性資料，突出體現地方特色的典型資料、背景資料等。在編輯記述環節，要注意由表及裏、由此及彼，注意剖析廣播電視發展的深層次內涵。要注意部門與部門之間的關係、門類與門類之間的關係，從深層次地系統記述廣播電視發展的發展、變革。覆蓋面廣、挖掘深入，將有利於體現和提高廣播電視志的學術性。

第三節　廣播電視志的特性：專業性

一、專業性的體現

　　廣播電視志要反映廣播電視的專業特色。中共中央 1983 年 37 號文件指出，「廣播電視是教育、鼓舞全黨、全軍、全國各族人民建設社會主義物質文明、精神文明最強大的現代化工具，也是黨和政府聯繫群眾最有效的工具之一。」廣播電視同社會的發展具有千絲萬縷的聯繫，談廣播電視的發展，應當適當涉及時代背景、宣傳政策、經濟基礎等對廣播電視的影響，以及廣播電視對他們的作用。但廣播電視志是主要反映廣播電視發展情況的專業志，它要回答的是廣播電視是如何發展變革的，廣播電視在社會發展和人民生活中扮演了怎樣的角色以及對社會各方面的影響。所以具體到廣播電視志來說，必須記述那些對廣播電視的發展產生的影響和具體的作用的人和事，才能體現廣播電視的特色。

　　廣播電視志的特色往往體現在其框架結構、布局謀篇上。「就廣播電視專業（行業）內部來講，要明確通過幾十年來特別是改革開放以來的實踐概括出來廣播電視內部結構關係的幾點基本認識，即宣傳工作是中心、事業建設是基礎、技術設施是保障、加強管理是關鍵、隊伍建設是根本。」〔註 17〕對這些有了明確的認識以後，才能夠結合地方、時代特色，體現廣播電視志的專業性。以當前出版的省級廣播電視志為例，橫向分類一般要包括宣傳工作、事業建設、科技發展、網絡設備、經營管理、隊伍建設、對外交流、理論研究等項。從框架和篇目設計來看，除大部分廣播電視志基本上涵蓋了上述方面，但各有側重。一般來說，對於宣傳工作、事業建設以及管理方面內容都比較充實，但綜合來看，初期出版的廣播電視志對技術設施、隊伍建設以及經營和交流等內容比較單薄，後期出版的由於下限的延伸，而使記述內容也進一步得到了充實。

　　廣播電視志的專業特色往往體現在廣播電視的節目上，這與廣播電視發展的實際情況是息息相關的。節目是廣播電視特有的事物，而一般來說，廣播電視系統直接對社會產生重大影響、能留在人們心中的，是某個廣播節目、電視節目。有些節目雖然存在時間不長，但卻是特定歷史條件下的產物，集

〔註17〕趙玉明：《首屆編修廣播電視志進展評述》，載《中國廣播電視史文集》（續集），北京廣播學院出版社 2000 年 1 月版，第 96 頁。

中反映了特定時期的社會狀況。而且，「廣播電視節目最能體現臺（站）的宗旨，體現時代風雲變幻。離開節目談廣播電視專業，就成為無源之水，無本之木。」〔註18〕因此，對廣播節目、電視節目的記述成為體現廣播電視專業性的表現之一。而對廣播電視節目的記述，也能體現廣播電視志的專業性。而隨著廣播電視實踐的發展，對廣播電視節目的管理已經經過「欄目化」的管理進入到「頻道化」管理，因此在續志中，對欄目、頻道的記述也將是廣播電視志專業性的重要體現。

　　一般而言，對某類事物要進行突出或淡化記述，可以通過體例上的調整來進行，如對其進行升格、降格等。對廣播電視節目也可以進行這樣的處理，如《上海廣播電視志》，就將廣播節目、電視節目定位於第二編和第四編，與廣播電臺、電視臺、廣播電視技術、管理、交流合作、研究出版團體、經營服務人物等同為一級目錄，反映和突出廣播電視節目的重要性。在《江蘇省志・廣播電視志》中，更是把廣播電視節目分為「新聞類」、「社教類」、「文藝類」、「服務類」以及「節目製作」在一級目錄中進行了記述，且不說這種分類的科學性以及是否真的有必要，但這樣把廣播電視節目進行突出，可見編寫者對廣播電視節目重要性的認識，也突出了廣播電視志的專業性。

　　廣播電視志要靠熟悉廣播電視的專業人員來編修。廣播電視志的專業性、技術性、科學性、系統性還是很強的，要體現和保證廣播電視志的專業性，必須請瞭解熟悉廣播電視事業建設發展情況的人來記述。注意發揮專業人員的作用，熟悉事業建設的寫事業建設，熟悉宣傳的寫宣傳，熟悉技術的寫技術，熟悉對外交流的寫對外交流，充分發揮各自的特長，保證志書的專業水平和特色。筆者在對湖南廣播電視局史志辦進行訪問時，其工作人員也表示，雖然說「專家修志」是提高志書學術性的有效途徑，但畢竟最瞭解本專業的還是廣播電視行業內的人員，而且他們也有很高的水平，要保證專業性，修志的人員也應以廣播電視行業內部人員為主。〔註19〕

二、專業志不是部門志

　　廣播電視志是專志而不是部門志。部門志是記載一個部門歷史和現狀的

〔註18〕　易瑞麟：《芻議廣電專業志創新》，載《第六次中國廣播電視史志研討會專輯（內部資料）》，中國廣播電視學會廣播電視史研究委員會、北京廣播學院廣播電視研究中心、浙江省杭州市蕭山區廣播電視局2003年10月，第106頁。
〔註19〕　2006年10月31日，對湖南廣播電視局史志辦主任鍾鎮藩的調研訪談記錄。

志書；專志是記載一個專業、行業歷史和現狀的志書，因專業、行業的不同，它可能涵蓋一個或多個部門。專業志的設置標準不是行政單位或部門，而是專業或行業的性質，因專業、行業的不同，它可能涵蓋多個部門或不同方面的力量。在首輪修志中，廣播電視修志的問題之一就是普遍帶有部門志的痕迹，以至於在一定程度上影響了志書的質量。當然，在各地首輪修廣播電視志之初，廣播電視主要還是由各地的廣播電視臺（站）所辦，因此廣播電視是「專業志」或是「部門志」的性質並沒有特別明顯的差別。但隨著廣播電視的發展，廣播電視與社會的聯繫越來越緊密，比如隨著科技的進步和體制改革的深入，廣播電視產業已經逐漸放開，行業外資金開始逐步進入這個產業。而且隨著製播分離的腳步加快，社會上許多民營廣電製作公司將在廣播電視業中佔有越來越大的份額。以上這些內容，就使得廣播電視志將不再僅僅是一個部門志的概念。續志中如果繼續像首輪修廣播電視志那樣只記載各地的廣播電視廳、局、站，就很難說這部廣播電視志能夠全面系統地反映一地廣播電視的全貌了。

當然，從編纂的角度來看，編修廣播電視志以部門的行政力量來推進確實有其便利之處。在首輪修志中，雖然各地都反映有種種體制問題，導致廣播電視志的編纂過程充滿曲折。但實際上也正是這種廣播電視部門內部的層層發文、通過組織向前推進，廣泛發動行業內力量，才使得廣播電視志能夠從無到有的迅速編纂出來。但現在看來，在續志中必須對編修廣播電視志的體制有所改變，因為在續志將反映的內容中，廣播電視志所包含的將不僅僅是廣播電視廳局或臺（集團），應該包括更廣泛的對廣播電視的發展做出貢獻和人和事。而且，僅憑原有的廣播電視廳局或臺（集團）的工作人員都很難收集全所有需要的資料。

當前，在很多地方已經展開的續修廣播電視志工作中，有必要繼續改革編修體制。一方面應更加提倡專家修志，在現有的修志人員中增加研究廣播電視的專家。他們對廣播電視的研究將不僅僅局限於某地的廣播電視廳局或臺（集團），而是可能以更加宏觀的眼光對一地的廣播電視全貌有所把握，也能掌握更多的材料收集渠道。另一方面，在某些具有條件的地方展開廣播電視志課題項目的公開招標，可能也能提高編修效率，利於提高志書質量。

本章小結

　　本章將廣播電視志的特點歸納爲：眞實性、學術性、專業性。有必要說明的是，這裏所提出的特點是「應然」，而不是「實然」，即從理論上說，廣播電視志應該具有這些特點，而不是僅僅依據當前廣播電視志編修情況所做出的總結。

　　廣播電視志屬於歷史的範疇，眞實是歷史的生命。廣播電視志的首要特點就是眞實，沒有了眞實，廣播電視志就失去了存在的意義。通過對原始資料的找尋、篩選、組織、加工，廣播電視志對原始資料進行深加工和昇華，從而闡明廣播電視各方面的內部聯繫，全面系統地記述廣播電視的發展情況。一般而言，加強宏觀概述和深度記述是提高廣播電視志學術性的主要體現。廣播電視志的特色往往體現在其框架結構、布局謀篇上。

第四章　廣播電視志的功能：存史、教化、資治

　　廣播電視志的功能是廣播電視志自身價值的體現，是編修廣播電視志的出發點和歸宿。與所有新修志書一樣，廣播電視志的主要功能可以歸納為：存史、教化、資治。三者緊密聯繫，不可分割，而且隨著時代的發展以及志書的不同種類，三者的內涵和外延也有所差異，逐步發生著變化。對於廣播電視志來說，全面系統地記錄廣播電視的發展情況，積纍和保存地方廣播電視史料，是其「存史」功能；提高廣播電視系統工作人員有關專業歷史知識和文化水平，使廣播電視受眾進一步瞭解和更好地使用廣播電視，提升群眾的媒介素養，並為有關科學研究提供基礎，是其「教化」功能；提供有科學依據的系統資料，利於有關領導有效決策，這是其「資治」功能。

第一節　歷史上地方志的功能

　　地方志的理論來源於地方志的編纂實踐，對地方志功能的理論總結更是直接來源於編纂實踐。

一、歷史上的觀點

　　以地方志起源於兩漢地記的觀點來看，最初的地方志主要發揮的是資治的作用。「鄭玄在《周禮·誦訓篇》注疏中闡發了外史將所掌四方之志內諸事，報告國王，便能廣泛瞭解各種情況以便治理國家，從而可以看出方志的資治

作用。」〔註1〕封建社會，在信息不通暢、媒介不發達、環境閉塞的情況下，要掌握一方的情況非常困難，而地方志主要記載各地的自然地理情況、民情風俗等內容，順應了各級封建統治者瞭解和掌握地情的需求。因此地方志普遍受到地方官的重視，主要起「資治」的作用。

從唐宋開始，官修志書包含的內容逐步有了擴展，對政治和軍事的決策起到越來越重要的作用。「舉凡輿圖、疆域、山川、名勝、建置、賦稅、物產、鄉里、風俗、人物、方伎、金石、藝文、災異，無不彙於一編」。〔註2〕方志內容的擴展，直接使得方志所起的作用也擴大了。方志不僅仍然有資治的作用，同時也開始有了對百姓的教化功能，以及重要的存史鏡鑒作用，而且對文學創作和研究也提供了更多的素材。方志的功能因為內容的豐富而得到擴展。

方志學的集大成者章學誠認為，「方志屬史」，所以方志的作用自然也要與史相同。倉修良教授歸納章學誠有關方志作用的觀點有兩條：方志的首要任務就是有「經世」作用，為良好的社會風氣做出貢獻。垂鑒、懲勸，並對廣大人民灌輸封建綱常，維護封建統治秩序。「史志之書，有裨風教者，原因傳述忠孝節義，凜凜烈烈，有聲有色，使百世而下，怯者勇生，貪者廉立，《史記》好俠，多寫刺客畸流，猶足令人輕生增氣；況天地間大節大義，綱常賴以扶持，世教賴以撐柱者乎。」〔註3〕方志的另外一個作用則是為朝廷編修國史提供資料。「比人而後有家，比家而後有國，比國而後有天下。惟分者極其詳，然後合者能擇善而無憾也。譜牒散而難稽，傳志私而多諛，朝廷修史，必將於方志取其裁。而方志之中，則統部取於諸府，諸府取於州縣，亦自下而上之道也。然則州縣志書，下為譜牒傳志持平，上為部府徵信，實朝史之要刪也。」〔註4〕章學誠總結的這兩個作用，是他對地方志性質、反映內容進行判斷和分析得出來的。在封建社會，社會發展水平較低，方志作為反映時代發展的產物，其功能也受到時代和階級的局限。但總體而言，資治、教化、存史的三大作用已經開始凸現。

〔註1〕呂志毅著，《方志學史》，河北大學出版社1993年10月版，第34頁。

〔註2〕轉引自林衍經《關於方志功能的理性思考》，載《安徽大學學報（哲學社會科學版）》1998年第6期，第64頁。

〔註3〕章學誠，《文史通義新編》外篇四《答甄秀才九論修志第一書》，轉引自倉修良《方志學通論》修訂本，2003年10月第一版，第460頁。

〔註4〕章學誠，《州縣請立志科議》，轉引自倉修良《方志學通論》修訂本，2003年10月第一版，第460頁。

梁啓超是民國方志理論的開創者和奠基人。梁啓超的方志理論研究集中在《說方志》、《清代學者整理舊學之總成績——方志學》及《龍遊縣志序》等文章中。他系統地闡述了方志的基本理論，並提出了自己精闢的見解，從而確立了他在民國方志學中的地位。「梁啓超認爲方志之主要任務是記錄事實，積纍材料，此爲方志的根本特點。」〔註5〕梁啓超認爲，「又正以史文簡略之故，而吾儕所渴需之資料乃摧剝而無復遺，猶幸有蕪雜不整之方志，保存所謂『良史』者所吐棄之原料與糞穢中，供吾儕披沙揀金之憑藉，而各地方分分化發展之迹及其比較，明眼人遂可以從此中窺見消息，斯則方志之所以可貴也。」〔註6〕「有良方志，然後有良史，有良史然後開物成務之業有所憑藉。」〔註7〕這裏，梁啓超主要論述了方志的存史功能，同時提出地方志團結鄉里的作用。「蓋以中國之大，一地方有一地方之特點，其受於遺傳及環境者蓋深且遠，而愛鄉土之觀念，實亦人群團結進展之一要素。利用其恭敬桑梓的心理，示之以鄉邦先輩之人格及其學藝，其鼓舞濬發，往往視逖遠者爲更有力。」〔註8〕

二、新中國成立以後

新中國成立以後，新方志的編寫者和研究者對方志的功能和作用也進行了系統的研究，比較集中的意見還是「資治、存史、教化」。有些文章認爲，「資治、存史、教化」的六字提法是古已有之。如安徽大學林衍經教授就認爲，鄭興裔在《廣陵志序》裏闡發的議論，實際上提出了三方面的作用，「開了方志『存史、資治、教化』三大功能說的先河，影響至爲深遠。」〔註9〕實際上，歷代先賢對方志的功能和作用各有不同認識和觀點，今人對他們的觀點多是帶著當代的眼光和視角進行分析和提煉的，既便古人有類似表述，也是從當時的時代特點和背景出發，對當時的方志進行的總結。而用這六個字

〔註5〕時永樂，梁松濤：《略論梁啓超在方志學上的貢獻》，載《圖書館工作與研究》2004年第5期，第60頁。

〔註6〕梁啓超：《清代學者整理舊學之總成績——方志學》，載《中國近三百年學術史》，上海三聯書店2006年4月版，第271頁。

〔註7〕梁啓超：《遊龍縣志序》，載《飲冰室合集》文集之四十三，中華書局1985年影印本，第4頁。

〔註8〕梁啓超：《清代學者整理舊學之總成績——方志學》，載《中國近三百年學術史》，上海三聯書店2006年4月版，第275頁。

〔註9〕林衍經《關於方志功能的理性思考》，載《安徽大學學報（哲學社會科學版）》1998年第6期，第65頁。

加以概括，實際上是在新中國首輪修志正式提出的，是依據新中國修志的背景和實踐對新方志的功能進行的歸納。「歸納出這六個字，既是對先賢各種卓識的揚棄，也溶入了本屆修志初期的實踐所得，是這屆修志中所獲得的一項重要的理論成果。」〔註10〕

「資治、存史、教化」三者的地位不是平行的，而是有高有低，有先有後，隨著時代背景的不同而變化。梁啓超總結道：「大抵初期作品，囿於古代圖經的觀念，以記山川城邑宮室名勝等爲最主要部分。稍近則注重人物專輯，更近則及與古迹遺書遺文金石等，更近則注重現代風俗掌故經制因革等。」〔註11〕從上面對方志記載內容的簡單梳理可以看到，方志最早的作用主要在於「資治」，後來隨著記述內容的擴大開始有了「存史」、「教化」的功能。這是「資治、教化、存史」三者出現的先後順序，但他們之間的地位不是等同的。在封建社會，社會生產力水平低下，信息封閉，人們獲取信息渠道較少，因此地方官每一上任，總要找過去的地方志來閱讀，以熟悉風土民情，便於執政。此時，「資治」爲方志的首要功能，相對來說，「存史」、「教化」顯得不是那麼迫切。隨著地情的積纍和社會的發展，「存史」、「教化」的作用也慢慢凸現出來，地方志也逐漸成爲重要的史料庫和教化人民、提高民族凝聚力的工具。直到現代社會，科技迅猛發展，人們獲取信息的渠道增多，大部分人都能比較快捷地獲取想要得到的信息，甚至進入所謂的「信息爆炸時代」。這時，地方志編纂認眞、分類科學、資料權威、信息系統的特點則凸現出來，「存史」功能成爲其第一要務，「教化」、「資治」則相對成爲第二、第三功能。

第二節　存史是廣播電視志的基本功能

一、地方志的存史功能

1. 記載前人的事迹言行，是歷史最樸素和最基本的功能

地方志在積纍人類社會文化發展方面起到了重要的作用。地方志是一種載體，它記述了人類發明的歷史，留傳給後人。蔡元培說：「歷史者，記載以往社會之現象，以垂示將來者也。吾人讀歷史而得古人之知識，據以爲基本，

〔註10〕諸葛計著，《中國方志五十年史事錄》，方志出版社 2002 年 12 月版 106 頁。
〔註11〕梁啓超《說方志》，載《飲冰室合集》文集之四十一，中華書局 1985 年影印本，第 90 頁。

而益加研究，究其成敗。法是與成者，而戒其非與敗者，此人類道德與事業之所以進步也。歷史之益也。」〔註 12〕古人對地方志「存史」的資料作用十分看重。章學誠極力主張的「志、掌故、文徵」三體，便著重提出了存史的重要功能。梁啓超評價說：「實齋『三書』之法，其《通志》一部分，純爲『詞尙體要』，『成一家之言』之著述；《掌故》、《文徵》兩部分，則專以保存著述所需之資料。既別有兩書以保存資料，故『純著述體』之《通志》可以蕭括閎深，文極簡而不虞遺闕。」〔註 13〕應該說，沒有具體眞實可靠的材料，其它的「資治」與「教化」也就失去了根本。所以地方志的首要特徵就是眞實性，資料必須經過反覆核對，確保準確無誤才能入志。尤其地方志乃是當代人寫當代事，且多是本地人寫本地事，本行業人寫本行業事，有可能也必須做到準確無誤，假如連當時當地本行業的人都不相信自己的志書的記載，那就失去存在的價值了。

2. 新史學視野下地方志的存史功能

19 世紀末 20 世紀初，歷史學界掀起了一股「新史學」思潮。無論在西方還是在中國，這股各種流派匯合而成的史學思潮均以批判傳統史學、倡導「新史學」爲旨歸。在世界史學史上，首先提出「新史學」概念的是梁啓超。以梁啓超新史學的觀點來看，舊史的病源有以下四點：「一曰知有朝廷而不知有國家」，「二曰知有個人而不知有群體」，「三曰知有陳迹而不知有今務」，「四曰知有事實而不知有理想」。梁啓超對舊史學陳規陋習的批判足夠深刻和準確，但對「新史學」的具體內容卻語焉不詳。有「破」無「立」。對梁啓超「新史學」的理解必須從他對封建史學的批判方面去著手。雖然《中國歷史研究法》繼承了《新史學》對中國舊史的批判，提出專門史的概念，但仍然有以專門史累積而擴充爲通史的用意。所以對新史學的研究不妨仍從西方的研究入手。

總體而言，新史學從狹隘的政治史的局限中解脫出來，把社會作爲一個整體當作史學的研究對象。魯濱孫〔註14〕在其《新史學》中開宗明義的說，「就

〔註 12〕 蔡元培：《歷史》，《蔡元培全集》第 2 卷，第 452 頁，中華書局，1984。轉引劉俐娜，《由傳統走向現代──論中國史學的轉型》，社會科學文獻出版社 2006年 4 月版，第 185 頁。

〔註 13〕 梁啓超：《清代學者整理舊學之總成績──方志學》，載《中國近三百年學術史》，上海三聯書店 2006 年 4 月版，第 271 頁。

〔註 14〕 魯濱孫（James Harvey Robinson，1863 ─ 1936），20 世紀初美國「新史學」派的奠基人和倡導者，強調將史學研究的對象涵蓋整個人類既往活動，汪重

廣義說起來，所有人類自出世以來所想的，或所做的成績同痕迹，都包括在歷史裏面。大則可以追述古代民族的興亡，小則可以描寫個人的性情同動作。如 Chelles 地方的石斧，同今晨的報紙，都是歷史。歷史是一種研究人類過去事業的廣泛的學問。」〔註15〕此書譯者何炳松〔註16〕也說：「歷史的意義是很廣的。歷史的材料是很雜的。舊日歷史家對於選擇史材，實在不甚妥當。」〔註17〕年鑒學派第二代領導人布羅代爾提出「總體史」（total history）的理論，這對傳統意義上的歷史是一個沉重的打擊。他認爲一些政治、軍事、外交事件等不過是一個短暫的「爆炸」，一晃而過。他所關心的是人類的全部活動，把注意轉移到經濟和社會方面，認爲史學應著重考察那些發展較緩慢，持續時間較長的結構變化。這也形成了法國年鑒學派的綱領。

　　新史學的主要特徵之一是反對傳統史學在記述範圍上的局限，主張擴大記述範圍，不僅記述民族國家範圍內的政治史，更多的要眼光向下，記述更多的社會生活。在這一點上，方志有得天獨厚的優勢。方志與正史不同之處就在於更多地反映社會生活，突出地記述地域性的社會現象和自然現象。這正符合新史學擴大記述範圍的宗旨和做法。然而以新史學的觀點來看，早期出版的一些志書，確實不同程度地存在「政治化」的諸種表現。比如志書中不恰當的充斥著各級領導人的題詞、不恰當的照片以及多個各級領導人的序。再比如有些志書只記述共產黨和國民黨，對其他小的黨派不予重視；有些志書中對執政黨的記述較詳，對非執政黨的記述則過於簡略，甚至基本面目都不清；有的不顧歷史實際，共產黨非要排在國民黨前面不可，日僞廣播一定要作爲附錄不可，從語言運用到篇目編排都具備很濃的宣傳色彩等。從某種程度上說，產生這種過分政治化的問題，是過分重視志書資治、教化功能，對現實作用的過分強調，較少考慮存史功能的結果。

　　　　採用語言學、心理學等方法進行綜合研究，《新史學》一書爲其代表作。

〔註15〕〔美〕魯濱孫：《新史學》，何炳松譯，廣西師範大學出版社2005年版，第1頁。

〔註16〕何炳松（1890～1946），浙江金華人，現代著名史學家和教育家，早年留學美國攻讀歷史學與政治學，1916年回國後歷任北京大學、上海光華大學教授、上海商務印書館史地部主任、暨南大學校長，最早系統介紹西方史學理論與方法，強調西方史學原理與中國傳統史學的對比與貫通，與梁啓超並譽爲「中國新史學派的領袖」。

〔註17〕〔美〕魯濱孫：《新史學》，何炳松譯，廣西師範大學出版社2005年版，譯者導言，第4頁。

二、存史是廣播電視志的基本功能

1. 廣播電視志的存史功能

　　廣播電視的發展歷史時間不長，雖然廣播電視都具有稍縱即逝、不易保留的特徵，但由於時間較近，新修廣播電視志有能力盡量科學系統地記述和留存廣播電視發展的軌迹，供後人參閱、研究。同時，隨著科技的逐步發展和廣播電視志記述內容的本身特點，如能大膽創新，開發電子版、網絡版、影音版的廣播電視志，或者作爲廣播電視志的副產品，將對廣播電視志的史料留存起到更重要的作用。

　　廣播電視志是現代社會的產物。當前已經進入信息社會，生產力水平高度發達，人們獲取信息的渠道增多，地方志在很多領域都被人們所遺忘。首先，廣播電視只有不長的一段歷史，而且在其中很長一段時間內，主要是作爲宣傳工具被人們所認識的。而當前隨著社會的發展，經濟、體制、環境都在促使廣播電視不斷的變革。對於廣播電視有關決策者來說，在這段不算長的歷史中，廣播電視志的資治作用並不明顯。而對於普通工作人員來說，在廣播電視工作領域中，時刻要面對新技術的發展、新問題的出現，對他們來說，瞭解這段不長的歷史也不是最迫切的需要。因此對廣播電視志來說，其自身的性質和發展的狀況決定了其當前的首要功能是存史。

　　然而，有人對地方志的存史功能產生了懷疑。他們認爲，隨著時代的進步，信息保存技術的發展，在當代社會如果單純爲了存史，有更好的介質和媒體，比如電腦硬盤、DVD 光盤等等，它們的容量要比簡單的幾本地方志要大的多。而且當前各地史志辦也都在建立自己的網站和網絡地情庫，利於資料的保存和查閱。然而實際上，信息保存功能與地方志的存史功能不是同一個問題。當前科技發展確實十分迅猛，信息也十分發達，但如不加以整理，再大的空間也只能存儲一些未經整理的冗餘信息。然而，地方志是對資料進行挖掘、組織、編輯、整理，使之能夠起到完整、系統的存史的作用。這樣保存下來的歷史資料，才是有價值的、眞實系統的歷史資料。當然，地方志也完全可以利用最新的科技，開發和利用新的存儲介質和載體，適應不斷發展的社會，保存更多的內容。而且，根據廣播電視志所反映內容的特性，如能記錄一些影像歷史，將使廣播電視志更具存史價值和可讀性。這樣的電子版地方志、網絡版地方志等，都將爲地方志的發展錦上添花。

2. 廣播電視志如何完成存史功能

存史是地方志客觀、永恒的功能。存史是一種基於社會發展進步的人類自覺、理性行為。當前廣播電視發展十分迅速，但工作人員的歷史意識很差。如參加了兩次《湖南廣播電視志》編纂的湖南省播音主持研究會會長、湖南電視臺主任播音員張林芝在接受筆者採訪時說，「第一次修廣播電視志時，資料很不好找，難度很大。而臺裏的資料管理制度也不健全，在頻道上星之前，各種資料都是自己拿著。像一臺晚會結束之後，導演自己就把帶子拿走了，成為自己的私有財產，臺裏沒有統一的管理。後來才逐漸好一些，有專人負責收集管理。但人們的資料意識依然很差。後來廣播電視志的編纂工作主要是靠年鑒來提供材料，因為年鑒是當年編的，所以記載的最清楚。」〔註 18〕從這段話中可以看出，人們在日常工作中仍然要提高歷史保存意識。

廣播電視志的存史功能主要靠史料，史料的覆蓋面既廣且深，才有利於發揮廣播電視志的存史功能。所謂史料覆蓋面廣，是指廣播電視志有翔實齊全的史料，橫不缺項，縱不斷線，能夠詳盡完整地記述廣播電視發展的全過程。有深度則是指的要擁有關鍵的深層次的核心史料，而通過對這些核心史料的有機組合，能夠有力地說明廣播電視的發展情況。比如對一地廣播電視的發展起到關鍵性作用的政策、人、節目等等。同時，新時期的社會變化速度大大加快，廣播電視志除了要記錄新出現的事物，還要記錄好正在消失或已經消失的事物，兩者同樣重要。比如記載春節聯歡晚會，既要記載 80 年代出現以來，受到廣大觀眾喜愛的盛況，也要記載 90 年代後期人們熱情漸減的情況。

諸葛計認為：「從某種角度說，存史與教化是不可分割的。存史做的好，自然就能起到教化的作用。而具體到廣播電視志而言，廣播電視本身就有社會教育的作用，從某種意義上是教育工具，因此廣播電視志的教育作用是更為直接和突出的。」〔註 19〕

〔註 18〕 2006 年 11 月 2 日，對湖南省播音主持研究會會長、湖南電視臺主任播音員張林芝的調研訪談記錄。

〔註 19〕 2007 年 2 月 8 日，對中國地方志指導小組辦公室原主任、《中國地方志》雜誌原主編諸葛計的調研訪談記錄。

第三節　教化是廣播電視志的輔助功能

一、對廣播電視工作人員的作用

如前所述，歷史最樸素的目的和功能就是記載前人的事迹、言行，以傳後世。隨著社會的發展和進步，人們對歷史的目的及功能的認識也更爲深入，並通過編史修志的實踐體現出來。傳統的方志所具備的教育民眾的功能，是爲統治階級政治服務，用統治階級的思想文化、道德標準來規範民眾。而與傳統史家相比，新方志的編纂者應當用一種全新的目光來看待編纂志書的目的和功能。方志記載的是當時的人與事，與現實中人們的生活與實踐越來越近。志書服務的對象也應當越來越寬泛，到現實社會中去，使方志的教化功能在更廣闊的範圍內發揮更加重要的作用。方志是將歷史與現實聯繫到一起的中介，對過去不久的歷史的梳理，更有利於人們及時總結，理解現在，預測未來。

「方志的教化作用，是指方志對人們進行政治思想、道德品質教育所發揮的作用。」〔註20〕對廣播電視從業人員而言，廣播電視志能夠起到學習專業知識、瞭解專業歷史，增強熱愛本專業的作用。當前我國廣播電視的發展極爲迅猛，科技的不斷進步，社會的不斷發展都使廣播電視事業逐步變革。然而，當前的廣播電視工作者卻很少有時間和精力去自我充電，尤其是主動的補充對廣播電視本身知識的理解和提高。廣播電視志的教化作用是通過人們歷史觀的形成而實現的。廣播電視志的不斷續修，可以給人們一種進化的歷史觀，可以使人們認識到任何事物的發展都有一個過程，有其前因後果，從而形成廣博的歷史胸懷，建立積極向上的人生觀。廣播電視志體現的是與當代社會發展相適應的政治思想與道德品質標準，通過對廣播電視志發展的過程認識，可以增強人們認知事物的能力和判斷事實的力量。正如中共上海市委副書記龔學平在《上海廣播電視志》的序中說：「『認識過去，服務現在，開創未來』。希望廣大上海廣播電視工作者，充分運用《上海廣播電視志》爲我們提供的寶貴財富，堅持以鄧小平理論爲指導，繼續發揚艱苦奮鬥，勇於開題，敢爲人先的精神，在建設面向21世紀的上海廣播電視事業中，續寫新篇章，再創新業績。」〔註21〕

〔註20〕曹子西、朱明德主編，《現代方志學》，方志出版社2005年10月版，第73頁。
〔註21〕《上海廣播電視志》，上海社會科學院出版社1999年11月版，序1～2頁。

二、對廣大受衆的作用

在媒介逐漸發達的年代，媒介素養的概念被提出來。對廣大廣播電視受衆而言，廣播電視志能起到提高其對廣播電視提供信息的解讀能力以及使用廣播電視爲個人生活、社會發展所用的能力，即提高廣大受衆的媒介素養。「媒介素養是指人們對各種媒介信息的解讀和批判能力，以及使用媒介信息爲個人生活、社會發展所用的能力。」〔註22〕從某種程度上說，廣播電視是當今最爲強勢的媒體，影響著人們的認知。而有學者更是認爲，廣播電視最核心的社會影響是消除了物理空間和社會空間的阻隔。廣播電視的內容，遠遠超出人們平時所能正常接觸到的生活經驗，超出他們所接觸的時間、空間，成爲影響人們社會化的重要因素。因此人們進行媒介素養方面的培訓是很有必要的。

早在 1997 年，中國社會科學院新聞研究所卜衛發表了中國大陸最早的一篇論述媒介素養教育的文章，《論媒介教育的意義、內容和方法》。文中她介紹了西方在媒介教育觀點上的根本性改變，即「由抗拒觀點轉變衛培養辨別能力的觀點」。〔註23〕在中國大陸，雖然人們對廣播電視的「抗拒」觀點還未成型，但廣播電視在快速發展的過程中也出現了種種問題，人們應重視提高媒介素養，正確的認識和運用廣播電視。她還提出人們提高媒介素養的方法：學校教育、社會教育和媒體宣傳等，這一系列觀點一直被國內學者所沿用。

廣播電視志從某種程度上說也是提高人們媒介素養的方法之一。對於廣播電視行業內工作人員來說，廣播電視志部分地填補了他們知識的空白，但對於更多的廣播電視受衆來說，則可以通過閱讀廣播電視志，來系統全面地認識和瞭解廣播電視的歷史發展、事業運營等方面的知識，從而提高他們的媒介素養。

三、對研究者的作用

廣播電視志中記錄了廣播電視事業的發展軌迹，爲廣播電視研究者提供了珍貴而豐富的史料。許多地方廣播電視廳、局、臺編印了有關本地的廣播電視史書，如近幾年有 1999 年出版的《半個世紀的腳步——紀念天津人民廣

〔註22〕張志安、沈國麟：《一個亟待重視的全民教育課題——對中國大陸媒介素養研究的回顧和簡評》，載《新聞記者》2004 年 4 月，第 11 頁。

〔註23〕卜衛：《論媒介教育的意義、內容和方法》，載《現代傳播》1997 年 1 月號，第 29 頁。

播電臺建臺 50 週年》、《天津人民廣播電臺五十年回憶錄》；2000 年出版的《回眸 50 年——福建人民廣播電臺成立 50 週年紀念文集》、《天津電視臺建臺四十週年紀念》；2001 年出版的《浙江電視臺簡史》以及內蒙古出版的《內蒙古廣播五十年》；2002 年出版的《春華秋實——濟寧廣播電視十五年回眸》等。值得重視的是，2003 年編印的兩份內部出版物，四川廣播電視局的《四川廣播電視史志叢書之二——建國前四川區域廣播》和唐山廣播電視史志年鑑編輯委員會的《淪陷區的唐山日偽廣播史研究（1935～1945）》，充分反映了當地廣播史研究人員較高的實力與水平，拓展了中國現代廣播史的研究視野。

　　史料是歷史研究的基礎，「在中國廣播電視史的研究中既要對已有的史料加以整理、利用，更要挖掘人們所忽視或者沒有來得及發行的史料，特別是新中國成立以前散見於報刊、檔案、圖書中的早期廣播史料。」〔註 24〕從總體上看，廣播電視雖然有不易保存的弊病，但大批廣播電視志的編印出版，既充實了綜合性地方志的內容，也為深入研究中國廣播電視史提供了豐富的第一手材料。作為廣播電視行業教育重要的基礎知識之一的廣播電視史研究，需要地方廣播電視志作為基礎。

第四節　資治是廣播電視志的參考功能

一、資治作用

　　隨著史學的發展，史家更希望能通過編著史書來探索歷史發展的規律，以史為鑑。漢代以後，史家希望通過史書闡發和寄託自己的政治思想和理想的做法更加自覺和明顯，他們通過對史料的選擇、對人物和事件的褒貶等，有意識地把自己的主觀意識滲入到所編著的史書中。而舊時方志受到統治者的重視，並不是因為它有什麼特異功能，而是由於封建時代較低的社會發展水平，既無廣播、電視，亦無各種的簡報、報表、檔案資料。許多方志的編纂者都是地方官員。他們在序、跋或凡例中，往往提及他們上任後為瞭解當代風土人情，除了聽一些彙報和微服私訪外，都需找來過去的方志閱讀。他們把地方志看成「輔治之書」，並明確提出了「治天下者以史為鑑，治郡國者

〔註 24〕趙玉明：《廣播電視史學研究的新成果——第七屆廣播電視學術論文評選史學類獲獎論文評述》，載《聲屏史苑探索錄——趙玉明自選集》，北京廣播學院出版社 2004 年 8 月版，第 154 頁。

以志為鑒」的要求。因此在他們看來，資治乃是方志最重要的功能。

隨著社會的發展，情況發生了根本的變化。當前人們獲取各方面的資料和信息越來越方便，各種情況彙報、統計資料和檔案材料應有盡有，地方執政者不需要以地方志作為他們獲取信息的唯一渠道。各種媒體每天通過各種渠道給人們帶來鋪天蓋地的信息，官員們面臨的問題不再像封建社會那樣信息太少，而是信息過剩。而且最新的志書，相當於用志的情況來說，其所載資料也已經相當陳舊了。領導者對那些陳年老賬大都不會有非常大的興趣。而隨著科學技術的進步，最近幾個月，甚至最近幾天的情況都會有較大的不同。從某種意義上說，地方志的資治作用變小了，傳統方志這一信息載體在與其他信息載體的競爭中處於明顯的劣勢，這已成為不爭的事實。然而，說資治是廣播電視志的高級功能，正是基於以上的現實考慮，地方志的資治功能雖然逐漸退後，但實際上對廣播電視志的要求反而更高了，廣播電視各級領導需要看到更加準確、系統、使用方便、豐富多彩的廣播電視志，來為其瞭解情況、科學決策提供支撐。

然而，當前新修志書往往將其功能過分的拔高，從而導致方志過於突出政治宣傳色彩。由於人們在編修志書過程中，不但考慮到「存史」，還要考慮到以「資治」為核心的種種其他功能，如「導向」、「展示」、「鑒戒」等等，編纂者就不可避免地考慮志書的功利，出現了圖解時事政治的趨向。這是當前地方志過分強調資治功能的副作用。實際上，「資治」、「教化」等，必須經過志書讀者的再認識，才能顯現出來。從某種意義而言，越希望通過自身的政治化而引起領導官員重視的志書，反而失去了志書真正的品格和應有的作用。

二、資治作用的轉化

舊志與新方志在教化中所體現出作用在目的和內容上是不同的。古人作史都有自己的目的，從《史記》、《春秋》到《清史》，傳統史學的目的和功能與封建政治的關係愈加密切，《資治通鑒》更是明白無誤地表明了它的功能和意圖，為封建統治者「鑒」。隨著社會的進步和史學自身的發展，人們對史學的目的和功能有了新的要求和期望，要求歷史不僅僅服務於政治或統治者，而應當為整個社會服務。從歷史發展的角度來看，開放的思想環境和發達的信息獲得渠道，使得歷史能夠從更加宏觀和廣泛地完成「資治」的功能。正

像梁啓超所批評的那樣，歷史的鏡鑒功能無可厚非，關鍵是這一功能在古代社會只是統治階級的專利。今天，我們編修社會主義新方志，作爲社會主義精神文明建設重要組成部分的地方志工作，同樣也具有「資治」的重要作用。廣播電視志編修以馬列主義、毛澤東思想、鄧小平理論爲指導思想，堅持實事求是的科學態度，其編修的目的在於使用，而使用的傳統任務和重要任務之一就是「資治」，使各級有關黨政機關、領導幹部運用馬列主義立場、觀點和方法，通過廣播電視志瞭解廣播電視發展現狀和演變過程，全面地掌握地情，從而推動本地廣播電視的科學決策和有效工作。這對推動建設有中國特色的社會主義廣播電視事業的發展壯大，具有很大的作用。

　　資治與用志有著直接的關係。廣播電視志的資治功能能否實現，與廣播電視志的使用息息相關。有沒有人使用，什麼樣的人在使用，使用的目的是什麼，決定了廣播電視志是否能夠完成其資治的功能。方志學集大成者章學誠最重要的觀點之一就是「經世致用」，這也是新方志編纂的基本方針。2003年李鐵映《在中國地方志指導小組三屆二次會議上的講話》中明確指出：志書要經世致用，「要牢牢把握方志工作的前進方向，堅持用方志成果爲全面建設小康社會服務，爲中華民族偉大復興服務的根本宗旨，使志書眞正發揮資政育人、培育和弘揚民族精神的作用。」而且，一部地方志書，從成立機構，擬定篇目，徵集資料，到編纂成書，反覆修改審定直至出版發行，各省首輪修廣播電視志的這一過程歷時一般少則八九年，多的達十三、四年。如果作爲這樣一項巨大的文化工程的廣播電視志出版後，用者寥寥，束之高閣，那將是莫大的浪費。新疆廣播電影電視廳史志編輯室的工作人員在《新疆廣播電視志》出版後，爲充分發揮其功能，還通過多種手段廣泛宣傳，積極推薦，引導各部門領導用志，使得「《新疆廣播電視志》開始受到各級領導和新聞工作者的關注。」〔註25〕

　　有人把地方志的性質歸納爲「政書」，就是突出了地方志的資治作用，把資治作用作爲地方志的首要功能。然而具體到廣播電視志的實際情況來說，「資治」功能仍然存在，但並不是其首要功能，只能作爲它的一個附加功能和高級功能。有人認爲，在信息社會中，信息污染已經成爲當今社會的一大

〔註25〕　新疆廣播電影電視廳史志編輯室：《努力編好志書，服務廣播電視》，載《第四次中國廣播電視史志研討會專輯（内部資料）》，廣播電影電視部辦公廳，中國廣播電視學會史學研究委員會，安徽省廣播電視學會，北京廣播學院廣播電視學會編，第77頁。

公害。但地方志通過將大量信息的搜集、篩選、編輯等工作，爲當地發展提供準確可靠、全面系統的資料更爲迫切和重要。因此實際上地方志的資治功能是越來越突出了。具體到當前的廣播電視志來說，廣播電視志應向領導機關和領導者提供決策借鑒和參考，使他們能從宏觀上把握地情，進行科學決策。當前，全國範圍內的首輪廣播電視修志基本結束，各地成果頗豐，但在用志方面還未有比較突出的作用，這與廣播電視歷史較短，而且一直處在高速發展變化中也有密切的關係。

本章小結

　　方志的性質始終是方志學者和編纂者研究和思考的熱點，直到今天仍不斷有新的觀點和文章的出現。毛澤東曾說：「一定的文化是一定社會的政治和經濟在觀念形態上的反映。」〔註26〕以歷史唯物主義的觀點來看，由於各個時期的社會制度、經濟基礎、編修指導思想等的不同，各個時期對方志性質的不同認識也是正常的。無論「地理說」、「歷史說」或「政書說」都是有其社會經濟和思想基礎的。本文認爲，廣播電視志是廣播電視史的一種，廣播電視志與廣播電視史都是現代社會的產物，雖然從體例結構、記載內容、記事方法等方面來看，二者有比較明顯的差別，但兩者的編纂指導思想基本相同，意義、目的相差不遠，性質和任務也基本一致。隨著史志研究的進一步繁榮和持續深入，可以逐步做到史志互證、史志互正、史志互補、史志共榮。

　　眞實性是廣播電視志的生命，學術性是廣播電視志的目標，專業性是廣播電視志的特性。有關地方志的特點，許多方家有很多有見地的觀點和論述，如地方性、連續性、廣泛性、資料性、可靠性、多樣性、區域性等等。本文以廣播電視志爲對象，必須緊扣廣播電視志本身的性質、來源、編修情況、反映內容以及功能作用等等，以此爲基礎提出對廣播電視志特點的認識。由於廣播電視歷史不長，首輪修志就是廣播電視的首次修志，再加上工作人員的不懈努力和體制保障，提出眞實性是廣播電視志的生命是有理由的，是有可能也是必須要實現的。廣播電視志在中國廣播電視學會所進行的歷次學術評獎中頻頻上榜，說明有些廣播電視志已經有了一定的學術水平，得到了社

〔註26〕毛澤東：《新民主主義論》，《毛澤東選集》第二卷，人民出版社1991年版，第694頁。

會的認可，而具有學術性也是廣大編修廣播電視志工作人員的一貫希望和目標，促使工作人員向著更高的水平和方向努力。專業性是廣播電視志作為專業志的特性。一般來說專業性是和地方性、時代性聯繫在一起的，然而地方性、時代性都不是廣播電視志的唯一特性，而是所有地方志的特點。具體到廣播電視志來說，其專業性就是其反映對象廣播電視的特性，能夠突出廣播電視志的獨有特點。

　　廣播電視志是新中國修志中的專業志之一，與古代方志和其他新修方志一樣，具有「存史、教化、資治」的功能。然而，「存史、教化、資治」的內涵和意義與古方志和其他新修方志有所不同，具有廣播電視獨有的時代特色和專業特色。同時，「存史、教化、資治」三者也不是平等的，不是各占三分之一，而是與廣播電視志反映的內容以及廣播電視發展的情況和時代背景有著緊密的聯繫，有先後次序、輕重緩急。存史是廣播電視志的基本功能，教化是廣播電視志的輔助功能，資治是廣播電視志的參考功能。

實 踐 篇

第五章　廣播電視志的編纂體例

　　古今中外，無論編史修志都有一個體例問題。體例是否完善與科學，是衡量一部方志水平高低的重要標準。廣播電視志的情況涉及面廣，千頭萬緒。要把廣播電視的發展情況有條不紊地記述下來，必須有適合本地區本專業並富有時代特色的體例規範。體例是使廣播電視志反映情況系統化、規範化的關鍵。體例的得失是評價一部志書優劣的重要標誌之一，因為體例是編纂志書的「綱」，是統一全書的準繩。用體例規範全書的原則和具體要求，提高志書的實用價值和科學價值，是決定志書質量的關鍵所在。

第一節　廣播電視志的體例

　　「體例」一詞，《現代漢語詞典》的解釋是：「著作的編寫格式」；《辭海》的解釋為「著作的體裁凡例」。有關新方志的體例，學者們有不同的認識：「體例，是一類著述區別於其他著述的體制形式。方志體例，是志書表現自身內容特有的、不同於其他著述的體制形式，主要包括體裁、格局結構和文字表現形式等。」〔註1〕有學者認為「志書的體例是由三個要素組成的：一是體裁，二是結構，三是章法（即對撰寫的一般要求）。」〔註2〕還有學者認為「方志體例，是貫徹修志宗旨，適應內容需要，並區別於其他著作的獨特的表現形式，它具體體現在志書的種類、體裁、結構、編纂等

〔註1〕王復興：《方志學基礎》，山東大學出版社1987年版，第175頁。
〔註2〕歐陽發、丁劍：《新編方志十二講》，安徽省地方志編纂委員會1984年版，第34頁。

各個方面。」〔註3〕安徽大學林衍經教授認爲：「方志體例是一種全面記載一方自然和社會的歷史與現狀廣泛內容的、資料性的特殊著作形式。」〔註4〕復旦大學巴兆祥教授認爲：「新編方志的體例是一定地域內政治、經濟、軍事、文化、教育、社會、人物等內容的表現形式，是一地歷史與現狀條理化、系統化、準確化的規則，是新志區別於當代其他類著作的獨特標誌。簡而言之，新志體例即將有關地方情況的豐富而繁雜的資料剪裁、編輯成書的原則、規定。」〔註5〕

雖然方志界對志書的體例還未統一形成一個科學的定義，但志書體例主要包括體裁、篇目以及文體三大部分，已形成了方志同仁的共識。所謂體裁，指的是文體類別和具體樣式。我國古代史學研究對體例一直比較重視，史書的體例主要有編年體、紀傳體、紀事本末體等。1997年5月8日中國地方志指導小組二屆三次會議討論通過的《關於地方志編纂工作的規定》指出，「地方志的體裁，一般應包含述、記、志、傳、圖、表、錄等，以志爲主體。圖表採用現代技術編製。人物志要堅持生不立傳的原則，在世人物的突出事迹以事繫人入志。」所謂篇目，是一部志書具體門類的設置、劃分、排列、組合。《關於地方志編纂工作的規定》又指出，「地方志的篇目設置，應合乎科學分類和社會分工實際，突出時代特點和地方特色，做到門類合理，歸屬得當，層次分明，排列有序，形式上不強求一律。」文體的構成包括表層的文本因素，如表達手法、題材性質、結構類型、語言體式、形態格式等，是地方志的表現形式。《關於地方志編纂工作的規定》還指出，「地方志的文體，採用規範的語體文。行文力求樸實、簡練、流暢。志書的篇幅不宜過大，今後續修，字數要相應減少。」對廣播電視志體例的要求，一般有以下幾個方面：

一、時空界限

方志乃一方之志，地域性是首要特性。作爲廣播電視志同樣要遵守這個要求，不越境而書。這個問題在首輪修廣播電視志中比較簡單，只記述本地行政區劃內的廣播電視發展情況即可。但隨著廣播電視產業的發展，情況越來越複雜，廣播電視集團的跨地區發展也會越來越多。對這種跨地區的發展，

〔註3〕王曉岩：《方志體例古今談》，巴蜀書社1989年版，第6頁。
〔註4〕林衍經：《方志編纂係論》，安徽大學出版社2001年版，第2頁。
〔註5〕巴兆祥：《方志學新論》，學林出版社2004年6月版，第416頁。

廣播電視志應當實事求是地反映。根據其不同的內容與形式，或在「產業管理」中體現，或在「合作交流」中體現，若確實有重大意義或實效，也可專關章節展開敘述。在時間問題上，首輪修志對上限沒有具體要求，追溯廣播、電視在當地最早出現的時間就可以；下限則可以定出具體年份。由於廣播電視志的編纂一般耗時數年，所以志書中的個別部分也可以在原定下限後繼續延伸。而續修廣播電視志則從上輪修志的下限開始。但追溯廣播的淵源，不能追溯的太遠、太偏，只能追溯廣播的根本實體，而不能把文字廣播、發報機等內容當作廣播的源頭。比如廣播最早出現於上海，所以上海記載廣播電視的內容時間也最早。《上海廣播電視志》上限始於民國 12 年（1923 年），下限迄於 1993 年。個別記事內容有所延伸，大事記延伸至 1995 年，總述和補記則延伸至 1998 年。又比如江西省在修廣播電視志時，曾有人把紅軍宣傳員「用洋鐵皮或硬殼紙做成喇叭狀，向群眾廣播」和「解放前的少數大商店，用手搖留聲機播放唱片音樂，招徠顧客」作為廣播的起源之一列入志書，後來在編纂中刪去。〔註 6〕

二、以類相從

　　方志學界經常援引章學誠「史體縱看，志體橫看」的說法，提出「橫排豎寫，橫豎結合」的體例要求。倉修良先生認為，這種說法並不科學，對待章學誠史學觀點也應做實事求是的分析。章學誠提出「史體縱看，志體橫看」時，他的史學觀點還未真正形成，對我國主要史書和史體的研究還沒有進行系統的研究和總結，因此這時提出的看法並不足以被人拿來當作定論。而事實上，從《文史通義》開始，章學誠就沒有再提出類似觀點，反而一再強調「仿紀傳正史之體而作志」。所以，廣播電視志作為專業志書的一種，應把同一類事物集中在一起進行撰寫，體現它的全貌。「橫排豎寫」的說法應改為「以類相從」。如《內蒙古自治區志・廣播電視志》凡例的第三條為：「專業分志堅持縱貫古今、詳近略遠、詳獨略同的原則，根據『以類系事、事以類從、類為一志』的原則設置。類的劃分參照國家行業分類標準、兼顧現行部門管理體制。」

〔註 6〕上官輝：《江西省廣播電視志的總體設計彙報》，載《第二次中國廣播電視史志研討會專輯（內部資料）》，中國廣播電視學會史學研究委員會、江蘇省廣播電視學會、中國廣播電視學會北京廣播學院分會、江蘇廣播電視報社，1991年 5 月，第 117 頁。

三、諸體並用

所謂諸體並用，指的是運用多種體裁進行編纂。如舊志多用紀、志、書、錄、考、傳、圖、表等體裁，新方志則一般以述、記、志、傳、圖、表、錄為主要體裁。具體到當前已出版的廣播電視志來說，則一般為序言、凡例、概述、分述、附錄、圖表、人物傳、大事記等，對這些體裁進行靈活運用。如《天津通志・廣播電視電影志》，就有總序、凡例、綜述、大事紀略、分述、附錄、編後記等部分，圖表在正文中出現，人物單列一篇。

四、詳今明古

詳今明古是浙江省志辦主任魏橋最先提出的。據《中國方志五十年史事錄》記載：（1989 年 12 月）「浙江省志辦主任魏橋在浙江省地方志第四次工作會議上的講話《八年修志的回顧及今後設想》中，首次提出了『詳今明古』的主張。……所謂『明古』就是不能採取簡單化的辦法對待歷史，而是要求用嚴肅的態度，審慎地對待歷史資料，把歷史上發生的事件盡可能弄個明白，弄清事物的發端、發展和變化，而不是一問三不知。」〔註7〕該書作者，中國地方志指導小組辦公室原主任、《中國地方志》原主編諸葛計先生還加按語說：「這是本屆修志理論方面的重要收穫之一。『詳今略古』與『詳今明古』，這兩個提法雖只一字之差，但內涵上卻有很大的不同。『詳今略古』包含的是『量』的要求，而『詳今明古』則只是『度』的把握。對人類社會事象的記述，很難用多大的『量』來區分詳與略，但卻可以在一定的『度』上加以把握。」〔註8〕作為廣播電視志來說，歷史並不久遠，更有必要也應該能夠說清楚較早時期的情況，

五、據事直書

地方志的資料性是不言而喻的，真實性是廣播電視志的生命。據事直書即是根據歷史的真實情況進行撰寫，保持歷史的客觀性、獨立性。「不虛美，不掩惡」。據事直書是修志者史德、史才、史學、史識以及責任心的綜合體現。要求編纂廣播電視志的人員要樹立正確的人生觀、歷史觀，恪盡職守，尊重史實。這一點在前文已經有所論述。

〔註7〕諸葛計：《中國方志五十年史事錄》，方志出版社 2002 年 12 月版，第 315 頁。
〔註8〕諸葛計：《中國方志五十年史事錄》，方志出版社 2002 年 12 月版，第 315 頁。

第二節　廣播電視志的體裁

一、史書體裁的螺旋式發展

　　在中國豐富的古代史學遺產中，編纂上採用了各種不同的表現形式，這種表現形式，被稱為體裁。中國古代史書的體裁，始終隨著社會發展和反映內容的需求而在不斷變動、創新。其中影響比較大，作用比較突出的幾種體裁是編年體、紀傳體和紀事本末體。

　　「無論什麼樣的史學活動最終都需要通過史學著作的形式來表現史家的研究成果，體現史家作史的思想觀念。……對史著體例、體裁的理解實際上不僅僅是史著的撰寫形式和方法問題，實際上包含了對歷史事實的看法，對整個歷史發展過程的理解。」〔註9〕體例編排確實是十分重要的，梁啓超在《中國歷史研究法》一書的《自序》稱：「我國史界浩如煙海之資料，苟無法以整理之耶，則誠如一堆瓦礫，只覺其可厭。苟有法以整理之耶，則如在礦之金，採之不竭，學者任研治其一部分，皆可以名家，而其所貢獻於世界者皆可以極大。」〔註10〕梁啓超總結章學誠方志學理論時說，「其保存資料之書，又非徒堆積檔案謬誇繁富而已，加以別裁，組織而整理之，馭資料使適於用。……實齋之意，欲將此種整理資料之方法，由學者悉心訂定後，著為格式，頒下各州縣之『志科』，隨時依式最錄，則不必高材之人亦可從事，而文獻散亡之患可以免。此誠保存史料之根本方法，未經人道者也。」〔註11〕章學誠對各種歷史體裁進行了考察和研究，對各種體裁的內部聯繫和發展進行了初步概括和總結，提出了「神奇化臭腐，臭腐復化為神奇」的觀點。既強調了史書體裁的重要性，也提出了史書體裁發展與創新的必要性。但他把史書體裁的發展看作是簡單的循環往復，體現了章學誠認識上的局限性。

　　從今天的觀點看來，史書體裁的發展和演變是一種螺旋式的上升，體現了否定之否定的規律。在不斷的繼承與創新中，無論是編年體、紀傳體還是紀事本末體，史書體裁得以不斷的發展和前進，更加準確全面地反映歷史事實。一方面是體裁自身內部結構的不斷豐富和完善，另一方面是幾種體裁之

〔註 9〕劉俐娜，《由傳統走向現代——論中國史學的轉型》，社會科學文獻出版社 2006年 4 月版，第 300 頁。

〔註 10〕梁啓超：《中國歷史研究法》，上海古籍出版社 1998 年 12 月版，自序第 2 頁。

〔註 11〕梁啓超：《清代學者整理舊學之總成績——方志學》，載《中國近三百年學術史》，上海三聯書店 2006 年 4 月版，第 271～272 頁。

間相互借鑒，產生新的體裁。而這種發展和演變一方面是史書更好地反映歷史的需要，更是爲了完成封建政治對歷史功能的要求。

二、廣播電視志的體裁：述、記、志、傳、圖、表、錄

有關方志的體裁，有關學者的分析也非常多，如傅振倫先生認爲自宋代以來，中國地方志主要出現過以下幾種體例：（一）分綱例目體。全書分大門類，各門類下再分細目。它包括了「三寶體」、章節體等。這種體例以類統目，層次清楚，結構嚴謹，反映了事物之間的統屬關係。（二）無綱多目體。全書分爲若干門目，平行排列，無所統屬。（三）編年體。全書不分門類，不設篇目，把一地的資料按年代順序編入志書。（四）「三書四體」體。這是章學誠創立的一種新的體例，即把志書分爲志、掌故、文徵三個部分，分列紀、年譜、考、傳四種體裁。黃葦則認爲方志主要有：（一）平目體。把志書內容分爲若干類，平行排列，各類目相互獨立，無所統屬。（二）綱目體。以政區或事類爲基礎先設總綱，再分細目，綱舉目張。（三）紀傳體。體法正史。（四）編年體。不分門類，以時間爲線索。（五）三寶體。將志書分爲土地、人民、政事三類分別敘述。（六）政書體。以記載典章制度爲主。（七）兩部體。指以經緯分爲兩大部類，下面再設各分志。（八）三書體。章學誠所創，志、掌故、文徵三者。志爲主體，仿正史而作；掌故爲保存地方典章制度檔案資料。文徵如文選，主要收錄地方文獻。這種三書體影響甚大，但採用者卻不多。（九）章節體。十九世紀西方教科書傳入中國後，史書經常採用的一種體裁，一般爲編、章、節、目式。新修方志多用此種體裁，廣播電視志也是如此。

首輪編纂出版的志書多選用章節體。一般認爲，雖然我國傳統史書中的紀事本末體與章節體已經十分類似，但章節體是一種來自西方現代史學的新的體裁。廣播電視志作爲專業志書，其結構一般也採用這種層次結構。章節體結構的最高層次爲編，大類爲章，小類爲節，具體事物爲目，層層統轄，層次可達 5～6 層之多。這種章節體的優點和好處是容量較大，結構嚴謹，分類清楚，邏輯關係嚴密，一目了然。缺點是這種體裁實質上在記述過程中章節體的篇、章、節，僅起到目錄分類和領屬的作用，只有分目和子目才涉及具體內容。而且由於章節體便於反映層級關係、邏輯關係和因果關係，這樣在史料不充分的情況下，容易產生內容分類不當、虛設層次過多，實際內容交叉、零散、重複的情況。

　　以獲得第四屆中國廣播電視學術著作評選一等獎的《上海廣播電視志》
中的一章為例：

第二編　廣播節目

民國時期電臺節目及編播

節目

　　一、新聞

　　二、專題（教育）

　　三、娛樂

　　四、宗教

　　五、廣告

　　　　抗日戰事中廣播宣傳

　　　　一二八抗戰中廣播宣傳

　　　　八一三抗戰中廣播宣傳

編播

附：民國時期上海廣播電臺節目一覽表

　　一、1923～1399 年節目表

　　二、1934 年 2 月 5 日節目表

　　三、1937 年 7 月 5 日節目表

　　四、1939 年 1 月 1 日節目表

　　五、1941 年 9 月 27 日蘇聯呼聲廣播電臺節目表

　　六、1946 年 9 月 21 日節目表

　　在這一章中，其篇目設置就有許多值得肯定之處。首先將廣播節目單獨
設為一編，從體例上就突出體現了廣播電視志的專業特色。其次，實事求是
地設計篇目，如在「節目」一節中的「宗教」類別，就突出了上海民國時期
電臺眾多，立場不同，播送內容各異的情況，突出了時代特色和地方特色。
第三，第三節「編播」的設置，保證了在本編中「節目」和「編播」並行的
做法，比其他廣播電視志多了「編播」部分，使得這一編更為豐滿。第四，
所附的「民國時期上海廣播電臺節目一覽表」資料珍貴，同時與前面一編「廣
播電臺」相呼應，外國人電臺、民營電臺、官辦電臺、日偽電臺等的節目表
都有涉及。第五，編、章、節、目下面還有分類。如在專題（教育）一目中，
還有演講、教學、知識講座、婦女兒童、體育等更小的類別。層次清楚，邏

輯嚴謹,內容豐富。

綜觀歷史上形成的志書體裁,當代修志基本沿用了「述」、「記」、「志」、「傳」、「錄」、「圖」、「表」等。具體來說,在新中國廣播電視的首輪修志中,「述」、「記」、「志」、「傳」、「錄」、「圖」、「表」這七種最常見的撰述體裁逐漸形成了序言、凡例、概述、分述、附錄、圖表、人物傳、大事記等廣播電視志的重要組成部分。在當前已出版的部省級廣播電視志中,七種體裁大多具備,編排結構也大體相似,但沒有一部是完全相同的。當然,凡是好的志書,無論在體例還是內容上,都不是簡單的模仿,而是不斷的創新。正是這種「和而不同」,才使得新中國的修志事業始終富有生機和活力。

第三節　廣播電視志的篇目

一、篇目設定的規則

志書的編纂應該有一定的規則,體例也應在保持地方特色的情況下盡量規範化。具體來說,篇目的擬定就是為了把已經徵集到的各種類型的資料,系統地分門別類地,組成篇目或單元,並使各個單元體現其內在聯繫,便於讀者參考利用。志書的篇目設置,關係著志書質量的高低。總體來看,作為專業志之一的廣播電視志,隨著形勢的不斷發展,認識的不斷深化,其篇目設計也始終進行著調整。早期的廣播電視志和後來出版的廣播電視志的篇目就有著很大的不同。根據各地編修廣播電視志的實踐,我們也能看出,篇目設計問題是保證廣播電視志質量和水平的關鍵。「如果說收集資料是史志工作的基礎的話,那麼擬定好篇目就是史志工作的關鍵。篇目好比建築房屋的屋架,屋架確定了,這幢房屋也就基本成型了。」〔註12〕

篇目設定首先要明確指導思想。中國地方志指導小組二屆三次會議討論通過的《關於地方志編纂工作的規定》指出:編纂地方志必須以馬列主義、毛澤東思想和鄧小平理論為指導,堅持實事求是的思想路線,運用現代科學理論和方法,全面真實地反映當地自然和社會的歷史與現狀,為改革開放和社會主義現代化建設服務。編纂地方志應繼承我國歷代修志優良傳統,貫徹

〔註12〕王允淵:《擬定好篇目是關鍵》,載《第二次中國廣播電視史志研討會專輯(內部資料)》,中國廣播電視學會史學研究委員會、江蘇省廣播電視學會、中國廣播電視學會北京廣播學院分會、江蘇廣播電視報社,1991 年 5 月,第 46 頁。

存眞求實的方針，堅持改革創新，做到思想性、科學性和資料性的統一。要達到這個要求，首先在篇目設計上就要體現這個指導思想。用辯證唯物主義和歷史唯物主義的觀點、立場和方法去認識、衡量和設計篇目。

　　廣播電視志作爲一個整體，是靠篇目設定把方方面面的內容聯繫在一起。設計篇目的總體原則有二：一、堅持辯證唯物主義和歷史唯物主義的立場、觀點、方法。既肯定成績，也不迴避缺點錯誤。二、既要保證作爲省志的整體性，又要突出地方廣播電視的特點。一般來說，廣播電視志是省志中的一種專業分志，所以在編纂中既要通盤考慮，又要盡量在篇目設計上體現當地廣播電視專業特色。如我國少數民族聚集較多的地區，如雲南、新疆、吉林、青海等省的廣播電視志，在篇目設置中主動將各民族語言的宣傳作爲重點進行了突出，體現了當地廣播電視發展的特點。

二、篇目的主要內容

　　在首輪廣播電視修志的實踐中，可以發現每部廣播電視志中都有概述、分述兩部分，大部分志書有序、凡例、大事記、附錄、圖片、後記幾部分。這些構成了廣播電視志的主體內容。而根據現有廣播電視志的編修情況和廣播電視志的特點，建議廣播電視志的基本內容應依次由圖片、序、凡例、概述、大事記、分述、附錄、後記各部分組成。當然廣播電視修志尚爲首輪，還應鼓勵和提倡結合地情創新，不應急於要求定型。

1. 圖片

　　圖在志書中的運用由來已久，「圖經」曾一度是地方志的主要形式。廣播電視志通過對各種圖的綜合有效利用，可以起到補充文字之不足、留存重要史料、豐富志書內容、甚至畫龍點睛等重要作用。

　　從內容看，廣播電視志中的圖可以分爲照片、地圖、圖畫等。其中照片最爲常見，如重要領導人爲當地廣播電視發展的題詞和參觀照片、早期廣播電視的資料、最新廣播電視技術發展等；地圖與圖畫往往合爲一體，如《福建省志·廣播電視志》有「福建省廣播電臺、發射臺分佈圖」、「福建省電視臺、電視發射臺分佈圖」各一張；《上海廣播電視志》就有「上海市廣播電視機構分佈圖」（市區、郊區各一張）；《蕭山市廣播電視志》中也刊登了「蕭山市政區圖」與「蕭山市廣播電視光纜聯網圖」。廣播電視志中放置自製的廣播電視地圖有許多好處，一方面讀廣播電視志的人可能並不一定瞭解該地的總

體情況，也沒有時間精力去讀其他志書，所以通過地圖首先能夠瞭解行政區劃；另一方面就是通過圖片對當地廣播電視發展情況有一個直觀的感受，瞭解當地廣播電視有關事業建設和覆蓋情況。但當前大部分廣播電視志的問題是對自製的廣播電視發展地圖的解釋不夠，一般來說僅有一個標題，沒有比例尺和必要的說明，有的甚至連日期也沒有，這就給讀志用志的人帶來困惑和麻煩。當然，如果能找到足夠的資料，可以在一部廣播電視志中放入不同發展時期和階段的地圖，並標明時間，這樣能夠更加清晰地反映廣播電視前進的步伐。

從圖片放置位置看，也有居於最前、最後和放在文中之別。大部分的廣播電視志將有關圖片置於卷首，開門見「圖」，讀者首先看到的就是有關廣播電視發展的圖片，給讀者最直觀和集中的感受，並通過圖片的分類對整部廣播電視志有大概的瞭解。一般廣播電視志都採用這個方式。也有個別廣播電視志書把圖放在末尾。還有一些廣播電視志書把有關圖片置於文中，在文字記述的地方放置相應的圖片。這樣做的好處是圖文並茂，相互呼應，但由於用紙等技術問題，一般只能印刷成黑白圖片，影響效果，不夠美觀。而且由於圖片分散，如果沒有索引，讀者用起來也很不方便。如《雲南省志・廣播電視志》就把大部分圖片分解到志書正文當中去，前面只保留全省廣播電視有關地圖，最後也放置一些圖片。還有一種做法是分章節放圖，即在志書內每章的開頭放置有關圖片。這樣圖片能夠有所分類，也與正文能夠呼應，但有些具備重要史料價值而且不易分類的圖片就不好處理。綜上所述，一般認為，廣播電視志中的圖片還是應該集中放於志書開頭，盡量收入有史料價值和反映廣播電視發展情況的圖片，並對有關圖片進行充分的說明。同時從讀者用志出發，科學分類，並建立圖片索引，利於讀者檢索閱讀。

2. 序和後記

與其他著作一樣，廣播電視志一般也設序和後記，有的不僅有總序，序，還有序一，序二，或者叫編纂說明；除了後記外，有的也還有編後記等等。總體而言，廣播電視志的序和後記大多用來介紹當地廣播電視發展情況，廣播電視志的特徵作用、主要內容以及編修過程等。具體來說，凡是設「總序」的志書一般都是當地每本專業志書統一都有的。「序」則多由當地廣播電視廳局負責人或當地主管宣傳工作的領導撰寫，內容一般為敘述當地廣播電視發展的歷史、現狀和未來發展的目標，有的也包括了本志書編纂的情況、編纂

經驗的總結等等。「後記」一般也由當地廣播電視主管領導或志書有關負責人撰寫，內容多為結合當地廣播電視發展情況記述志書編纂始末等等。有的則不設「後記」，設「編後記」或「編纂始末」，只記述該廣播電視志的編纂情況，包括闡述志書性質和作用、記述志書編纂過程、總結編纂經驗、記錄編纂人員變動情況等等，對該志的編纂進行全方位的回顧和總結。

我國最早出版的省級廣播電視志《吉林省志‧新聞事業志‧廣播電視》既沒有「序」，也沒有「後記」。之後出版的廣播電視志書一般都有「序」或「後記」，對編纂情況進行說明。有的只有「序」沒有「後記」，如《雲南省志‧廣播電視志》前面有「編纂說明」，但沒有「後記」。其「編纂說明」講述了志書的「結構」和「編纂始末」；總結了編纂經驗，包括「各級領導的重視」、「翔實、準確的資料基礎」、「政治、業務素質好的穩定的編寫隊伍」；介紹了編纂人員，基本上代替了「序」的作用。有的只有「後記」沒有「序」，如《四川省志‧廣播電視志》，沒有「序」，但有「編後記」。該「編後記」則闡述了志書性質、介紹了編纂過程、總結了編纂經驗，如「把握分志體例」、「廣泛搜集和認真核實史料」、「編撰志稿長篇和修志參考資料」、「編印修志簡報」、「研究修志業務」等。而《上海廣播電視志》的「序」和「後記」的設置最全。中共上海市委副書記龔學平和上海市廣播電影電視局局長葉志康分別作序，介紹上海廣播電視的歷史與現狀，成就與目標，也介紹了本志書的特點和作用。上海市廣播電影電視局黨委書記趙凱作後記，介紹了志書編纂的過程和上海廣播電視的發展現狀。編後記則重點介紹了《上海廣播電視志》編纂的情況，以志書編纂的五個歷史階段為主體，介紹了整個編志的過程以及有關單位和個人的支持。應該說，《上海廣播電視志》這樣的「序」和「後記」部分的設置，充分體現了一個地區廣播電視志的權威性、科學性和系統性，值得其他地區在編修和續修工作中學習。

3. 凡例

雖然凡例文字不多，卻十分重要，它起著規範、制約、指導志書編纂；幫助讀者和研究者用志的作用。廣播電視志在凡例中一般大體涵蓋編修指導思想、上下限時間、志書體裁，並對全書的有關原則和要求做出規定。志書是流傳千古的，一些問題在今人看來不成問題，而在後人看來，就可能成為難點、疑點。因此作為指導性的說明，廣播電視志的凡例應力求精益求精，才能發揮其應有的作用。

已出版的所有廣播電視志大部分都有凡例。〔註13〕「志之凡例，草於志先，修於志中，定於志後。總纂在最後把關時，需認眞檢點志稿中是否有『文不准例』的現象」。〔註14〕在已出版的廣播電視志中，大部分是針對本廣播電視志編訂的凡例，也有的是作爲專業志統一用共同的凡例，如江蘇、吉林。有的把它叫做「編輯說明」，如遼寧、山西；有的把凡例和序合併在一起，叫作「編纂說明」，如雲南。但多數凡例寫得過於簡略，一般都是先指明編纂指導思想，然後寫上幾條大同小異的具體規範。其實有關指導思想問題，方志界也有不同認識，如黑龍江省志編纂委員會梁濱久就援引《辭海》和《現代漢語》對凡例的釋義，認爲凡例「只是關於本書內容和體例的說明，而不是整個修志工作（包括組織領導、隊伍建設、編史修志及咨詢服務等所有業務工作）的說明，那麼是可以不寫指導思想這一條的。」〔註15〕而對於具體規範，各地的處理也不盡相同，一般包括性質、內容、斷限、結構、文體、體裁、紀年、統計數字單位、資料來源及運用等。

凡例放置的位置也有不同，一般有如下兩種辦法。陝西、西藏等的順序爲：序、凡例、目錄；上海、新疆、蕭山市等的順序爲：目錄、序、凡例。正文爲一部志書最關鍵之內容，由於目錄同正文的關係是最緊密的，凡例同正文關係的也比較緊密，而序言同正文關係相對最爲疏遠。所以，從邏輯上講，在上述2種排列方法中，第一種最爲可取。

4. 概述

概述是對志書的內容做總括性地闡述，必須下功夫寫好。就廣播電視志而言，概述的內容應包括本地區廣播電視的歷史沿革、主要特色、以及對發展狀況進行評述等。概述要提綱挈領，力求「源於全書，高於全書，成爲全書的精華所在。」〔註16〕「最早提出在新志書中設『概述』的，是 1981 年 7 月在山西舉行的全國首屆地方史志學術討論會。……省縣志主張要設概述，且將概述作爲志書的首篇。省志的概述是要綜述一省之輪廓，各業全貌及其

〔註13〕已出版的省級廣播電視志中，僅《黑龍江省志・廣播電視志》、《安徽省志・廣播電視志》沒有凡例。

〔註14〕李明：《新方志編纂實踐》，上海人民出版社 1988 年 10 月版，第 41 頁。

〔註15〕梁濱久：《「凡例」是否必須寫上指導思想》，載《廣西地方志》2001 年第 6 期，第 23 頁。

〔註16〕趙玉明：《首屆編修廣播電視志進展評述》，載《中國廣播電視史文集》（續集），北京廣播學院出版社 2000 年 1 月版，第 94 頁。

發展總過程，爲省志之綱。……在縣志草案的編目中，其所列的 5 卷內容，只是一個最基本的概況，與後來對志書概述的理解和要求相去甚遠。市志的草案中乾脆沒有提到概述。可見當時人們認識上是很不相同的。」〔註17〕《江蘇省志‧廣播電視志》編輯王泉水認爲，方志在體現事物之間的聯繫、運動、變化和發展方面存在不足，而概述則是使方志化靜爲動的關鍵所在。「概述似全志的中樞神經，統領各篇，銜接各章，融合各節，縱橫結合，貫通脈絡。『總攝任何部門，爲全志之綱紀也』。概述使各編在三維空間內聯繫、運動、變化、發展，構成一個宏觀總體，使篇、章、節、目靈動，立體地、鮮活地反映事物，反映事物興衰起伏的過程。從而在深度上、廣度上增加全志容量，讓人們通過有限的記述看到無限的社會內容。」〔註18〕

　　概述按其所處位置來說有兩種，一是在全書之首，爲廣播電視志總的概述；還有的志書在每一編（篇）的開頭也設一概述，分述本編（篇）的情況。後一種概述乃是本輪修志的首創，在各級各種地方志及專業志中都有應用，是志書各部分之間的連接點。廣播電視志概述的內容一般有包括以下內容：當地廣播電視發展的背景、歷史與現狀，廣播電視發展的成績與失誤、經驗和教訓，有的也試圖總結廣播電視發展的歷史規律。

　　廣播電視志概述的寫法也有多種，千差萬別。有的以時間爲序，如《上海廣播電視志》，分三部分記述了上海廣播電視從民國時期，到新中國成立乃至改革開放以來的發展過程。這種寫法的廣播電視志最多，如《黑龍江省志‧廣播電視志》、《湖南省志‧廣播電視志》、《西藏自治區志‧廣播電影電視志》等。這種寫法的好處是更清晰地展示廣播電視發展的脈絡和全貌，對全書有一個整體的把握和涵蓋。

　　有的是全書主要內容的濃縮，如《雲南省志‧廣播電視志》先介紹了雲南廣播電視發展的四個階段，然後濃縮記述了正文中三大部分的基本情況：「宣傳改革逐步深入」、「技術事業建設在改革中奮進，取得了開拓性的成果」、「管理工作加強，職工素質提高，事業領域日益擴大」。採用這種寫法的志書也很多，如《福建省志‧廣播電視志》、《貴州省志‧廣播電視志》、《新

─────────────────────

〔註17〕諸葛計著，《中國方志五十年史事錄》，方志出版社 2002 年 12 月版，第 179 頁。

〔註18〕王泉水：《抓重點　攻難點》，載《第五次中國廣播電視史志研討會專輯（內部資料）》，中國廣播電視學會史學研究委員會、北京廣播學院廣播電視研究中心、北京市廣播電視局，2000 年 9 月，第 101 頁。

疆通志・廣播電視志》等。這種寫法的好處是概述與內容相互呼應，一目了然，便於查閱。但作爲概述來說失去了統率全局的高度，難以看出各項工作之間深層次的聯繫。

還有的是綜合型概述，如《吉林省志・新聞事業志・廣播電視》，既有廣播電視歷史發展的詳細介紹，也對當地廣播電視發展的經驗教訓進行了總結和論述，這兩部分是志書的主體，篇幅也基本一致，同時還對志書的下限到編纂完成進行了補敍。這種綜合性寫法的還有《廣西通志・廣播電視志》等。這種寫法的好處是既注意了歷史脈絡，又有經驗總結，但由於概述所處的重要地位和作用，對這種論述的要求是很高的，必須述而精作。在首輪修志中，應提倡編寫方法的多樣化和創新。表現形式是爲內容服務的，概述的寫法也應結合當地廣播電視發展的情況和編纂情況，不宜一概而論。

5. 大事記

隨著地方志自身的發展，人們感到僅靠「以類系事」是遠遠不夠的，大事記應通過縱向的記述，基本概括一個地區中廣播電視歷史與現狀的重要事件。明確廣播電視大事記的收錄標準和範圍是編寫好大事記的一個重要問題。李少先在《方志編纂知識》中提出了六個「要記」：特別重大的事件要記、重要變革的時間要記、不平常的事件要記、有重要意義的事件要記、爲後人所效法有教育意義的要記、爲後人引以爲戒的事件要記。然而對於廣播電視志來說，什麼是特別重大的事件、變革的時間、不平常的事件、有意義的事件、有教育意義和可以引以爲戒的事件？這些都不是可以一概而論的，只能說應該大體遵循這些要求，立足本地，結合廣播電視特點，選擇「大事」。從而從大事記中也能突出專業、地區和時代特色。

很多志書在「凡例」指出，大事記以編年體爲主，輔以紀事本末體。本章一開始已經對編年體和紀事本末體有過詳細的介紹。大事記以編年體爲主，有利於看清楚這以歷史時期內廣播電視發展的動態和脈絡，甚至可以看出前因後果和客觀規律。不過編年體也有不足，即同事因異時而分割，有支離破碎之感。因此大事記應以編年體爲主，輔以紀事本末體，事有原委，記事完整清楚，也提高了可讀性和可用性。兩種體例詳略互見，相輔相成，通過合理的運用，能充分發揮二體之長。大事記一般應放在開篇，有的個別廣播電視志如江西、內蒙古等將大事記放在附錄中，不利於充分發揮大事記的作用。

6. 分述

　　分述是廣播電視志的主要部分。分述的篇目如何安排、安排的是否得當，是衡量一部廣播電視志的重要標準。對分述總的要求可以歸納爲縱不斷線，橫不缺項，詳略得當，述而精作。篇目是廣播電視志的藍圖和骨架，是編纂過程中最重要的提綱框架，也是人們用志的指南。無論篇幅多少，篇目的設計都是十分重要的，如《湖北省志・新聞出版・廣播電視》的廣播電視部分只有 8 萬字，經過廣泛徵求意見，篇目反覆修訂了 8 次才定稿。

　　以四川省爲例，其廣播電視志的篇目經過了 14 次修改。〔註 19〕第一稿是明顯的先分期，再按照具體電臺實體進行記述。通過反覆修訂，分期與分類相結合，宣傳與技術相結合，做到了以類相從，重點突出，詳今明古。其常務副主編陸原認爲：「實踐說明，設計篇目既要符合本專業的實際，又要按志體要求，做到分類分期較爲科學、協調、歸屬得當，這確頗費心機。」〔註 20〕下面是其第一篇無線廣播的篇目設計，可以看出其第一稿的篇目設計，1991年修改過多次的篇目設計，以及最終出版成書的篇目設計有很大的不同的：

第一稿		1991 年修訂稿		正式出版	
第一章	民國時期的四川廣播	第一章	廣播電臺建置沿革	第一章	建置沿革
第一節	民國時期的重慶廣播電臺	第一節	民國政府的廣播電臺	第一節	民國時期的廣播電臺
第二節	民國時期的成都廣播電臺	一、地方廣播電臺		第二節	西南人民廣播電臺
		二、陪都重慶的中央廣播電臺		第三節	川西人民廣播電臺
第三節	國民黨政府陪都形成的全國廣播中心	三、遷至四川的廣播電臺		第四節	川南人民廣播電臺
第四節	私營廣播電臺	第二節	大行政區西南人民廣播電臺	第五節	川北人民廣播電臺
第五節	撤退到成都的廣播電臺			第六節	川東人民廣播電臺
		第三節	行署區人民廣播電臺	第七節	西康人民廣播電臺
第二章	延安新華廣播電臺在四川的收聽及其作用	川西人民廣播電臺		第二章	四川人民廣播電臺
		二、川南人民廣播電臺		第一節	建臺沿革
		三、川北人民廣播電臺		第二節	廣播宣傳
				第三節	對少數民族廣播
				第四節	播音工作

〔註 19〕　《四川省志・廣播電視志》，1996 年 7 月，四川科技出版社，《編後記》，第406 頁。

〔註 20〕　陸原：《廣播電視志體例管窺》，載第二次中國廣播電視史志研討會專輯（內部資料）》，中國廣播電視學會史學研究委員會、江蘇省廣播電視學會、中國廣播電視學會北京廣播學院分會、江蘇廣播電視報社，1991 年 5 月，第 25 頁。

第一節　概況	第四節　西康人民廣播電臺	第五節　報導網絡
第二節　地下黨抄收辦報	第二章　四川人民廣播電臺	第六節　收音與聽眾工作
第三節　人民群眾的收聽	（共8節，從略）	第三章　市人民廣播電臺
第三章　建國初期的四川廣播	第三章　市人民廣播電臺	第一節　重慶人民廣播電臺
第一節　概況	第一節　重慶人民廣播電臺	第二節　成都人民廣播電臺
第二節　西南人民廣播電臺	第二節　成都人民廣播電臺	第三節　自貢人民廣播電臺
第三節　成都人民廣播電臺	第三節　自貢人民廣播電臺	第四節　渡口人民廣播電臺
第四節　川西人民廣播電臺	第四節　渡口人民廣播電臺	第五節　籌建、試播中的市人民廣播電臺
第五節　川南人民廣播電臺	第五節　其他市廣播電臺	第四章　廣播傳送系統
第六節　川北人民廣播電臺	第四章　發射、轉播臺	第一節　省廣播技術中心
第七節　西康人民廣播電臺	第一節　省廣播技術中心	第二節　省廣播發射中心臺
第四章　四川人民廣播電臺	第二節　省發射中心	第三節　廣播轉播臺
（共34節，從略）	第三節　轉播臺	
第五章　省轄市人民廣播電臺		
第一節　市級電臺概況		
第二節　成都人民廣播電臺		
第三節　重慶人民廣播電臺		
第四節　自貢人民廣播電臺		
第五節　渡口人民廣播電臺		
第六節　瀘州人民廣播電臺		
第七節　德陽人民廣播電臺		
第八節　內江人民廣播電臺		

資料來源：陸原：《廣播電視志體例管窺》，載《第二次中國廣播電視史志研討會專輯（內部資料）》，中國廣播電視學會史學研究委員會、江蘇省廣播電視學會、中國廣播電視學會北京廣播學院分會、江蘇廣播電視報社，1991年5月。四川省地方志編纂委員會：《四川省志·廣播電視志》，1996年7月，四川科技出版社。

　　《新疆通志·廣播電視志》篇目設計的過程也經過了多次反覆，新疆廣播電視廳參與修志的孫炎上在第二次中國廣播電視史志研討會上對這一過程做了比較全面地介紹，充分地反映了編纂志書的同志們跌宕起伏的心路歷程。新疆廣播電視廳於1984年8月成立志書編纂委員會，編輯室工作人員一邊收集資料一般著手醞釀篇目設計。經過一、二十次反覆修改，到1987年才開始初稿的編寫工作。動筆時，廣播電視志篇目為5篇30章59節，在編寫過程中經過修改，到總纂結束後初稿實際篇目變為5篇20章118節。在這一

過程中，發現了志書篇目的種種問題，比如有線廣播與無線廣播混淆造成歸類不當，在自治區地方志編委會召開的評稿會議上未能通過，只得返工。其他發現的種種問題還有：在無線廣播中漏記了中央臺在新疆的轉播臺，在廣播宣傳中只記述了記者卻忽略了編輯等等，都在總纂的過程中得到補充。當志書初稿送到新疆地方志總編室審查時，雖然文字內容表述方面沒有多大問題，但總體篇目設計還需要調整。這時，編纂人員的心理活動有很大的波動，「我們仍懷著一種如臨深淵，如履薄冰的惴惴不安的心情。俗話說，行百里者半九十，越到最後，工作越艱巨。要求在篇目設計上作重要調整，動一發而牽動全身。說不定還要從頭越。在這種形勢下，我們心中又無數，心情很是焦急，任務是相當艱巨的。」〔註21〕雙方的不同意見主要集中在「技術」是否應該與「宣傳」分開，單獨成為一部分。新疆地方志總編室認為，應當突出「技術」，但廣電志的編纂人員則有一種看法認為技術與宣傳是一個獨立整體的兩個方面，不應割裂開來。從最終成書來看，最終的方案是序、凡例、圖片、概述、大事記、有線廣播、無線廣播、電視廣播、廣播電視技術、廣播電視事業管理、直屬機構和相關單位、附錄。將「技術」與「宣傳」分開，「管理」和「相關機構單位」分開。

縱觀現有的近30部省級廣播電視志以及部分市縣級廣播電視志，可以發現它們的體例沒有一部是相同的。從大的方面來說，在本輪修志中廣播電視志主要由事業建設、內容宣傳與行政管理三部分作為志書的主體。基本都包括了廣播電視的事業建設、節目宣傳、交流研究、隊伍管理、機構建制、經營服務等內容。雖然內容涵蓋一致，但分類方式卻大不一樣，其分歧有很多，大致如下：

1）有線廣播和無線廣播是不是應該分開寫。首輪修的廣播電視志大多將有線廣播與無線廣播分開寫，合併在一起的不多。這主要是由於在我國廣播發展的過程中，由於物質水平所限，無線廣播影響的範圍有限，有線廣播在很長一段時間裏都發揮了重要的作用，具有一定的歷史地位，應當實事求是地進行反映。但在續修廣播電視志中，有線廣播就沒有必要分開來單獨寫了。

〔註21〕孫炎上：《關於篇目設計的教訓與體會》，載《第二次中國廣播電視史志研討會專輯（內部資料）》，中國廣播電視學會史學研究委員會、江蘇省廣播電視學會、中國廣播電視學會北京廣播學院分會、江蘇廣播電視報社，1991 年 5 月，第 55 頁。

2）基礎建設和節目宣傳是不是應該分開寫。對於節目宣傳問題，只有很少的幾部省級廣播電視志把「節目」單獨拿出來記述，如福建、陝西、上海等。其實，廣播電視節目是廣播電視本身的特點所在，雖然節目宣傳內容與事業建設是一個整體，但突出節目就是突出廣播電視的專業特點。這一點可以在續志中繼續探討。

3）交流研究、經營服務應該占多大篇幅。就已經出版的廣播電視志總體而言，事業建設和內容宣傳更能突出廣播電視志的地方特色和行業特色。在行政管理方面，雖然篇幅也有不少，但與其他專業志、部門志相比併沒有什麼大的差別。然而隨著廣播電視的產業化發展，在未來的續志中，行政管理的部分應該大大的擴充，增加多種經營和對外交流等的篇幅，形成事業建設、傳播內容、經營管理三大塊並重的局面。

4）人物設不設專門章節。由於廣播電視的歷史比較短，雖然也有無數先驅為廣播電視的發展做出巨大貢獻，但由於「生不立傳」、貢獻不夠或資料不全等原因，很多廣播電視志並沒有專設章節記人。目前來看，最近出版的廣播電視志對人物部分比較重視，如上海、天津、西藏等，通過傳、簡介、表、名錄等方式進行記錄。對人物的寫法有很多，但具體到廣播電視志中，則要注重體現自身的特點和規律，因此在首輪修志中很少專設也是正常，而隨著廣播電視的發展和進步，人物的記錄也將逐步佔有越來越大的篇幅。

除此之外，隨著廣播電視實踐的發展，廣播電視志也面臨著越來越多新的問題，如隨著產業化集團化的深入，跨地區、跨媒體部分如何寫；隨著製播分離的趨勢越來越明顯，社會力量即民營節目製作公司如何寫等等，都給廣播電視志的撰寫帶來問題，而首當其衝的就是在分述篇目設計上要有明確的指向和做法。

7 附錄。附錄一般附於志書後面，用來保存不便在正文中不便引用的地方文獻和珍貴的資料。章學誠在他的「三書」中著力提出通過「文徵」來保存資料的重要性。就廣播電視志來說，應當收錄有關廣播電視發展的重要文獻資料，如法規文件、統計數據、有關名錄等，存史留實並補充引證。附錄必須有明確的宗旨，收錄內容可根據實際情況選擇，並不強求一律。首輪修志中，後期成書的廣播電視志大部分都比較注意附錄的作用。

附錄是正文的延伸和深化，補志之缺，詳志之略。對附錄的內容，還應有時間上的考慮，在上限、下限以及分佈上都要有所考慮。縱觀當前出版的

廣播電視志的附錄，大部分進行了分類，一般包含的內容有：重要文件、重要史料、節目表等。除此之外，還有的把大事年表也放在附錄中，這樣做其實淡化了大事記的作用。有些附錄中還把先進人物表以及名錄等放在其中，對於這個問題要進行具體地分析，本著「生不立傳」的原則，有些較早出版的廣播電視志確實很少能有真正立傳的人物，而單獨設簡介、表、錄也有些突兀，所以作為附錄。當然隨著廣播電視事業的不斷發展，人物的專志應該逐步放在正文當中。

有人把新志書的總體布局概括為下面一段話：

以「序」開篇，帶起全書；

以「述」接繼，展觀全貌；

以「記」為經，綜記大事；

以「志」為緯，分事詳述；

以「傳」為翼，展示人文；

「圖」、「表」隨文行，穿插於有關部分；

「錄」為殿後，收錄資料。〔註22〕

概述為總括，大事記為縱線，分志為橫寫，圖表傳為散點，錄為補充。這樣構成的廣播電視志，才是立體的綜合，才是一個完整的系統。

第四節　廣播電視志的文體

這裏的所說的文體，是歷史長期積澱的產物，它反映了文本從內容到形式的整體特點。廣播電視志的文體雖然是方志的表現形式，但它是在深層的社會因素制約下形成的，如時代精神、民族傳統、階級印記、著者風格、經驗等。廣播電視志的語言應當做到樸實、嚴謹、簡潔、流暢。

一、廣播電視志的文體

「文體」指不同體制、樣式的作品所具有的某種相對穩定的獨特風貌，是某種作品自身的一種規定性。一般有記述體、議論體、說明體、文藝體等之分。廣播電視志雖然是第一次編修，但應當遵守方志的文體規定，廣播電視志與地方志一樣，應採取記述體。

〔註22〕李明：《新方志編纂實踐》，上海人民出版社，1988年10月版，第15頁。

文體是內容和形式的統一。文本的內容決定形式，選擇、運用哪種文體，取決於表現對象的特點以及作者反映的具體方式。同時，文體形式本身就具有內容的性質。沒有不與內容相聯繫的形式，外在形式的性質完全取決於借助它們得以表現的內容性質。「文體形態具有深廣的語言學和文化學內涵；作為一種語言存在體，文體形態是依照某種集體的特定的美學趣味建立起來的具有一定規則和靈活性的語言系統的語言規則。」〔註23〕

文體又是歷史性和穩定性的統一。文體是歷史的產物，它積澱著文化、審美的傳統心理。每種文體都具有獨特的歷史形態和表達內容，既同一定的社會文化背景、生產力狀況以及人們的表達需求相適應，又有某種在歷史上比較穩定的結構方式。這種統一，反映了發展和繼承的關係，是歷史和穩定性的統一。對文體的研究需要宏觀、總體的把握，不能就事論事，必須實事求是。

具體到廣播電視志的文體來說，在撰寫評議中，也會出現文體方面的問題。比如雲南省在一次總結中說：「（編纂者）雖然都有一定寫作能力，但過去所寫的多係宣傳報導或工作彙報、總結一類的東西，所寫的稿件帶有很濃的宣傳色彩，現在來寫志書，如何使我們寫出的稿子符合志書的要求，看來並非易事。經過試寫，尤其是經過省志辦的同志多次參加的志稿評議會後，才使我們初步掌握『述而不論』、寫史實的編撰方法，對於怎樣體現志書的體例摸到點門路。比如對我們試寫中的稿件，省志辦同志的評語曾是：『文字通順、流暢，是很好的史話，但不是史書』，經過多次評議研究，我們所寫的稿件才逐步向志書的體例靠攏。」〔註24〕因此，廣播電視志的編纂一方面要堅持記述體，另一方面尤其要注意在實際工作中容易造成失誤的幾個相似的文體：歷史述評、新聞作品、工作總結。

要把廣播電視志同廣播電視史區別開來。史志關係是很複雜的問題，廣播電視志雖然從整體上看屬於歷史的範疇，但從文體上看，廣播電視志與廣播電視史有很大的不同。史是一條線，志是一大片，廣播電視史要探索歷史的發展規律，史書作者可以出面評論、史論結合，通過充分的論述闡明自己的觀點。

〔註23〕吳承學：《中國古代文體形態研究》，中山大學出版社2002年5月版，緒論第3頁。

〔註24〕雲南省廣播電視廳史志辦公室：《我們是怎樣進行廣播電視史志編寫工作的》，載《第二次中國廣播電視史志研討會專輯》，中國廣播電視學會史學研究委員會、江蘇省廣播電視學會、中國廣播電視學會北京廣播學院分會、江蘇廣播電視報社。1991年5月，第133頁。

而地方志則主要靠史料來說話，不能以論帶史，也不能夾敘夾議，要求語言平實樸素，據事直書，述而不論或述而精論。從對事實的記述中自然流露出態度，不能大發議論。

要把廣播電視志同新聞作品區別開來。廣播電視志的編修者多爲廣播電視工作者，新聞報導是他們很熟悉的工作，雖然兩者都要用事實說話，但廣播電視志不能變成新聞報導。新聞是對新近發生的事實的報導。新聞要通過倒金字塔的方式首先把最主要最新鮮的事實提煉出來，其語言的特點是簡潔、直白、明瞭、中性，讓讀者一看便懂，有時還需要表達自己的傾向。而且有些報導還要靠描寫、議論、渲染、抒情的手法。廣播電視志盡量不使用上述文學手法，要實事求是、秉筆直書，眞實地、客觀地記述事物。

要把廣播電視志同工作總結區別開來。工作總結屬於應用文的範疇，有自己的格式和要求。一般來說，總結是以第一人稱進行的，其目的是肯定成績，找出問題，總結經驗；而廣播電視志則是以第三人稱記述，目的是眞實、全面、系統地反映廣播電視的發展情況，一般不會進行條分縷析的分析和總結。

二、廣播電視志的語言

中國封建社會的志書，往往成爲帝王將相、官宦士紳的傳記與家譜，勞動人民沒有受到應有的重視。而古代志書的語言也存在虛浮誇張的弊端。有許多舊方志學家主張樹立良好的文風，章學誠更是在其《修志十議》中明確提出「八忌」、「四要」的主張。「八忌」：忌條理混雜，忌詳略失體，忌偏尚文辭，忌妝點名勝，忌擅翻舊案，忌浮載功績，忌泥古不變，忌貪載傳奇。「四要」：要簡、要嚴、要核、要雅。封建社會的歷史學者尚且能如此對待志書的編修工作，我們今天修撰現代方志更應該注意這些問題。「社會的發展與語言的發展是文體發展的兩大動力，這是研究文體發展史的線索。文體形態不是純語言現象，人類的生存環境與精神需求才是文體形態創造和發展的內在的原因。因此，文體語言形式的深層具有豐富的人文內涵。」〔註25〕語言風格能夠最明顯的體現廣播電視志的文體特徵。

志書這種特定文體的語言不同於其它文體。方志作爲科學的資料性著述要存眞求實，客觀而眞實地反映事物的本來面目。這就決定了現代方志的語

〔註25〕吳承學：《中國古代文體形態研究》，中山大學出版社 2002 年 5 月版，緒論第
　　　3 頁。

言文體只能使用語體文、記述體。中國地方志指導小組對地方志語言文體的規定是一貫明確的，1985 年 4 月 19 日討論通過的《新編地方志工作暫行規定》第二章第十三條規定：「新志書文體，一律用規範的語體文，文風應嚴謹、樸實、簡潔。凡歷史紀年、地理名稱、政府、官職等，均依當時當地的歷史習慣稱呼。歷史紀年應注明公元，地理名稱注明今地。」1997 年 5 月 8 日討論通過《關於地方志編纂工作的規定》第三章第十五條則規定：「地方志的文體，採用規範的語體文。行文力求樸實、簡練、流暢。志書的篇幅不宜過大，今後續修，字數要相應減少。」第十六條規定：「地方志所採用的資料，包括史料、人名、地名、年代、數據、引文等，務必考訂核實，重要的要注明出處。歷史紀年，注明公元；地理古名，注明今地。全書要附有索引。」從這些規定可以看出，必須使用規範的語體文，行文應力求嚴謹、樸實、簡潔、流暢。

所謂語體文，指的就是與文言文相對的白話文。方志的任務是「記述」，把事情的發展變化過程和事物的特點及人物的經歷，如實地表述出來的一種文章體裁，是非、功過、得失、褒貶、盛衰、成敗、經驗、教訓等都寓於記述之中，讓事實說話。所謂嚴謹就是要求廣播電視志的內容與表述都要力求真實、周密、完整、系統。凡在志書中用到的材料都要經得起檢驗。不用不可靠的材料，不用不確鑿的事實，表述上條理清楚，層次分明。它只要求如實地把事情敘述下來，不能增加撰寫者的想像，不誇張，不虛構。樸實是要求「在行文中堅決摒棄浮詞，不偏向文辭，不堆砌辭藻，不故弄玄虛，切忌空話、大話、套話，更不允許說假話。」〔註 26〕樸實與嚴謹是相輔相成的，虛浮的形容詞用多了，就會使文章失去嚴謹。方志語言的修辭，為一般性修辭，以明確、通順、貼切、穩妥為目的，不濫用形容詞。其語言為平常的、本色的常規性語言，一般不用修飾性詞語而多用限制性詞語。所謂簡潔、流暢要求文字精練、通俗易懂。胡喬木說：「應該要求地方志做到一句也不多，一句也不少」。地方志記載的範圍廣，內容豐富，應該做到該詳的詳，該略的略。「事無重複，章無虛設，段無冗句，句無餘字，言簡意賅，做到一句不多，一句不少，該詳的詳，該略的略。」〔註 27〕

〔註 26〕唐乃興：《試論新方志的文體與文風》，載《新志文輯》，安徽省地方志編委會編纂室，1984 年 9 月，第 325 頁。

〔註 27〕劉金芳：《方志的語言特色》
http://www1.openedu.com.cn/yth/hyy/read.phpFileID=29935 2006 年 9 月 1 日查。

廣播電視志要想做到文約事豐、言簡意賅，還要善用表格和數字。如《雲南省志·廣播電視志》僅無線廣播部分就有表格 8 幅，包括「雲南無線電局廣播臺 1935 年播音節目時間（民國二十四年六月三十日重訂）」、「國民黨昆明廣播電臺歷年節目時間（選錄）（1946 年、1948 年、1949 年）」、「雲南人民廣播電臺節目時間表（1990 年）」、「雲南人民廣播電臺衛星傳送節目時間（1990 年 10 月 1 日）」、「雲南人民廣播電臺 1979～1990 年製作廣播劇情況」、「雲南人民廣播電臺少數民族語言廣播變動情況表」、「地級電臺民族語言廣播情況」、「1990 年縣級廣播電臺情況」。從時間上看，既有國民黨廣播節目，也有新中國成立後廣播節目；從內容上看，既有節目內容，又有事業建設；從語言上看，既有漢語廣播，又有少數民族語言廣播；從級別上看，既有省級廣播電臺，又有縣級廣播電臺。表格設計用心，內容豐富，資料齊全，比例適當，僅從這一點看，該志確實具有較高水平。對數字的運用也應當講究科學，求真務實，選用真實、典型和具有代表性的數字。

　　筆者通過調研發現，許多編寫廣播電視志者都能比較自覺的注意寫作文體。他們認為，編修志書就應該自覺地以編修志書的文體來要求自己，雖然他們大部分過去都是新聞工作者，有一定文字工作經驗，但新聞報導和編修志書對文字的要求還是有差別的。湖南省廣播電視志主編王辛丁曾經總結了《湖南廣播電視志》在設計篇目過程中語言歸納和修改的情況。在記述新中國建立以前的廣播電臺一章中，曾分四節列了這樣的標題：集官商之力籌建湖南廣播；長沙臺受命暫行中央廣播任務；湖南臺西遷南移播音日見充實；地下黨利用廣播宣傳延安聲音。這一標題雖有較有特點地概括了國民黨時期湖南廣播事業的史實，但不是志書的篇目標題。後修改為湖南廣播電臺；長沙廣播電臺；在沅陵和耒陽建立的湖南廣播電臺；遷回長沙的湖南廣播電臺。雖然最後兩節標題仍然不夠妥當，而且在最終出版時並沒有使用小標題，但這樣的反覆修改和打磨，是編修一部具有較高質量志書的必要條件。

本章小結

　　體例是編纂志書的「綱」，是衡量一部方志水平高低的重要標準。廣播電視志必須有合適的體例規範，才能更好的體現出地方特色、專業特色和時代特色。新編志書體例主要包括體裁、篇目以及文體三大部分。對廣播電視志

體例的要求，一般有以下幾個方面：時空界限、以類相從、諸體並用、詳今明古、據事直書。

中國古代史書的體裁，始終隨著社會發展和所反映的內容而不斷變動、創新。其中影響比較大，作用比較突出的幾種體裁是編年體、紀傳體和紀事本末體。新中國首輪編纂出版的志書多選用章節體，以「述」、「記」、「志」、「傳」、「錄」、「圖」、「表」等七種體裁最為常見。

志書的篇目設置，關係著志書質量的高低。廣播電視志的篇目設計也一直在進行著調整。早期的廣播電視志和後來出版的廣播電視志的篇目就有著很大的不同。在首輪廣播電視修志的實踐中，每部廣播電視志中都有概述、分述兩部分，大部分志書有序、凡例、大事記、附錄、圖片、後記幾部分，這些構成了廣播電視志的主體內容。廣播電視志的基本內容應依次由圖片、序、凡例、概述、大事記、分述、附錄、後記各部分組成，並應結合時代、結合地情創新，而不是急於要求定型。

文體是歷史長期積澱的產物。方志作為科學的資料性著述要存真求實，客觀而真實地反映事物的本來面目。這就決定了現代方志的語言文體只能使用語體文、記述體。行文方面，應把廣播電視志同廣播電視史區別開，把廣播電視志同新聞作品區別開，把廣播電視志同工作總結區別開，力求嚴謹、樸實、簡潔、流暢。

第六章　廣播電視志的編修體制

　　新中國首輪修志工作基本屬於「摸著石頭過河」，廣播電視志也是如此。在探索中，各地廣播電視志的編修基本形成了相對穩定和一致的修志組織體制：「黨委領導、政府主持、眾手成志、專家修志」。這個組織體制對保障首輪修志的順利進行起到了重要的作用，編修出版了一大批具有較高水平的廣播電視志，但隨著社會形勢和廣播電視的不斷發展，在實踐中也暴露出許多問題。

第一節　修志體制

一、廣播電視體制

　　「制度是穩定地組合在一起的一套價值標準、規範、地位、角色和群體，它是圍繞著一種基本的社會需要而形成的，它提供了一種固定的思想和行動範型，提出了解決反覆出現的問題和滿足社會生活需要的方法。」〔註1〕體制是制度系統的中間層次。一般認為，制度系統可分為三個層次：制度、體制和機制。制度屬於宏觀層次，是人類社會在一定歷史條件下形成的政治、經濟、文化等方面的制度，如封建宗法制度、資本主義制度、社會主義制度等；體制屬於中觀層次，是社會某個具體系統方面的制度，如政治體制、經濟體制、文化體制以及領導體制等；機制則屬於微觀層次，一般是行動準則或辦事規程，如財務制度、工作制度等。我們這裏說的修志體制指的是中觀層次，

〔註1〕〔美〕伊恩・羅伯遜著：《社會學》，商務印書館，1994年，第109頁。

它是基於宏觀系統形成的，並制約著微觀層次即具體機制的制訂和實施。生產力的發展狀況決定制度及其變遷，而制度因素又反過來作用於生產力乃至經濟社會的諸多方面。「制度是社會系統的運行機制。當制度是合理的、有效的、統一的時候，就能使社會系統各單元的目標同系統的目標相一致，各單元的功能同系統的整體功能相協調，使社會成員具有從事社會活動的積極性，使整個系統的運行合理、有序、有效。反之，則出現社會結構或社會成員之間的利益衝突、對抗，社會生活秩序混亂，社會控制無力，產生社會問題。」〔註2〕廣播電視志的編修也是如此，凡是在體制合理、貫徹得力的地區，往往編修效率高，志書質量好。

上個世紀80年代以來，隨著黨的執政能力的不斷完善和日漸提高，我國改革開放的不斷深化，廣播電視系統經過撥亂反正，恢復了正確的指導思想，開始逐步探索自身發展規律，走上了持續、穩定、健康的發展道路。尤其1992年鄧小平南巡發表重要談話後，從理論上深刻回答了長期困擾和束縛人們思想的許多重大問題。同年10月召開的中國共產黨第十四次全國代表大會，確定我國經濟體制改革的目標是建立社會主義市場經濟體制。在此期間，廣播電視系統先後召開了多次全國性的工作會議，確立了新時期廣播電視的基本任務和奮鬥目標，制定和實施了廣播電視改革開放的一系列正確的方針和措施，推動了廣播電視事業的迅猛發展，開創了廣播電視工作的新局面，1993年6月，中共中央、國務院發佈《關於加快發展第三產業的決定》把廣播電視正式列入第三產業，廣播電視體制改革進一步深化。

概括20多年來廣播電視工作發生的根本性變化，有如下三個方面：「第一，廣播電視宣傳的指導思想和根本任務由『以階級鬥爭為綱』轉向『以經濟建設為中心』。20多年來的實踐表明，廣播電視已成為我國改革開放和實現社會主義現代化的強有力的新聞輿論工具和宣傳教育工具。第二，廣播電視由傳統的計劃經濟體制下的事業管理模式逐步轉向適應社會主義市場經濟體制的產業經營管理模式。廣播電視作為第三產業在多種經營（主要是廣告）、人事管理、節目製作和管理等方面都開始逐步與市場接軌，廣播電視集團的組建已初露端倪。第三，廣播電視系統由封閉、半封閉型轉向競爭、開放型。廣播電臺和電視臺數量的增多和新興傳播手段的出現，使廣大受眾可選擇的

〔註2〕賀培育：《制度芻議》，載《長沙電力學院學報（社會科學版）》，1999年第3期，第45頁。

範圍加大，導致媒介市場競爭日趨激烈，從而打破了廣播電視系統原有的封閉、半封閉狀態，在廣播電視系統內部、在廣播電視媒體和其他媒體之間乃至與國外的媒體之間出現了在合作中競爭、在競爭中合作的新局面。」〔註3〕

　　首輪廣播電視志的編修和所反映的內容主要也是這一時期，基於以上對社會和廣播電視發展歷程的分析，廣播電視志作為廣播電視系統編修的反映廣播電視發展情況的資料性史書，其編纂體制是整個社會大環境以及廣播電視這個系統所決定的。

二、地方志的編修制度

　　1956 年，國務院科學規劃委員會在《十二年哲學社會科學規劃方案》中提出編寫地方志的任務，計劃在 10 年內，全國大部分市、縣編出地方志。規劃委員會下成立地方志小組，後轉到中國科學院，成為中國科學院地方志小組，並於 1958 年 10 月 20 日發出《關於新編地方志的幾點意見》。1983 年 4 月 8 日，中國地方志指導小組在北京正式宣佈成立。指導小組由中國社會科學院領導，其日常工作由中國地方史志協會負責。1985 年國務院同意中國地方志指導小組作為一個獨立機構，由國務院委託社會科學院代管。1985 年 7 月 15 日，中國地方志指導小組以【1985】1 號文件，正式頒發《新編地方志工作暫行規定》。這個《暫行規定》確定了編纂社會主義新方志的指導思想、方針任務、組織管理，以及編寫各類方志的體例方法等，這是新中國第一個由國家授權發佈的關於編纂新方志的文件。1997 年 5 月 8 日，中國地方志指導小組二屆三次會議討論通過並下發《關於地方志編纂工作的規定》。2006 年 5 月 18 日，國務院總理溫家寶簽署中華人民共和國國務院第 467 號令，公佈施行《地方志工作條例》。這是中華人民共和國成立以來正式頒行的第一個關於編修地方志的行政法規。

　　前兩個「規定」中都設有「組織領導」一章，專門規定地方志的組織領導情況。如《新編地方志工作暫行規定》第三章第十七條規定：「中國地方志指導小組負責指導全國修志工作，指導小組作為一個獨立機構，由國務院委託中國社會科學院代管。」《新編地方志工作暫行規定》第二章第七條規定：「堅持『黨委領導、政府主持』的修志體制。……各級修志機構的經費列入

〔註3〕趙玉明：《中國廣播電視通史》，北京廣播學院出版社 2004 年 1 月版，第 500
　　　　頁。

各級地方財政預算。」第二章第八條規定：「地方各級政府要配備德才兼備的
幹部擔任領導和主編。地方志專職編纂人員要相對穩定。」而在《地方志工
作條例》中，第五條明確規定：「國家地方志工作指導機構統籌規劃、組織協
調、督促指導全國地方志工作。縣級以上地方人民政府負責地方志工作的機
構主管本行政區域的地方志工作，履行下列職責：（一）組織、指導、督促和
檢查地方志工作；（二）擬定地方志工作規劃和編纂方案；（三）組織編纂地
方志書、地方綜合年鑑；（四）搜集、保存地方志文獻和資料，組織整理舊志，
推動方志理論研究；（五）組織開發利用地方志資源。」 第九條規定：「編纂
地方志應當吸收有關方面的專家、學者參加。地方志編纂人員實行專兼職相
結合，專職編纂人員應當具備相應的專業知識。」

可以看出，我國地方志的編纂體制可以歸納為「黨委領導、政府主持、
地方志工作機構組織實施、眾手參與、專家成志」。中國共產黨作為執政黨，
肩負著改革開放和社會主義現代化建設的大任，要建設社會主義物質文
明、精神文明和政治文明，離不開繼承和發揚中華民族的優秀傳統。地方
志自古就是官修，完成社會主義新方志的工作，必須在執政黨的領導下，
由政府主持編纂。在政府的主持下，各地設置地方史志辦，或者直接設置
地方志編纂委員會，而且由當地主要黨政負責人擔任主要領導，把地方志
工作納入經濟社會發展規劃和各級政府的任務之中，做到領導到位、機構
到位、經費到位、隊伍到位、條件到位（即「一納入、五到位」）。具體到
廣播電視志的編修體制，則一般是由各級廣播電視主管部門組織具體實
施，由專人組成編委會進行編纂工作，並在當地地方志工作機構的指導和
幫助下，眾手成志。

第二節　組織管理

經過長期的發展，地方志書的編修逐漸形成了一些傳統與規範，其中最
重要的就是有系統的官修制度。地方志的官修體制，是其存史、資治的功能
所決定的，可以為統治者所用，瞭解地方情況，加強中央集權統治，這種大
規模的修志是一般私人撰寫的史書所不能代替的。新中國首輪修志形成「黨
委領導、政府主持、眾手成志、專家修志」的格局，它基本上保障了首輪修
志工作的正常運行，但也存在十分明顯的問題。

一、廣播電視志的組織管理體制是從實踐中產生，又被實踐證明是成功而且可行的

　　首先，廣播電視志的組織管理體制是由現行的社會政治體制所決定的。中國共產黨是領導一切事業的核心，廣播電視志是社會主義方志事業中的組成部分，必須堅持「黨委領導」，這是修志事業的前提。其次，廣播電視志乃是官書，只有也必須由主管廣播電視的部門組織實施編纂工作。修廣播電視志所需要的人、財、物都要通過政府提供，同時也只有通過政府組織才能保證各級、各方面、各部門能夠通過正常的渠道提供有關廣播電視史料，提高效率。第三，我國幅員遼闊，國家行政機構從中央到地方一般為五級，即中央人民政府——國務院、省、（自治區、直轄市）、市（自治州、盟）、縣（自治旗）和鄉（鎮）政府。各級修志都要由相應的獨立機構來組織實施，直接負責編纂廣播電視志的機構則一般在各地廣播電視部門內部，其國家事業機構性質也符合修志事業的性質要求。廣播電視志是一項系統工程，需要耗費較長的時間和較大的人力、物力、財力，必須堅持眾手參與，才能順利完成。不但如此，廣播電視志的真實性和學術性要求廣播電視志應該以著作的標準為目標，所以除了廣播電視行業內部人員外，也應廣泛向社會各界專家學者尋求幫助，請他們參與編纂和審定，提高志書的水平，使廣播電視志能更好的發揮作用。

　　以首次獲得全國廣播電視學術著作評選一等獎的湖南省和雲南省的廣播電視志編纂體制為例，1980 年 4 月，湖南省廣播事業局開始修志工作。1986 年 2 月，湖南省廣播電視廳成立史志編輯委員會，返聘離退休幹部 2 人並配兼職編輯 5 人組成史志編輯室。1992 年，廣播電視修志機構進行了調整和充實。1994 年 11 月成立《湖南廣播電視志》編纂委員會和審稿小組，分別由湖南省廣電廳廳長魏文彬和副廳長宋竹初任編纂委員會主任委員和審稿小組組長。從體制上保證經費的落實和人員人心的穩定，是編修良志的重要保證。《雲南省志·廣播電視志》的編纂體制也經過反覆研究討論，並於 1986 年正式發出文件，對組織機構、人員安排、經費等問題進行了全面安排，成立了領導機構——廣播電視史志編纂委員會，落實了編寫班子，由廳長林建中任主任委員，二十六名編委中有四名廳黨組成員，另有電臺、電視臺、廳直屬的主要處室和地州廣播電視局的部分領導人以及參加編寫工作的離休幹部。在編纂過程中，廣電廳黨組為修志先後發了 5 次文件，涉及編纂方針方向和工作

中的具體問題。經費的保證也是修志工作順利進行的因素之一，每年修志經費由史志辦公室做出計劃，經領導批准後列入廳財務計劃，實報實銷。「從編纂辦公室成立到志書出版發行的 10 年間，累計開支經費 80 多萬元。」〔註 4〕

二、現有廣播電視志的組織管理還需要進一步改革和完善

首先，由於中國地方志指導小組掛靠中國社科院，由社科院院長任組長，級別偏低、歸屬不合理，難以很好的擔負其領導全國修志的重任。因此，各地的地方志工作機構設置也存在較大的隨意性，這個明顯的問題幾乎已經在全國上下達成共識。廣播電視志的編修，往往是由當地廣電廳局臺（集團）或宣傳部牽頭，獨立編志或與報業出版業聯合編修新聞志。類似廣播電視志這樣的專志的編修雖然也受各地地方志辦公室的指導，但關係鬆散：修志之初，邀請志辦的同志來進行修志知識講座；編纂過程中，由志辦的同志審查廣播電視志的編纂大綱；志書編纂完成後，要通過志辦進行終審驗收。根據筆者的調研發現，各地廣播電視志的編纂與當地志辦關係實際上並不十分密切。以各省廣播電視編志來說，一方面各省的史志辦與廣播電視廳的史志辦並沒有行政隸屬關係，只有指導的作用，另一方面雖然省史志辦的人員更加清楚和瞭解國家地方志的有關政策以及編修志書的理論，卻對廣播電視的發展情況沒有深入的瞭解。在調研訪談中，很多編修廣播電視志及新聞志的同志提出，由於各地志書都是規模浩大的工程，廣播電視志只是眾多志書中的一本，因此地方史志辦與廣播電視志的編修人員一般也沒有特別深入的接觸。

從目前來看，這個問題在當前是很難得到根本解決的。一方面中國地方志指導小組的行政設置不改變，各省市的地方史志辦也就無法進行根本的機構改革；而且從實際操作中看，各地史志辦也根本沒有精力對所有的專志和專業進行更加深入的具體專業上的指導，否則將增添更大的成本。因此，只能依靠各專業志的具體編纂人員的自身努力來提高志書水平。廣播電視志的編寫，也有待於自身經驗的積纍和逐步提高。

其次，志書的質量和進度往往受到主管領導個人因素的影響。由於各地

〔註 4〕《關於〈雲南省志·廣播電視志〉編纂情況彙報》，載《第四次中國廣播電視史志研討會專輯（內部資料）》，廣播電影電視部辦公廳、中國廣播電視史學研究委員會、安徽省廣播電視學會、北京廣播學院廣播電視學會，1997 年 7 月，第 68 頁。

方史志工作機構設置和歸屬缺乏權威性的規定，因此負責地方志編纂的領導重視程度往往成爲決定各地志書編修情況的重要因素。廣播電視志的編修同樣如此，負責領導對編志工作的重視程度有差別，而主管領導對修志的重視程度則往往對成書速度和志書的質量有非常重要的影響。一位曾經參與首輪編修廣播電視志的老同志對我說：「領導重視與不重視，完全是兩個樣。」綜觀首輪廣播電視修志的情況，大部分都耗時多年，有的甚至十幾年，一方面是由於編修廣播電視志屬於首輪，一切都是從頭開始，人們缺乏足夠的經驗，另外一個方面也是由於體制不順所造成的，這也往往造成修志的暫時中斷。如《上海廣播電視志》編後記忠實地記述了這部志書成書的曲折過程：「《上海廣播電視志》編輯委員會於 1987 年 12 月成立，而修志工作的開展則起步於 1989 年初……同年底擬出第一個志書編目框架……1990 年 11 月，上海市廣播電視局地方志辦公室正式成立，……1991 年 5 月，局方志辦對編目框架作了較大修改，寫出編目討論稿。同年 6 月經局編委會討論再修改後形成編目送審稿。……志書的主題部分則因種種原因一直沒有實質性的啓動。1993 年初，局方志辦有 4 人因離退休及調動等故離開修志崗位，修志工作一度陷入停滯狀態。1994 年 7 月，在上海市廣播電視局黨委書記孫剛的親自過問和局長葉志康的支持下，李曉庚副局長主持召開了局地方志工作會議。上海人民廣播電臺、上海電視臺、局技術中心以及局屬各有關單位負責人出席會議。會議要求各單位提高對修志工作的認識，建立局、臺兩級編委會和修志隊伍，採取有力措施，加快編纂進度，保證修志任務如期完成……會後，以局行政的名義印發會議紀要，明確要求各單位落實 1 名領導分管修志工作，撥出修志專項經費，提高離退休人員參加修志工作的待遇。此次會議的召開和貫徹落實，是《上海廣播電視志》編纂工作從局部範圍和停滯狀態走向全面啓動的重要轉折。從此，修志隊伍迅速壯大，修志進度明顯加快。」〔註5〕從總體上看，從 1987 年成立編委會，到 1994 年全面啓動編志工作，再到 1999 年經上海地方志審定委員會驗收出版，前後共 12 年的時間裏，眞正的編纂時間不過 5 年，而之前近 7 年的時間基本上處於局部編修和停滯的狀態。這種編纂志書的節奏，其實關鍵問題在於領導對志書的關注與重視程度。

　　廣西地方志編委會委員、副總纂羅解三同志認爲：「修志工作所以取得巨

〔註 5〕　《上海廣播電視志》編後記，上海社會科學院出版社 1999 年 11 月版，第 946 頁。

大的成績，原因很多，但最根本的，是各級領導重視修志工作。」〔註6〕他認為，強調領導重視的原因有如下三點：第一，新方志是科學的地情資料書，編修新方志是建設有中國特色社會主義的需要，強調領導重視是由修志工作的重要性決定的。第二，新方志是一項浩大的精神文明建設系統工程，編修新方志需要有關部門共同努力才能完成，強調領導重視是由修志工作的性質所決定的。第三，新志是「輔治之書」，編修新方志與各級領導有直接的關係，強調領導重視是由領導自身的需要所決定的。在 1991 年第二次中國廣播電視史志研討會上，廣西廣播電視廳史志編輯室對廣西廣播電視史志研究工作情況的彙報就是以「領導重視史志工作是出成果的關鍵」為題目，從指導思想上的重視、對研究工作人員的信任、建立組織機構以及經費上的大力支持等幾個方面，論述了廳領導對史志工作的重視和支持的作用。

第三節　隊伍建設

一、主編的作用與素質

　　廣播電視志的主編是志書編纂的核心，處於指揮調度的中心位置。廣播電視志主編的主要工作有：草擬廣播電視志工作方案，擬定志書總體篇目，組織徵集有關資料，制定志書行文規範，承擔部分志稿寫作，組織開展業務學習、培訓和討論，組織總纂、審稿和定稿，交付印刷出版等。從這些工作內容可以看出，廣播電視志的主編任務很重，對外要爭取志辦等有關單位對廣播電視志工作的支持和配合；對內要加強與本系統主要黨政領導和編纂人員的溝通與交流，既要爭取領導的大力支持，又要注意提高編纂人員的水平，加強工作人員之間的合作，才能使修志工作順利完成。根據《湖南省廣播電視志》主編王辛丁的總結，從《湖南廣播電視志》完成初稿到完成送審稿的 19 個月裏，由主編牽頭做了下面幾項工作：「一是多方徵求意見。主要採取各部與會議相結合的方式徵求對初稿的意見。主管史志工作的廳領導分別召開有歷屆正副廳（局長）、廳機關處室和二級單位、地（州）市廣播電視局負責人及知情者、當事人參加的評審志稿會，湖南人民廣播電臺、湖南電視臺也召開部室負責人評審志稿會，前後共計 7 次，與會者 103 人。他們對初稿予

〔註6〕羅解三：《領導重視是做好修志工作的關鍵——爭取領導重視的回顧與體會》，載《廣西地方志》1998 年第 3 期，第 29 頁。

以充分肯定，認為基礎較好，修志人員做了大量工作，付出了艱辛的勞動，為廣播電視事業做出了一大貢獻。同時，從觀點、史實、數據、體例、文字等方面提出了相同的和不同的意見 1000 多條。二是制訂修改方案。編寫組成員討論、分析所提意見，在認識基本統一的基礎上，將意見歸納為 10 大類，並擬定修改方案；對不便採納的意見也加以說明。三是補充、修改『初稿』。根據徵求修改方案的意見，大至篇目，小至標點，──對照，認真修改，有的篇章重新編輯，有的全部改寫。經修改後的『送審稿』為 50 多萬字，比『初稿』多 15 萬字，增加 33%。由此，我深深體會到充當主編這個角色可不是件輕鬆的事兒！」〔註7〕

「修志人員的素質決定著志書的質量。主編水平的高低，決定了志書質量的高低。主編文化素質有多高，志書質量也就有多麼高，這是人所共知的事，也是第一輪修志所證實了的事實。」〔註8〕主編應該具備優秀的素質，具體來說有以下幾個方面。第一，較高的政治理論水平和政策水平。作為廣播電視志的主編，必須善於運用馬列主義、毛澤東思想和鄧小平理論的基本觀點認識歷史，尤其善於運用辯證唯物主義和歷史唯物主義觀點觀察問題、認識問題。只有這樣，才能在編纂廣播電視志書時做到高屋建瓴。這也是新中國修志與舊志的根本不同。通過黨和國家的方針政策，可以清楚地認識到馬克思主義理論在中國革命和建設實踐中的具體運用和發展，有助於更好地編修符合科學、符合實際的廣播電視志。第二，充分瞭解廣播電視發展的歷史和較高的編修史志水平。作為廣播電視志的主編，必須充分瞭解廣播電視發展的歷史，對廣播電視發展的情況有全局的瞭解。同時必須數量掌握方志學基礎理論和方志編纂方法。第三，有強烈的事業心和責任感。方志的編纂是一項浩繁的工程，從徵集資料開始到最終出版，要經歷許多環節。每一個環節都需要工作人員默默的付出。廣播電視志主編面對著喧鬧的廣播電視業界，一定要熱愛修志事業，充滿強烈的責任感和使命感，才能完成這項任務。第四，較強的組織管理才能。編纂志書是一項系統而細緻的工程，從篇目設計、收集資料、編寫、評稿到定稿出版，其中包括人員挑選、協調各部門供

<hr>

〔註7〕　王辛丁：《做〈湖南廣播電視志〉主編之我見》，載《第三次中國廣播電視史志研討會專輯（內部資料）》，中國廣播電視學會史學研究委員會、福建省廣播電視學會、北京廣播學院廣播電視學會，1994 年 12 月，第 94～95 頁。

〔註8〕　倉修良，《方志學通論（修訂本）》，方志出版社 2003 年 10 月版，第 690 頁。

稿、購置辦公用品等等，千頭萬緒，環節眾多。而且參與供稿的各部門人員寫出的文稿質量有高有低，對全志的整體狀況缺少把握。作爲主編，必須善於組織管理，計劃周密，從善如流，決策果斷。第五，要有良好的「史德」。作爲廣播電視志的主編，既要從實際出發，秉筆直書，又要客觀的和實事求是地記述工作中的成績和問題，不爲私人感情所動，善惡褒貶，務求公正。

中國地方志指導小組辦公室原主任、《中國地方志》雜誌原主編諸葛計在他所著的《中國方志五十年史事錄》中認爲首輪修志的編纂工作中存在一個相當普遍的問題，就是「主編不主」、「主編不編」，「掛帥者不出征」，這是官本位在修志中的一個表現，對編志工作人員的積極性有很大的影響。當然，志書確實應當由當地本系統的主要領導牽頭，這一方面保證了志書的權威性，另一方面也能通過領導對志書的重視，推動廣播電視志順利編纂。

二、「眾手成志」與「專家修志」

首輪修志的一個顯著特徵是「眾手成志」，一部廣播電視志的完成，動用的人員少則幾十人，多則上百人。無疑，眾手成志是首輪修志運用最廣，也是行之有效的方法，是首輪修志的基本經驗之一。當然，眾手成志也有不可克服的缺點。有人認爲這是首輪修志時間緊、任務重的情況下的應急的方法，甚至提出將來以「專家修志」代替「眾手成志」。

「眾手成志」是首輪修志的重要經驗。在首輪修志之初，修志工作基礎薄弱，困難重重，頭緒眾多，資料不足，經費緊張。更重要的是人員缺乏，尤其缺乏瞭解方志理論並能撰寫志稿的人員。在這種情況下，只能充分發揮群眾的力量，共同完成艱巨的修志任務。無庸諱言，「眾手成志」能夠充分發揮各方面優勢，體現集體智慧。而且首輪修的廣播電視志涵蓋了從廣播電視的誕生到大發展的歷史進程，涉及廣播電視宣傳、科技、管理等多個方面，涵蓋範圍廣，歷史內容複雜豐富，而大部分資料又都留存在廣播電視的各個部門和各個工作人員手中，僅憑某個辦公室或者僅憑藉個人行爲是無法完成的。可以說「眾手成志」最大限度地發揮了每個部門每個人的優勢和潛力，把單一的個體的力量彙聚在一起，取長補短。當然，「眾手成志」也有很明顯的不足：第一，志稿質量參差不齊，志書風格很難統一。雖然各地編修廣播電視志時，在編纂的開始和過程中會組織多次培訓，但由於撰稿人水平不同，很難要求每個人都提供質量較高的志稿，更不要說風格統一了。湖南省廣播

電視史志辦的鍾鎮藩主任說，在續修過程中，雖然志辦組織過幾次有關編纂知識的講座，還編寫了非常細緻的志書編纂手冊，但仍然收到很多不符合志書規範和體例的志稿，對待這樣的稿件，只能返回去重寫。第二，組織成本較高。由於是多人撰稿，因此負責廣播電視志編纂的工作人員既要有編修志書的能力，又要有組織協調的能力。從制訂規劃到人員分工，從組織培訓到統稿驗收，都需要協調方方面面的關係，進行統籌安排。這種無形的組織協調的成本也佔用了志書編纂人員的很多時間和精力。

　　「專家修志」是提高志書水平的重要因素。志書的質量高低取決於修志隊伍水平的高低，充分吸收專家參加修志是提高隊伍素質，保證志書質量的重要措施。所謂「專家修志」的專家應該是指兩類，一是熟悉方志編修理論與實踐的專家，能夠指導和保證廣播電視志符合志書要求；另外一類是熟悉廣播電視行業業務與歷史的專業工作者和研究者。這兩類專家投入的程度，是志書質量高低的核心和關鍵。在首輪廣播電視志編修實踐中，人們一般都會積極請教第一類專家，即熟悉方志編修理論與實踐的專家，但往往忽視第二類瞭解廣播電視專業的專家。有些人會認為，編修廣播電視志的主體人員都是出自廣播電視業，大部分有廣播電視業的親身經歷，已經足夠了。其實編修廣播電視志還應該廣泛徵求意見，尤其是那些研究廣播電視史或者新聞史的社科學者和高校教師。他們以研究為主業，雖然不一定具有非常豐富廣播電視業的工作體驗，但往往對廣播電視的歷史與現狀有較為客觀冷靜的判斷和分析，在廣播電視志的編纂過程中應當充分運用這些研究人員的智慧。如在天津市編修廣播電視志時，就邀請了中國傳媒大學博士生導師、中廣協會廣電史委員會會長趙玉明教授去講課；北京市在修廣播電視志時，也邀請了趙玉明教授作為顧問。上海新聞志的編修也曾經專門邀請了復旦大學及相關社科院的專家進行評定審議。這都是最近幾年編修廣播電視志實踐中出現的好現象。當然，在首輪修廣播電視志的時候，很多地方的廣播電視史研究還不成熟，有的地方甚至很少有專門研究廣播電視史的人員，這是客觀現實。但在未來續志的工作中，應當充分考慮到運用這些社會力量來充實廣播電視志，提高廣播電視志的學術品位。

　　通過以上分析，我們可以看出雖然「眾手成志」有種種不足，但志書的特徵和編修實踐，決定了「眾手成志」的志書編纂體制是無法改變的。「專家修志」是影響志書水平高低的重要因素，我們要正確的認識和對待「專家修

志」。「眾手成志」與「專家修志」是相輔相成的。首先必須充分調動社會的力量，在專家的引導和調配下，人才資源才能得到最大程度的發揮和利用；其次專家是有限的，不能也沒有必要包攬一切，有些初步的工作還需要普通的修志工作人員去完成。雙方配合好，才能取得較好的志書成果。那種肯定一方面否定另一方面的認識是片面的，也是不符合實際工作需要的。

本章小結

中國社會發生了全面而深刻的變化，中國社會制度變革及其帶來的社會發展是前所未有的。中國經濟體制的改革帶動了社會政治、文化和意識形態的全面改革，中國正處於由計劃經濟體制逐步走向市場經濟體制的轉軌時期，與此相伴隨的是一系列深刻的社會變遷和社會發展。本章從廣播電視志編纂實踐的角度出發，從志書體例和編纂體制兩個層面，論述了整個社會和廣播電視發展對廣播電視志的影響。

體例的制定與完善程度，從某種意義上決定著著述質量的高低。體例，不但因時因地而異，而且還因編著者的觀點和認識不同而有所不同。體例對於內容來說，是表現形式，如果內容發生了變化，那麼作為表現形式的體例也應該隨之變化。隨著社會生產的發展，社會分工越來越複雜，人們對自然、社會的認識比以前更深刻，要充分反映這種認識，體例也必然隨之而創新。廣播電視志的體例主要包括體裁、篇目以及文體三大部分。首輪編纂出版的廣播電視志多用章節體。在廣播電視志中，「述」、「記」、「志」、「傳」、「錄」、「圖」、「表」這七種最常見的撰述體裁，廣播電視的篇目應依次由圖片、序、凡例、概述、大事記、分述、附錄、後記各部分組成。志書的篇目設置，關係著志書質量的高低。從已經出版的廣播電視志來看，早期的廣播電視志和後來出版的廣播電視志的篇目就有著很大的不同。廣播電視志應採用記述體，語言應當做到樸實、嚴謹、簡潔、流暢。在當前已出版的部省級廣播電視志中，廣播電視志的體例大體相似，但沒有一部是完全相同的。正是這種「和而不同」，才使得新中國的修志事業始終富有生機和活力。

在探索中，各地修廣播電視志形成了相對穩定和一致的修志組織體制，「黨委領導、政府主持、眾手成志、專家修志」。中國的地方志之所以能源遠流長，並保存下來如此眾多的志書，其重要的原因之一就是中國史志官修制

度的建立，保證了志書編修的延續不斷。而地方主管領導的重視是廣播電視志工作的關鍵。同時，廣播電視志是一項系統工程，需要耗費較長的時間和較大的人力、物力、財力，必須在充分發揮主編作用的情況下，既要堅持眾手成志，又要重視專家的作用，才能順利完成。

續　修　篇

第七章　廣播電視志的第二輪編修

　　據中國廣播電視協會廣播電視史研究委員會統計，截至 2006 年 12 月，全國公開出版的省級廣播電視志已有 26 部，公開出版的地州市縣級廣播電視志有 15 部，少數省份還沒有公開出版廣播電視志。「上一輪修志結束之際，就是新一輪修志開始之時」。這是根據我國歷史文化傳統及現階段社會發展、改革開放與現代化建設需要而提出的。總的來看，當前廣播電視系統修志已經進入到第二輪修志的工作中。人們普遍認為，首輪修志是在理論準備不足的情況下進行的，編志的人員一邊幹，一邊學，取得了很大的成績。然而隨著第二輪修志的到來，在第一輪修志的基礎上，我們沒有理由放棄對理論的追求，必須結合現實，從實踐出發，不斷探索地方志的基礎理論和應用理論。

　　一般來說，第二輪修志的上限就是首輪修志的下限。由於各地首輪廣播電視志出版時間不同，下限也不盡相同，有的是到 20 世紀 80 年代中期（吉林、湖北、山東、河南、新疆、青海、黑龍江、四川、遼寧），有的是到 20 世紀 80 年代末 90 年代初（陝西、河北、雲南、湖南、安徽、江西、福建），還有的是 20 世紀 90 年代中期以後（山西、廣東、貴州、上海、廣西、江蘇、內蒙古、天津、西藏、北京）。而從 20 世紀 80 年代開始，正是我國計劃經濟體制逐步向社會主義市場經濟體制轉變的重要階段。黨政分開、政企分開等做法極大地激發了社會的活力，促進了社會的發展。廣播電視系統在這段時期也隨著社會的發展和改革而進一步開放、強大。「特別是進入新世紀以來，隨著全面建設小康社會宏偉戰略的實施，我國廣播電視業也進入了調整

的關鍵時期，改革力度進一步加大，發展速度進一步加快，整體面貌煥然一新。從廣播電視節目的生產製作量，總體技術水平和規模以及實際覆蓋人口來看，我國已經成爲廣播電視大國。」〔註1〕尤其進入 21 世紀以來，我國正在向著廣播電視強國的方向邁進，而廣播電視第二輪修志的工作在這樣的社會背景和廣播電視發展的狀況下，無論是工作狀況還是反映內容都應當與時俱進。

第一節　第二輪修廣播電視志的基礎理論

相對於「續志」來說，「第二輪修志」的說法更科學。「一方面，續志不能完全涵蓋第二輪修志的情況。這輪修志，不僅是續修（當然大量的是續修），也有新修、重修的情況，籠統地說『續志』顯然與實際情況不符。另一方面，如果這輪修志是首輪的續修，下一輪修志又是這輪的續修，那麼一輪輪的續修，一次次都是續志，怎麼能分得清哪輪是哪輪的續修，哪次志書是哪次志書的續志？所以，爲了不要等到以後弄成一筆糊塗帳，還是稱『第二輪修志』比稱『續志』好。」〔註2〕2006 年 5 月 18 日，國務院總理溫家寶簽署的第 467 號國務院令公佈《地方志工作條例》，爲新一輪修志工作指明了方向。

一、廣播電視志實踐與研究的「外在考察」

廣播電視志的編修是社會的一個系統，它不是封閉、靜止的，而是不斷運動、變化的，與外界始終保持著各種各樣、不同層次的聯繫和信息的交換。就廣播電視志來說，既有自身內部的發展情況，也受到外界社會的深刻影響。歷史學家、山東大學《文史哲》主編王學典教授認爲，在學術史研究中，劃清「外緣理路」與「內在理路」之間的邊界與限度是十分必要的。「在某種既定學術『典範』確立之後的常態時期，從純知識的角度所作的內在考察

〔註 1〕　龐亮：《跨世紀七年間（1999～2005）中國廣播電視史學研究述評》，載《第七次中國廣播電視史志研討會專輯（內部資料）》，中國廣播電視協會廣播電視史研究委員會、黑龍江省廣播電視局、中國傳媒大學廣播電視研究中心，2005 年 12 月，第 25 頁。

〔註 2〕　秦其明：《在全國第二輪修志試點工作經驗交流會開幕式上的講話》，載《方志事業可持續發展的探索與實踐：全國第二輪修志試點工作經驗交流會文件彙編》，中國地方志指導小組辦公室編，方志出版社 2005 年 4 月版，第 4 頁。

當然是主要的；當新舊『典範』交替，學術方向轉折的革命時期，主要從社會學的角度所作的外在考察則應當是十分必要的（不如此不足以說明學術為何向這個而不向那個方向轉折），雖然內在考察這時也必不可少（學術無論向這個或那個方向轉折，都是有著內在基礎的）。」〔註3〕從「長時段」的眼光來看，20 世紀是一個從社會到政治，從經濟到文化，從思想到學術等各層次都發生巨大變化的世紀，古老的中國也走向了「現代化」的中國。同社會的變遷相比，所有的理論和研究其實都遠遠落在了實踐的後面。雖然史學有其內在的發展脈絡和規律，但「在更多的時間內，不能不具有從屬的性質。」〔註4〕以「學術性」為重要特徵的廣播電視志史學活動，更是直接受到整個社會發展的作用，必須對其進行充分的「外在考察」才能更為深刻的理解和認識廣播電視志發展的情況。因此，要真正深入地研究、探討廣播電視修志工作，必須從編修廣播電視志所處的廣播電視發展狀況和編修地方史志的狀況談起；更進一步說，應當從所處的社會歷史背景談起。

我們應該看到廣播電視志與整個社會發展的互動關係。20 多年來，整個社會在政治經濟體制改革的大潮中，逐步開放、發展和進步，廣播電視也在悄悄地發生著改變，而地方志的編修也從小到大的逐漸成熟發展起來。作為反映一地廣播電視發展全貌的廣播電視志，實際上受到整個社會和廣播電視以及地方志編修發展的制約。就他們的關係而言，社會的發展是自變量，廣播電視的發展和地方志編修的進展狀況為中間變量，廣播電視志為因變量。整個社會的發展影響廣播電視的發展和地方志的編修，廣播電視的發展和地方志的編修狀況也在影響著廣播電視志，當然社會大環境又直接影響廣播電視志。換言之，廣播電視志同時受到社會變遷、廣播電視發展和地方志編修進展的制約。有如下簡單模型可供參考：

〔註3〕　王學典：《20 世紀中國史學評論》，山東人民出版社 2002 年 3 月版，前言第 2
頁。
〔註4〕　王學典：《20 世紀中國史學評論》，山東人民出版社 2002 年 3 月版，前言第 3
頁。

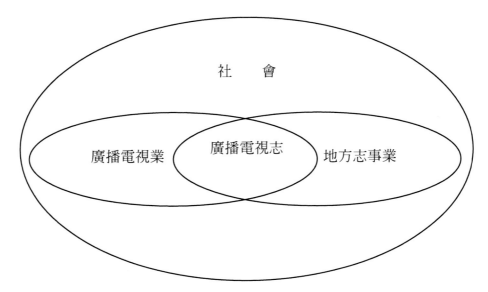

　　總體而言，廣播電視修志是在社會轉型的大背景下進行的，反映的內容也是社會轉型的進程。首輪修志基本是在 20 世紀 80 年代到 90 年代進行的，在這一時期，社會主義市場經濟逐步建立起來，人民生活越來越富足；政治方面，黨政分開、政企分開、政治民主進程穩步前進；思想方面，隨著改革開放的進程，人們開始大規模地接觸到西方的各種理論，對傳統文化進行深刻反思。經濟和社會發展到一個新的歷史階段。廣播電視志的編修就是在這樣一個大背景下逐步蓬勃開展起來，對第二輪修廣播電視志進行研究，就要考察 20 世紀 90 年代以來，尤其是 21 世紀中國廣播電視業的發展和地方志的編修狀況。

（一）廣播電視業的發展情況

　　改革開放之前，廣播電視是「作為一項由政府投資興辦的事業，是在黨和政府有關部門的直接領導、規劃下，主要依靠國家撥款，根據統一的行政指令按計劃建設和發展的。」〔註5〕這是首輪廣播電視系統修志所反映的重要內容之一。

　　在首輪修志的過程中，廣播電視已經在逐步的產生發展和變化。首先，在經濟體制轉軌過程中，廣播電視始終在進行產業化的探索。隨著廣播電視的迅猛發展和普及，廣告經營成為廣播電視發展的新動力。1983 年，第十一

〔註 5〕 艾紅紅：《新時期電視新聞改革研究》，中國廣播電視出版社 2003 年 6 月版，第 4 頁。

次全國廣播電視工作會議上提出了「四級辦廣播，四級辦電視，四級混合覆蓋」的方針。在這一政策的鼓勵下，全國廣播電視事業規模迅速擴張，爲各級地方政府增加了一條宣傳和聯繫人民群眾的重要渠道。從單純的經營廣告；到以廣告爲主，展開多元化經營；再到進一步開放，吸納社會資金，集團化運作。這既是首輪修廣播電視志的社會條件，也是大部分志書反映的內容。

進入 21 世紀以來，我國廣播電視事業進入了新的歷史階段。隨著社會的進步、科技的發展和體制的進一步改革，廣播電視產業化程度越來越高，但作爲黨和政府的宣傳手段和輿論引導工具的作用，依然是廣播電視的首要屬性。廣播電視的發展是有延續性的，進入 21 世紀的廣播電視業仍然沿著改革開放以來的道路持續向前發展。總體上看，廣播電視始終堅持正確輿論導向，圓滿完成了一系列重大事件的宣傳報導，製作出一批優秀的廣播電視文藝節目，「村村通廣播電視」和「西新工程」的推進使我國廣播電視覆蓋水平進一步提高，體制機制改革也穩步推進。當前已經形成了圍繞建立廣播電視公共服務、市場運作和政府監管推進廣播電視改革工作，並通過推進廣播電視可經營性事業部分剝離轉制，推進企業股份制改造和上市融資，初步形成了以國有爲主導、多種所有制共同參與廣播電視產業發展的新格局。2007 年，「全國共批准設立廣播電視播出機構 2587 座，其中，廣播電臺 263 座，電視臺 287 座，廣播電視臺 1993 座，教育電視臺 44 座；開辦的廣播、電視節目分別爲 2477 套、1283 套，全年播出廣播節目 1127 萬小時、電視節目 1455 萬小時；微波線路將近 10 萬公里，微波站 2700 多座；有線電視用戶 1.5 億多戶，其中數字電視用戶 2600 多萬戶，全國有線電視傳輸幹線網 300 多萬公里；廣播電視人口覆蓋率分別爲 95.43％和 96.58％；全國有廣播影視節目製作機構 2442 家，製作電視劇 529 部 14670 集、動畫電視 234 部 10239 集；生產故事片 402 部、科教片 34 部、紀錄片 9 部，生產影視動畫片 10 萬多分鐘、動畫影片 6 部、特種影片 9 部。全國廣播影視系統現有在職職工 85 萬人，其中廣播電視 58 萬人，電影 27 萬人」〔註6〕這是第二輪修廣播電視志的外部環境，也是第二輪修廣播電視志需要反映的重要內容。

〔註6〕　《中國廣播電視年鑒（2008）》，中國廣播電視年鑒社 2008 年 10 月版，第 32 頁。

（二）方志編修事業

編修地方志受到時代特徵的深刻影響，很多論述方志特性的著作把鮮明的時代性作爲方志的重要特徵。「一定的學術文化是一定社會政治在觀念形態上的反映，同時又反轉過來作用並影響一定的政治和經濟。因此，不同時代，總要產生爲這一時代服務的學術文化思想體系。」〔註7〕首輪修廣播電視志，其社會背景是撥亂反正、改革開放，各種學術思想是十分活躍的。自80年代末以來，中國處在一個前所未有的社會變革與政治、經濟轉型時期，在市場經濟的強烈衝擊下，反映到廣播電視志上，則是大部分修志人員幹勁足，心氣高，但理論水平和實踐能力並不高。

從全國來看，由於各地修志進度不一，第二輪修志的同時，也在進行著首輪修志的收尾工作。根據指導小組辦公室綜合統計，截至2003年底，全國第一輪新編地方志三級志書中省志、市志、縣志分別已完成規劃任務的約75.8％、83.7％和92％。但仍有少部分省、區第一輪修志收尾的任務還比較重。根據計劃，在確保志書質量的前提下，加快工作進度，力爭在2006年全部完成第一輪省、市、縣三級志書的編纂和出版任務，這其中也包括廣播電視首輪修志的完成。

進入21世紀以來，方志編修事業進入到新的歷史階段。第二輪修志與第一輪修志相比，社會環境發生了深刻的變化，社會主義市場經濟逐步建立起來，改革開放更加深入，中國從各個方面都與外部世界產生越來越緊密的聯繫，政治民主程度越來越高，執政黨的執政水平越來越科學化、規範化。這是第二輪方志編修事業的外在環境，而這些大的環境既是地方志應該反映的內容，也是影響方志事業的根本因素。因此我們必須思考新一輪修志的工作思路和工作方法。另一方面，在第一輪編修方志的基礎上，方志理論的研究有了一定成績，方志編纂也有了一定的經驗積纍。所以，在這種背景下召開的全國地方志第三次大會認爲：「要使續志質量得到保證，應著重解決好以下幾個問題：①當代社會的指導思想就是續修工作的指導思想，就是志書的靈魂，要毫不動搖地堅持馬列主義、毛澤東思想、鄧小平理論，體現「三個代表」的重要思想，認眞學習、貫徹黨的一系列方針、政策、決定；②續志主要記載改革開放的偉大歷程，因此要開拓創新，與時俱進，認眞研究續修工作面臨的新情況、新問題，使續志內容和形式更符合不斷發展變化的實際；

〔註7〕倉修良，《方志學通論（修訂本）》，方志出版社2003年10月版，第610頁。

③實事求是是修志的基本原則，要做到一切從實際出發，存真求實，使續志可信、可用，起到資治當代、垂鑒後世的作用；④要大力加強隊伍建設，提高修志人員的政治素質和業務水平，並充分發揮各方面專家學者的作用，增強續志的科學性、學術性；⑤要認真總結首輪修志的豐富經驗，深入開展理論研究，在繼承傳統理論精華的基礎上，努力建立科學的、系統的、具有時代精神的新理論，為續志編修提供理論指導；⑥要嚴格執行志書評審、驗收、出版程序，對志稿認真評議、反覆修改、仔細審校、杜絕差錯、避免志書出版後的遺憾。會議指出，志書編纂是一項系統工程，志書質量涉及諸多方面，要在編修工作中的每個環節、每個階段始終嚴把質量關。」〔註8〕

社會主義新編地方志無論從編纂方法的科學性、資料收集的全面性、修志地域的廣闊性、志書種類的多樣性，以及已經出版志書的質量和數量上，是歷朝、歷代舊志編纂所無法比擬的。新編地方志工作取得的成績，為傳承中華文明做出了巨大貢獻。大部分地區已經展開的第二輪修廣播電視志工作應該在第一輪修志的基礎之上，在志書成果和理論成果上取得更大的進展。

二、廣播電視志實踐與研究的「內在理路」

我們知道，首輪修志的理論準備是非常不足的，人們只能在幹中學，在學中幹。但是隨著首輪修志的基本完成，在續志中，應當從理論方面加以更加深入的探討。然而就廣播電視志而言，各地理論研究的狀況仍然不夠樂觀。首先，第一輪修志的主要工作人員大部分已經退休，很少參加第二輪修志，經驗並沒有得到很好的繼承。其次，對新一輪修志的工作人員的業務培訓仍然時間較少、內容較淺，一般只是普及一般的方志理論，對廣播電視志的實際情況和深層次理論研究較少。第三，專職的教學研究人員對廣播電視志的理論研究較少。在方志學家眼裏，廣播電視志不過是最普通的專志的一種，沒有特別的理論價值和意義；而在廣播電視研究者心中，相對於蓬勃熱鬧的廣播電視實踐來說，廣播電視志或廣播電視史的研究過於偏僻和冷門，甚至在研究中都很少關注已編修好的廣播電視志書。對於這一現象，對地方新聞史志有著長期深入研究的復旦大學寧樹藩教授十分擔憂，認為學術界應擔負起責任，加強用志，並對包括廣播電視志在內的地方新聞史志進行更深入的

〔註 8〕　《全國地方志第三次工作會議紀要》，載《中國地方志》2002 年第 1 期，第
　　　　　28 頁。

研究。〔註9〕

　　在編修廣播電視志的過程中，史學界對新史學研究也在逐步的深入。廣播電視志反映的內容廣泛，廣播電視志反映的廣播電視的娛樂功能和產業屬性當前在逐漸地被人們所重視，因此從表面上看，廣播電視志與當前史學研究中最熱鬧的「新史學」、「年鑑學派」和「區域社會生活史」有若干相似之處。也曾有人專門撰文論述「新史學」與方志學的關係。認為「中國方志學的近代轉型是對古代方志學的批判與繼承，是在中西文化交融中實現的，不像古代方志學那樣僅僅是在本土文化環境中構建的學科理論。這說明方志學本身就是一個開放系統，只有不斷吸取新的科學養分，才可能前進發展。」〔註10〕隨著「新史學」研究的深入，我們可以看到地方志無論是在反映內容還是表現形式上，都有「新史學」的痕迹，但實際上地方志與「新史學」仍有本質上的差別。「新史學」所提倡的理念並沒有在地方志中完全真正體現出來，地方志也沒有能力完全完成和負載「新史學」的目標和任務。廣播電視志更沒有因為其所反映的內容的社會化而成為「社會生活史」的組成部分。

（一）以「微觀」的角度觀照「宏觀」的問題

　　新史學強調「總體史」、「長時段」，認為只有深入揭示歷史深層結構和宏觀過程才能真正說明歷史的本質，但以布羅代爾為代表的「年鑑學派」的「總體史」的研究卻暴露出無法迴避的弊端，即忽視歷史事件中的人的作用和歷史突發事變中的短時段事件。因此，隨著新史學的進一步發展，與歷史研究中重視宏觀問題研究的同時，對於微觀問題的研究也受到空前的重視，「微觀史學是指這樣一種歷史研究，從事這種研究的史學家，不把注意力集中在涵蓋遼闊地域、長時段和大量民眾的宏觀過程，而是注意個別的、具體的事實，一個或幾個事實，或地方性事件。」〔註11〕我們可以看出，微觀史學的興起很大程度上是要克服和彌補宏觀史學過分強調結構、長時段而忽視了歷史中人和現象的研究。並最終實現「宏觀」與「微觀」的結合。

　　地方志講述的是一地之事，從表面看內容是好像是「微觀」的，但實際

〔註9〕2006 年 7 月 24 日，對復旦大學寧樹藩教授的調研訪談記錄。
〔註10〕梁耀武：《「新史學」的興起與方志學》，《史學史研究》1999 年第 2 期，第 75 頁。
〔註11〕陳啓能：《略論微觀史學》，《史學理論研究》，2002 年第 1 期，第 22 頁。

上，「微觀史學的特點並不在於它的研究對象的微小和分析規模的狹窄或帶有地方性。如果僅僅是這樣，那它就與地方志很難區分了。實際上，這兩者有很大的不同。……（微觀史學）特別關注的是個別的和群體的、局部的和整體的二律背反問題。」〔註12〕陳啓能的這段文字已經很明確地指出微觀史學與地方志的不同。地方志雖然只是反映一地之情況，但其出發點和歸宿仍然是「官書」，考慮的仍然是「宏觀」問題。地方志強調地方特點，但這個地方特點，仍然是在大一統國家前提下的地方特點，記載的是國家「宏觀」史事下的地方情況。廣播電視志尤其如此，一直以來廣播電視都是國家宣傳系統的重要力量，廣播電視的所有發展變動都與社會發展和國家政策的變動有關。廣播電視志記載了體制的變動、節目的變化、網絡建設的情況，以及業務交流經營管理等內容，這些都是在國家宏觀政策的變動下形成的。因此廣播電視志雖然在表面上是「宏觀」與「微觀」的結合，實際上仍然是對「宏觀」政策和情況的具體解讀。

（二）以「上面」的眼光觀看「下面」的情況

　　新史學的重要成就之一是擴展了歷史學的視野。不僅僅記錄「廟堂之高」，同樣要記錄「江湖之遠」。「廟堂」與「江湖」，一個在上，一個在下。實際上，新史學的目的並不僅僅是拓展歷史記錄的範疇，其精髓和要害是離開政治史、精英史、英雄史，進入下層社會，以社會底層普通百姓的眼光看待歷史和現實。梁啓超在《新史學》中痛陳傳統史學之弊病，概括了封建史學的四大弊端，認爲過去的舊史都是在政治史、精英史的模式支配之下產生的。馬克思主義史學中的主角也是普普通通的人民群眾，尤其是窮人、婦女和各種被壓迫、被歧視的人們。史學研究轉向探討他們的日常生活以及他們在歷史發展中的作用。提倡研究「來自下層的歷史」，或者說把「從下向上看歷史」作爲其原則，這也大大拓展了歷史研究的範圍。

　　地方志反映的是「地方」的情況，其本身的特性使得它自然有一種「下面」的處境，然而地方志在記述中眞的做到「自下而上」了嗎。就廣播電視志而言，並沒有出現這樣的狀況。志書雖然只記述一定行政區劃內廣播電視的情況，但仍然體現的是「上面」的意思和精神。首先，廣播電視業是國有資產的組成部分，廣播電視系統是國家事業單位，廣播電視的工作人員以成爲國家幹部和事業單位成員爲基礎和歸宿。所以各地廣播電視志所反映的內

〔註12〕陳啓能：《略論微觀史學》，《史學理論研究》，2002 年第 1 期，第 22－23 頁。

容仍然是在國家統一政策體制下廣播電視業發展的個體情況。無論是節目內容的變化、廣播電視體制的變動還是基礎建設水平的提高，仍然是對中央政策統一指導下的各地情況的具體解讀。其次，各地已出版的廣播電視志中仍然很少出現普通百姓和工作人員，他們是創造廣播電視的根本動力，是影響廣播電視發展的重要因素，但在廣播電視志中很少能夠涉及。雖然出現這個現象的原因是由於首輪修廣播電視志時，廣播電視發展歷史較短，但對廣播電視發展有貢獻的廣大群眾和普通工作人員入志問題，是不可忽視的，以「以事繫人」的方式入志。最後，我們可以看到，在各級廣播電視志中，仍然充斥著各級領導對地方廣播電視發展的「關心」、「關懷」等內容，尤其在圖片中各級領導的照片、題詞佔了很大篇幅。當然適當的符合實際情況的反映是有必要的，尤其廣播電視志作為「官書」應當強調和體現上級領導的意圖，但這從根本上決定了廣播電視志並沒有也不能「自下而上」的看問題。

（三）以「地方」的視角看待「國家」的現實

在新史學的研究中，近年來體現在對區域史研究的重視上。對於中國這樣一個地域遼闊、自然環境差異大、各地區發展不平衡的國家來說，對「地方」的研究是將研究引向深入的一個切實可行的方法。然而，區域史與地方志的差別是很大的。「要理解特定區域的社會經濟發展，有貢獻的做法不是去歸納『特點』，而應該將更多的精力放在揭示社會、經濟和人的活動的『機制』上面。」〔註 13〕「當地方史的編寫成為既定的國家史、甚至是世界史等等宏大敘事的地方版時，無論它是以省為界、以市為界還是以村為界，它就都與作為方法論的區域社會史分道揚鑣了。」〔註 14〕「地方史、地方志雖然具有區域性，但其研究理念、視野和方法與區域史並不相同」〔註 15〕，因為很顯然的是，地方志既不是要去歸納什麼特點，更難揭示社會、經濟和人的活動的「機制」。

〔註 13〕陳春聲：《走向歷史現場》，趙世瑜：《小歷史與大歷史：區域社會史的理念、方法與實踐》，生活·讀書·新知三聯書店，2006 年 11 月版，叢書總序第 4 頁。

〔註 14〕趙世瑜：《小歷史與大歷史：區域社會史的理念、方法與實踐》，生活·讀書·新知三聯書店，2006 年 11 月版，《敘說：作為方法論的區域社會史研究——兼及 12 世紀以來的華北社會史研究》，第 2 頁。

〔註 15〕王先明：《「區域化」取向與近代史研究》，載《學術月刊》，2006 年 3 月，第 127 頁。

　　不但如此，廣播電視志是一個與地理邊界十分對應的概念，而「區域性」則是一個開放的、動態的概念，其外延可以隨著不同的主題而伸縮。是研究問題的性質來確定研究範圍，而不是人為的確定了研究範圍之後再進行研究。這種「區域性」的知識不帶有「國家性」的痕跡，但廣播電視志是嚴格以地方行政區劃為標準的，從根本上帶有「國家性」的色彩。而「中國地方史的敘述，長期被置於一個以抽象的中國為中心的框架內，也是導致許多具有本土性的知識點點滴滴地流失，或至少被忽略或曲解的原因。」〔註 16〕廣播電視志是在廣播電視系統內編修的。到目前為止，中央和地方廣播電視部門的關係並沒有完全規範化。「四級辦」和條塊分割的優點和缺陷並存，使得當前在某些地方，「充分發揮中央和地方兩個積極性」這樣模糊性很強的一個指令很難得到有效的貫徹，中央與地方的關係在不同時期仍然存在不同程度的「一放就亂，一亂就收，一收就死，一死就放」的問題。而且就廣播電視志編修本身來說，是受中央政府之命按部就班完成的，從發出命令到組織實施都由中央統一組織和完成。這種中央與地方關係的現狀，也決定了廣播電視志的編寫只能以「地方」的視角來看待整個「國家」的現實。

（四）以「社會史」的形式包裝「政治史」的內核

　　社會史是新史學的重要成果之一。所謂「社會史」有多種理解，一說是從狹隘的政治史的局限中解脫出來，把社會作為一個整體當作史學的研究對象，它與政治史、經濟史、制度史等是同一層面的專史。另外一說則是把「社會史」作為一種「範式」，或者是一整套的思維模式，它所關心的是人類的全部活動，採用人類學等手段和方法，通過研究某個問題，將一個歷史時期的經濟、文化等領域都反映出來。「無論是持社會史研究『範式說』、『專史說』還是其他說法的學者，基本上都有一個共識，那就是都承認社會史與傳統的精英政治史有著極大的不同，前者是作為後者的替代物而出現的」。〔註 17〕地方志由於包羅萬象，記述了許多在過去所謂正史中被略去的事情，反映了地方社會的風土人情，因此對社會史的研究提供了許多重要史料，起到了重要的作用。1963 年，「美國學者邁爾斯發表研究報告《中國現代經濟研究中地方

〔註 16〕程美寶：《地方史、地方性、地方性知識——走出梁啓超的新史學片想》，楊念群、黃興濤、毛丹主編：《新史學：多學科對話的圖景》，中國人民大學出版社 2003 年版，第 678 頁。

〔註 17〕趙世瑜、鄧慶平：《二十世紀中國社會史研究的回顧與思考》，載《歷史研究》，2001 年第 6 期，第 158 頁。

志的用途：四川在清代和民國時代》。該著作是從一個專業與一個區域的角度，來探討中國方志的價值，認為四川地方志中，有清末民初豐富的經濟史資料。」〔註18〕

地方志的編修既是一項文化工程，也是一項政治工程，對我國統一大業，共同信仰的形成和愛國主義教育有著重要的作用。《西藏自治區志》在「總序」中明確指出：「編修西藏地方志對反對分裂、維護祖國統一、促進西藏社會經濟發展、存史教化、資政育人的重要作用……西藏地方志以維護祖國統一為職責，將反對分裂、維護祖國統一、加強民族團結、促進西藏的社會局勢穩定作為修志的歷史使命和歷史責任。」因此，編修社會主義新方志的意義，從某種程度上說以及遠遠超出簡單的文化建設的範疇。不但如此，通過對第二輪修廣播電視志的內容進行分析可以看出，雖然廣播電視是社會生活的一個組成部分，但由於廣播電視的「喉舌」屬性，使得廣播電視與政治保持著始終不可分割的天然聯繫。地方志本身的編修方式也是影響其性質的重要因素，甚至也有的學者由於認為地方志的編修是官方行為，政治化程度高而不參加修志活動。

綜上所述，我們可以看到雖然廣播電視志表面上是反映「微觀」、「下面」、「地方」的「社會史」，但實際上逃脫不開作為「宏觀」、「上面」、「國家」的「政治史」的性質。這一系列的二元對立框架是當前新史學研究中出現頻率較高的，這個理論假設有一個預設的前提，即兩組詞語之間存著一種高度緊張的對抗、對立關係，具有很強的張力。所以，雖然前面一組關鍵詞能夠在廣播電視志裏找到種種迹象，但「志」不是「史」，廣播電視志裏所反映的內容能夠成為「新史學」或「社會生活史」的重要基礎，但廣播電視志本身不是「新史學」或「社會生活史」，不能對廣播電視志進行不合實際的拔高評價。

對廣播電視志的研究和評價應該還原到其所在時代、地域的社會狀況中去。在第二輪修志工作中，我們必須看到社會對廣播電視和地方志編修事業產生的影響，並以此出發研究這些外在因素通過何種機制內化成為影響廣播電視志編修的因素。社會發展的自身狀況並不能對廣播電視志研究和編修產生直接的制約和影響，產生在當前社會轉型大背景之上的社會心理、政治經濟體制、時代思潮，制度變遷、事業建設、科技手段，史學思潮、修志體制等才是影響廣播電視志編修的直接因素。對第二輪修廣播電視志進行研究，要以此為出發點。

〔註18〕諸葛計：《中國方志五十年史事錄》，方志出版社 2002 年 12 月版，第 41 頁。

第二節　第二輪修廣播電視志的篇目設計和體制改革

　　首輪修廣播電視志的編修任務基本完成，大部分地區開始了新一輪的修志工作。如前文所述，篇目設計是衡量一部方志水平高低的重要標準。廣播電視發展時間雖然不長，但廣播電視受社會發展的影響十分顯著，可謂千頭萬緒。續志所要反映的情況，與首輪修志的情況有很大不同，爲了更好地反映內容，應當對新一輪修廣播電視志的形式——篇目，進行深入細緻和合乎實際地研究。

　　方志界對體制的改革呼聲一直很高，原因在於體制問題確實制約了首輪地方志事業的順利前進，影響了志書質量。在新一輪廣播電視志事業進行之時，地方志也進入了依法編修的新時代。廣播電視志將在法制化的軌道上，進一步規範管理，培養人才，爲新一輪修志打下堅實的基礎。

一、何謂「續修」

　　要對續修廣播電視志的篇目設計進行研究，首先要弄明白什麼是「續修」。第一節中已經提出，稱當前進行的續修爲「第二輪修志」更科學。但對「續修」這個更爲上口和籠統的概念，仍然有必要講清楚。

　　由於各地修志進度不一，水平也不同，因此人們對「續修」的概念也有不同認識。中國地方志指導小組副組長、中國地方志協會會長王忍之在全國續志篇目設置理論研討會上的講話中提出：「『修』也是新一輪修志重要的、不應該忽視的任務，不能只講『續』，不講『修』。『修』的工作量很大，開拓工作難度固然大，要在百尺竿頭更進一步也不容易，也要付出大量勞動，要做很多考訂、補充、修正等等的工作。好的保留，錯的糾正，漏的補上，長的精簡，如果這些工作做好了，再加上時間上把它延伸，新的續上，新一輪的修志工作就完成得更全面。擺在我們面前的，將是一部新的、更好的志書，既有最新一段歷史的新的史料，又有對上一部志書的提高、修正。這次修志應做到既續又修，不能偏廢。」〔註19〕

　　中國地方志指導小組辦公室原主任、《中國地方志》原主編諸葛計認爲，「近年來的研究中，對此出現了兩種不同的理解，可以歸納爲：是『修續志』，還是『續修志』。持前一種理解者認爲，既是續志，顧名思義，就應當修成一

―――――――――――――――――
〔註19〕王忍之：《在全國續志篇目設置理論研討會上的講話》，載《中國地方志》2000
　　　　年第 5 期，第 3 頁。

部斷代志書，其時間上限爲接續前屆志書的下限，內容主要是續記上屆志書下限後的史事。對於前屆志書的內容，不再納入，只是補其缺失，糾其錯訛而已。……持後一種理解者則認爲，續志是繼續修訂志書。不但要續記上屆志書下限後的史事，補其缺失，糾其錯訛，也要融彙前志的內容，另鑄新辭，修成一部新的通志。」〔註20〕他認爲，「所謂志書續修，實際上就是在前志基礎上的續、補、糾、創。這四個字的含義是：續記前志下限後的史事；補上前志所當有而實際缺少的內容；糾正前志存在的謬誤；在前志基礎上的創新。」〔註21〕

上海市地方志辦公室方志處處長、上海市地方史志學會秘書長梅森認爲，「任何事物的思辨、任何問題的解決都應有其邏輯起點，也就是人們常說的大前提。續志編纂的大前提是什麼呢？是改革開放20年的社會內容，同時志書屬資料性著述的性質，以及續志爲斷代志的特徵，這三點應是我們思考和解決續志編纂的邏輯前提。」〔註22〕

浙江大學倉修良教授認爲在新一輪志書的編修中，實際上存在兩種編纂形式：一是廣義的續修，既有補，也有正，還有續；另外一種形式則是接著上一輪志書的下限繼續編修。倉教授把第二種修志方式叫做「斷代式」的地方志，主張應採用第一種形式進行續修。〔註23〕

復旦大學巴兆祥教授認爲，由於各地、各人的認識不同，出發點不同，情況不一，對續修的理解也有較大差異，歸納起來有以下四種：一是與前志全面接軌而進行續編；二是兼顧續與修；三是新修、重修；四是根據情況而定。而巴教授認爲，對1997年中國地方志指導小組頒佈的《關於地方志編纂工作的規定》「編纂地方志應延續不斷。各級地方志每二十年左右續修一次」，應該理解爲是強調繼承傳統的重要性和不能中斷，具體操作方式則應各地自行決定。另外根據對方志發展史的研究和對具體操作層面的實際來看，新一輪的修志是「繼續方志事業，還是編纂具有普通意義上的統合古今的地方志，而不是許多人誤認爲的斷代史式的方志，這也是《規定》沒有明

〔註20〕諸葛計：《對志書續修的兩點認識》，載《廣西地方志》2002年第5期，第17頁。
〔註21〕諸葛計：《續修志書中的「糾」字說》，載《中國地方志》2001年第1～2期，第48頁。
〔註22〕梅森：《續志編纂的邏輯思考》，載《黑龍江史志》2001年第1期，第25頁。
〔註23〕見倉修良：《倉修良探方志》，華東師範大學出版社2005年10月版，第440頁。

確編『《XXX 續志》』的眞諦所在。至於統合古今的程度，各地應視具體情況而定。」〔註24〕

　　歸納起來，以上的不同認識其實主要就兩個問題展開了討論：一是新修志書的時間斷限問題，二是新修志書對上輪志書是否進行修正糾錯問題。可以通過下面的表格來說明：

	修正、糾錯	不修正、糾錯
斷代志	A	B
通志	C	D

　　A 代表的是：以上一輪修志的下限爲其上限，繼續編修；同時對前志進行修正、糾錯。根據前文引用和本人對梅森的訪談可知，梅森同志是持這種觀點的。

　　B 代表的是：以上一輪修志的下限爲其上限，繼續編修；但對前志不進行修正、糾錯。雖然巴兆祥教授總結的四種理解中的第一種就是這個類型，但在實踐中很少以此爲準則，而且其所引用的紀飛的文章《試論兩屆志書的連接》重點講「連接」，雖然沒有提是否修正前志的錯誤問題，但並不代表作者反對對前志進行修正、糾錯。

　　C 代表的是：對前志進行修正和糾錯，再修統合古今的通志。從某種意義上說，這相當於重修了。持這種觀點的多爲學者，如前所述倉修良、巴兆祥等，而諸葛計認爲，王忍之也持這種觀點。〔註25〕

　　D 代表的是：在直接沿用前志的基礎上，再修統合古今的通志。實際上，重修志書一般都會對首先前志進行研究，在這過程中肯定要對前志進行修正和糾錯。

　　從對圖表的分析我們可以看出，A 和 C 是當前新一輪修志的主流觀點，這說明對已經編修的志書進行修正和糾錯已經深入人心，而修斷代志還是通志則是新一輪修志的主要分歧所在。從方志發展史上看，「我國現存的 8000 餘種舊方志，完全意義上的斷代續志是有的，但並不多見，絕大部分的志書皆屬通古今式的志書。」〔註26〕而通過文獻分析和實地訪談，我們發現，實

〔註24〕巴兆祥：《方志學新論》，學林出版社，2004 年 6 月版，第 430～431 頁。

〔註25〕諸葛計：《對志書續修的兩點認識》，載《廣西地方志》2002 年第 5 期，第 17～18 頁。

〔註26〕巴兆祥：《方志學新論》，學林出版社，2004 年 6 月版，第 429 頁。

際工作者較多持 A 觀點，即修斷代志；而理論研究者當中不少人主張 C 觀點，即修通志。本文認為，在新中國首輪志書剛剛結束，第一次進行新一輪志書編纂時，對這兩種觀點不能盲目肯定或否定，還要在實踐中摸索。雖然歷史上把續志修成斷代志的例子不多，但並不能說今天的續志就不能修成斷代志。而且雖然新中國首輪修志質量參差不齊，但總體上看，特別好和特別差的都不多。如果新一輪修志是完全推倒重來，抹殺首輪修志的成果，必然會造成各種資源的極大浪費。而根據我對上海、湖南等地新聞志、廣播電視志新一輪修志情況的調研，基本都是採用修斷代志的方法，從首輪修志的下限開始編修，同時對首輪修志的錯誤進行修正糾錯。這種方式，是新一輪修廣播電視志的主流。

二、續修廣播電視志的篇目設計

確定了續修的含義，便可以在此基礎上，確定新一輪修廣播電視志篇目設計的基本思路和目標。如果是新修或重修統合古今的廣播電視志，那麼首輪修志的內容仍將是新一輪修志的重要內容；如果是從首輪修志的下限開始續修，則記載的主要是最近約 20 年的內容，志書的篇目因內容的不同必然有所區別。

（一）

新一輪志書制定篇目的總的要求是，遵循新方志篇目設置的基本原則，並順應時代的發展變化而進行創新。廣播電視的歷史不長，首輪修志形成篇目基本是符合各地廣播電視發展實際的，而在新一輪修志時，應當有所堅持、有所調整和創新。

「黨的十一屆三中全會以後，特別是十六大以來，黨的思維在由革命黨思維向執政黨思維轉變。表現在政治上，由過去更強調代表中下層勞動者利益向代表最廣大人民的根本利益轉變；在意識形態上，由過去單純地強調階級、階級性、階級分析和階級鬥爭向關注人、關注人性和先進性轉變；在經濟上，由過去更多地關注生產關係的調整，向關注生產力特別是先進生產力的發展轉變；由傳統的生產力觀念、勞動價值觀念向現代的生產力觀念和勞動價值觀念轉變；在執政理念上，高揚『立黨為公、執政為民』的旗幟，在由管理政府向服務政府轉變、由權力政府向責任政府轉變、由全權政府向有限政府轉變、由過去單純地注重公權向同時關注和保障民權轉變。這一系列

轉變在新時期的廣電宣傳中也得到了貫徹和體現。比如廣播電視由階級鬥爭工具向黨、政府和人民的喉舌及大眾信息傳播媒介的傳播；廣播電視宣傳指導思想由『以階級鬥爭爲綱』向『以經濟建設爲中心』的轉變；由『三脫離』向『三貼近』轉變；由教育者向服務者轉變；由俯視群眾向平視乃至仰視群眾轉變；由宣傳式報導向傳播式報導轉變；由單純地強調正面宣傳向堅持正面宣傳，同時加強輿論監督，並使突發事件報導機制化、常態化轉變等等，從而使廣播電視宣傳配合改革開放，較好地發揮了社會進步助推器的作用。」〔註 27〕而隨著人們思想的變化和科技的進步，出現了許多新事物、新情況，如「直播衛星」、「互聯網」、「數字電視」、「手機電視」、「村村通」、「西新工程」、「產業化」、「集團化」、「交通臺」、「公共頻道」、「超女」、「選秀」等等，這些新生事物在續志篇目中應該盡量予以反映，條件成熟的甚至可以設立相應的門類。同時，還有不少原來很重要的事物現在變得一般了，有的甚至已經完成了歷史使命，比如廠礦企業的內部有線電視系統、街道和鄉村的有線廣播等，在當前廣播電視業中的地位已經大大下降，在新一輪修志中應當根據事實適當記載。

（二）

修廣播電視志應當體現時代特色。首輪修廣播電視志由於要追述歷史，「其間經歷了半封建半殖民地的舊中國（20 多年）和社會主義的新中國（40 多年）兩個歷史時期。所謂時代特色，就是要在廣播電視志中比較充分地體現上述兩個歷史時期內的廣播電視事業發展的特點。例如，民國時期有 5 種不同類型的廣播電臺，即官辦電臺（北洋政府、國民黨政府）、民辦廣播電臺、外國辦的廣播電臺（約有七八個國家）、日僞廣播電臺和解放區廣播電臺。不同類型、不同性質的廣播電臺對中國社會的發展有著不同的作用和影響。」〔註 28〕

新一輪修廣播電視志是在深入進行改革開放的新時期展開的，廣播電視志應當記載新情況、新問題。福建省在著手進行第二輪修廣播電視志時認爲，「現在編纂續志，一方面應該繼承和發揚上屆志書的許多優點；另一方面，

〔註 27〕 張振華：《爲了明天而研究昨天——中國廣播電視史研究的思考》，載《中國廣播電視學刊》2004 年第 7 期，第 8 頁。
〔註 28〕 趙玉明：《首屆編修廣播電視志進展評述》，載《中國廣播電視史文集》（續集），北京廣播學院出版社 2000 年 1 月版，第 96～97 頁。

由於十幾年來社會經濟各方面的變化，原有的不少事物已經消失或者衰退，而新事物不斷湧現。因此，如果因循守舊、拘泥成法，就很難在新志中展現時代風貌。這就要求續志的體例和篇目設置等方面有所創新。當然創新不能違背科學，也不意味著改變地方志特有的面目，而且目前我們的續志是前一部志書的延續，二者之間有一個互相銜接的問題，如果篇目變動太大，就難於體現志書的連續性，給讀者帶來許多不便。」〔註29〕雖然修斷代志是新一輪修廣播電視志的主流，但在實踐中也會遇到種種問題。比如如何修訂上輪志書中出現的錯誤，補充上輪志書中的遺漏等，由於目前還沒有第二輪廣播電視志的出版，這個問題也沒有得到一致的認識。而且修通志與修斷代志的不同，關鍵在於人們對志書的認識不同。志書不是策論，對於不同的材料，在不同的時期人們的觀點是不同的。經過一段時間，材料有了沉澱，人們對材料的認識也有了深化，編修的成果也是不同的。因此，如果有條件或者首輪修的志書水平確實不高，應當考慮在第二輪修志時修通志。

由於海南省、重慶市建制較晚，其廣播電視的情況已經相應收入到廣東省、四川省修的廣播電視志中。因此，這兩個地方應作為首輪修廣播電視志，在充分考慮和研究廣東省、四川省廣播電視志中有關內容的基礎上，作進一步的重新編纂工作。我認為，隨著時間的推移、材料的進一步收集和人們認識的變化，比較穩妥和周全的辦法是修貫通古今的通志。

首輪修的廣播電視志的體例、篇目沒有是一部相同的，在新一輪修廣播電視志中，篇目設置仍然應當從各地廣播電視實際出發，百花齊放。新一輪的修廣播電視志從大的方面來說，仍然主要由事業建設、內容宣傳與經營管理三部分為主體，包括廣播電視的事業建設、節目宣傳、對外交流、學術研究、隊伍建設、機構建制、產業經營等內容。然而具體到實際編修來說，由於各地的基礎不同，發展狀況也不同，因此篇目設置也不會相同。相對於首輪修的廣播電視志來說，第二輪修志將在以下幾個方面進行調整：有線廣播的比例縮小，新技術帶來的網絡電視、手機電視、衛星電視等逐步入志；欄目、頻道內容增加；對外交流內容增加；經營管理所佔內容和比重增大；社會力量參與廣播電視內容增加等等。

〔註29〕林克清：《淺談續修〈廣播影視志〉》，載《第七次中國廣播電視史志研討會專輯（內部資料）》，中國廣播電視協會廣播電視史研究委員會、黑龍江省廣播電視局、中國傳媒大學廣播電視研究中心，2005年12月，第47～48頁。

三、續修廣播電視志的體制改革

修志體制改革一直是方志界爭論和討論的話題，前文在論述首輪修志體制時分析了幾個需要調整的問題，方志工作機構設置的隨意性和方志工作成敗受主管領導影響太深是主要問題，而方志人才的培養也是修志體制改革重要的組成部分。在新一輪修廣播電視志的開始，需要對體制改革進行深入地研究和探討，通過加強法制建設和人才培養來保證新一輪修志的順利進行。

（一）法制建設

1. 地方志工作進行法制建設的必要性

我國地方志工作是通過政府自上而下的方式來組織完成的，地方志工作的實踐呼喚早日立法，規範行為。當前，中國地方志指導小組級別偏低、歸屬不合理，難以很好的擔負其領導全國修志的重任。各地的地方志工作機構設置也存在較大的隨意性，經費得不到保證，工作隊伍不穩定。出現這些問題的原因主要在於地方志工作缺乏法制保障，所以才出現地方領導對方志工作的重視程度高度影響甚至決定當地地方志工作進展狀況。只有通過地方志的立法，才能使地方志工作從根本上解決以上這些問題。「總結首輪修志工作的實踐經驗，地方志工作面臨以下問題：一是，地方志工作涉及社會生活各個方面，在社會主義市場經濟條件下，仍靠過去的行政命令方式組織編纂地方志，已難以適應形勢的需要；二是，由於沒有全國性的法律法規可以遵循，修志工作隨意性大、主觀性強，各地發展不平衡等問題日益突出，迫切需要通過立法加以規範。」〔註30〕

「地方志工作立法，不僅在於地方志工作運行中遇到了較多的問題，還在於地方志工作要適應今後社會經濟的發展。」〔註31〕只有通過立法來規定政府和修志機構的職責，規定參與者的責任、權力和義務，才能有效地組織其相關方面的力量參與到地方志工作中來；只有通過立法規範修志機構設置，規定志書的內容體例和形式，才能保證修志工作的順利進行，保證志書質量，最終使地方志事業得到健康和可持續的發展。

〔註30〕《依法編纂　確保地方志質量》——國務院法製辦負責人就《地方志工作條例》答人民日報記者問，載《新疆地方志》2006年第2期，第5頁。
〔註31〕林小靜：《地方志工作立法芻議》，載《廣西地方志》2005年第6期，第4頁。

2. 當前我國地方志工作立法的情況

根據《立法法》的規定，我國的法律層次根據效力高低分為：法律、行政法規、部門規章、地方性法規、自治條例和單行條例。地方志立法必須遵循馬列主義、毛澤東思想、鄧小平理論和「三個代表」重要思想，堅持實事求是，一切從實際出發的原則，尊重歷史事實和客觀實際，建立和發展有中國特色的地方志法律體系。2003 年 7 月，四川省人大常委會審議通過並公佈了《四川省地方志工作條例》，首開修志立法先河，在社會各界尤其是全國方志界引起了很大的反響。

中國地方志指導小組「開始於 2003 年的地方志立法工作，到 2004 年底，經過多次調研，反覆徵求意見和修改，完成了地方志立法工作的論證報告及《地方志編纂管理條例》（代擬稿）的起草工作。在指導小組領導同志的關心和具體指導下，通過多次彙報、溝通，2005 年 4 月，國務院法製辦要求指導小組辦公室正式向國務院報送《條例》送審稿請求審批。6 月，指導小組辦公室通過社科院正式向國務院報送。8 月，國務院法製辦將《條例》送審稿轉發各省、市、自治區和 20 多個有關的國家部、委、局、辦徵求意見。之後，我們又配合國務院法製辦於 2005 年 9 月和 11 月先後到河北易縣和北京市昌平區進行調研。其間，我們還多次與法製辦聯繫和進行工作溝通。法製辦在徵求意見和調研的基礎上對《條例》（送審稿）又進行了數次修改，並將文件名稱更改為《地方志工作條例》。目前，國辦發【2006】號文件，已將《地方志工作條例》列入國務院 2006 年的立法計劃。」〔註 32〕2006 年 5 月 18 日，國務院總理溫家寶簽署第 467 號國務院令公佈《地方志工作條例》，該條例自公佈之日起施行。《地方志工作條例》的制定，充分體現了黨中央關於「加強文化法制建設」和「要重視哲學社會科學領域立法工作」的精神，該條例的出臺，將為保障地方志事業的健康發展發揮積極的作用。

「為了確保地方志編纂的質量，該條例主要作了以下規定：一是，明確地方志編纂應遵循的指導原則，規定編纂地方志應當做到存真求實，確保質量，全面、客觀地記述本行政區域自然、政治、經濟、文化和社會的歷史與現狀。二是，對參與地方志編纂的人員作了要求，規定編纂地方志應當吸收有關方面的專家、學者參加；地方志編纂人員實行專兼職相結合，專職編纂

〔註 32〕《中國地方志指導小組辦公室 2005 年工作回顧與總結》，載《中國地方志》
2006 年第 4 期。

人員應當具備相應的專業知識。三是，確立了地方志書的審查驗收制度，規定以縣級以上行政區域名稱冠名、列入規劃的地方志書經審查驗收，方可以公開出版；對地方志書進行審查驗收，應當組織有關保密、檔案、歷史、法律、經濟、軍事等方面的專家參加，重點審查地方志書的內容是否符合憲法和保密、檔案等法律、法規的規定，是否全面、客觀地反映本行政區域自然、政治、經濟、文化和社會的歷史與現狀。」〔註33〕

3.《地方志工作條例》頒佈後廣播電視志的工作

　　「中華人民共和國成立後至《地方志工作條例》出臺之前，中央對地方的修志管理包括組織和政令兩個方面。從以上情況可以看出，中華人民共和國成立50多年來中央有關修志的文件：政令共8份，其中『文化大革命』前中國地方志小組的修志文件、規定有3份，中宣部1份，共4份。『文化大革命』結束後，第一輪社會主義大規模修志期間也有4份，文件中中央關於修志政令方面的文件有3份（次），黨委系統的文件1份：第一個文件是1985年國務院辦公廳文，第一次要求『地方志工作納入各級政府的工作議程』；第二個是10年後，1995年李鐵映代表黨中央、國務院提出地方各級政府對地方志工作要『一納入』、『五到位』；第三個是1996年國務院辦公廳發出《關於進一步加強地方志編纂工作的通知》。黨委系統方面的文件，即1983年中宣部通知全國各地黨委宣傳部加強對地方志工作的領導的文件。需要注意的是國務院、中宣部、中國地方志指導小組8份關於地方志工作的文件，只有中指組在得到國務院同意或根據國務院的通知精神於1985年、1997年發出的2份文件用《規定》外，其餘6份文件均採用『意見』、『通知』的文件形式。」〔註34〕而即使是這兩份「規定」（1985年4月19日中國地方志指導小組全體會議討論通過的《新編地方志工作暫行規定》、1997年5月8日中國地方志指導小組二屆三次會議討論通過的《關於地方志編纂工作的決定》）不是由行政主體頒佈的，因此不具法律效力，由此導致這些「規定」雖然很重要，但在廣播電視志的編修中，並不一定能完全實施。

　　以國務院令的形式頒佈的《地方志工作條例》，是新中國成立以來行政基本最高、最具法律效力的地方志文獻，從法律上解決了實際工作的許多難點，

〔註33〕《依法編纂　確保地方志質量》——國務院法製辦負責人就《地方志工作條例》答人民日報記者問，載《新疆地方志》2006年第2期，第5頁、10頁。

〔註34〕梅森：《從歷代中央政府的修志命令看〈地方志工作條例〉的繼承與創新》，載《中國地方志》2006年第9期，第19～20頁。

比如地方志概念問題、各地「地方志辦公室」的名稱問題、機構的歸屬問題、著作權問題、獎罰問題等，是我國地方志事業步入依法修志新階段的標誌，是我國地方志事業的里程碑，直接影響到廣播電視志未來的發展。

「應當看到，《條例》的頒佈只是完成了地方志工做法制化任務的一半，另一半任務，或者說更大的任務，是如何保證《條例》的實施。」〔註35〕《地方志工作條例》頒佈之後，各地已經紛紛展開學習活動，並根據各地具體情況頒佈適合當地情況的地方性法律文件及細則。「《條例》是依法修志，與『黨委領導，政府主持，地方志機構負責實施』的修志格局並不矛盾，在當前各地縣級以上修志機構歸屬並沒有完全是『地方人民政府負責地方志的機構』的情況下，更需要處理好《條例》與『修志格局』的關係。以《條例》為修志根本，以『格局』為工作階梯，更好地做好地方志工作。」〔註36〕

（二）人才培養

《地方志工作條例》在方志工作隊伍問題上規定了兩個方面：一是「地方志編纂人員實行專兼職相結合，專職編纂人員應當具備相應的專業知識」；二是「編纂地方志應當吸收有關方面的專家、學者參加」。這是對 20 多年來編纂社會主義新方志實踐經驗的總結和肯定，也是第二輪修志隊伍建設和人才培養的指導方針。英國學者 H.P.R.Finberg 曾提出地方史家的三個條件：「具備足夠的本國史和世界史的基本知識，生動活潑的文字技巧以及對該地方進行實地調查。」〔註37〕（In the first place，he should have a sufficient working knowledge of national and even international history. Next，let us wish him a lively topographical sense. Although field-work is not the least important part of his research，it will bear full fruit only when conjoined with research among private muniments and public archives.）

各地首輪修廣播電視志基本是採用「專兼職結合」的方法進行的。這種方法既是首輪修志的寶貴經驗，也要避免發生不必要的問題，比如湖南省廣播電視廳「專職人員身兼史志、年鑒等諸多供稿、編纂工作，兼職人員名兼

〔註35〕 朱佳木：《在中國地方志指導小組辦公室全體人員會上的講話》（2006 年 7 月 19 日），載《中國地方志》2006 年第 10 期，第 4 頁。

〔註36〕 梅森：《從歷代中央政府的修志命令看〈地方志工作條例〉的繼承與創新》，載《中國地方志》2006 年第 9 期，第 21 頁。

〔註37〕 H.P.R.Finberg，Local History，in H.P.R.Finberg ed.，Approaches to History （Toronto：University of Toronto Press，1962）p123～124。

實未兼，修志工作進展緩慢。」〔註38〕也有的地方過於依賴群眾性兼職隊伍，忽視對專職人員的培訓提高，難免影響志書質量。而《地方志工作條例》對兼職人員實際並未作具體規定，但並非愈廣泛愈好。在兼職人員中，應充分發揮有修志經驗的老同志的作用。這種做法有這樣幾個優點：第一，老同志對編修內容熟悉，有些事情甚至是親身經歷的，搜集史料比較方便；第二，老同志對本行業往往懷有比較深的感情，對編修志書有較高的熱情。當然，這種人員構成方式的缺點也是明顯的：第一，老同志由於身體狀況等各方面的原因，往往不能保證完全把精力投入到修志中去；第二，雖然對廣播電視業比較熟悉，但他們缺乏編史修志的基本知識和能力；第三，由於大多數老同志只能參加一輪修志，因此經驗教訓很難得到有效的總結和傳承。而由於在職的人員很少願意放下手頭的廣播電視業務來專心修志。因此，修志人員的構成狀況保持「專兼職結合」是非常必要的。

　　由於首輪修志老同志居多，在各地首輪修廣播電視志基本完成後，大部分的修志隊伍都產生了變動，新的修志機構負責人由剛剛由第一線退下來的領導幹部充任。這批新的負責人對新一輪修志所要反映的內容比較熟悉，在徵稿、組稿等方面存在一定優勢，但由於編修志書對他們來說仍然是新鮮事物，繼承首輪修志的經驗仍然需要一定時間，因此吸收廣播電視方面及史志方面的專家學者參加編纂地方志，是非常有必要的，其目的主要是通過發揮其熟悉的專門知識的長處，為新一輪修廣播電視志做好支持。對新一輪修廣播電視志人員的培養，仍然要堅持「德、才、學、識」等方面的要求，同時要掌握現代化的工具，提高辦事效率。

　　實踐證明，編寫史志是一項比較複雜的系統工程，必須依靠修志人員水平的提高，才能保證按期保質保量完成任務。在這方面首輪修廣播電視志是有比較好的經驗的，比如雲南廣播電視志在編纂過程中非常重視提高人員的業務水平。在1986年的第一次編委會擴大會上，首先傳達學習了胡耀邦、胡喬木的有關指示和國務院、省政府辦公廳有關地方志編寫工作和專業志的基本知識。使編寫人員對修志的重要性和志書的體例、結構、編寫原則和方法，對如何擬定篇目、如何徵集資料有了一些理性認識。為提高編纂水平，編寫辦公室曾先後派人到遼寧、內蒙古、四川、陝西等向同行學習編史修志的經驗。開闊了眼界，提高了感性認識。同時積極參加培訓班，如1990年遼寧省

〔註38〕《湖南省志‧廣播電視志》後記，湖南人民出版社1997年1月，第616頁。

志辦舉辦地方史志評稿研討班，雲南廣播電視志編委會派出三位同志帶著篇目提綱和已經完成的志稿去參加學習，對篇目進行了進一步的修改，對具體內容的編寫以及主編的職責等認識有了提高。這種經驗和做法值得肯定和總結，應當在新一輪修廣播電視志繼續發揚。

第三節　年鑒在續修志書中的作用

一、以「鑒」修「志」是有效率的做法

如前所述，目前廣播電視年鑒的編修，除了由國家廣電總局主管的《中國廣播電視年鑒》之外，還有許多省、自治區、直轄市和縣市區以及電臺電視臺編寫了本區域、本單位的廣播電視年鑒。這些廣播電視年鑒，有的創辦時間較早，出版時間較長，如江西、湖南，也有的是在進入新世紀以來才創辦，如內蒙古，有些也因為種種原因未能嚴格按照年度出版，如山東、重慶。不過總體而言，這些廣播電視年鑒的編纂，為廣播電視系統續修志書提供了極大便利。

思想意識。存史是地方志客觀、永恒的功能。存史是一種基於社會發展進步的人類自覺、理性行為。相對於廣播電視的飛速發展，工作人員的歷史意識是很差的，給首輪修志造成了極大的困難。如參加了兩次《湖南廣播電視志》編纂的湖南省播音主持研究會會長、湖南電視臺主任播音員張林芝在接受筆者採訪時說，「第一次修廣播電視志時，資料很不好找，難度很大。而臺裏的資料管理制度也不健全，在頻道上星之前，各種資料都是自己拿著。像一臺晚會結束之後，導演自己就把帶子拿走了，成為自己的私有財產，臺裏沒有統一的管理。後來才逐漸好一些，有專人負責收集管理。但人們的資料意識依然很差。」〔註 39〕年鑒作為逐年出版的工具書，由於每年都有專人負責搜集資料、整理出版，自然會在潛移默化中提高人們的存史意識，使人們重視歷史、重視編鑒修志工作。

材料積纍。廣播電視志的存史功能主要靠史料，史料的覆蓋面既廣且深，才有利於發揮廣播電視志的存史功能。年鑒全面彙輯了一年內的事實資料，統計數據，基本情況，重大事件，最新成就。而且就目前各地廣播電視年鑒

〔註39〕2006 年 11 月 2 日，對湖南省播音主持研究會會長、湖南電視臺主任播音員張林芝的調研訪談記錄。

篇目設置看，與廣播電視志的篇目大體類似，這保證了年鑑的內容可以基本滿足續修廣播電視志的需要。張林芝也說，「後來廣播電視志的編纂工作主要是靠年鑑來提供材料，因為年鑑是當年編的，所以記載的最清楚。」〔註40〕

　　人才隊伍。人才始終是編纂志書的瓶頸，不但廣播電視志如此，全國的方志也一樣。全國普遍缺乏既瞭解廣播電視發展情況，又懂得史志編纂的高水平專業人才。首輪修志的一個顯著特徵就是「眾手成志」，一部廣播電視志的完成，動用的人員少則幾十人，多則上百人。這最大限度地發揮了每個部門每個人的優勢和潛力，把單一的力量彙聚在一起，取長補短。但也有不可克服的缺點，如稿件質量參差不齊，風格難以統一，組織成本較高等。眾手成志是首輪修志工作在時間緊、任務重的情況下的應急方法，在第二輪修志工作中，人才問題仍然是編好志書的重要保證。年鑑是逐年編纂出版的連續性工作，編寫廣播電視年鑑的工作實際上也為編修廣播電視志培養了專業的人才。編修年鑑的人才隊伍，為修志提供了人才保證。

　　組織保障。當前各地廣播電視年鑑的編寫工作基本是官方行為，年鑑編輯部一般都掛靠在各地廣播電視局、臺、集團總編室或廣播電視協會下面展開工作。有些地方把第二輪修志的任務直接交給年鑑編輯部或以年鑑編輯人員為主體完成，這些單位和個人由於長期與各部門打交道，搜集資料、組織編纂都有一整套較為成熟的經驗和完整的程序，因此也對第二輪修廣播電視志提供了經驗，提供了組織保障。

二、不能只依賴「鑑」，修志要擴大資料來源

　　當前修志已經普遍進入第二輪。各地編修廣播電視志，很多地方主要依靠「年鑑」提供史料。「年鑑」是當年編纂，當年出版，記錄了每年的最新情況，為史料的留存起到了重要的作用。但完全依賴年鑑編修志書，是不夠科學的。

　　首先，雖然「年鑑」提供了豐富的史料，但從「年鑑」轉手而來的材料，已經是「第二手」甚至「更多手」，而廣播電視志應當努力尋找第一手材料，才能使之更加權威、真實。中國地方志指導小組辦公室原主任、《中國地方志》雜誌原主編諸葛計在接受筆者採訪時也認為：「雖然志就是史，史就是提供鑑，志和年鑑是不可分割的。但由於『年鑑』時間太短，沉澱不夠，在資料

〔註40〕同上。

性上可能會出現問題的，所以完全依靠年鑑的方法是不可取的。」〔註41〕

其次，廣播電視志應有翔實齊全的史料，橫不缺項，縱不斷線，能夠詳盡完整地記述廣播電視發展的全過程。同時，還要擁有關鍵的深層次的核心史料，通過對這些核心史料的有機組合有力地說明廣播電視的發展情況。新時期的社會變化速度大大加快，廣播電視志除了要記錄新出現的事物，還要記錄好正在消失或已經消失的事物，兩者同樣重要。比如一個頻率、頻道改版後，某些欄目不再播出，年鑑的處理方式一般是介紹新增的情況，不會介紹已經消失或結束的內容。因此廣播電視志要全面表現一個事物發展的全過程，需要做更細心的甄別，更耐心的調查。

本章小結

進入 21 世紀，根據全國的統一部署，廣播電視志作爲專業志的一種，進入到第二輪編修中。時代不同，社會的政治、經濟、文化背景不同，廣播電視志在第二輪編修中也面臨著新情況、新問題。從某種意義上說，廣播電視志是反映廣播電視的歷史與現狀的載體，它的存在和發展都受到外部環境的影響。研究廣播電視志，既要研究廣播電視志存在的社會外在環境，也要研究廣播電視志自身發展的內在理路。「改革開放以來我國廣播電視事業之所以迅猛發展，固然是多種因素共同作用的結果，但我們認爲，其中作用最大者，莫過於市場的推動、政府的拉動和科技的促動三個方面。」〔註42〕廣播電視志是「新史學」思潮下研究歷史的重要史料，但廣播電視志與「新史學」有本質上的差別，地方志沒有能力獨立負載「新史學」的目標和任務，廣播電視志也不是「社會生活史」的組成部分。

廣播電視志新一輪的修志基本都是採用修斷代志的方法，從首輪修志的下限開始編修，同時對首輪修志的錯誤進行修正糾錯。這種方式，是新一輪修廣播電視志的主流。廣播電視在新一輪修志時，應當既遵循新方志篇目設置的基本原則，又要順應時代的發展變化，敢於創新。首輪編修廣播電視志存在種種問題，方志界一直呼喚通過立法來解決，2006 年 5 月 18 日，國務院總理溫家寶簽署第 467 號國務院令公佈《地方志工作條例》，成爲地方志編修

〔註41〕 2007 年 2 月 8 日，對中國地方志指導小組辦公室原主任、《中國地方志》雜誌原主編諸葛計的調研訪談記錄。

〔註42〕 艾紅紅：《中國廣播電視史初論》，山東大學出版社 2002 年 9 月版，第 39 頁。

工作的里程碑。新一輪廣播電視志的編修進入法制時代。當前需要在編修過程中進一步具體落實《地方志工作條例》，培養廣播電視志人才，爲新一輪修廣播電視志的順利進行打下堅實基礎。

　　當前廣播電視的續修志工作已經全面展開，很多地方在續修中都十分重視當地年鑒的作用。在思想意識、材料積纍、人才隊伍以及組織保障方面，年鑒確實對廣播電視新一輪修志工作起到重要的作用。依靠年鑒來續修志是非常有效率的做法。但同時也應當看到，年鑒在記錄歷史方面與志書的要求還有所不同，續修廣播電視志不能只單純依賴年鑒，更要擴大資料來源。

第八章（代結語） 廣播電視志創新論

　　黨的十六大報告指出：創新是一個民族進步的靈魂，是一個國家興旺發達的不竭動力。一個沒有創新能力的民族，難以屹立在民族之林。思想解放，理論創新，是引導社會前進的強大力量。胡錦濤總書記在全國科學技術大會上提出：走中國特色自主創新道路，為建設創新型國家而奮鬥。只有創新才能把握先機，才能贏得發展的主動權。總結第一輪修志工作的經驗，可以看到繼承和創新是首輪修志順利進行的關鍵所在。沒有繼承和創新，就沒有首輪修志的豐碩成果，同樣，沒有創新，新一輪的修志事業也將失去活力。

　　中國地方志的發展史，是一部不斷發展、不斷創新的歷史。80 年代開始的新中國首輪修志是建立在舊志傳統和社會主義建設實踐基礎之上的，從指導思想到編纂體制，從篇目設置到反映內容，無不體現了地方志的創新。新一輪編修廣播電視志是在市場經濟體制基本確定和新技術革命的社會背景下開始進行的，面臨著與首輪修志截然不同的外部環境和反映內容。因此，在新一輪廣播電視志編修的過程中，應當從理論創新、組織管理方式創新、內容形式創新和載體創新等方面尋求新的突破。

一、理論創新

（一）總結廣播電視志的編纂經驗

　　編修廣播電視志是社會主義新中國一項浩大的文化工程，既是對我國文化遺產和優良傳統的繼承，又是開天闢地的創新。回顧廣播電視志的編修，有以下經驗值得總結：

　　黨委領導、政府組織是廣播電視志事業取得成功的前提。各級黨委的正

確領導、政府的積極倡導，不僅使廣播電視志的編修規範得到確立，而且爲修廣播電視志的有效運轉提供了政策支持和物質保障。在未來廣播電視修志事業中，政府有關部門應進一步強化和規範化對廣播電視志編修的管理。

修志者的素質是廣播電視志書具有較高質量的保證。廣播電視志的編修動員了全國廣播電視系統的廣播電視工作者，他們在實踐和理論方面各有所長，並且普遍具有較高的志德；

眾手成志是廣播電視志編修的有效方法。一地廣播電視志的編纂一般都有數十人乃至上百人參與，分工合作，從搜集資料到最終審稿，都利於發揮集體的智慧，利於提高編纂的速度和質量。這些成功的經驗，對今後的廣播電視修志仍具有較高借鑒的作用。

（二）加強廣播電視志的理論研究

1. 廣播電視志理論的研究對象是廣播電視志以及廣播電視志活動

「研究對象問題是方志學理論體系的一個根本性問題，對這個問題的不同理解導致了方志學的分化。」﹝註1﹞來新夏主編的《方志學概論》認爲方志學的研究對象決定了方志學的研究內容，具體包括：「方志的產生和發展的歷史；方志的分類；方志的性質；方志的特徵和作用；方志的整理和利用；方志編纂理論；方志學史」﹝註2﹞等七個方面；林衍經著《方志學綜論》也概括爲七個方面：「地方志產生和發展的歷史與規律；地方志的性質、作用和特徵；編纂地方志的原則和方法；地方志的收藏、整理和利用；地方志研究工作的文化交流；方志學發展史；方志事業的人才培養和隊伍建設」。﹝註3﹞黃葦等著《方志學》認爲方志學的研究內容與任務主要有：「地方志書發展史；方志學發展史；繼承方志遺產；向地方志書要材料；發展方志理論；明確新方志的編纂原則和方法；健全修志隊伍；深入瞭解國外收藏、研究、利用中國地方志的情況」等八個方面。倉修良著《方志學通論》（修訂本）沒有明確指出方志學研究的內容與任務，但根據其章節設置可以看出他「通論」方志學包括「方志的起源、性質和特點；方志發展史；章學誠和方志學；舊志的價值和整理；新方志的編纂；新一輪志書的編纂」等六個方面。巴兆祥《方

﹝註1﹞ 邱新立：《方志學：它的歷史、現狀與存在的主要問題》，載《新方志理論與實踐二十年——中國地方志協會 2004 年度學術年會論文集》，方志出版社 2005 年 5 月版，第 149 頁。

﹝註2﹞ 來新夏：《方志學概論》，福建人民出版社 1983 年版，第 39～40 頁。

﹝註3﹞ 林衍經：《方志學綜論》，華東師範大學出版社 1988 年版，第 2～3 頁。

志學新論》認為方志學的研究和內容主要有「方志發展史；方志理論發展史；整理和利用方志遺產；發展方志理論；修志事業管理；修志編纂理論探討；地方年鑑理論研究；深入瞭解國外收藏、研究、利用中國地方志書的情況」〔註4〕等八個方面。

　　我們認為，廣播電視志是地方志中的一種，既受到整個地方志體系的影響，又有自己的獨特性。當前廣播電視志編修的時間不長，內容基礎並不豐厚，理論基礎也積累不足，遠遠落後於修志實踐，因此廣播電視志理論研究的體系分類越少越好。由北京市社會科學院編纂，北京市社科規劃「十五」重點課題和北京社科院重大課題的學術理論專著《中國現代方志學》，運用「方志三個理論」即方志政治理論、方志基礎理論和方志應用理論，構建了一個宏偉的現代方志學理論體系和學科結構體系。當前廣播電視志理論研究，並沒有必要構建如此宏大的結構體系。應當以廣播電視志以及廣播電視志活動為核心，進行「兩分法」，即廣播電視志基本理論和應用理論兩大塊。隨著時間的推移，再逐步擴充為「三分法」，即廣播電視志基礎理論、廣播電視志應用理論和廣播電視志發展史 3 個部分。

2. 廣播電視志理論研究的學科歸屬是廣播電視學

　　廣播電視志是記述廣播電視歷史與現狀的地方志書，具有「廣播電視性」和「地方志性」兩個要素，自然需要從廣播電視學和方志學兩個學科分別吸取養分。而相對於「地方志性」來說，「廣播電視性」是廣播電視志更加獨特的屬性。廣播電視志無論處於廣播電視學還是方志學學科體系下，都是其一個分支學科的分支。一個是「廣播電視學——廣播電視史學——廣播電視志理論研究」；一個是「方志學——專業方志學——廣播電視志理論研究」。但相對而言，在前者的學科體系下，「廣播電視」是核心詞語，以研究和反映「廣播電視」的情況為出發點和歸宿；而在後者的學科體系下，「地方志」是核心詞語，以研究不同種類「地方志」的規律為出發點和歸宿。而廣播電視志的目的和任務是記述廣播電視的歷史和現狀，因此相比較而言，廣播電視志更應當隸屬於前者——廣播電視學的學科體系下。

　　將廣播電視志研究納入廣播電視學中，使廣播電視志的研究成為廣播電視學學科體系的組成部分，對廣播電視志的研究有重要意義。首先，明確了學科歸屬，廣播電視志的研究就會更加有的放矢。研究廣播電視史的學者應

〔註 4〕巴兆祥：《方志學新論》，學林出版社 2004 年 6 月版，第 5～9 頁。

當更加關注廣播電視志，學會使用廣播電視志，廣泛進行廣播電視志評論，並對廣播電視志的編修體制、體例、語言等展開深入研究。其次，廣播電視學者，尤其是廣播電視史學研究人員，應當積極參與各地修志，這一方面利於廣播電視史學研究的積纍，提高研究者對廣播電視志的關注度，同時更是提高廣播電視志學術化的重要手段。廣播電視學界應加強對廣播電視志理論研究，從而推進廣播電視志的理論創新和編纂實踐，進一步推動廣播電視志事業的發展和繁榮。

二、組織管理方式創新

（一）編纂組織

首輪修志在組織管理方式方面存在種種問題，需要在繼承的基礎上創新。「黨委領導、政府主持」的修志體制，是我國政治制度所決定的，必須堅持。具體的運作機制則可以進行大膽創新和嘗試，比如對「招標」的嘗試。

為使修志工作更加高效運行，有的志書試行了「官方招標，主編承包，多方審稿」的方式，取得了較好的效果。如《中華文化通志》十典百卷在《人民日報》登載招標廣告，從1600多名專家學者和研究人員中，嚴格挑選出158名各學科有影響的人撰稿。本人在對各地有關參與廣播電視志編修的人員進行訪談時，也有人提出希望修廣播電視志以招標的方式進行。通過招標來編修廣播電視志，有其無法代替的優勢，能使真正熱愛地方志事業的人能在自己喜愛的崗位上工作，避免人浮於事；而且參加招標的往往是該領域的專家或學者，學術水平較高，更有利於保證廣播電視志的學術水平。但招標的方式也帶來一些無法避免的問題，比如在徵集材料的過程中，由於不帶有行政指令色彩，向有關部門和社會各界徵收資料將有一定困難；尤其修地方志是一門獨立的帶有綜合性的學科，精通某一學科的專家學者，並不一定善於領導全面的地方志工作，因此招標形式在某些特定情況下的成功，並不一定帶有普遍意義。是否要進行「招標」、「承包」，要結合實際情況進行。

上海地方志辦公室梅森同志認為，改革是有階段性的，20多年改革的主要方面是經濟方面，政治方面也有，但相對經濟要滯後一些，力度要小一些。因此在新一輪修志中，不同部類專志的編纂組織也隨之有所不同。對於廣播電視而言，「可以採取基本不變和適當補充的方式進行組織，比如報業，由報業集團牽頭，電影由電影集團承編，廣播電視由文廣局、文廣集團承編」。

〔註5〕總而言之，第二輪修志面對著複雜多元、豐富多彩的社會環境，「編纂體制應是『政府（含黨委）部門爲主，社會其他有關成員參與的多元化編纂體系』。」〔註6〕而具體到工作層面，則需要確定修志人員編制，保證固定的部門和人員，不然僅僅依靠學會、總編室等臨時接任務的方式，不利於編修出質量較高的志書。

當前，有些地方在新一輪修志時撤銷了廣播電視志，把廣播電視新聞宣傳部分收入到「新聞志」當中。這種做法是不妥當的。隨著廣播電視的蓬勃發展，廣播電視的各種社會功能已經越來越充分地顯現出來。雖然「喉舌」仍然是廣播電視的首要屬性，但廣播電視的經濟功能、信息傳播功能、娛樂大眾功能等也佔據越來越重要的地位。志書編纂不能把廣播電視僅僅看作新聞宣傳的工具，應當更加全面完整地反映廣播電視的情況。撤銷廣播電視志在志書系統中的獨立地位，將廣播電視的新聞內容合併到新聞志當中，忽略廣播電視的其他社會功能，是志書總體設計的失敗和倒退。

（二）收集材料

資料的水平、質量和覆蓋面決定了地方志的質量。首輪修廣播電視志基本反映了計劃經濟時期的情況，通過官方的檔案資料基本能解決志書的資料問題。新一輪修志處在社會主義市場經濟時期，廣播電視的社會化程度明顯提高，因此收集資料的渠道應進行改革和創新。其一，拓展視野，廣開資料源。除檔案資料外，應廣泛搜集報紙、雜誌、學術刊物、書籍（包括一些專著）所發表的各種調查、報告、專題研究等資料。其二，要積極主動搜集資料，特別是獲得典型資料更應如此。修志部門可以廣泛調動或借助社會力量進行一些專題調查。或出題目，交給有關部門調查，或與有關部門聯合調查，或採取「拿來主義」，把別人現成的調查材料收入志中。總之，應當充分利用傳統和現代的多種多樣的調查方式，盡可能地收集到既豐富又準確的資料。

新一輪材料的收集，應採用「一主三輔」的多元化搜集資料渠道。隨著社會的轉型，廣播電視業結構發生了很大的變化，單純依靠政府下文，各部

〔註5〕 梅森：《多元社會結構的多元化運作》，載《中國地方志》2005 年第 9 期，第 25 頁。

〔註6〕 梅森：《多元社會結構的多元化運作》，載《中國地方志》2005 年第 9 期，第 25 頁。

門供稿的方式已經不適應形勢的發展。因此，應採用「一主三輔」的多元化渠道組稿，即以政府管理部門供稿爲主，直接向大型集團、臺、站聯繫供稿爲輔；走向社會，調查研究爲輔；收集會議文件、報刊資料爲輔。這樣既可以保證廣播電視志的權威性，又擴大了廣播電視志資料的覆蓋面，保證了志書的眞實性、完整性。

（三）編修專業通志

進入新世紀，有專家認爲編修「國家志」（或稱「一統志」）已經具備了足夠的條件，應抓住時機編修「國家志」。而現有的基礎就是 20 世紀 90 年代中期以後，除省市縣三級志書出版外，又陸續有《中國煤炭志》、《中國電力志》、《中國海洋石油公司志》、《中國印鈔造幣志》、《中國交通志》、《中國煙草通志》、《中國植物志》、《中國民用航空志》等全國性的部門志、行業志及專業志編修與出版。這些專業通志的編修，一般是由相關中央部門組織，對本部門、本行業、本專業的發展沿革進行的全面系統地調查，不僅能夠更全面、更系統地反映該領域發展建設的成就，而且對相關學科的研究提供大量有價值的資料和信息，這是對傳統方志文化的創新與發展。

梁濱久認爲：「地方志是地情書，說它也是國情書，只是在特定意義上去說的，要眞正全面、系統、翔實地記載國情，還得靠國家志。……一項專業、一條戰線、一項事業的全國性活動是難以在地方志裏記載的。……相信會有越來越多的國家部委局會認識到編纂全國性專志的必要性，因而付之行動。」〔註 7〕諸葛計也認爲：「只要有條件的部門，應該修『專業通志』。當前人們對修志的重視程度很差，這與當前社會對自己的歷史傳統不重視有直接的關係，實際上現在的很多社會問題都與此有關。當前，應以政府的法定文件的形式，統一部署，修『國家志』。這樣做的好處一是能夠去除漏洞、死角；同時，也能在一定程度上解決志書水平參差不齊的問題。」〔註 8〕

當前，由國家廣播電影電視總局組織編修《中國廣播電視志》（或《中國廣播電影電視志》），條件已經具備，時機已經成熟。首先，當前全國大部分地區已經編纂和出版了省、市、縣三級廣播電視志。這爲編修全國範圍的

〔註 7〕 梁濱久：《中國國家志編纂的偉大意義》，載《黑龍江史志》，2003 年第 2 期，
　　　　第 6 頁。
〔註 8〕 2007 年 2 月 8 日，對中國地方志指導小組辦公室原主任、《中國地方志》雜誌
　　　　原主編諸葛計的調研訪談記錄。

《中國廣播電視志》打下了比較堅實的基礎。其次，雖然大部分省份都編修了不同層次的廣播電視志，但總體來看水平參差不齊。其中有的廣播電視志水平較高，不但在廣播電視系統行業內獲得較高評價，甚至還獲得了全國地方志評獎的一等獎。但也有的志書字數較少、水平一般，難以真實全面的反映廣播電視發展情況。編修全國範圍的《中國廣播電視志》有利於規範各地編修廣播電視志的工作，普遍提高各地編修水平。第三，《當代中國的廣播電視》是記錄和反映新中國成立以來當代廣播電視事業建設的代表性著作。該書於 1987 年 3 月問世，距今（2007 年）已經有近二十年，我國廣播電視業已經有了翻天覆地的變化。當前，有必要也有可能由國家廣播電影電視總局牽頭，組織專人編修具有較高水平、反映全國範圍的廣播電視發展歷史與現狀的《中國廣播電視志》。

三、內容與形式創新

首輪修志在篇目設計等方面既有繼承也有創新，如廣播電視中的「述」可謂普遍，不僅有全篇「概述」，還有的有每編（篇）的開頭之「述」，這增強了廣播電視志的整體性和著述性。

（一）加強和注意人物記載

「古今方志半人物。」人物是一部方志的重要組成部分。廣播電視是新興事業，歷史不長，尤其在首輪修志時，工作人員大都健在，因此首輪修志中記載人的篇章較少。但記載的少，並不等於不重視，許多地方對廣播電視志如何記人進行了較為深入的思考。江西省首輪編修廣播電視志時為了不違背規定，又適應實際情況，開闢了《人物簡介》一節，並擬定了上「簡介」的標準：「1、由省委、省政府、廣播電影電視部和全國性其他組織頒證的全國和全省勞模、優秀（先進）工作者。2、獲正高級專業技術職務者和 1983 年以前獲副高級專業記述職務者。3、在全國節目、播音、社科類論文專業評比中獲特等獎（如未獲特等獎的評比取一等獎）者；技術論文、科技發明等理工科類專業評比中獲二等獎以上者。4、本系統內有所發明創作並被省級有關部門認定和推廣有較大效益者。5、在全省系統內有很大影響並對廣播電視工作有特殊貢獻者，包括跨省重大宣傳活動、大型重點工程項目的主要負責人（含各級領導幹部）、設計者、主筆。」〔註9〕

〔註 9〕上官輝：《江西省廣播電視志的總體設計彙報》，載《第二次中國廣播電視史

　　廣播電視志一般以「傳」、「簡介」、「表」等三種形式記述人物。但各地情況不同，共分三類。第一類是「傳」、「簡介」、「表」俱全，僅有五部志書：《上海廣播電視志》第十編為「人物」，下設三章：「人物傳記」、「人物簡介」和「人物表」；《天津通志・廣播電視電影志》第九篇為「人物」，下設四章：「人物傳」、「人物簡介」、「專業技術人員名表」、「黨代會代表、人大代表、政協委員及先進、模範人物名錄」；《西藏自治區志・廣播電影電視志》最後一部分為「人物」，下設「傳」、「簡介」、「表」三部分；《江西省廣播電視志》第十五章為「人物、先進集體」，下設「人物傳略」、「人物簡介」、「人物表」；《蕭山市廣播電視志》第六章「隊伍建設和人物」的第四節是「人物」，下設「人物略傳」、「人物簡介」二目，並附「表」和「名錄」。第二類是沒有「傳」，但設了「人物簡介」或「表（名錄）」，如《內蒙古自治區志・廣播電視志》、《自貢市廣播電視志》、《四川省志・廣播電視志》、《湖南省志・廣播電視志》、《福建省志・廣播電視志》、《雲南省志・廣播電視志》、《新疆通志・廣播電視志》、《蘭州市志・廣播電視志》等。第三類最多，志書以「以事繫人」的方式記載人物，但並未設立專門章節，這包括江蘇省、廣東省、遼寧省、河南省、湖北省、青海省、山東省、黑龍江省、廣西省、吉林省、陝西省、貴州省、新疆自治區等。

　　從上面的簡單的分析和統計來看，首輪修廣播電視志對人物部分普遍著墨不多。這是廣播電視發展的現實情況所決定的，然而隨著時間的推移，廣播電視業蓬勃發展，在社會中扮演著越來越重要的角色，而廣播電視發展的根本動力是廣播電視人的無私奉獻。因此，新一輪修廣播電視志應當更加重視記述人物。首先應當確立入志標準。「凡是寫入列傳者要以其對國家、對民族、對人民有否貢獻為標準，貢獻大的立大傳，貢獻小的立小傳，無貢獻的一律不立傳。不是以官職的高低大小為標準。」〔註10〕一般來說，應結合當地廣播電視發展實際設立統一標準。根據傳統和地方志指導小組發佈的文件看，生不立傳，以原籍（出生地）為主，以及重要貢獻等原則仍應堅持。但隨著改革開放的深入，社會流動的加大，許多不是出生於本地，但為本地

　　　　志研討會專輯》，中國廣播電視學會史學研究委員會、江蘇省廣播電視學會、中國廣播電視學會北京廣播學院分會、江蘇廣播電視報社。1991 年 5 月，第120 頁。
〔註10〕倉修良：《方志學通論》（修訂本），方志出版社 2003 年 10 月版，第 613 頁。

做出巨大貢獻的人越來越多，新一輪修廣播電視也要注意這樣的情況。

（二）錘鍊文筆

李鵬同志在接見全國地方志第二次工作會議代表時說：「魯迅稱讚《史記》是『無韻之離騷，史家之絕唱』。我們編寫地方志當然很難達到這樣高的要求，但也要努力提高質量，既要有思想性，又要有文采」。〔註11〕李鐵映同志在全國地方志第二次工作會議上也指出：「可讀，要寫得精鍊、優美，引人入勝。讀志如看畫聽樂，愛不釋手。文字水平要高。不少名史、名志都是優秀文學著作，影響深遠。」〔註12〕不管什麼文章著作，文采是其獲得生命力的重要因素。因此，續志創新，應錘鍊文筆。

文章乃「經國之大業，不朽之盛事。」廣播電視志要求真、求善、求美。雖然一般來說，人們是不會抱著審美的目的來閱讀廣播電視志的，但這並不影響志書對美的追求。語言美是廣播電視志審美最基本的要素。首輪修志時間倉促，任務繁重，對方志語言的應用很少能達到錘鍊的程度。方志的首要任務是存史，因此方志語言不應追求辭藻華麗，而應以「樸實、簡練、流暢」為目標。而且，方志的語言美離不開感情和思想。思想僵化、情感枯竭，一定不會妙筆生花，只有感情充沛、成竹在胸，再加上反覆錘鍊，才能追求方志的語言美。

人物傳能夠充分體現一部志書的語言特色。語言是有社會性的，每個時代都有自己特定的語言。編修地方志同樣應當採用反映時代社會特點的語言，並突出傳主的特點。首輪修的廣播電視志中設人物傳的很少，只有 5 部志書，大部分的記載都比較平淡。但也有人物傳較好，有血有肉，個性突出。如《上海廣播電視志》的「費憻」和「唐霞輝」，前者記述了在「『文化大革命』期間，面對所謂『檢舉材料』，她憤慨地說：『這是用逼供、誘供、套供伎倆搞出來的，可恥！』」〔註13〕鮮活地體現了傳主的不屈性格和堅定立場。後者則通過幾個典型事例「唐小姐秘書處」、「上海唐小姐收」、「上海之鶯」，〔註14〕充分反映了傳主大受聽眾歡迎的盛況。兩個傳記，字數不多，通過對

〔註11〕 李鵬：《努力做好新編地方志的工作》，載《中國地方志》1996 年第 3～4 期，第 6 頁。

〔註12〕 李鐵映：《求真存史 修志資治 服務當代 垂鑒後世——在全國地方志第二次工作會議上的講話》，載《中國地方志》1996 年第 3～4 期，第 8 頁。

〔註13〕《上海廣播電視志》，上海社會科學院出版社，1999 年 11 月版，第 778 頁。

〔註14〕《上海廣播電視志》，上海社會科學院出版社，1999 年 11 月版，第 781 頁。

史實的客觀記述，不用過分得文學加工，但抓住了人物的閃光點，人物形象豐滿、個性鮮明，令人過目不忘。

四、載體創新

科技進步是推動社會進步的基本動力。胡錦濤總書記在全國科學技術大會上的講話指出：「在世界新科技革命推動下，知識在經濟社會發展中的作用日益突出，國民財富的增長和人類生活的改善越來越有賴於知識的積纍和創新。只有創新才能把握先機，才能贏得發展的主動權。」〔註15〕「如果說新技術對歷史學家產生的間接作用是一種使史料更加方便地爲其所用的手段，那麼，它的直接作用，無論對歷史學家的工作及其工作態度，還是對歷史研究組織所產生的影響，從潛在意義上來說，都大得多。其中最重要的使電子計算機技術。」〔註16〕

地方志是信息事業，是各地最權威、系統、全面、豐富、完整的信息庫。應盡可能地採用現代化信息工具，收集、加工、傳播、存儲信息。早在 1995年 8 月 17 日，李鐵映同志《在中國地方志指導小組第二屆第一次會議上的講話》中說，「要嘗試用現代化手段儲存資料，如計算機、磁盤、光盤、錄音帶等。『像』的信息量比『字』的信息量要大得多。要把歷史性的鏡頭保存下來。」科技的進步促進了地方志的發展，首輪修廣播電視志可以明顯的反映出科技進步對志書的影響。首輪編修的廣播電視志出版時間跨度較大，從 90 年代初期開始直到 21 世紀，相比較而言，後期出版的廣播電視志裝幀更加精美、印刷更加精良、用紙更加考究，尤其 2004 年出版的《天津通志‧廣播電視電影志》，率先出版了電子版，以一張 DVD 光盤，收入了《天津通志‧廣播電視電影志》全書的文字和彩頁。

爲滿足不同層次讀者的不同需求，同一部廣播電視志書，應該在版本樣式上多樣化。比如根據載體的不同可以將志書分爲「印刷版」、「光盤版」和「網絡版」；根據內容的不同可分爲「純文字版」、「圖文版」和「影像版」等，下面是各種不同載體種類志書的特點分析：

〔註15〕胡錦濤：《堅持走中國特色自主創新道路 爲建設創新型國家而努力奮鬥——在全國科學技術大會上的講話》，載 2006 年 1 月 10 日《人民日報》，第 2 版。

〔註16〕〔英〕傑弗里‧巴勒克拉夫著，楊豫譯，《當代史學主要趨勢》，北京大學出版社 2006 年 10 月版，第 224 頁。

表四：廣播電視志不同載體特點一覽表

	易讀性	便攜性	易搜索性	形象性	對受眾的要求
純文字印刷版	較好	差	差	差	識字
純文字光盤版	較好	好	好	差	識字、電腦
純文字網絡版	較好		好	差	識字、電腦、網絡
圖文印刷版	好	差	差	較好	識字
圖文光盤版	好	好	好	較好	識字、電腦
圖文網絡版	好		好	較好	識字、電腦、網絡
光盤影像版		好	好	好	識字、電腦
網絡影像版			好	好	識字、電腦、網絡

從目前看，新一輪廣播電視志的編纂，數位化、網絡化、影像化應是其發展和創新的趨勢。

（一）數位化

人類歷史經歷了三次重大的工業革命，創造了新的文明。第一次革命的代表是蒸汽機的誕生，第二次是電的發明，第三次也是最近一次則是計算機的出現。金吾倫先生則認為：「第一次信息技術革命則是由印刷機所導致的，也就是由機械技術應用於信息通訊領域而形成的。……而今，由計算機和通信技術的結合、信息高速公路的建設所發生的第二次信息技術革命，對人類產生的影響將遠比第一次信息技術革命所產生的影響要巨大而深遠得多。」〔註17〕基於計算機的現代信息技術幾乎可以用數字「0」和「1」來描繪任何信息，信息的收集、處理、傳輸和存儲都更加快捷和方便。

過去和首輪修的廣播電視志基本是用紙質文檔存儲在檔案室裏面，人們在查找使用時非常費時，而且存儲檔案所需空間很大，維護起來也不方便，備份更需要大量的人力物力財力。志書數位化就是把紙質文檔通過掃描、錄入等方法，把志書內容輸入到計算機數據庫中，以計算機技術為基礎存儲志書信息。數位化方志的好處是：檢索快捷方便、容易備份、存儲空間小，維護方便、安全。

〔註17〕金吾倫：《信息高速公路與文化發展》，載《中國社會科學》，1997年第1期，第4頁。

以迄今為止唯──部電子版廣播電視志《天津通志‧廣播電視電影志》為例。該志書電子版以 DVD 光盤為載體，主要文件為兩個：志書文字稿，PDF 格式〔註18〕，29.7m，志書彩頁，DVD 格式，834m，加上其他系統文件共計 889m。〔註19〕前者需要安裝自帶的 PDF 安裝文件在電腦上閱讀，後者既可以在安裝了 DVD 光驅的電腦上播放，也可以在 DVD 影碟機上播放。《天津通志‧廣播電視電影志》的「電子版使用說明」介紹了使用方法，讀者可以方便地查閱、檢索、打印志書全部內容。而附在最後的「電子版編輯說明」中則提到：「《天津通志‧廣播電視電影志》電子版在文字版的基礎上，由各有關部門作了近 200 處修正及補充，最後又在附錄中補充了『局（臺）、集團歷年中層領導幹部』一節。電子版頁碼在 1096 頁之前與文字版頁碼相同。」〔註20〕

就廣播電視志反映的內容來看，廣電數位化也是整個廣電行業的一項戰略任務。模擬向數字轉換，是科技發展的必然之勢，是廣電自身發展的必然選擇。國家廣播電影電視總局副局長張海濤同志在總局科技委七屆三次會議上的報告《按照科學發展觀的要求推進「十一五」廣播影視科技創新和事業發展》著重提出：全面推進廣播影視數位化，推動廣播影視升級換代。而且隨著科技的發展，當前書籍的編輯和出版已經全部採用計算機來進行。無論是內容、生產模式還是運作流程，都是以數位化為基礎的。因此廣播電視志出版光盤並不需要額外付出過多的勞動。

（二）網絡化

網絡的發展和普及為地方志工作的拓展提供了重要契機，很多地方已經建立了地方志網站。網絡化既是廣播電視志存在的外在環境，也是廣播電視志發展的趨勢之一。

網絡出版是指「在計算機網絡上利用網絡媒體直接進行組稿、編輯、出版、製作以及銷售等信息發佈和在線交易活動的一種新型出版形式。」〔註21〕

〔註18〕 PDF 全稱 Portable Document Format，是 Adobe 公司開發的電子文件格式。對普通讀者而言，用 PDF 製作的電子書具有紙版書的質感和閱讀效果，可以「逼真地」展現原書的原貌，而顯示大小可任意調節，給讀者提供了個性化的閱讀方式。

〔註19〕 M 就是 MB，兆字節的意思；後文 G 就是 GB，代表千兆字節的意思。1GB＝1024MB。M、G、B 是計算機、通訊行業中的數據計算單位。

〔註20〕 《天津通志‧廣播電影電視志》（電子版），2005 年 8 月。

〔註21〕 謝新洲：《網絡出版面臨的問題與未來走向》，載《傳媒》2005 年 7 月，第 9 頁。

網絡出版以互聯網爲流通渠道，以數字內容爲流通介質，以網上支付爲主要交易手段。隨著科技的進步和社會的發展，當前互聯網出版已經有法可依，據 2002 年 6 月 27 日新聞出版總署、信息產業部公佈的第 17 號令《互聯網出版管理暫行規定》：「互聯網出版，是指互聯網信息服務提供者將自己創作或他人創作的作品經過選擇和編輯加工，登載在互聯網上或者通過互聯網發送到用戶端，供公眾瀏覽、閱讀、使用或者下載的在線傳播行爲。其作品主要包括：（一）已正式出版的圖書、報紙、期刊、音像製品、電子出版物等出版物內容或者在其他媒體上公開發表的作品；（二）經過編輯加工的文學、藝術和自然科學、社會科學、工程技術等方面的作品。」〔註22〕

　　據 2005 年的一項統計表明：「僅有 11 個省，4 個省會城市，2 個計劃單列市有地方志網站，覆蓋率分別爲 32.4％、11.8％、40％。」〔註23〕兩年過去了，有些地方新開通了地方志網站，有的地方志網站卻由於種種原因不再開通。2007 年 1 月 5 日晚，本人就廣播電視志的內容搜索了所有目前已開通的省級地方志網站。結果如下：

表五：全國已開通省級地方志網站一覽表

名　稱	網站名稱	網站地址	收入廣播電視志情況	廣播電視志網址
北京市	京網	www.bjdfz.gov.cn	全文收錄	www.bjdfz.gov.cn/search/markChapterFrameSet.jsp 敘 Identifier=ISBN7-200-06387-8&Period_Diff=&Mark_Name=
內蒙古自治區	內蒙古區情網	www.nmqq.gov.cn	有關廣播電視的內容四項；另有兩條廣播電視志通過驗收和出版的新聞	
吉林省	吉林省情網	www.jlsq.gov.cn	有廣播電視的題目，但無法打開網頁	http://www.jlsq.gov.cn/index1.htm

〔註22〕　《互聯網出版管理暫行規定》。
〔註23〕　章燕華、楊茹：《我國地方志網站建設現狀分析》，載《中國地方志》，2005年第 11 期，第 44 頁。

黑龍江省	中國龍志網	www.zglz.gov.cn	全文收錄	http://www.zglz.gov.cn/trsweb/Search.wct 敘 ChannelID =6964
上海市	上海通	www.shtong.gov.cn	全文收錄	http://www.shtong.gov.cn/node2/node2245/node4510/index.html
浙江省	浙江通志	www.zjol.com.cn/gb/node2/node87411/index.html	無	
安徽省	安徽省地方志首頁	www.ahdfz.gov.cn	全文收錄	http://61.191.16.234:8080/was40/index_sz.jsp 敘 rootid=13416&channelid=53879
福建省	福建省情網資料庫	www.fjsq.gov.cn	全文收錄	http://www.fjsq.gov.cn/ShowBook.asp 敘 BookType=福建省_福建省志&Bookno=79
山東省	山東省情網	www.infobase.gov.cn	全文收錄	http://sd.infobase.gov.cn/shizhi/ztk/a/index.htm#a73
廣東省	廣東省情信息庫	www.gd-info.gov.cn	僅收錄正文，無目錄	www.gd-info.gov.cn
廣西省	廣西通志館	www.gxi.gov.cn/tzg/	無	
貴州省	貴州地方志	http://www.gzgov.gov.cn/gov_dfz/default.asp	全文收錄	http://dfz.gznu.cn:81/tpi/sysasp/cnki/mainframe.asp 敘 dbid=58
陝西省	陝西省地情網	www.sxsdq.cn	無	

（2007 年 1 月 5 日）

　　從上表可以看出，除港澳臺以外，全國共有 13 個省級行政單位開設了地方志網站，占所有 31 個省級行政單位的 41.9%；其中 8 個在網站上全文收入了廣播電視志的內容，占開通地方志網站的 61.5%，占所有省級行政單位的 25.8%。

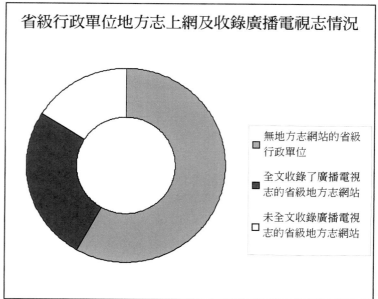

省級行政單位地方志上網及收錄廣播電視志情況

無地方志網站的省級
行政單位

全文收錄了廣播電視
志的省級地方志網站

未全文收錄廣播電視
志的省級地方志網站

（2006 年 12 月）

　　「形成資源不僅僅是地方志工作面臨社會信息化的必然選擇，同時也是
網站提供的主要內容和開展服務的根本。」〔註24〕在所有全文收入了廣播電
視志的網站中，只有安徽省提供了圖片，其餘的僅收錄文字，還有的僅收錄
了正文，沒有目錄等其他信息，更不要說有音頻或者視頻信息。而且，雖然
所有的廣播電視志都是免費向公眾開放，任意瀏覽，但仍不受人關注。（據 2005
年的一項統計，幾個提供訪問統計的省級地方志網站，每天的訪問量都不到
100 人。〔註25〕）由此可見，廣播電視志上網的工作，還有很長的路需要走。
而未來的網絡版廣播電視志，應充分發揮優勢，收入含圖片、版權頁等的所
有信息，並隨著 P2P 技術的應用，提供音頻和視頻服務，更好地為群眾服務，
進而實現地方志網站的可持續發展。

　　（三）影像化

　　就目前的情況而言，國內出版的志書大多以印刷版的形式出現，最多附
以光盤，並以文字和圖片為主，很少有音頻和視頻。大眾對於這種現象已經
習以為常。因為在過去技術水平有限的情況下，人們只能以文字和圖象的方

〔註24〕 章燕華、楊茹：《我國地方志網站建設現狀分析》，載《中國地方志》，2005
　　　　　年第 11 期，第 46 頁。
〔註25〕 章燕華、楊茹：《我國地方志網站建設現狀分析》，載《中國地方志》，2005
　　　　　年第 11 期，第 48 頁。

式來記錄歷史。然而以當前的技術手段看，記錄音頻和視頻已經沒有任何技術上的困難，尤其對於廣播電視志來說，存留史料是其首要功能，這既包括文字史料，更包括音頻和視頻史料。廣播電視志的記載內容和對象是以音頻和視頻為特點的，然而廣播電視志卻仍然以文字和圖片的形式來進行表現，這實在是對資源的浪費和對鮮活史料的漠視！應當也必須在新一輪修志中予以彌補。

當然「文字表述具有確定性、非表象性、條理性、邏輯性、理論性、深刻性和完整性的特點」，〔註26〕但影像的生動性、直觀性、可感性以及易於接受和理解的特點是文字永遠無法超越的。1988 年，海登‧懷特（Hayden White）在《美國歷史學評論》上發表《書寫史學與影視史學》，第一次在西方權威史學雜誌上明確提出「影視史學」的概念，認為影視史學是「以影視的方式傳達歷史以及我們對歷史的見解。」（the representation of history and our thought about it in visual images and filmic discourse.）〔註27〕這是影視史學逐漸被主流歷史學界理解的開始。影視史學的出現更新了傳統史學觀念、拓寬了史學研究的範圍、推動了史學方法的革命。但由於傳統史學研究的強大慣性以及研究和創作影視史學所需要的「一點點」技術基礎，是影視史學始終無法大張旗鼓的進行和研究的原因。影視史學被主流史學界的接受是一個漫長的過程，地方志並不是參與這場爭論的主體，但將寶貴的影像史料進行留存卻是地方志義不容辭的責任。

當前影像的入志基本已不存在技術問題。仍以《天津通志‧廣播電視電影志》電子版為例，該電子版以 DVD 光盤為載體，該電子版的兩個主要文件：志書文字稿和志書彩頁僅分別占 29.7m 和 834m，加上其他系統文件共計889m。然而一般來說，一張 DVD 光盤的標準容量為 4.7G，就是說在這種 DVD 光盤上，還有很大的空間可以使用。而當前主要由索尼公司進行研發的藍光 DVD（Blue－Ray Disk）存儲容量已經可以達到 27G（單面單層），它和它的對手——主要由東芝公司研發的 HD DVD 也以容量高、兼容度好成為未來發展的趨勢。由此來看，隨著技術的發展，光盤版的廣播電視志在存儲等方面也根本不存在任何問題，更不要說以「海量存儲」聞名的網絡了。

〔註26〕 韓同慧：《略論計算機與互聯網時代的年鑒》，載《年鑒信息與研究》2005 年第 6 期，第 8 頁。

〔註27〕 Hayden White, Historiography and Historiophoty, American Historical Review, Vol.93, No.5（December 1988）. pp.1193～1199.

廣播電視的音頻和視頻的史料包括很多，需要認真的鑒別和選用。由於技術的限制，最早期的音頻和視頻資料已經很難找到，而且由於管理制度的不完善，很多資料四處流散。如湖南省播音主持研究會會長、湖南電視臺主任播音員張林芝說：「在頻道上星之前，各種資料都是自己拿著。像一臺晚會結束之後，導演自己就把帶子拿走了，臺裏沒有統一的管理。後來才逐漸好一些，有專人負責收集管理。但人們的資料意識依然很差。」〔註 28〕而且，由於早期的影像史料缺乏，而人們的記錄意識又很差，開展「口述史學」，對參與創建廣播、電視的老廣電人進行訪談，留下影像，是十分必要的。鳳凰衛視 2006 年製作並播出了《口述歷史》節目對中央人民廣播電臺副臺長楊正泉的訪談，留下了老廣播人回憶往事的寶貴影像，值得各地借鑒，充實到影像版廣播電視志中去。而中國國際廣播電臺也曾經錄製了一批有關廣播的影像資料。

另外一種志書影像化的渠道是開發影視產品。「利用志書資料製成電視劇或資料片。採用影視製作手段使志書內容的載體由紙張轉變爲聲象形式是方志史上的創舉。它既是方志內容載體的新形式，又是讀志用志方法的變革。如山東省志辦創作並與省電視臺聯合攝製的 14 集大型歷史紀實系列片《齊魯風雲》，再現了鴉片戰爭後齊魯大地的民主革命和民族戰爭，播出後在社會上引起了廣泛的影響。又如山東肥城縣志辦與電視臺聯合攝製了三集專題記錄片《光明千秋》。福建省晉江市錄製了地方志錄像帶《晉江》向社會發行。此外，不少地方利用方志編寫地情專題，或在電視臺開設講座，或在機關、學校中進行宣講，或在地方報刊雜誌上刊發。」〔註 29〕總而言之，廣播電視志的影像化是未來廣播電視志發展的必經之路，是廣播電視志蓬勃發展，受到廣大群眾歡迎的有效手段。

科技的進步是一柄雙刃劍，在給廣播電視志的編修帶來更大方便以及更多的發展空間的同時，也帶來一些負面影響。最突出的問題就是隨著數位化網絡化而來的版權保護問題。這也是制約所有數字出版領域發展的障礙之一。志書數位化以後，盜版極其容易，複製件與原件一模一樣，而且複製幾乎沒有什麼成本，網絡出版的控制則更加困難。在全國科學技術大會上，溫

〔註 28〕2006 年 11 月 2 日，對湖南省播音主持研究會會長、湖南電視臺總編室主任播音員張林芝的調研訪談記錄。
〔註 29〕楊軍昌《讀志用志試論》，載《中國地方志》1998 年第 2 期，第 48 頁。

家寶總理指出：「保護知識產權，不僅是樹立我國國際信用、擴大國際合作的需要，更是激勵國內自主創新的需要。保護知識產權，就是尊重勞動、尊重知識、尊重人才、尊重創造，就是鼓勵科技創新。」單純從技術上來講，過去打擊非法複製可以主要靠法律來實現；但隨著製作、傳輸、存儲的逐步數位化，使得傳統的版權保護必須加入最新科技的手段。

本章小結

廣播電視志本身就是創新的產物。沒有創新，廣播電視志就不可能有現在的成果；沒有創新，廣播電視志也不會繼續向前發展。創新，要建立在繼承前志的基礎之上。無論怎麼創新，廣播電視志都應立足所要反映的廣播電視志的內容與所處的外在環境。

鑒於當前廣播電視志理論研究的客觀現實，應將廣播電視志的研究納入到漸已成型的廣播電視學理論體系中，促進廣播電視志理論研究和創新，從而進一步的指導廣播電視志編修的實踐。而為了更好地進行編修，廣播電視志在編修過程中應適當的進行體制改革和探索，並在堅持志書特點的基礎上，對內容和表現形式進行進一步的鑽研和推敲。隨著科技的進步和發展，廣播電視志應當充分利用最新的科技手段，利用自身的影像優勢，開發更多種形式的志書產品，使編修方志這個中華民族的優良傳統開出更加絢爛的現代之花。

附　錄

一、訪談

理順體制　聚合力量——訪湖南省廣電局史志辦主任鍾鎮藩

採訪對象：湖南省廣電局史志辦鍾鎮藩主任，王慶華（女）

時間：2006 年 10 月 31 日，周二，15：30～17：00

地點：湖南省廣電中心史志辦

問：鍾主任您好，您是湖南廣電局史志辦主任，能否給我介紹一下目前湖南省廣電方面史志的研究情況？

鍾：史志辦一共 5 個人，在職的都是正式編制，也有退休人員反聘的。局裏對史志的編纂也很關心，給了專門的辦公室、有充足的經費、領導也比較重視。按照計劃，第二輪的廣播電視志本來應在今年年底出版，但由於種種原因拖了下來。

問：是什麼原因？

答：進度沒有掌握好。

問：湖南省第二輪修廣播電視志的上下限分別是什麼時間？字數有多少？

答：78～02 年。上次修志的下限是到了 89 年，這次對 78～89 年這段時間進行補遺、糾錯。計劃 60 萬字。

問：這次修志涉及到非湖南省管轄的內容嗎，比如說中央或國外駐湖南的記者站等等？

答：涉及到了。

問：本輪修志的過程是怎麼樣的？

答：本輪修志是 2003 年 6 月開始啟動的。花了幾個月的時間，大約在 9 月份拿出了全書的大綱。隨後把任務落實到有關各單位，各電視臺、各頻道、各部門領到任務之後，開始分頭找人搜集材料，然後交稿。我們在收到稿子後，對每篇稿子進行審讀，有的很符合規範，就留用，稍作修改；有的稿子水平不高，我們就下大力氣修改，甚至退稿要求重寫。整體來看，進度還是不錯的。

問：各單位參與編寫的人是怎麼構成的？在職的還是退休人員？

答：這個我們沒有做硬性要求，只要能夠按照規定在截稿之前交上就可以。至於是在職人員寫還是退休人員寫的我們不做要求，也沒有統計。有在職的，也有退休反聘的人員，各部門都是當作任務領回去寫的。

問：這些人的水平怎麼樣？有沒有按照編寫志書的要求寫？交上的稿子質量如何？

答：我們在開始編寫的時候曾經開大會進行了培訓，還編寫了非常細緻的要求。主要都是參考志書編寫的理論和實際要求寫的。雖然沒有什麼新的內容，但比較實用，標點符號、體例要求、文體要求等等等等都包含在裏面。所以最後他們提供的稿子整體看也還不錯，應該說有 60％ 以上的稿子是不錯的，其他的也有個別退稿重寫的。

問：對編寫的人員有沒有進行培訓？我們和湖南省史志辦的人有過聯繫和接觸嗎？

答：有啊，一開始的時候就請他們來給我們進行培訓。就是在啟動修志之初，在大綱寫好給各單位各部門派任務的時候，請史志辦的工作人員來給我們講如何編修廣播電視志。

問：史志辦的人瞭解廣播電視志的具體情況嗎？

答：不瞭解。他們完全是從如何編寫地方志的角度來進行培訓。對廣播電視的特點和情況還不瞭解，不過這些編寫地方志的經驗和知識對我們來說是很寶貴的。

問：我們湖南新修的這本廣播電視志與上次相比有什麼不同？有什麼突破之處？

答：首先是時間不同，進行了續修，同時加入了電影的內容，所以這本志書

叫作「廣播影視志」。除此之外，相對於首輪修志而言，這次在內容和體例上也有突破。有的升格，有的降格，有的增加，有的刪除或合併，這都是隨著廣播電視的發展情況而做出的改變，比如說過去在電線杆上的有線廣播是影響最大的，但現在卻快銷聲匿迹了，因此對它就必須降格處理，甚至刪除或合併到其他部分裏去。而合作交流和產業化發展，是可以體現湖南省廣播電視發展的時代特色的東西。因此這兩部分比過去要突出了許多。另外，金鷹節也是湖南乃至全國廣播電視界的一件大事，因此這次我們打算把金鷹節作為一章來單獨寫。這應該是有湖南特色的。

問：那您認為一部好的廣播電視志如何體現時代特色、地方特色和專業特色？

答：主要就是通過內容的不斷更新以及體例的適應來體現，比如上面說的有線廣播、合作交流與產業化管理以及金鷹節等等，對這些內容進行妥善處理，就能夠從內容和形式上體現出時代特色、地方特色和專業特色。

問：地方志被普遍看作具有「資治、存史、教化」的功能。您對廣播電視志的功能和用途怎麼看？

答：我認為，廣播電視志的首要功能是「存史」，主要是為了給後人留下一個詳盡、真實的史料，讓後人有據可查。其他什麼「資治」、「教化」的功能都相對不那麼突出，因為你想想作為一個領導，上任之初會先花力氣讀過去的廣播電視志嗎？我覺得不會，它不是原始意義的地理志，那些可能對瞭解當地氣候變化、風俗民情等有重要的作用，可以對當前的執政或具體工作有指導和借鑒意義，廣播電視志，主要還是用來存史的。尤其現在傳媒發達，信息過剩，人們可以從很多渠道獲取信息，因此，廣播電視志主要還是保存詳盡真實的歷史資料，以供後人查閱。

問：您認為當前大家對廣播電視志的使用情況怎麼樣？

答：如上所述，我想廣播電視志的首要功能就是「存史」，既然是「存史」，那麼主要就是給後人看的，當前大家對廣播電視志如何使用也就不那麼重要了。除此我還想說一點，「不可不認真，也不可太認真」。

問：您覺得在此次編修廣播電視志的過程中，最大的困難和問題是什麼？

答：事業心不夠。人們要把編寫廣播電視志當作一個事業，但這一點人們做得還遠遠不夠。

問：是待遇不好嗎？

答：待遇還不錯，參與編寫的人都要稿費，史志辦編輯們還每月多拿 1 千多

元錢作爲補貼。領導也很重視。我是主編，魏文彬做編委會主任，很重視的。

問：那到底是什麼原因？您不是說各單位提供的稿件水平和整體進度還可以嗎？

答：對，進度還可以，各單位提供的稿件都還可以，但都壓到我們自己人手裏了。我們編輯自己出現了問題，領了任務編不完。如果按照最初兩年的速度，現在早就應該完成了，但就是因爲我們編輯自己不認眞，導致後面的工作無法繼續下去。我和有的編輯早就把手裏的任務完成了，但別的編輯完不成，整個進度就壓下來了，誰也不能繼續往下幹。

問：什麼原因呢？能不能調整編輯隊伍？

答：就是不認眞，每月比別人還多拿一些錢，就是壓著不幹，都是自己選的，別人都寫完了，就個別人弄不完。又不能換人。

問：爲什麼不能換？

答：作爲主編，我沒有調整編輯的權力，只負責統一編輯。我們史志辦是由湖南省廣播電視協會託管的，作爲協會下面四個單位之一（年鑒、每日聲屏雜誌、史志辦、秘書處），我們沒有開會和抓進度的權力，更沒有調整人員的權力。體制不順啊。

問：那您覺得應該怎麼調整？

答：首先，我們這個史志辦應該放在局辦下面，減少中間環節，這樣好開展工作。體制理順了，才能好好工作。不然像現在，領導也重視，我們主要工作人員也很努力，如果按照正常進度，早應該結束了，所以體制理順是最重要的。

問：恩有必要進行經驗總結，對以後的修志工作也有幫助。

答：對，本輪修志之初我們也是進行了經驗總結的，有詳盡的編寫大綱、工作計劃，開始的進度也確實不錯，但沒想到最後卻是自己編輯出了問題。說到底，體制是大問題。

採訪手記

訪問進行了約一個半小時，接受訪問的，除了史志辦主任鍾鎭藩，還有他的同事，一個年紀不到 40 歲的女同志，叫王慶華。由於我對鍾主任的湖南話基本聽不太不懂，因此一開始的交流很不順暢，我幾乎聽不懂他在說什麼。

後來王慶華也來坐下聊天，她是說普通話的，這時交流才好了很多。說到體制問題，王慶華同樣有很大的意見，而且她表示，如果下次修志還讓她參加，她一定會更好地總結經驗，首先解決體制問題。總體來說，我感覺湖南廣播電視志的情況還不錯，領導重視、主要工作人員努力認真、財力支持也有保障，只是由於體制的一點點不順暢，導致最後進度受了影響。而看主要工作人員的狀態和幹勁，我相信在下一次修志時將更加順利。而且，鍾鎮藩和王慶華都很坦率地和我交流，坦誠地對我講內部的問題，絲毫沒有顧忌家醜的問題，這也讓我非常感動。湖南電視臺的節目近幾年來的發展勢頭在全國是最為迅猛的，廣播電視志的編修似乎也受到他們電視節目的影響，正在實事求是、按部就班的努力前行。

耐得寂寞寫春秋──訪湖南省播音主持研究會會長、湖南電視臺總編室張林芝主任播音員

採訪對象：湖南省播音主持研究會會長、湖南電視台總編室張林芝（女）

時間：2006 年 11 月 2 日，周四，08：45～09：45

地點：湖南衛視老臺辦公室

問：您參與了湖南省兩次廣播電視的修志，能否給我介紹一下這方面的情況？

答：我雖然兩次都參與了，但都只參與了其中一部分，你已經採訪了鍾鎮藩老師，他總負責此事，瞭解的情況更全面。我只是就電視播音主持方面給他進行統稿、寫作。是給他「打工」的。

問：在修志的時候是不是也參加過培訓？

答：是啊，就在剛開始的時候，開了一次大會，各縣市、各電臺、電視臺參與修志的人都來參加了。但效果如何不好說，據說有的就退回去重寫了好多遍，

問：您兩次都是集中於一點，編寫電視播音主持的內容，應該說對兩次廣播電視志的不同有更深的體會？

答：恩，兩次廣播電視志確實有很多不同。首先是內容豐富了，過去的內容相對來說比較單薄。因為電視本來時間就短，而且第一輪廣播電視志中，基本上只有新聞播音，還沒有主持人節目，或者說，剛開始有主持人節目，主持人還處在其幼年時期。受客觀條件的限制，當時電視的發展就

那麼個程度。而這次修志反映的是 80 年代之後的情況，正好是電視的大發展期，播音、主持人等也有更多的內容可以反映。第二個不同就是隊伍增加了。湖南電視臺剛剛創辦的時候，一共有兩個組，技術組 13 個人，宣傳組 7 個人。而現在，僅僅湖南衛視就有 70 多個播音員和主持人。而且組織結構也變化了，過去播音員主持人都在總編室下面統一管理，現在則都分到各個欄目中去。

問：這些變化確實很大，看來是隨著社會的發展廣播電視有了長足的進步，而隨之而來的就是廣播電視志的內容更為充實和豐富。這就體現了廣播電視志的時代特色、專業特色和地區特色。

答：確實如此。比如我在記述一個時尚節目的時候，就通過這樣一句話體現了當時的社會情況：「這個節目，受到了剛剛富起來的那部分人的歡迎。」這樣就通過記述電視臺的一個欄目，體現了當時社會的發展狀況。

問：您親身經歷了湖南電視的發展，所以您對過去發生的事情非常熟悉，那麼您在這兩次編寫廣播電視志的時候，資料充足嗎？

答：第一次很不好找。資料全沒了，難度很大。而我們的資料管理制度也不健全，在頻道上星之前，各種資料都是自己拿著。像一臺晚會結束之後，導演自己就把帶子拿走了，臺裏沒有統一的管理。後來才逐漸好一些，有專人負責收集管理。但人們的資料意識依然很差。後來的編纂主要是靠年鑒，因為是當年編的，所以記載的最清楚。後來我們又由臺辦編了一本《每日臺情》，每天出一份，現在有 01～05 年的合訂本，你可以去那裏要，他們的電話是 0731-4801136。

問：這樣的話，以後記載歷史和編寫廣播電視志應該就有基礎了。

答：還不夠，就拿《每日臺情》來說，還有很大的問題。比如說某次重大晚會，第一次彩排第二次彩排都記載的很清楚，然而晚會的名字叫什麼？卻從來不寫，後人怎麼才能知道？比如說《每日臺情》寫中廣協某次大會召開等等，實際上和湖南一點關係沒有，完全是浪費版面。再比如說某次寫某欄目經某某領導審查，獲得好評云云。然而實際情況卻是，後來該欄目由於定位不合適而沒有真正播出，不播出的消息卻沒有在《每日臺情》上反映出來，這就叫讀者產生了疑惑。後人會問，這個欄目到底有沒有播出呢？既然受到了好評，為什麼查節目單卻又查不到？這個問題我曾在大會上專門提出來過。既然是記錄歷史，就應當有歷史意識，

不能只把這個作爲一個簡單的工作，寫下來就完了。這是個大問題。

問：那在您看來，當前編修廣播電視志最大問題是什麼？

答：人們資料意識單薄，只注重當前和明天，從來不想當前和未來要做的事情會變成歷史。沒有記錄歷史和留存資料的意識。比如我寫廣播電視志，問一個去年的事情，當事人就都已經記不清了。所以最大的問題就是人們的資料意識、歷史意識比較差。需要人靜下來，耐得住寂寞，才能編好史志。

問：您覺得編寫廣播電視志的人最需要什麼？

答：細心，要認眞的收集材料；另外就是要耐得住寂寞，編寫廣播電視志很累。像我給鍾鎮藩的稿子，來來回回、前前後後已經改了 13 稿，現在還沒有最終定。但像第一次修志，眞正出版了之後就像對待自己的孩子，怎麼看怎麼喜歡，也是很幸福的。

採訪手記

張林芝，最早出現在湖南電視屏幕上的兩個電視播音員之一。當時從廣播電臺做播音員，滿街都是她的聲音，後來湖南電視臺剛剛成立，她服從組織安排調到電視臺。又伴隨著湖南電視臺的發展而成長。現在的張林芝，是湖南省播音主持研究會會長、湖南電視臺總編室主任播音員，還有一年就正式退休，她的細緻和沈穩，是那個年代優秀播音員的最好代表和體現。現在的她，還以特有的耐心和細密，爲湖南廣播電視志的編修默默地盡著一份心力。

社會變遷與史志的互動──訪上海社科院研究員馬光仁

採訪對象：上海社科院研究員馬光仁（《上海新聞史》、《上海當代新聞史》
　　　　　作者）

時間：2006 年 7 月 24 日，周一，9：00〜11：00

地點：馬光仁家中

問：您對當前新聞史的研究有什麼看法？

答：寫歷史應當是「厚今薄古」，應該更重視比較近的事情。但我們現在的研究卻不是這樣，尤其是《中國新聞通史》，我還是很有點意見的。（起身去房間拿了《中國新聞通史》，翻開第三冊。）你看看，這本我們當前最

爲權威的一本通史，其實就有很大的問題。看起來三冊的厚度好像差不多，但你看這第三冊，有一半是附錄和參考文獻，篇幅差距實際很大。你仔細想想看，1919～1949 這 50 年間和 1949 建國以後到成書之前的這幾十年，時間相差不多，但在書中的篇幅其實是差別很大的，對前 50 年過分重視，而對比較靠近現在的史實卻寫的不夠。而且第三冊（建國後）的體例等也和前面不同，內容比較少，比如只有報刊和廣播，對其他活動寫得不夠。還有一些比較敏感的事實，如王中事件，這在當時是在全國都比較關注的事情，卻在通史中很少有反應，這都是思想比較左的反映。總體來看，通史的安排在分量上是不合理的。

問：我也有這種感覺，而且我發現在當前的一些新聞史當中，名爲「全國」，實際上寫的只是中央的幾個媒體，再加上個別的幾個地方的情況，這其實是名不副實。

答：對。還是拿《通史》舉例，它基本上是跟著政治史走的。但我在寫作《上海新聞史》和《上海當代新聞史》的時候，就十分注重從事實出發，有意識的脫離過去與政治史分不開的情況。如我所起的標題就不是那種「XX 時期的新聞事業」等，而是力求找出這一時期的新聞事業的特徵。當然新聞史和革命史、政治史密切相關，但密切相關並不等於完全等同。學者有責任有任務探索新聞事業發展的本身規律，注意新聞事業的主體意識。

問：請您談談寫作《上海新聞史》和《上海當代新聞史》的情況吧！

答：在寫上海的新聞史過程中，我始終有幾個注意的地方。第一，新聞史力求不與政治史綁在一起，要探求新聞史本身發展的脈絡和規律。比如對解放戰爭時期的新聞事業，通過我的研究和總結，我認爲可以用「兩極新聞事業」來概括，這就從一個側面反映新聞事業自身的發展情況，而不是簡單的等同與政治史、革命史。

第二，力爭完整的表達新聞事業的脈絡，做到有頭有尾。對涉及到的重要的報紙、事件、社團活動等等，都力求找到源頭和結束，每一段時期內都有敘述。

第三，概括新聞事業的各個方面。新聞史不是報刊史，不能因爲報刊的資料好找、報刊的作用明顯就只寫報刊，其他如廣電、通訊社、新聞社團、新聞活動、新聞法制、新聞教育等等各個方面，都力求能夠眞實、

全面地進行反映。

問：您覺得您的這兩部上海新聞史有哪幾方面的特點？

答：第一，史料比較全。力求找到第一手資料，即原件。而佔有資料是最重要也是最花功夫的。比如《上海新聞史》的抗戰部分，1941～1945 年這段時間，通史裏寫的實際比較少，一個地區寫一章，但作爲上海一個地區的新聞史，則可以寫得更充分些。我爲了查敵僞的材料以及軍管的材料等，去了好幾個單位，比如上海和南京的檔案館、文化局、解放日報社、新聞出版局、廣播電臺等，查了他們的資料才寫成。

第二，力求有自己的看法，當然不是在所有的地方都是這樣，但可以舉一個例子。比如南京臨時政府成立不久的「報律三章」事件，在孫中山主持下電令取消，而且對此以前大家也基本都是持否定的態度。但我在書中就提出應實事求是的分析這一「報律」。孫中山當然有他的主張，但實施「報律」其實也是有必要的，因爲：第一，作爲一個新興的政權，立足未穩，爲了穩定政權和進行管理，南京臨時政府發出報律也是情有可原；第二，這個「報律」是內政部頒發的，不是國家大法，只是一個條律而已，並不過分；第三，章太炎就此事所寫的社論，雖紛紛爲他人轉載，但文章本身是有問題的，因爲他並不是不要報律，而是不要南京臨時政府的報律，這是作爲一種政治鬥爭的手段，而且文章中說其他各國都沒有報律，其實也是不符合事實的。又比如，人們對儲安平的《觀察》頗有詬病，認爲他錯誤地批評中共。但從頭到尾把《觀察》讀下來，就會發現儲安平的態度是變化的，在前幾期當中對當時的中共有誤解和批評，隨著時間的推移，他對中共和國民黨兩方面的批評其實是差不多的，而且他反對的主要是暴力革命，而不是針對中共。而且從儲安平的這種變化中，我們可以看出中共統一戰線在新聞出版界的作用和效果。再比如在《上海當代新聞史》中，我對 1957 年《文匯報在一個時間內的資產階級方向》一文也進行了批評和反駁，我自認這一部分比《通史》是寫的好的。

問：您是否參加了上海的修志？對上海修志的情況瞭解嗎？

答：方志是官方的行爲。官方修志，要受到相關各個單位和部門的審查，但即使這樣，也還是有史料上的差錯的。當然作爲一項文化事業，方志還是應該繼續搞下去，畢竟有它獨到的作用。方志修好，也要有一個過程。

但要史家去修志，這可能比較困難，現在我們的修志的情況是讓一部分退下來的老同志去做這個工作，但這些老同志可能寫新聞編新聞是好手，但寫志卻沒有經驗，這是一個長期積累的過程。我沒有參加修志，這是官方組織的行為，他們邀請我參加，我拒絕了。

問：您對史和志的關係是怎麼認識的？

答：志書嗎，當然要符合官方的要求，它是有一套特定的規定的。而史則是史家根據對事實的掌握和認識寫成的，它不應受政治框框的束縛。另外還有一點，就是方志橫排豎寫，按問題寫，一個問題一個問題的寫，這樣不容易看出整體的發展脈絡來。而且方志以敘述事實為主，盡量少的或者不發表議論。

採訪手記

從復旦大學新聞學院黃瑚教授那裏得到馬光仁老師家的電話，撥通號碼，馬老師的聲音從另外一端傳過來。他詳細地告訴我如何從我住的地方坐地鐵到他家，並耐心的重複。還告訴我說，家比較遠，路上一定不要著急。這天早上，我 7 點從復旦大學出發，按照馬老師的指示，先坐出租車到地鐵三號線，然後坐城鐵到終點站，再坐地鐵一號線，最後坐五號線，一路順利，到馬老師家時，還不到 9 點鐘。馬老師已經從上海社科院退休，但閒不住的他在完成《上海新聞史》、《上海當代新聞史》沉甸甸兩大本著作之後，又在新聞傳播領域繼續鑽研、耕耘著。

齊心推動　順利續修——訪上海文新集團高級記者俞松年

採訪對象：上海文新集團俞松年

時間：2006 年 7 月 26 日，周三，09：00～11：00

地點：上海文新集團大廈

問：俞老師您好，能否給我大致介紹一下上海第二輪修新聞志的情況？

答：當前上海新聞志基本已經修完了，現在正處於修改、審看的過程中，把每個部分送交有關單位審看，包括記載涉及的單位和部門以及市史志辦等。預計 10 月份能送到出版社。我們這次修志的上限是從 93 年開始，一直到 2002 年，後面附錄有 2002～2004 年的大事記。市裏有規定，我

們每十年續修一次。

問：此次續修是只寫這十年發生的事情，還是對第一輪的新聞志也進行補充和修改？

答：此次修志只寫這十年的事情，對個別第一輪新聞志中的問題也有所涉及，但主要不是寫以前的，而只是這一段時期內的。

問：這次新修新聞志有何特點？

答：我們這次修的新聞志共有十二編，涉及新聞事業的方方面面，像網絡等新事物也入志作為一編。我認為這次的新修新聞志有以下幾個特點：第一插圖多，不但在前面有彩圖，正文中也有不少有價值的圖片，圖文並茂；第二是交流多，上海的這十年是新聞事業大發展的十年，交流活動很多，我們都如實的進行了反應；第三是寫入了許多重大的新聞界的新聞和事件，比如技術改造等；第四是記錄了許多記者的重大採訪和重大活動，比如採訪各國政要，包括克林頓在上海電臺做節目等；第五是記錄了許多重大版面，如五國首腦會議、APEC 會議等重要事件的版面，當然這也包括一些重大差錯的版面，既要反映成績，也要反映問題嗎，一些出現錯誤的版面也入了志，這是需要一點勇氣的；第六就是重於事實，對事實進行評述，寓觀點於事實中，史論結合，對一些官員的政績的敘述也是本著實事求是的觀點做的。

問：篇幅一共有多少？

答：應該不少於 100 萬字。但這是初稿，經過送審應該會有變化，比如對某些問題的敘述可能還要修改，另外對各章的數量也要有所平衡。

問：您是此次修志的編委會主任，能否介紹一下編委會的組成和工作情況？

答：我是第一次參加修志，其實不大懂，主要是從幹中學。當然這十年發生了不少大事，一定要如實記錄下來。編委會最初一共有 19 人，其中廣電的 9 個，報刊的 10 個，一半是退休人員，一半是在職人員。後來隨著編寫的情況，也進行了一些調整。總體來看，主要是退休的同志們寫。編委會一般一個月一次，開始主要是制定目錄，大家都在一起討論，目錄制定好之後就大家分頭去寫。

問：這些人員都是過去媒體的工作人員，有沒有編史修志的經驗？

答：都沒有。大部分都是過去領導崗位上的同志，高級記者、高級編輯，對寫報導編新聞很在行，但對寫新聞志都沒有經驗，寫出來的東西也有很

多不符合志書的要求，比如描寫什麼的，這都需要後來再修改。

問：有沒有請修志的專家來指導？修志過程中和上海市地方志指導小組有聯繫嗎？

答：有的，我們是在市委宣傳部的領導下工作的，宣傳部有同志是專門搞這個的，我們曾多次請宣傳部專門搞方志工作的同志來講寫作等一些基礎課。邊幹邊學吧。

問：在首輪修志中，上海的新聞志和廣播電視志各出了一本，而此次編委會當中廣電和報紙的幾乎各占一半，是不是此次新聞志當中包含廣播電視的內容？

答：是的。這次上海新聞方面的志就出這一本，不再單獨出廣播電視志了。而且還有一點，即廣播電視部分基本不涉及廣播電視中的綜藝欄目、電視劇等文藝類內容，廣播電視技術的發展也涉及的不多，這主要是出於對「新聞」志理解，新聞志當中不應當涉及文藝類的節目。

問：那廣電集團以外的如民營電視節目製作商等也不涉及？

答：不涉及。

問：這次修志的經費情況怎麼樣？

答：經費主要是宣傳部撥的，主要用來出書、購買辦公用品以及發一點津貼，經費沒有問題，只要打報告，一般都會批。這次修志是宣傳部領導，由上海記協的幾個同志出來牽頭進行的，經費也主要是他們去簽字領回來。

問：您對史和志的關係怎麼看，有區別嗎？

答：志就是史，不過是官修，而且有些特殊的體例上的要求罷了，都是記錄過去發生的事情。

問：我來之前沒有想到上海第二輪新聞志都已經基本修完了，您對首輪新聞志的編修情況瞭解嗎？此次修志和首輪修志有什麼聯繫？

答：我沒有參加首輪修志，所以不太瞭解情況，但此次修志中，我們也吸收了幾位老同志，他們既參加了首輪修志，也參加了此次第二輪的修志，這對我們此次修志是有益處的，一方面他們瞭解上次修志的情況，具有一定經驗，另一方面能結合上次修志的情況對此次修志有所幫助。

問：他們都是誰？我能否去採訪一下他們？

答：好的，一共有三位，廣電方面、文匯報方面、解放日報方面各有一位，他們三位代表三個方面，這樣就能基本掌握所有的情況了。

採訪手記

俞松年是上海第二輪修新聞志的編委會主任。他曾經做過馬達的秘書，從《文匯報》總編輯的崗位上退下來後，現在還兼任一本叫做《市長》的雜誌的總編輯。談話中，不時加入對上海新聞界一些掌故的個人感悟，體現出豐富的知識和過人的見識。

採訪一開始，俞老師一直在說編上海新聞史，後來經我特意提醒詢問才知道，他所說的新聞「史」就是新聞「志」。這也難怪，他認為新聞志就是新聞史了，把志說成史也是順理成章的。首度聽說第二輪修志已經完成，還真是挺驚訝，又聽到過去的新聞志和廣電志合為一體，想也有道理。但再聽說廣電文藝部分併沒有收入，卻本能的感覺異樣。一是因為製播分離已經成為大勢，而這部分正是廣電文藝部分的主體；二來如果以前次訪復旦大學寧樹藩老師的說法來看，以新聞來涵蓋各種媒體，是不是一種倒退？

上海廣播電視的兩輪修志──訪上海電視臺辦公室原副主任，高級政工師石品華

採訪對象：上海電視臺辦公室原副主任，高級政工師石品華

時間：2006 年 7 月 26 日，周三，14：00～16：00

地點：上海上視大廈

問：石老師您好，您參加了上海的兩輪修志，請您大體介紹一下上海修志的情況和感受吧。

答：第一輪修志我也是半路參加的。有一句話說：得志的人不修志，修志的人不得志。這是實際情況。盛世修志，我國的廣播電視事業發展了這麼多年，應該有所記錄，應該重視這個事情。

問：你能談一下首輪修廣播電視志的情況嗎？

答：首輪修志一共花了 8 年時間。但前 4 年總體來看並沒有做很多事情，原因是領導不夠重視，大家也都不夠重視。寫志不是拍腦袋，不能有描寫和形容，要寫實際情況，真實地記錄。我們一些老同志最大的苦惱就是資料缺乏。因為廣播電視方面的資料本身就不好保存下來，尤其是電視，像最早一直就沒有錄像設備，都是直接轉播出去的，後來有了 16 毫米電影膠片，但膠片也不好保存，一直到 71 年以後，引進了日本的錄像設備，

情況才算好一點，但也有很多浪費了，現在不能使用。而且電視的機構組織本身也不健全，它是依附在廣播身上成長起來的。所以現在寫那些時候的事情，只能憑當時經歷過的人的回憶，而且僅憑一個人的回憶還不夠，要聽很多人的回憶，相互比照。而且人們也不夠重視這個事情，有些同志不願意做這個工作，不想認認真真的坐下來回憶。事實也確實如此，如果能集中一定時間，比如三五天或者一個星期，請幾位老同志一起到一個賓館或者療養院裏，集中進行回憶，可能效果就會好很多，但事實上這是做不到的。所以困難很大。

就這樣過了 4 年之後，孫剛來到廣電局做黨委書記，聽到關於廣電志的彙報後說，我來掛帥，然後找來孟平安做編委會主任，這才正式搭起了班子。當時我是代表和負責上海電視臺部分的內容資料收集和撰寫，經過差不多 2 年的時間，寫出初稿，後面各方面的審查和修改補記等又花了差不多 2 年才出版。

問：當時的人員組成是什麼狀況？

答：基本上都是退休的老同志，我也是退休之後參加的。因爲我當時是辦公室的，對各方面的情況比較熟悉，去找資料要材料等等也比較方便，關鍵是人比較熟。其他臺、組的人員也都有。應該說前四年主要是做了一個資料長編的工作，整理了一些卡片等等。

問：修志的普遍情況就是主要由老同志來修。

答：對，確實如此，但這也是沒辦法的事情，在職的人員沒有人願意做，只有退休的老同志，但他們總歸不全面瞭解情況。而且有時候去找材料的時候也容易遇到困難，只能找對各方面比較熟悉的人去。

問：應該借這次修志整理一下臺裏現有的資料吧？

答：沒有。資料仍沒有很好的整理，只是找了需要的材料，其他修志不需要的仍然沒有動。

問：對於廣播電視來說，此次第二輪修志和首輪修志完全不同，您兩次修志都參加了，有什麼意見？

答：這是兩種寫法。第一次修志只寫廣播電視方面的內容，這次把廣播電視放到新聞志當中，都是有道理的，這樣寫也能反映新聞工作的整體的情況。

問：但據說這次修志當中不收廣電文藝方面的情況？

答：對，既然是新聞志，廣電的文藝部分就不應當收在裏面。

問：當前隨著社會的發展，製播分離的趨勢越來越明顯，廣電文藝部分不收會不會是個缺項？

答：既然是新聞志，沒有文藝也是說得過去的，而且社會力量辦的廣電，我們沒有對應的人去負責，管不起來。

問：對修志的體制有什麼看法？

答：關鍵是人。現在的情況是沒有班子，大家都不正兒八經的上班，投入也不夠，自然修不好。沒有聘任就沒有責任。而且領導重視不重視是不一樣的，領導一旦重視，親自掛帥掛職，經常過問，提供經費，編志自然進行得順利。但現在不是這樣，平時不重視，到某個臺5年或者10年慶的時候，才想起來還有一部志書，還有人在搞志。而且編志是滯後的工作，時間過去了之後再編，現任領導入不了志，所以也並不積極。

問：您覺得修志最關鍵的是什麼？

答：關鍵是領導重視。組織要落實，人員要落實，經費要落實。而且業務上要培訓。修志與寫新聞不一樣，要寫來龍去脈，不能形容不能過分描寫，正反人物事情都要入志，不培訓是不行的。我們雖然是搞新聞，搞文字工作，但和寫志還是有很大差別的。要經得起時間的考驗。但總之，最重要的是領導重視，只要領導重視了一切都好辦。

問：您覺得修廣播電視志最大困難是什麼？

答：檔案資料不足。

採訪手記

石品華，曾任上海電視臺辦公室副主任，高級政工師。退休後參與了上海廣播電視志的編纂，此次上海第二輪修新聞志中，他是唯一一位參加了兩次修志的廣播電視方面的人。石老師非常實在，對待工作很嚴謹，要求也比較高，比如自己整理了許多上海電視方面的內容入志，仍認為還有許多沒有入志的內容還有待於進一步梳理等等。

在與石老師談話中，電話響起，是陳進鵬。這個名字我從復旦大學丁淦林老師那裏就聽說過，推薦我去採訪他。這次來文新集團，也曾託新聞研究所的潘玉鵬副所長幫我聯繫過他，但當時據他家里人說陳進鵬老師去醫院了。我原本以為只能下次有機會再來上海時爭取再見了，沒想到在這裏偶然

遇上，我真是暗自高興。石品華、陳進鵬兩位在電話中聊了好久，都是關於本輪修志的內容，比如某些部分的缺項，比如修志的體制和編者的投入程度，比如對質量的擔憂等等。

修志人的思考——訪《上海新聞志》編纂委員會辦公室主任陳進鵬

採訪對象：上海文新集團陳進鵬

時間：2006 年 7 月 27 日，周四，09：30～11：30

地點：上海文新集團大廈

陳進鵬：從字面上看，志就是記，地方志就是地方記。地方志是對一定地域內發展的全面的資料性著述。上海新聞志是 2000 年 12 月出版的，到現在已經 6 年了。從當時的指導思想來看，也就是凡例中所說的，它的作用是什麼，就是記錄歷史、傳播經驗、服務當代、教育後代，同時，在記協的記者輪訓當中也發揮了作用。但怎麼使它更好地發揮作用，是我們一直考慮的，記者也都有這樣的思想，到底有什麼用。這仍然是個問題。這裏我闡述四個要點：

第一，用事實說話和闡述觀點的關係。歷史已經過去了，對歷史上發生的事情有各種觀點和看法。但就新聞志來講，應該用觀點來統一。議的多當然不是志的本來意義，但也不能純用數字，總歸應該有個來統率的東西。新聞志和其他的專志不一樣，新聞有上層建築的性質，而且新聞志也有地域性、時代特徵等，這就必然有觀點在其中。當然新聞事件有很多，比如 56 年的文匯報事件，文革等等，都不好寫，

第二，繼承和創新的關係。無論是基礎和創新，都可以從兩個層面上講，一是內容上，一是形式上。比如總述，我們有創新，即在每編的開頭都加一個概述，這就是對過去體例上的發展嗎；在比如圖片的問題上，我們一共收錄了 206 幅圖，正文中也放了圖，圖文並茂，增強了現代氣息，這也是創新；還有結構上也力求完整全面。

第三，理論與實踐的關係。方志本身體例上是要求的，橫排豎寫。但我們在討論框架的過程中，發現了一些問題，比如好的新聞單位是跨部門的了，這個怎麼辦，怎麼寫，在橫排門類上就有很多重複和相互關聯的情況出現。在比如小說連播，這是新聞嗎，應該放到新聞志裏面嗎？還有一些人物，不

是搞新聞的，也應該放在新聞裏面嗎？我想這都是在實踐中遇到的新問題，需要立足實踐，發展理論。

　　還有一點就是編纂隊伍的建設問題，是專家還是長官。我的意見是，必須由懂行、有責任心、肯貢獻的一個班子來進行編纂。建設一支合格的修志隊伍是很重要的。要充分投入，要肯學習，要講奉獻，要有責任心，遇到意見分歧要大家共同討論，群策群力。

　　其他還有幾個小問題也要說一下。比如新聞事件怎麼理解，我認為，既然是事件，那就應該好的事件壞的事件都有，這才全面。比如停刊了的報紙，是不是就應該有個記錄。還有關於人物入志的問題，很難做到十分嚴格。我們有生不立傳的原則，我們可以以事繫人，可以以圖表和簡介的方式入志。像我們首輪修志時就確定解放前就參加了新聞工作的，和大報的創刊人，都應該入志，其他的不入。但新一輪修志就沒有這麼嚴格了，擴大了入志的範圍，規定凡是具有正高職稱的人都應入志，這就有了問題，比如有了正高職稱的人其實沒有做出特別突出的貢獻的怎麼辦，比如有些雖然做出了突出貢獻但沒有到正高職稱的怎麼辦。我記得去年《人民日報》就曾經刊登了一封讀者來信，專門講「編志不要忘了群眾」。還有經營管理的問題，怎麼入新聞志，像廣告、發行，現在還有股票、子公司等等，有一些涉及到商業秘密，我們只能就以統計局公佈的數字為準。

問：陳老師您好，請您給我介紹一下您知道的首輪修志的編委會是怎麼樣的情況。

答：好的，當時我是編委會主任，一共有 9 個人，文匯報、解放日報、新民晚報每個報社出 3 個人。都是退休的老同志，但是這些人心很齊，把編志作為一項事業，只有很少的報酬，但我們也很認真的幹。

問：當時有沒有進行編志的培訓。

答：有。我們過去都是做新聞工作的，會寫新聞，編稿子，但不會寫歷史。我們寫的有很多是描寫的，形容的，這不行，不符合寫志的要求。因此我們專門請了上海市地方志辦的同志來給我們培訓了幾個月，然後在編志的過程中也隨時請這些專家來指導，幫助。把志寫好。

問：新一輪修志把新聞志和廣播電視志合併在一起，您怎麼看？

答：我覺得不錯，合併起來有好處。比如現在有很多新的事物，像網站就收了進來。過去新聞志和廣播電視志分開的話，網站也不好處理。像新聞

出版局、政府的新聞辦、外宣辦的許多工作也可以納入到新聞志當中，這都名正言順了。當然也還是有些內容沒有收全，但總體來看是好的。

問：您認為新聞志應該怎麼體現專業特色？

答：新聞志應該反映新聞的宣傳報導等內容，如果所有的內容都按照黨的中心工作來寫，只寫政治事件，那不是新聞志，而是黨志了。所以新聞志應該體現新聞自身的情況和發展規律，要寫新聞界的活動，要適當的、簡單的介紹中心工作和任務。當然，新聞是上層建築的一部分，不能完全脫離政治，但也不能單純只介紹政治內容。這才是新聞志應該有的專業特色。

問：您認為新聞志和新聞史有區別嗎？如果有，區別在哪裏？

答：新聞志是有一定要求的歷史，它按照每個事物的發展單獨來寫，但新聞史是按時間順序來總體的寫。新聞志也是記錄歷史的。

問：當前有這麼一種看法，即編修志書比較困難，無論經費還是人力都不足，能否採取招標的方式進行。

答：可能會有難度。招標的話，誰來招標，經費從哪裏來，資料收集怎麼做。因為資料大部分還是集中在這些有關單位內部的，如果還是這些人來做，就沒有招標的必要，如果是這些單位以外的人，搜集整理材料可能就會很有難度。

問：《上海通志》已經出版，其中新聞的部分也是單獨成冊，這方面的情況您瞭解嗎？

答：我瞭解，《上海新聞志》和《上海通志》當中的新聞部分都是我們承擔來做的。兩者內容一致，是同時編寫的，只不過是篇幅不同。當時我們有一個編寫的同志專門負責這個事情，就是把修好的《上海新聞志》進行縮編而成，沒有什麼新內容。

採訪手記

電話聯繫了陳進鵬老師，原來他現在還在文新集團的老幹部處工作，每周到辦公室幾天。於是約到周四上午 9 點半在辦公室見。一出電梯，就看到一位瘦瘦的老人等在門口，原來是陳老師怕我找不到地方，特意在門口等我。來到會客室，陳老師給我倒上一杯茶，開始說：昨天你說要來採訪我有關修新聞志的事情，我大體思考、準備了一下。這樣，我先給你介紹情況，然後

有什麼問題，你再補充問。我看到他手旁放著的好幾頁紙，既有打印的，也有密密麻麻手寫的，十分感動。這眞是一位認眞的老人。開頭的幾段就是我摘要記下的他所總結的內容。

學界前輩的憂思──訪復旦大學新聞學院教授寧樹藩

採訪對象：復旦大學新聞學院教授寧樹藩

時間：2006 年 7 月 24 日，周一，15：00～17：00

地點：寧樹藩老師家中

問：寧老師，請您給我們介紹一下您主持的「地區比較新聞史」課題的情況吧。

答：現在初稿已經差不多了，但還在寫和修改，有很多地方我自己還不滿意，有許多地方要等完全想清楚了再寫。我的總的思路是，寫歷史要「時空結合」。既要有時間觀念，也要有空間觀念，體現地區特點和地方特色。規律沒有地區的界限，但表現是不同的，我們要從不同的表現中尋找共同的規律。比如說廣西，其軍閥分爲不同的幾派，報紙也分爲幾派，是不同的；四川同樣軍閥混戰，報紙也各有各的特點。再比如文革期間，北京的大學生是主力，而上海的主力卻在出版社等社會單位中，這些不同是怎麼產生的，原因何在，對後來事態的發展是否起到了不同的作用，都值得研究。在比較中可以看出問題和不同。尤其是上海和北京新聞業的不同，是很有意思的，這一部分我正在想，我還沒有完全想清楚，比如三十年代，爲什麼上海是當時的文化中心，爲什麼不是北京、廣州？或許這與租界的發展、工商業的發展有關係吧，這就不能只從新聞的角度看問題，必須結合當時整個大的背景，如政治、經濟、文化等大的環境來看來分析。比如北洋軍閥對北京的控制，政黨的分化導致了報紙的分化。再對比周邊環境，北京的周邊相對比較貧窮落後，上海則受到江浙勢力的影響，工商業比較發達，這與新聞業的發展都是有關係的。當然，我們要以新聞爲主體，以新聞業爲主線，系統的整理和比較。現在我們的研究狀況是把新聞打成碎片，以政治爲主線串起來，包括我參與主編的《中國新聞通史》，都有這個問題，這是不好的。

問：我的畢業論文打算以新聞志（包括廣播電視志）爲主要研究對象，以上

海的情況為重點和案例，您有什麼建議嗎？

答：如果你有興趣能對新修方志進行總結當然好。20 多年來，全國各地出版了許多新聞志，你要對地方志做一總結研究的話，一定要多看地方志嘍，必須掌握佔有全國大部分的新聞志，並仔細的閱讀，然後對其問題和成績進行總結。如果要寫上海新聞史，那就要以新的思維方式來寫上海新聞史。

問：您對上海新聞志有瞭解嗎？

答：現在的新聞志是有問題的。主要體現在缺項，就是內容不全。我們現在編的志當中，還是以革命的報紙為主，思想比較左，雖然比過去好一點了，但還是左。如福建新聞志，連抗戰期間汪偽日偽的報紙都不講。上海的新聞志當中也是沒有汪偽的報紙。這是志書，是記錄歷史的，不是宣傳的。

問：您看了全國許多地方的新聞志，覺得哪些地方的新聞志比較好？

答：四川新聞志比較好。另外還有一點，對當前我們整個新聞學科都有衝擊，這是新聞業界的人提出的問題，就是新聞學這個名稱不夠科學，將來應該讓位於更科學的名稱。你看重慶等地編的就是報業志、廣播電視志等等，而不是籠統的新聞志。因為說新聞志是有問題的，文藝部分算不算？經營廣告部分算不算？還有互聯網出來了之後還算不算？這都是隨著實踐的發展出現的新問題。所以我的觀點是，以後不要提新聞學科了，應該改為報學、廣播電視學、出版學、廣告學、媒體經營學等等，這樣都有自己的研究範圍和框架，而不用新聞學來統一。

問：對。現在各地修新聞志就有很多分為報業志、廣播電視志、出版志等等，有利於分別記述。您覺得現在新聞志的使用情況怎麼樣？我感覺很多人不重視志書，費了很大經歷編修出來之後，卻很少有人能真正的利用它。

答：新聞志是有好處的，是有貢獻的，現在人們很少用是因為學風有問題！不夠紮實！當然我們在用的過程中能發現它有各種各樣的問題，但這決不是人們不用它的理由。歸根結底是學風問題。

採訪手記：

下午 2 點 45 分，我和西北大學的王曉梅老師一起敲開了寧老師的家門。寧老師滿頭銀髮，紅光滿面，十分熱情地把我們讓到客廳，倒水，寒暄。寧老師是安徽人，說話中很愛激動，說到興奮處，身子從沙發中挺立起來，語

速增快，我幾乎聽不懂他在說什麼了。

　　寧老師一直在做一個地區比較新聞史的課題。作爲中國新聞史研究的老前輩，他以 80 多歲的高齡仍然堅持探索，實在令我們這些後輩汗顏。我也一直期待著寧老師有關研究成果的問世。

從上海經驗到編修理論——訪上海市地方志辦公室方志處處長、上海市地方史志學會秘書長梅森

　　採訪對象：上海市地方志辦公室方志處處長、上海市地方史志學會秘書長梅森

　　時間：2006 年 7 月 27 日，周四，14：30～15：30

　　地點：上海市地方志辦公室澳門大廈四層

問：請您介紹一下上海修志的情況吧

答：根據上海的實際，市地方志編委會及辦公室把上海新方志的編修規劃概括爲「一綱三目」，即一部《上海通志》統率下的「上海市縣志系列叢刊」、「上海市區志系列叢刊」、「上海市專志系列叢刊」，縣志 10 部、區志 12 部、專志 110 餘部。作爲上海方志工作的主體工程的《上海通志》，自 1994 年市政府批准篇目大綱和編纂方案後開始實施，至今已經出版。除「一綱三目」規劃內的志書外，各區、縣方志機構還編纂了許多鄉鎮志和專業小志。在 1993 年、1997 年兩次全國新編地方志評獎中，本市有 8 部志書分獲一、二等獎。1996 年起，市地方志辦公室開始編輯《上海年鑒》爲各級黨委、政府和社會各界瞭解社會最新信息提供了便利，受到社會各界的重視和好評。

問：上海新聞志、廣播電視志在全國新聞志當中都比較優秀，這方面的情況您瞭解多少？

答：我想這有兩個方面的原因，一是由於上海新聞業自身具備一些特點，比如 30 年代是當時全國的文化中心，新聞業比較發達；另外一點呢則是我們編志的同志認眞負責，能夠如實地編寫，這兩個原因在一起才使得上海新聞志、廣播電視志比較不錯。

問：據說上海新聞志要十年一次續修，目前續修工作進展順利，已經到了要收尾的階段？

答：我們決定，專業志每十年進行續修，不僅是新聞志十年續修，其他的專業志也是每十年進行續修。國家規定每二十年續修一次，而我們這樣做的目的主要是希望爭取修志班子不散，積纍一些經驗，提高修志水平。但是現在修志的體制還沒有理順，從中央到地方都是這樣，指導小組是在社科院下面的，沒有行政指令的功能，而地方各界修志也沒有編制，隊伍無法穩定下來。至於新聞志已經要續修完的情況，我不瞭解。

問：您提到新聞志的體制問題，我想問的是現在編志的基本都是些老同志，他們都是從本行業中退休下來後才開始做的，雖然對這個行業比較瞭解，但缺乏修志的知識，並沒有接受過修志的專業訓練，這個問題您怎麼看？

答：這是個現實的問題。年輕人、在職工作的人往往不願意做修志的工作，但退休下來的老同志們往往積極性很高，這個積極性是要保護的，不能因為缺乏修志的知識就不用他們。而且我們規定，每個大的單位、部門，都應有專人負責資料的收集和積纍，在修志的時候就能夠提供出相應的材料，但這個人是在職的還是退休反聘的我們就不便規定的過於細了，所以還是老同志居多。他們瞭解本單位的情況，熱愛自己的工作，有熱情很高，有積極性，這是他們的優勢，至於缺乏修志知識的問題，我們只能採取短期培訓班和現場指導的方法解決，每個專業志在編修的時候我們都去做培訓，講解有關知識，提高他們的修志水平，並保持聯繫，保證修志的質量。

問：浙江大學倉修良教授認為，新修志書質量不高的原因主要有兩個，一是經驗不足，二是受左的影響，您怎麼看？

答：倉修良教授是方志界著名的教授，他對方志史以及有關理論的貢獻是非常突出的，這一點大家都公認。但僅有歷史學方面的知識是不夠的，在實踐中有許多的問題不是僅憑一些歷史學理論就能解決的。他的有關史學評論是從理論出發，而具體到某一部具體志書，往往涉及到編纂的情況、檔案的保存情況等多種因素的制約。他說的第一個問題經驗不足，是需要時間積纍的，我們規定十年而不是二十年進行續修，就部分出於這方面的考慮，使班子不散，有些經驗可以積纍下來。至於第二個問題，主要是指有些敏感問題不好處理，像反右、大躍進、文革、六四等，這都是客觀存在。修志本來就是這樣，時近人近，很難做到超脫，人說百

年治史，這麼近的史實無法沉澱下來，能否秉筆直書不僅是左的問題，出現各種問題也是難免。這些問題我們也注意到了，雖然說方志要正面反面的事情都要記述，但人們更喜歡從正面來記述。比如一個污染環境的問題，並不寫環境污染的怎麼樣，而是寫治理污染取得了什麼樣的成績，這就是寫法的問題了。

還有其他的一些修志方面的問題，我認為也要實事求是的從實際出發來看。比如說方志就是一種資料性的文獻，如果每條文獻都要注明出處的話，那將注不勝注；而有關藝文志的提出，雖然是很好的思路，但在有些地方卻不適用，學者也沒有提供出好的解決方法。

問：上海修志一直走在全國的前面，歷屆上海市領導都對修志十分重視，我想問問經費如何，還有數位化的情況。

答：確實如此，上海市領導一直對上海的修志工作很重視，也很支持。應該說我們的經費是沒有什麼大問題的，作為專業志來說，一般都是由行業的大單位負責，從編制到經費都是他們出，一般沒什麼問題。我們史志辦有個網站，現在訪問量很大。一方面是因為上海這個地方比較受全國乃至全世界的關注，人們會從網上查一些內容，另一方面也是因為我們這個網站辦的還不錯，內容更新快，而且我們出版的所有方志都錄入了，很方便查詢。

問：上海用志的情況怎麼樣？

答：楊浦區就是一個很好的實例。隨著改革開放的逐步深入，經濟體制逐步從計劃經濟向社會主義市場經濟轉變，楊浦區內國營工廠進行產業結構調整，大批工廠關停並轉，二十多萬工人下崗再就業。1997 年區委、區政府提出了「退二進三」（退第二產業、進第三產業）的方針。楊浦區是全市最大的工業區，工業的改革對社會影響極大。區志辦於 1997 年底對區內紡織工業最集中的平涼路街道的 17 家紡織業工廠進行調查，以 1990 年楊浦區志的資料為基礎，對照 1997 年底的調查資料，寫出了一份資料翔實的調查報告，並對工人下崗的政策和「退二進三」的方針提出了建議。這個建議反映了楊浦的區情，引起區領導的重視，在 2000 年的區委總體發展思路上，已把「退二進三」改為「二三並舉」

採訪手記

給中國地方志指導小組的高延軍主任打了一個電話，就非常冒昧地闖進

了上海市地方志辦公室。經人介紹，找到了梅森編審。他是上海市地方志辦公室方志處處長，上海市地方史志學會秘書長，《上海志鑒》雜誌副主編，《上海研究論叢》編輯部負責人。這位和藹的處長是個學者型官員，之前多次在《中國地方志》等雜誌上看到他的理論文章，而且很受啓發，他的《方志學簡論》更是方志界難得的幾部既重視理論生發於實踐的著作。這次面對面的採訪，給我的研究帶來了很多新鮮的東西。

修良志　利千秋——訪《中國地方志》雜誌原主編諸葛計

採訪對象：《中國地方志》雜誌原主編諸葛計

時間：2007 年 2 月 8 日 10：15～11：45

地點：諸葛計家中

問：您在地方志指導小組擔任領導職務時，曾經參加過幾次中廣協史研會組織的廣播電視史志研討會，對廣播電視志及其編修有一定的瞭解，從整體上看，您對廣播電視志有什麼感受？

答：我沒有退休以前，參加過多次廣播電視史志研討會，也在中國廣播電視協會組織的著作評獎中擔任過評委。首先，廣播電視志開創了新的志種，這一點在方志史上有比較重要的意義。第二，就我所看，廣播電視志與其他志種相比，更具有特色，成績比較顯著，這都是經過人們在實踐中不斷的摸索以及經驗的不斷積纍中形成的，在短時間內能形成這樣的成績，是值得人們高興的。第三，我認爲廣播電視志普遍「立意」比較高。我是學歷史的，偏重於材料。方志本身就是一種材料書，但又不是純材料，重義（主旨）不重例（體例），廣播電視志在這一點上從開始就是很明確的。很多舊志是層次不齊的，新志編修時肯定要借鑒，有時反而跳不出舊志的框子，水平不高；而廣播電視沒有舊志，所以沒有包袱，完全白手起家，這一點是優越於其他志種的。尤其廣播電視志所反映的內容，廣播從一開始誕生就在夾縫中頑強地生存，所以必須有堅強的性格才能夠發展。而這一點更能體現志書在和平時期的作用：教育作用以及維持秩序的功能。比如黃鶯，保定人，在日本人的飛機在頭上轟炸時，依然堅持播音，後來專門有一部作品反映她的事迹，叫作《夜鶯之歌》，這樣的事情很多，都能起到很好的教育人的作用。

問：您能否談一下當前整個修志的狀況？

答：當前已經進入第二輪修志。以分析的實事求是的態度看，當前修志人員水平參差不齊，這與領導的重視有直接關係。這是總的看法。

問：剛才談到廣播電視志的教育作用，我們知道首輪修志總結出「資治、存史、教化」的作用。在我看來，不同的志書在不同的階段所起到的功能是不同的，就廣播電視志而言，是否可以認為其作用按順序依次是「存史、教化、資治」？

答：有關「資治、存史、教化」這幾個功能，分主次是比較難的，因為在不同時期有不同的情況。古時的方志是最重視「資治」的，地方官上任伊時都要看當地的志書，因為上面有當地的山水、地理、民俗等各種情況，對其執政是有很重要的作用的。而在當前這個大一統的狀況下，一般都是中央一個文件，下面依令而行，很少能真正從地方特色出發制訂政策。而從另外一個角度說，存史做的好，自然就能起到教化的作用，兩者其實是不可分割的。而具體到廣播電視志而言，廣播電視本身就有社會教育的作用，從某種意義上是教育工具，因此廣播電視志的教育作用是更為直接和突出的。

問：當前有些志書是修全國「一統志」的，能介紹一下這方面的情況嗎？

答：所謂全國「一統志」就是全國統起來，全國統編，如煙草、鐵道、民航、石油、交通等，都有自己的「一統志」。我的意見是，只要有條件的，應該修「一統志」。當前人們對修志重視程度差得多的多，這與對自己的歷史傳統不重視有直接的關係，當前很多社會問題都與此有關。應以政府的法定文件的形式，修「一統志」，這樣做的好處是能夠去處漏洞、死角，解決志書水平參差不齊的問題。

歷史上只有幾部「一統志」，主要是條件不允許。當前我們經濟上有了實力，既要修路架橋，也要重視自己的歷史。修一座橋，蓋一座樓，可能只能留存 30 年 50 年，而修一部好的志書，則能永久的留在歷史上，為後人所用。而且當前修志有許多便利之處，20 年到 30 年左右的事情還有許多資料，甚至還有當事人，如果不用起來都是資源的浪費。從我個人的感覺，第二輪修志比首輪差，無論是修志人的責任感還是敬業程度，都不如首輪。現在的人沒有以前人的樸實、老實、踏實，修志就是一項任務而已，心思都在陞官發財上。

問：我國地方志立法問題您有什麼看法？

答：過去很多年，我國修志一直沒有一部法律，一直以「意見」以及「暫行」等面貌出現，最新出臺的《規定》，是國務院總理令的形式簽發，級別和效力還應該更高些。事實證明，哪個地方修志立法了，哪個地方修志水平就高，修志工作開展就順利。

問：談到修志體制問題，您覺得招標這個方式怎麼樣？另外您認爲體制改革最重要的核心是什麼？

答：作爲一地修志來說，招標的方式並不可取，因爲一部方志包含的內容太廣了，很難保證修出的志書符合內容、材料、體例等各方面的要求。就規模比較小的專業志來說，可以試試，但並不樂觀，因爲很難保證投標者是不是看中了錢或者什麼項目的。還是應當通過組織形式進行各方面保證。

所謂體制改革，就是要理順關係，中央要重視，通過立法等手段保證修志事業。關鍵問題就是地方志指導小組的歸屬問題。現在地方志指導小組由社科院託管，這在與各地接洽時非常不方便，既不對口，又沒有任何行政力量。作爲一部官書而言，沒有行政力量，基本是寸步難行。

問：那應該放在哪裏？中宣部？文化部？

答：中宣部不合適，能量太大，管得也太多。如果受中宣部直接管轄很可能要受宣傳口徑的影響，不利於存史。1958 到 1962 年我國曾經正式修了40 幾部志書，在這方面就有很大問題。根據我國的行政部門規劃，文化部也不合適。最合適的應當是在國史館，這樣才名正言順，或者放在國家檔案館也可以。

問：通過我在各地的採訪，人們認爲當前修志比以前好多了，尤其在收集材料方面，由於很多地方都修了自己的「年鑒」，可以向「年鑒」要材料，不像首輪修志那樣，完完全全都要從頭開始，通過採訪等收集材料。

答：志就是史，史就是提供鑒，志和年鑒是不可分割的。這種做法有其可取之處，但明顯的問題是「年鑒」時間太短，沉澱不夠，資料上會有問題的，所以完全依靠這種問題是不可取的。

問：有關續志，當前也有不同意見，您也曾提出「修續志」和「續修志」的

差別。而當前在實踐中，人們更多的是修斷代志，您能具體談談嗎？

答：修通志與修斷代志的不同，關鍵在於人們對志書的認識不同。志書不是策論，對於不同的材料，在不同的時期人們的觀點是不同的。經過一段時間，材料有了沉澱，人們對材料的認識也有了深化，因此我認為，修斷代志是不得已的偷懶的辦法，如果有條件，還是應當修通志。

問：編修有什麼大問題？

答：第一輪修志普遍有大缺口：土改、抗日、文革以及大躍進等。這一點我在各地的講課中都反覆提。以抗日為例，一是對國民黨軍隊的正確評價不夠，人們以為就是小米加步槍贏得了勝利，實際上只是起到了牽製作用。這一點在 2005 年紀念抗日戰爭勝利 60 週年時，胡總書記的講話也體現了這一精神。而且人們在記述抗日戰爭時，很多篇幅記載了日軍暴行，對人們的自發抗戰以及民族感情記載太少，這在將來的人們看來會感到很不理解的。

問：對方志進行研究的情況？

答：對方志的研究與編修應當是並行不悖的，但實際上人們對研究並不太重視。人們都是完成任務了事情，並沒有什麼理論準備。

問：體制問題？

答：主要就是地方志指導小組的掛靠關係問題。

採訪手記

諸葛計先生曾長期擔任地方志期刊最權威的期刊《中國地方志》主編，對首輪修志的情況有高屋建瓴的把握。我最早瞭解諸葛計先生，是通過他的《中國方志五十年史事錄》。這本編年體著作給貿然闖入廣播電視志這個領域的我非常大的幫助，它讓我詳細瞭解了新中國成立以來地方志發展的詳細脈絡，給我的腦海中留下了非常深刻的印象。與諸葛計先生的訪談是在一個陽光很好的早晨，在寬大的沙發上，清瘦高大的諸葛計先生把他對地方志的看法和觀點向我——道來，要不是時鐘指向中午 12 點鐘，我實在想與這位和善而又嚴謹認真的老人繼續多聊一會。

二、評論

《北京志・新聞出版廣播電視卷・廣播電視志》

一、基本情況和內容

《北京志・新聞出版廣播電視卷・廣播電視志》由北京出版社 2006 年 6 月出版，95 萬字。記述了從民國時期北京廣播電臺的創始及沿革，重點是中華人民共和國成立後，首都北京地區的國家、直轄市和市屬京郊區縣廣播電臺（站）、電視臺（站）的興建和廣播電視事業的發展狀況，下限爲 1993 年，並附錄有 1994 年至 2003 年北京廣播電視發展概要。全志分廣播、電視、管理三篇，21 章，94 節。

中國地方志編修事業的歷史源遠流長。新中國成立以來，黨和政府一直十分重視地方志的工作。1954 年 9 月，在第一屆全國人民代表大會第一次會議期間，郭沫若、馬寅初等著名學者和山東省代表、山東省教育廳副廳長王祝晨等，建議「早早編修地方志」。在毛澤東主席的親自關懷和倡導、周恩來總理的直接支持與指導下，1956 年，編修地方志的任務爲 20 個重點項目之一被列入了國務院科學規劃委員會制定的《十二年哲學社會科學規劃方案》。爲了避免各地修志各自爲政，由中國科學院哲學社會科學部和國家檔案局在當年聯合成立了中國地方志小組，這是統一指導全國修志活動的專門機構。據國家檔案局統計，到 1960 年全國有 20 多個省、市、自治區的 530 多個縣，開展了新編地方志工作，其中完成志書初稿的有 250 多個縣，正式出版的有 30 多部。

新方志的編纂是隨著新中國政治形勢的逐漸穩定和國民經濟的逐步恢復好轉開展起來的，編修廣播電視志則是有史以來的第一次。在這段時間裏，廣播正在通過有線、無線等各種方式逐步普及，電視則剛剛出現，基本上是由廣播部門代管的。因此，在這段時期廣播電視還沒有單獨形成志書的條件。有些地方志中包含了廣播方面的內容，而電視則基本沒有涉及到。比較早收入廣播方面內容的志書是北京和甘肅。北京市於 1958 年開始修市志，其中之地質、植物（上冊）、郵電、航空、林業、財政金融、歷史、人物傳、自然地理、氣候、市政建設、新聞、報刊、廣播、戲劇、電影、工藝美術、文物、音樂、宗教、風俗習慣等 21 篇完成。」〔註1〕

〔註 1〕巴兆祥著《方志學新論》，學林出版社 2004 年 6 月版，第 206 頁。

二、主要優點

《北京志・新聞出版廣播電視卷・廣播電視志》以馬列主義、毛澤東思想、鄧小平理論爲指導，堅持辯證唯物主義與歷史唯物主義觀點，實事求是地記述北京廣播電視的歷史和現狀。本志資料翔實，內容全面，體例合理，脈絡清晰，突出了首都特點、時代特點和專業特點。語言樸實簡潔流暢，裝幀印刷大方得體。

本志書的特色主要在於收錄了中央與地方的廣播電視情況，這也是本志書所作地域自身所具備特點和要求。北京最早的無線廣播電臺於 1927 年創辦，中華人們共和國成立後，北京作爲全國的首都，不僅建設和發展了國家級的無線有線廣播電臺、電視臺，還建設發展了市級及市屬區縣級的無線、有線廣播電臺、電視臺。北京的廣播電視事業，在全國廣播電視發展中處於核心地位和領先優勢，也是全國廣播電視發展的縮影和窗口。本志書就很好地把握了這一特點，較好地反映了這些情況。

三、缺點及不足

（一）概念不清

《北京志・新聞出版廣播電視卷・廣播電視志》存在概念不清的常識性錯誤。如在介紹中央人民廣播電臺時，提到其前身延安新華廣播電臺於 1940 年創建之後，「英文臺名 XNCR」。〔註2〕實際上，這裏編者犯了常識性的錯誤，XNCR 是該臺的「呼號」，而不是「英文臺名」。這種基本概念的模糊不清，嚴重影響了志書的質量。

（二）內容不夠豐富

本志以 95 萬多字的篇幅，記述了在北京的廣播電視發展的情況，內容不可謂不豐富，但作爲首都的志書，涉及到中央及地方廣播電視的情況，本志似乎還應記載的更加豐富和全面。比如沒有收錄相關重要的人物，是一個缺憾；沒有大事記，也是重要的不足；另外，如能將部分重要文件等收錄到志書中，作爲附錄備查，將能更好地起到存史的作用。

〔註2〕　《北京志・新聞出版廣播電視卷・廣播電視志》，北京出版社 2006 年 6 月版，第 29 頁。

《天津通志・廣播電視電影志》簡評

一、基本內容

《天津通志・廣播電視電影志》，2004年由天津社會科學院出版社出版。全書200萬字，分12大部分，9篇，54章，294節，另有彩頁48頁，200多張圖片。文字記載內容上起1924年，下限爲2003年。

《天津通志・廣播電視電影志》是全國第一部把廣播電視和電影合編到一起的廣播電視電影志書。記載內容既包括廣播電視，也包括電影。這是隨著國家廣播電影電視主管部門的管轄範圍的調整及其他一系列改革而出現的新情況。

二、主要優點

《天津通志・廣播電視電影志》以馬列主義、毛澤東思想、鄧小平理論和「三個代表」重要思想爲指導，堅持實事求是的思想路線。本志資料豐富，內容全面，體例合理，脈絡清晰，專業特點突出，圖表設計運用合理，語言流暢，有較強的可讀性，裝幀印刷大方得體。

《天津通志・廣播電視電影志》在全國同類志書中首次將「區縣及企事業廣播電視」單列爲一篇，將「中央人民廣播電臺及中國國際廣播電臺駐天津記者站」單列爲一章。

總的來看，當前所有出版的各級廣播電視志，對「宜粗不宜細」的理解有很大不同，對上某些政治敏感問題的記述方式也有不同。「歷次政治運動都是特定條件下的重大歷史事件，它涵蓋的內容多、持續時間長、鬥爭激烈複雜，對國家的政治、經濟、思想文化、社會生活都有深刻的影響，不寫清楚主要政治運動的情況，就不能說清楚這個時期的歷史和社會的變遷。」〔註3〕當然，廣播電視志不是政治志，對有關政治運動應結合廣播電視本身的特點，以及對廣播電視本身的影響來記述。以對反右派鬥爭情況的記述爲例，各地情況不一。總得來看，只有雲南、吉林、新疆、福建、江西、江蘇、上海、陝西、湖南、黑龍江、天津以及四川、青海、湖北等記述了反右派鬥爭的情況。天津的記載比較實事求是，甚至直接記述當地有多少名錯劃右派以及何時平反，列出了錯劃爲右派的名單。這在同類志書中，是特點比較突出的。

〔註3〕中國地方志指導小組辦公室編：《新方志糾錯百例》，方志出版社2003年9月版，第232頁。

　　《天津通志・廣播電視電影志》「人物」篇也較有特色，該篇下設四章：「人物傳」、「人物簡介」、「專業技術人員名表」、「黨代會代表、人大代表、政協委員及先進、模範人物名錄」，是目前同類志書中人物所佔比重最大的一部志書。

　　《天津通志・廣播電視電影志》是目前同類志書中最早也是唯一出版電子版的，以一張 DVD 光盤，收入了《天津通志・廣播電視電影志》全書的文字和彩頁。該志書電子版以 DVD 光盤爲載體，主要文件爲兩個：志書文字稿，PDF 格式〔註4〕，29.7m，志書彩頁，DVD 格式，834m，加上其他系統文件共計 889m。〔註5〕前者需要安裝自帶的 PDF 安裝文件在電腦上閱讀，後者既可以在安裝了 DVD 光驅的電腦上播放，也可以在 DVD 影碟機上播放。其「電子版使用說明」介紹了使用方法，讀者可以方便地查閱、檢索、打印志書全部內容。而附在最後的「電子版編輯說明」中則提到：「《天津通志・廣播電視電影志》電子版在文字版的基礎上，由各有關部門作了近 200 處修正及補充，最後又在附錄中補充了『局（臺）、集團歷年中層領導幹部』一節。電子版頁碼在 1096 頁之前與文字版頁碼相同。」〔註6〕

三、主要不足

（一）篇幅過大

　　《天津通志・廣播電視電影志》是目前同類志書中篇幅最大的，這一方面因爲本志中首次加入了電影的內容，字數必然相應增加；另一方面，篇幅加大也更能清楚地記述有關情況。然而，篇幅過大也容易產生相應問題，尤其是難以搬運及查閱等，雖然該志出版了電子版方便查閱。但電子版畢竟不如印刷版閱讀起來方便，還存在其他計算機等技術方面的要求。

（二）稱謂不一致

　　《天津通志・廣播電視電影志》中還存在一些稱謂表述不清的問題。比如在「大事記略」中，在括號中注明將「天津人民廣播電臺」簡稱爲「天津

〔註4〕 PDF 全稱 Portable Document Format，是 Adobe 公司開發的電子文件格式。對普通讀者而言，用 PDF 製作的電子書具有紙版書的質感和閱讀效果，可以「逼眞地」展現原書的原貌，而顯示大小可任意調節，給讀者提供了個性化的閱讀方式。

〔註5〕 M 就是 MB，兆字節的意思；後文 G 就是 GB，代表千兆字節的意思。1GB＝1024MB。M、G、B 是計算機、通訊行業中的數據計算單位。

〔註6〕 《天津通志・廣播電影電視志》（電子版），2005 年 8 月。

電臺」（第 28 頁），但相隔一條後就再次出現了「天津人民廣播電臺」的字樣，而再下一條則單獨出現了「電臺」字樣。後面也是「天津人民廣播電臺」、「天津電臺」、「電臺」等名詞隨意出現。

《浙江省新聞志（廣播電視部分）》簡評

一、基本情況和內容

以傅振倫、朱士嘉等方志學家為代表的觀點認為，《越絕書》是我國第一部志書，或至少已經具有了地方志的雛形。《越絕書》，記載的主要是春秋時期越國的政治、軍事、經濟、文化等情況，還包括山川地貌等。千百年來，浙江名家輩出，屢出佳志，被稱為「方志之鄉」。先後出現了「臨安三志」、「會稽二志」、《鄞縣通志》等一大批著名的地方志。清代方志學集大成者章學誠也是浙江人。

在新修方志的歷史進程中，浙江再次體現了「方志之鄉」的風範。1986年，浙江省的第一部新志《建德縣志》問世；1987 年，《蕭山縣志》問世，開創了新的體例，特別是以 23 個類別來容納各種歷史資料的做法，為各地編修方志提供了另一種借鑒模式，引起全國各地的廣泛關注。在 1993 年全國首屆地方志獎評獎中，「方志之鄉」有六部地方志獲一等獎，並推出了 40 餘部方志學理論著作，提出了許多在社會主義新時期編纂新方志的觀點。

浙江的廣播在全國是比較早的，哈爾濱廣播電臺成立後 2 年多，1928 年 10月，浙江就有了當地第一座廣播電臺。新中國成立後，1960 年浙江電視臺正式成立。新時期以來，浙江廣播電視發展欣欣向榮，出現了一批優秀的作品和優秀的廣播電視人才。然而對廣播電視的記載，卻是在全國大部分省份都出版了廣播電視志之後才面世的。2007 年 5 月，《浙江省新聞志》由浙江人民出版社出版，廣播電視作為其中的一部分以約 32 萬字的篇幅進行了記載。

《浙江省新聞志》共 162 萬字，其中廣播電視部分約 32 萬字，集中在第三編「廣播電視」中，部分散落在「管理」編、「隊伍建設」編、「教育與研究」編、「新聞團體」編、「新聞交流」編、「人物」編以及「叢錄」編中。照片近30 幅，圖表 4 幅。「廣播電視」編有「概述」和「民國時期浙江廣播」、「解放後浙江省級廣播電視」、「解放後浙江市（地）級廣播電視」、「解放後浙江縣級廣播電視」等四章。記載內容上起 1928 年浙江省廣播無線電臺建成播音，下限同全書一樣止於 2000 年 12 月，「大事記」、「人物編」順延至 2003 年 12 月。

二、主要特色

浙江修志對廣播電視的記載，是繼湖北、河北之後又一部將廣播電視收入到新聞志當中的志書。這種做法的優劣都是十分明顯的，將廣播電視作爲新聞媒體進行記載，實際就從性質上對廣播電視進行了規定，抓住了廣播電視作爲新聞媒體的根本屬性。這樣一來，對廣播電視其他的性質和功能，比如產業、娛樂等，就自然記載的少了。從一個方面說，是抓住重點和屬性進行記載，算是有得有失；然而從另一個方面說，把廣播電視的產業發展情況、娛樂大眾情況等內容簡略甚至不做記載，是十分大的缺憾。

圖片：全志的第一張圖片內容是：「1954 年，毛澤東主席視察浙江新登縣，在松溪鄉聽到縣裏的有線廣播很高興。中央在修改《一九五六年到一九六七年全國農業發展綱要（草案）》時，按照毛澤東主席的建議，加上了發展農村廣播這一條。」配的圖片則是毛澤東主席視察新登松溪鄉的留影。這在全國的新聞志中是不多見的。

三、不足

如前文所述，本志的最大特點也是它最大的不足。同時，由於在新聞媒體這個大的範疇中，廣播電視在所記述時間內無論是社會影響、出現時間、包含內容等方面，只能居於報刊之後，同時並列的還有通訊社等內容，因此廣播電視在「新聞志」的記載中，只能服從全志的要求，所佔篇幅，內容設置都要有所限制。32 萬字的篇幅，無論在本志還是在同類志書中，相對都不是最多的。雖然字數多少並不能一定決定記述內容的高低，但基本的字數需求是記述內容質量的保障和衡量標準之一。

《中國國際廣播電臺部門志》（第四集）簡評

一、內容與意義

《中國國際廣播電臺部門志》（第四集）於 2005 年 7 月由中國國際廣播出版社出版，32 開，51.5 萬字。該志記載了西班牙語廣播部、葡萄牙語廣播部、德語廣播部、意大利語廣播部、俄語廣播部、豪薩語廣播部、世界語廣播部、阿爾巴尼亞語廣播部、保加利亞語廣播部、匈牙利語廣播部以及聽眾聯絡部等共十一個部的情況。

二、優點與長處

《中國國際廣播電臺部門志》（第四集）以馬克思列寧主義、毛澤東思想和鄧小平理論為指導，堅持辯證唯物主義和歷史唯物主義觀點，遵循實事求是的原則，比較全面地記述了中國國際廣播電臺西班牙語廣播部等十一個部門的歷史與現狀。由於中國國際廣播電臺的每一種語言廣播都具有相對的獨立性，因此每一個部門都修了自己的部門志，集合成書。

《中國國際廣播電臺部門志》（第四集）思想內容正確，體例框架合理，資料齊備，表格設計運用得當，文字樸實流暢，裝幀印刷效果較好。是一部較好的廣播電視志書。

三、問題和不足

（一）內容相對簡略

在《中國國際廣播電臺部門志》（第四集）收入了十種語言的廣播和聽眾聯絡部的內容，每個語言廣播部門的篇幅大約在 4～5 萬字左右，最多的俄語廣播部志大約有 10 多萬字。這十種語言廣播都是從 20 世紀 50 年代到 60 年代就創辦了的，到本志記述的下限 2000 年，有大約近 40 年左右的時間。然而，相對於這樣長的一段時期而言，本志記述的內容顯得過於簡略了。

（二）專業特色有待突出

《中國國際廣播電臺部門志》應該有濃厚的專業特色，與其他廣播電視志相比，它集中反映了中國對外廣播的歷史與現狀，本志也已經比較充分地認識到了這一點，在體例安排上，不拘一格，不盲目追求各部門章節安排的一致；在內容上，重點記述對外廣播的情況。但仍有幾個方面可以繼續加強，比如在介紹外籍專家時，如能將外籍專家的名字除用中文翻譯外，還加入其本國文字的寫法，將更具存史價值和意義；又比如我國在改革開放以來在對外開放和交流方面取得了較大的進展，對外廣播也隨之快速發展，將這種新進展的內容介紹作更為詳實地介紹，將更加突出本志的特色。

《宜昌廣播電視志》簡評

一、內容與意義

《宜昌廣播電視志》於 2006 年 7 月由方志出版社正式出版，全書十章，共 94 萬字，照片 162 幅，由述、記、志、傳、圖、表、錄等七部分組成。該

志以宜昌廣電行政機構和播出機構的沿革、不同時期廣電宣傳內容的變化、廣電覆蓋和技術設備的更新以及廣電產業的發展爲四條主線，全面翔實地記載了 1949 至 2004 年這 55 年來宜昌廣播電視事業發展的歷史進程，記載了宜昌幾代廣電人堅持「兩爲」服務方針，爲宜昌廣播電視事業的繁榮與發展而努力奮鬥的輝煌業績。

二、優點與長處

宜昌市位於長江北岸、三峽東口，有 2400 多年的歷史，古稱夷陵。全市共轄五縣三市五區，國土面積 2.1 萬平方公里，總人口 415 萬人。在新中國成立以前，宜昌沒有廣播電視事業，1950 年中央人民政府新聞總署發出建立收音站的決議後，宜昌所轄市縣相繼建立收音站，1980 年 10 月 1 日，宜昌人民廣播電臺正式成立並播出，1987 年 5 月 29 日，國家廣電部批准宜昌地區成立電視臺，同年 10 月 1 日正式播出，呼號爲「宜昌地區電視臺」。50 多年來，尤其是改革開放 20 多年來，宜昌廣播電視事業飛速發展。到 2004 年，全市有 2 個市級廣播電視播出機構，9 個縣級廣播電視播出機構，164 個頻率、頻道，綜合覆蓋城市及鄉村。有線電視已基本實現省市縣鄉村全程全網，廣播覆蓋率達 93.76%，電視覆蓋率達 94.17%。全市廣播電視系統固定資產爲 2.4 億元。

《宜昌廣播電視志》是目前已正式出版的地市級廣播電視志中字數最多的，達 94 萬字。它的出版，眞實全面地記載了宜昌市廣播電視發展的歷史與現狀，集中展示了宜昌廣播電視工作者半個多世紀的奮鬥歷程，較好地塡補了該地區乃至整個湖北省有關廣播電視記載的空白。

該志以馬列主義、毛澤東思想、鄧小平理論和「三個代表」重要思想爲指導，堅持實事求是、與時俱進、求實存眞的原則，力求思想性、科學性、資料性的統一。該志思想內容正確，體例框架較爲合理，資料齊備，圖文並茂，表格設計運用得當，文字樸實流暢，裝幀印刷效果較好。是一部較好的地市級廣播電視專業志書。

三、問題和不足

（一）圖片標準不一

在該志卷首的圖片中，有兩頁刊登了 24 個人物的標準照，其中 12 位爲有關歷任行政領導；另外 12 位爲部分獲獎的工作人員。但圖片說明介紹的並不清楚，並不能顯示出什麼級別或獲得什麼樣的獎勵才能夠選中照片刊登在

志書中。選擇人物的標準不明顯，不一致。

（二）人物記述違背原則

按照中國志書的編纂體例要求，「生不立傳」是志書人物記載的一個重要原則。《宜昌廣播電視志》在第十章「廣播電視獲獎集體和個人」中，專設「人物」一節，並記載了五位人物。然而，該節對每位傳主所作的記載卻沒有提到其生足年月，而根據常識判斷，其中幾位同志應該仍然在世或仍在相關崗位上工作，這顯然違背了志書一貫的「生不立傳」的原則。

在記載宜昌廣播電視歷史與現狀的志書中，可以「蓋棺定論」的傳主可能不多，但可以通過「以事繫人」和圖表、照片、數據等其他方式反映一些值得記載的人物及事迹。如上面提到的卷首人物標準照就是記載人物的一種變通方式。

（三）章節結構擬定不當

志書的特點是以類相從，在每一類中可以按照歷史的順序記述，但其本身並不是史書。宜昌地市級的廣播電視隨著宜昌的行政體制進行了多次機構調整，總的看來分以下三個階段：第一階段為 1970～1992 年，有宜昌地區廣播電視局和宜昌市廣播電視局兩套班子；第二階段為 1992～2001 年，隨著宜昌地區與宜昌市的合併，原來兩局合署辦公，成立新的宜昌市廣播電視局；第三個階段為 2001 年以後，宜昌市廣播電視局與宜昌人民廣播電臺、宜昌三峽電視臺、宜昌有線電視臺合併為「宜昌市廣播電視局、宜昌三峽廣播電視總臺」，實行局臺合一。宜昌市區縣級的廣播電視隨著機構調整，也經歷了多次的調整和演變。在《宜昌廣播電視志》記述中，其第二章題目為「廣播電視管理體制沿革」，下分三節：「宜昌市廣播電視局」、「市級『局臺合一』新體制」、「各縣市區廣播電視局」。這樣的題目和分節方法，有以下幾個問題：第一，強調了「沿革」，容易給人造成「史書」的錯覺；第二，把地市級廣播電視機構根據時間分期為兩段，並沒有做到根據地市級和縣市區級兩分法的「以類相從」。而造成以上兩個問題的原因首先在於其標題強調了「沿革」，因而把時間分期也作為了單獨的一節。因此，如果本章標題中去掉「沿革」二字，並把前兩節合二為一，將更加符合志書「以類相從」的要求。

（四）用詞不夠恰當

在該志卷首的圖片中，對有關領導的頭銜加上了「時任」二字，查現代

漢語辭典可知，「時任」並不是規範的用語，不應出現在志書當中。而且圖片的文字說明中都注有時間，相對於對此進行了說明，加上並不是標準現代漢語的「時任」反而有畫蛇添足之嫌。

另外，志書第四章、第五章均冠以「宣傳」之名，而眾所周知廣播電視不僅具有宣傳的作用，其他的教育、娛樂等社會作用同樣十分突出。如將「宣傳」改爲「節目」，則既突出了廣播電視的特點，又能更加準確地記述廣播電視的社會作用。

（五）詳今程度不夠：專業頻道頻率介紹不足

無論是「詳今略古」也好，還是「詳今明古」也好，地方志對最近發生的事情總是要進行詳細記述的。這一點上，《宜昌廣播電視志》還可以進一步加強。如在第四章、第五章中，均設有專業廣播（頻率）、專業電視（頻道）的專節，廣播電視的專業化是新的歷史時期，尤其是最近幾年來的突出特點，然而本志的記述卻比較簡略，應當進一步加強。

三、有關法規

《新編地方志工作暫行規定》

新編地方志工作暫行規定（1985 年 4 月 19 日中國地方志指導小組全體會議討論通過）

第一章　總則

第一條　編纂具有時代特點和豐富內容的社會主義新方志，是我國社會主義物質文明和精神文明建設的需要。編修新方志應當運用新觀點、新方法、新資料，修志工作應當有計劃、有步驟地進行。新方志應當系統地記載地方自然和社會的歷史與現狀，爲本地社會主義現代化建設提供有科學依據的基本狀況，以利於地方領導機關從實際出發，進行有效的決策。新方志可以積纍和保存地方文獻，促進科學文化事業的發展，提供便於查考的、實用的系統資料，有助於各行各業全體幹部、職工提高專業知識和文化水平。新方志可用以向各族人民進行愛國主義、共產主義和革命傳統教育。

第二條　編纂社會主義新方志，必須以馬克思列寧主義、毛澤東思想爲指導思想，必須堅持黨的四項基本原則，堅持黨的十一屆三中全會以來和十

二大所確定的路線、方針和政策，在政治上和黨中央保持一致。必須以《關於建國以來黨的若干歷史問題的決議》和《中共中央關於經濟體制改革的決定》爲準繩，充分體現改革是當前我國形勢發展的迫切需要。努力使社會主義新方志符合於把馬克思主義基本原理同中國實際結合起來，建設有中國特色的社會主義的總要求。

第三條　新方志要詳今略古，古爲今用，著重記述現代歷史和當前現狀，力求體現當地環境資源和社會發展的基本面貌，反映地方特色和專業特點。新方志應充分反映中國共產黨創立以來的革命鬥爭、社會變遷和社會主義建設的基本情況，準確地記錄並積極發揚當地各族人民愛國愛鄉、振興中華的革命精神和英雄業績。

第四條　新方志應當批判繼承我國歷代修志的優良傳統，貫徹「存眞求實」的方針。無論內容和體例，都應堅持改革，努力創新，使社會主義的新型地方志，做到思想性、科學性和資料性相統一。

第五條　我國是一個統一的多民族國家，在民族聚居和雜居地區，新方志應充分反映多民族的特點，應當體現民族平等、團結互助和各族人民共同發展繁榮的原則。要尊重少數民族的風俗習慣和宗教信仰。民族自治地方的新方志，可以同時用漢文和本民族文字出版。各地編纂新方志時，對於散居全國的少數民族，都應給予相應的反映。

第六條　新編地方志必須注意保密工作。中共中央和國務院規定的保密條例，必須嚴格遵守。有關邊疆及涉外問題，必須愼重處理，嚴格請示彙報制度。

第二章　志書體例
第七條　新志書的類型和名稱：
（1）省、自治區、直轄市所編纂的地方志都是省級志書，簡稱爲省志。
（2）省轄市、地轄市、自治州和經濟特區編纂的地方志，均屬市級志書，簡稱爲市志。
（3）縣、自治縣、自治旗編纂的地方志，均屬縣級志書，簡稱爲縣志。
（4）地區一級是否修志，不作統一規定，由各省、自治區自行決定。
（5）名山大川，凡具備必要條件者，可編纂獨立的志書。
（6）各級地方志名稱，均應冠以現行的行政區劃名稱，如《××省志》、《××市志》、《××縣志》、《××自治區志》、《××自治州志》、《××自治縣志》等。各類專志則冠以專名，如《長江志》、《黃山志》等。

第八條　新方志的年代斷限，上限不作硬性的統一規定，下限一般情況下可暫定斷至 1985 年即第六個五年計劃結束之時，也可斷至該志書脫稿之日。

第九條　新方志的體裁，一般應有記、志、傳、圖、表、錄等。以專志為志書的主體，圖表可分別附在各類之中。圖表盡量採用現代技術編製。

第十條　確定志書的框架和篇目，是關鍵性的一環。志書篇目的確定和取捨，應從現代化社會分工和科學分類的實際出發，既要繼承舊志的優良傳統形式，更應有所創新增益。最基本的必不可少的篇目，以符合科學性和時代特點為原則。有些篇目的增刪，應體現地方特點。各篇目內容應適當分工，前後照應，力避重疊，或繁簡失當。篇目的排列，應體現結構合理，層次分明。層次名稱可採用編（篇）、章、節、目，也可採用其他形式，不必強求一律。

第十一條　新方志的大事記，要詳今略古，適當選擇當地歷史上的重大事件記述，使讀者瞭解該地歷史發展的大致脈絡。關於建國以來重大政治事件的記述，要遵守宜粗不宜細的原則。

第十二條　立傳人物以原籍（出生地）為主。非本地出生，但長期定居本地並有重要業績者，也可在本地立傳，包括外籍、外籍華裔和華僑為本地作出重要貢獻者。在世人物不立傳，凡在世人物確有可記述的事迹，應在有關篇章節目之中予以記錄。人物傳記必須實事求是，資料務必真實可靠。一般不作評論。某些地區，革命烈士除專門立傳者外，還應編製英名錄。

第十三條　新志書文體，一律用規範的語體文，文風應嚴謹、樸實、簡潔。凡歷史紀年、地理名稱、政府、官職等，均依當時當地的歷史習慣稱呼。歷史紀年應注明公元，地理名稱注明今地。

第十四條　新方志所依據的資料，包括史實、人名、地名、年代、數據、引文等，務必核實，力求準確無誤。

第十五條　關於各級、各類志書的字數，因地區差異較大，不宜作統一要求。總體規模不宜過於龐大，應當以既充實又精練為原則。一般情況下，縣志以控制在三十萬至五十萬字左右為宜，市志控制在一、二百萬字至四、五百萬字左右為宜，省志字數最好控制在一千萬字以內。

第十六條　各級志書均採用十六開本，橫排印刷，統一版式。精、平裝由各地自定。

第三章　組織領導

第十七條　中國地方志指導小組負責指導全國修志工作，指導小組作為

一個獨立機構,由國務院委託中國社會科學院代管。指導小組的主要任務是:從政策上、業務上指導各地修志工作,定期向中央和國務院反映情況,對修志中涉及的重大方針政策問題及時請示報告,並負責擬訂編修新地方志和整理舊地方志的規劃,制訂並頒布新編地方志工作暫行規定,組織交流修志工作經驗。中國地方志指導小組辦公室,是指導小組的具體辦事機構,負責聯繫並處理日常具體事務。

第十八條　新地方志的編纂,涉及政法、經濟、文化、科學、教育各部門,必須在各省、自治區、直轄市和市、縣地方政府主持下,建立地方志編纂委員會,並設置相應的修志常設機構。常設機構應作為事業單位,有必要的專職工作人員。各級地方政府應負責切實解決修志機構的編制、辦公用房、設備以及事業經費。各地編纂委員會及其常設機構的主要任務是:負責制訂地方修志規劃,組織和指導編纂各級志書,抓重點項目,進行分類指導,組織整理當地舊志資料為編纂新方志服務,為下屆續修志書積累資料,編輯出版地方年鑑、概況,及時向地方領導機關提供參考資料,以利決策,定期向中國地方志指導小組反映修志工作中的經驗以及重大政策性、理論性的問題。

第十九條　要重視提高方志工作隊伍的素質。應在修志實踐中,採取多層次、多渠道、多種形式的短期培訓,逐步培養一支具有一定政治思想和理論水平,具有一定專業知識和寫作能力的新修地方志的專業隊伍。還應注意經過較長學習期限,培養具有較高水平的骨幹力量,以利於新方志學的理論建設。各民族自治地方,應吸收本民族幹部參加,注意培養少數民族的專業修志人員。與此同時,各地都應充分利用社會力量參加修志工作。凡是有志於此的專家、學者、各級教師,以及離、退休幹部中具有一定文化水平者,都應廣泛地吸收他們參加修志工作。

第二十條　根據國務院辦公廳〔1985〕33 號文件規定,方志專業工作者的工資、職稱等待遇問題,應按國家有關規定,由地方政府予以切實解決。

第二十一條　新志編纂和舊志整理,均應統籌規劃,組織力量,分工協作,分期實施。各省、自治區、直轄市編纂委員會應當根據積極穩妥、留有餘地、保證質量的方針,制訂近期和長遠規劃以及實施細則,「七五」規劃應報中國地方志指導小組,指導小組負責檢查規劃執行情況,各地也應定期檢查,並上報檢查結果。凡列入全國地方志規劃的項目,各地必須保質保量按期完成。

第二十二條　各地各類志書定稿時，各級編纂委員會必須嚴格審查，嚴格驗收手續。凡涉及黨的方針政策和涉外、保密等重大問題，必須送當地黨委審查。縣志涉及上述問題，應送上級黨委審查。

第二十三條　由於全國範圍修志工作發展不平衡，每一地區內也不平衡，因此新方志完成期限不宜作統一規定。各地必須積極進行，決不能拖延等待，各地可以訂出自己的進度，抓緊實施。

第二十四條　新方志的出版工作，由各地編纂委員會同黨委宣傳部統一安排。出版時必須嚴格審批手續。新志書一律在國內公開發行。關於是否對外發行問題，待請示中宣部再定。

第二十五條　各級各類新方志出版後，經過社會檢驗，組織專家、同行評議，確屬質量優秀的，應對編纂者給予精神的和物質的獎勵。

第二十六條　本暫行規定，在執行一段時間後，根據修志工作的實踐，可以修訂補充。

《國務院辦公廳關於進一步加強地方志編纂工作的通知》

國務院辦公廳關於進一步加強地方志編纂工作的通知（國辦發〔1996〕47 號 1996 年 11 月 9 日）

各省、自治區、直轄市人民政府，國務院各部委，各直屬機構：

編纂地方志是我國的優良傳統。《國務院辦公廳轉發中國社會科學院關於加強全國地方志編纂工作領導報告的通知》（國辦發〔1985〕33 號）下發以來，在各地黨委和政府的領導下，地方志編纂工作有了很大的進展。目前，各省、自治區、直轄市已建立省級地方志編纂委員會，形成了一支數萬人的修志工作隊伍，出版了一大批新地方志，對積纍、保存地方文獻，全面反映我國地情國情，推進社會主義物質文明和精神文明建設發揮了重要作用。在建立社會主義市場經濟體制的新形勢下，爲進一步做好地方志編纂工作，現就有關事項通知如下：

一、編纂地方志必須以馬列主義、毛澤東思想和鄧小平同志建設有中國特色社會主義理論爲指導，堅持實事求是的思想路線，運用現代科學理論和方法，全面眞實地反映當地自然和社會的歷史與現狀，爲改革開放和社會主義現代化建設服務。

二、地方志一般分爲三級：省、自治區、直轄市編纂的地方志，設區的市、地區、自治州、盟編纂的地方志，縣、自治縣、旗、不設區的市、市轄區編纂的地方志；每 20 年左右續修一次。

三、爲進一步提高志書的質量，必須建立一支德才兼備的修志工作隊伍。當前要下大力氣，不斷提高修志工作者的政治素質和業務素質，在修志工作隊伍中大力倡導「求實、創新、協作、奉獻」的敬業精神。編纂地方志要充分發揮老同志的作用，同時通過各種形式對中青年骨干進行培訓，努力從高等院校和科研部門輸入更多有較高專業水平的青年人才。要堅持多年實踐中形成的專職隊伍與兼職隊伍相結合的成功經驗，注意吸收各行各業有造詣的專家、學者參加地方志編纂工作。

四、地方各級人民政府要繼續重視地方志編纂工作，切實加強領導。編纂地方志是社會主義文化建設事業的重要組成部分，是承上啓下，繼往開來，服務當代，有益後世的千秋大業。各地應把地方志編纂工作列入政府的議事日程，明確一位領導同志負責，及時協調解決工作中出現的問題。要爲修志機構提供必要的工作條件和經費，並按照原中央職稱改革工作領導小組《關於同意中國社會科學院和中國地方志指導小組編纂地方志的專職人員選用「編輯職務」有關條例的通知》（職改字〔1988〕第 2 號）的規定，評聘編纂人員的專業技術職務，妥善解決他們的生活福利待遇等問題。

五、中國地方志指導小組要深入開展調查研究，加強對全國地方志編纂工作的指導，制定和完善有關規章制度，及時總結、推廣各地好的經驗，注意發現帶有普遍性的問題並提出切實可行的意見和建議。中國地方志協會要在中國地方志指導小組的領導下，團結全國修志工作者，加強地方志學的理論研究和學科建設，推動地方志事業不斷發展。

中華人民共和國國務院辦公廳

一九九六年十一月九日

廣播電影電視部辦公廳關於轉發《國務院辦公廳關於進一步加強地方志編纂工作的通知》的通知

（97）廣辦發辦字 9 號

各省、自治區、直轄市廣播影視廳（局）、中央三臺、無線局、設計院、科研院、廣院、中唱、藝術團、學會：

現將《國務院辦公廳關於進一步加強地方志編纂工作的通知》（國辦【96】47 號）轉發你們，望切實遵照執行，按照當地黨政領導機關的部署，按期保質完成廣播電視志的編纂、出版工作。

爲做好廣播電視系統志書的編纂、出版工作，現將有關事項通知如下：

1、請各地各單位於今年 3 月底前按照「各地廣播電視志編纂情況調查」（見附）的內容，將有關情況報給部辦公廳。

2、凡已正式出版升級廣播電視志的單位，請認眞總結經驗。辦公廳擬與中國廣播電視學會史學研究委員會於今年上半年召開一次地方廣播電視志編纂工作經驗交流會（會議通知另發）。

3、凡已正式出版或內部編印的省級、地市、縣級廣播電視志，請各地將樣書每種兩冊寄送辦公廳。

情況調查及樣書均請徑寄辦公廳檔案處強西京同志（郵編 100866）。

附：各地廣播電視志編纂情況調查

廣播電影電視部辦公廳

一九九七年一月二十七日

附：各地廣播電視志編纂情況調查

1、廣播電視志編委員會主要負責人（正副主任的姓名、行政職務或技術職務）

2、廣播電視志編輯部主要負責人（同上）

3、本省（自治區、直轄市）廣播電視志如已正式出版請填報書名、字數、

出版及出版年月等。如未出版，進展如何？擬於何時出版？

4、本省（自治區、直轄市）範圍內公開或內部已出版的地市級、縣級廣
播電視志情況，包括書名、字數、出版社、出版年月及進展情況等。

5、聯繫人姓名、性別、職務、郵編、電話、傳眞。

_____廳、局（章）

1997年　　月　　日

《關於地方志編纂工作的規定》

中國地方志指導小組頒發

《關於地方志編纂工作的規定》的通知（中指組發〔1998〕01 號一九
九八年二月十日）

經國務院領導同意，現將 1997 年 5 月 8 日中國地方志指導小組二屆三次
會議討論通過的《關於地方志編纂工作的規定》予以頒發，請遵照執行。原
《新編地方志工作暫行規定》停止使用。

關於地方志編纂工作的規定（中國地方志指導小組二屆三次會議討論通
過）

第一章　總則

第一條　根據國務院辦公廳《關於進一步加強地方志編纂工作的通知》，
爲使我國地方志編纂工作制度化和規範化，特制定本規定。

第二條　編纂地方志是一項長期的具有連續性的社會主義文化建設事
業，對全面瞭解和反映我國地情國情，對推進我國兩個文明建設，對積纍和
保存地方文獻有重要意義。

第三條　編纂地方志必須以馬列主義、毛澤東思想和鄧小平理論爲指
導，堅持實事求是的思想路線，運用現代科學理論和方法，全面眞實地反映
當地自然和社會的歷史與現狀，爲改革開放和社會主義現代化建設服務。

第四條　編纂地方志應繼承我國歷代修志優良傳統，貫徹存眞求實的方
針，堅持改革創新，做到思想性、科學性和資料性的統一。

第五條　編纂地方志應延續不斷。各級地方志每二十年左右續修一次。

各地在上屆志書完成後，要著手爲下屆志書續修積纍資料。

第二章　組織領導

第六條　中國地方志指導小組從政策上和業務上指導全國修志工作，對修志工作涉及的重大問題及時向黨中央、國務院請示報告。中國地方志指導小組負責建立和完善有關規章制度，對各地制定規劃提出建議和要求，督促檢查各地修志工作，組織交流經驗和開展各種學術活動。

中國地方志指導小組設辦公室，負責日常事務工作。

第七條　堅持「黨委領導、政府主持」的修志體制。各省、自治區、直轄市的地方志編纂委員會及其辦公室，負責組織本地區修志工作。地方志編纂委員會辦公室應是當地政府直屬的具有行政職能的一級單位。設區的市、地區、自治州、盟和縣、自治縣、旗、不設區的市、市轄區也要有常設的修志機構。各級修志機構的經費列入各級地方財政預算。

各級修志機構的主要任務是：制定規劃；開展調查研究，積纍資料；組織志書編纂；審定驗收志稿；整理舊志；總結和交流修志經驗；進行方志理論研究；培訓隊伍；編纂出版地方年鑒；提供地情咨詢服務；編寫地情叢書等。

第八條　地方各級政府要配備德才兼備的幹部擔任領導和主編。地方志專職編纂人員要相對穩定。要不斷提高修志工作者的政治素質和業務素質，在修志隊伍中大力倡導「求實、創新、協作、奉獻」的敬業精神。編纂地方志要充分發揮老同志的作用，同時通過各種形式對中青年骨干進行培訓，努力從高等院校和科研部門輸入更多有較高專業水平的青年人才。堅持專職隊伍與兼職隊伍相結合的方針，吸收各行各業有造詣的專家、學者參加地方志編纂工作，民族自治地方應吸收本民族幹部參加。

第九條　地方各級政府要加強對地方專編纂工作的領導，要把這項工作列入政府的議事日程，明確一位領導同志負責，及時協調和解決工作中出現的問題；要切實保證修志機構的經費和必要的工作條件，定期評聘業務人員的專業技術職務，妥善解決工作人員的生活福利待遇等問題。

第三章　志書編纂

第十條　編纂地方志主要分三級進行：省、自治區、直轄市編纂的地方志；設區的市、地區、自治州、盟編纂的地方志；縣、自治縣、旗、不設區

的市、市轄區編纂的地方志

　　國家部委和軍事部門志書的編纂，由其領導部門決定。

　　第十一條　編纂地方志要加強調查研究，掌握翔實資料，力求觀點鮮明正確，材料真實可靠，體例完備嚴謹，篇目結構合理，內容充實深刻，段落層次清楚，審校嚴格認真，從多方面採取措施，保證志書質量。

　　第十二條　首屆志書的斷限，各地可根據實際情況自選確定；續修志書時，每屆志書的下限，力求統一。

　　第十三條　地方志的體裁，一般應包含述、記、志、傳、圖、表、錄等，以志為主體。圖表採用現代技術編製。人物志堅持生不立傳的原則，在世人物的突出事迹以事繫人入志。

　　第十四條　地方志的篇目設置，應合科學分類和社會分工實際，突出時代特點和地方特色，做到門類合理，歸屬得當，層次分明，排列有序，形式上不強求一律。

　　第十五條　地方志的文體，採用規範的語體文。行文力求樸實、簡練、流暢。志書的篇幅不宜過大，今後續修，字數要相應減少。

　　第十六條　地方志所採用的資料，包括史料、人名、地名、年代、數據、引文等，務必考訂核實，重要的要注明出處。歷史紀年，注明公元；地理古名，注明今地。全書要附有索引。

　　第十七條　各級地方志應嚴格執行審查驗收制度。省、自治區、直轄市編纂的地方志由省級地方志編纂委員會組織專家審查驗收，報同級黨委或政府批准出版；設區的市、地區、自治州、盟編纂的地方志報省級地方志編纂委員會審查驗收，由同級黨委或政府批准出版；縣、自治縣、旗、不設區的市、市轄區編纂的地方志報市級地方志編纂委員會審查驗收，經省級地方志編纂委員會審核後，由同級黨委或政府批准出版。

　　第十八條　各省、自治區、直轄市的修志機構負責直轄市安排本地的志書出版工作。版權、著作權應受到保護。

　　方志出版社的主要任務是出版各級各類地方志書，為提高志書質量，繁榮志書出版事業服務。

　　第十九條　各級地方志採用 16 開本，橫排印刷。裝幀、版式要力求統一。民族自治地方，可用漢文和當地少數民族通用的民族文字出版。

　　第二十條　各級修志機構，要組織和推動用志；要運用現代化的手段建

立方志地情資料庫，推向社會，逐步實現信息網絡化。

有條件的地區，要建立方志館。

第四章　附則

第二十一條　本規定解釋權屬中國地方志指導小組。

第二十二條　各省、自治區、直轄市的修志機構根據本規定，制定實施細則。

第二十三條　本規定自頒發之日起實施。

《地方志工作條例》

中華人民共和國國務院令

第 467 號

現公佈《地方志工作條例》，自公佈之日起施行。

總　理　溫家寶

二〇〇六年五月十八日

地方志工作條例

第一條　爲了繼承和發揚中華民族優秀文化傳統，全面、客觀、系統地編纂地方志，科學、合理地開發利用地方志，發揮地方志在促進經濟社會發展中的作用，制定本條例。

第二條　中華人民共和國境內地方志的組織編纂、管理、開發利用工作，適用本條例。

第三條　本條例所稱地方志，包括地方志書、地方綜合年鑒。

地方志書，是指全面系統地記述本行政區域自然、政治、經濟、文化和社會的歷史與現狀的資料性文獻。

地方綜合年鑒，是指系統記述本行政區域自然、政治、經濟、文化、社

會等方面情況的年度資料性文獻。

地方志分爲：省（自治區、直轄市）編纂的地方志，設區的市（自治州）編纂的地方志，縣（自治縣、不設區的市、市轄區）編纂的地方志。

第四條　縣級以上地方人民政府應當加強對本行政區域地方志工作的領導。地方志工作所需經費列入本級財政預算。

第五條　國家地方志工作指導機構統籌規劃、組織協調、督促指導全國地方志工作。

縣級以上地方人民政府負責地方志工作的機構主管本行政區域的地方志工作，履行下列職責：

（一）組織、指導、督促和檢查地方志工作；

（二）擬定地方志工作規劃和編纂方案；

（三）組織編纂地方志書、地方綜合年鑒；

（四）搜集、保存地方志文獻和資料，組織整理舊志，推動方志理論研究；

（五）組織開發利用地方志資源。

第六條　編纂地方志應當做到存眞求實，確保質量，全面、客觀地記述本行政區域自然、政治、經濟、文化和社會的歷史與現狀。

第七條　省、自治區、直轄市人民政府制定本行政區域地方志編纂的總體工作規劃（以下簡稱規劃），並報國家地方志工作指導機構備案。

第八條　以縣級以上行政區域名稱冠名的地方志書、地方綜合年鑒，分別由本級人民政府負責地方志工作的機構按照規劃組織編纂，其他組織和個人不得編纂。

第九條　編纂地方志應當吸收有關方面的專家、學者參加。地方志編纂人員實行專兼職相結合，專職編纂人員應當具備相應的專業知識。

第十條　地方志書每 20 年左右編修一次。每一輪地方志書編修工作完成後，負責地方志工作的機構在編纂地方綜合年鑒、搜集資料以及向社會提供咨詢服務的同時，啓動新一輪地方志書的續修工作。

第十一條　縣級以上地方人民政府負責地方志工作的機構可以向機關、社會團體、企業事業單位、其他組織以及個人徵集有關地方志資料，有關單位和個人應當提供支持。負責地方志工作的機構可以對有關資料進行查閱、摘抄、複製，但涉及國家秘密、商業秘密和個人隱私以及不符合檔案開放條件的除外。

地方志資料所有人或者持有人提供有關資料，可以獲得適當報酬。地方志資料所有人或者持有人不得故意提供虛假資料。

第十二條　以縣級以上行政區域名稱冠名、列入規劃的地方志書經審查驗收，方可以公開出版。

對地方志書進行審查驗收，應當組織有關保密、檔案、歷史、法律、經濟、軍事等方面的專家參加，重點審查地方志書的內容是否符合憲法和保密、檔案等法律、法規的規定，是否全面、客觀地反映本行政區域自然、政治、經濟、文化和社會的歷史與現狀。

對地方志書進行審查驗收的主體、程序等由省、自治區、直轄市人民政府規定。

第十三條　以縣級以上行政區域名稱冠名的地方綜合年鑒，經本級人民政府或者其確定的部門批准，方可以公開出版。

第十四條　地方志應當在出版後 3 個月內報送上級人民政府負責地方志工作的機構備案。

在地方志編纂過程中收集到的文字資料、圖表、照片、音像資料、實物等以及形成的地方志文稿，由本級人民政府負責地方志工作的機構指定專職人員集中統一管理，妥善保存，不得損毀；修志工作完成後，應當依法移交本級國家檔案館或者方志館保存、管理，個人不得據爲己有或者出租、出讓、轉借。

第十五條　以縣級以上行政區域名稱冠名的地方志書、地方綜合年鑒爲職務作品，依照《中華人民共和國著作權法》第十六條第二款的規定，其著作權由組織編纂的負責地方志工作的機構享有，參與編纂的人員享有署名權。

第十六條　地方志工作應當爲地方經濟社會的全面發展服務。縣級以上地方人民政府負責地方志工作的機構應當積極開拓社會用志途徑，可以通過建設資料庫、網站等方式，加強地方志工作的信息化建設。公民、法人和其他組織可以利用上述資料庫、網站查閱、摘抄地方志。

第十七條　縣級以上地方人民政府對在地方志工作中作出突出成績和貢獻的單位、個人，給予表彰和獎勵。

第十八條　違反本條例規定，擅自編纂出版以縣級以上行政區域名稱冠名的地方志書、地方綜合年鑒的，由縣級以上地方人民政府負責地方志工作的機構提請本級人民政府出版行政部門依法查處。

第十九條　違反本條例規定，未經審查驗收、批准將地方志文稿交付出版，或者地方志存在違反憲法、法律、法規規定內容的，由上級人民政府或者本級人民政府責令採取相應措施予以糾正，並視情節追究有關單位和個人的責任；構成犯罪的，依法追究刑事責任。

第二十條　負責地方志工作的機構的工作人員違反本條例第十四條第二款規定的，由其所在單位責令改正，依法給予處分。

第二十一條　編纂地方志涉及軍事內容的，還應當遵守中央軍委關於軍事志編纂的有關規定。

國務院部門志書的編纂，參照本條例的相關規定執行。

第二十二條　本條例自公佈之日起施行。

四、臺港澳廣播電視志編修情況

一、臺灣廣播電視志編修情況

1949 年之後，海峽兩岸雖然各自走上不同的道路，卻不約而同地繼承著編修地方志的文化傳統。廣播電視作為新生事物在 1949 年之後的兩岸地方志書中均有記載和展現，本文試從發展歷史、總體規模、操作方式、內容與評價、研究與使用等五個方面對台灣廣播電視入志情況進行梳理。試圖探尋雖然有著共同傳統文化之根，但生長在不同政治、經濟、社會環境下的廣播電視志的不同。需要指出的是，由於資料所限，本文對台灣廣播電視志的研究和梳理以省志為主，省級以下的市縣、鄉鎮等修志不作涉及。

（一）發展歷史

臺灣省對修志工作一直重視，臺灣光復後，「於民國三十七年六月一日，成立『臺灣省通志館』，以纂修省志。翌年七月改組為臺灣省文獻委員會，直屬於臺灣省政府，其任務由編纂省通志擴大到臺灣文獻之採集、整理及編輯；四十七年改隸民政廳；八十六年七月改隸文化處。八十八年七月因應臺灣省政府業務功能與組織調整，隸屬臺灣省政府。九十一年一月一日改隸總統府國史館，更名為『國史館臺灣文獻館』，係隸屬於總統府下唯一的三級機關。」
〔註7〕

〔註7〕2007 年 1 月 6 日，摘自國史館臺灣文獻館網站 http://www.th.gov.tw/　2007年 1 月 6 日。

　　1946 年，臺北縣長陸桂祥邀請地方人士黃純青、楊雲萍等召開臺北縣修志委員會會議，倡議修志。1948 年臺灣省通志館正式成立後，即籌劃編纂臺灣省通志。至 1960 年，《臺灣省通志稿》大部分完成，其中有廣播電視內容的「卷五教育志文化事業篇」於 1958 年出版。後臺灣「內政部」認爲該通志稿以 1950 年爲斷代不妥，應將記載下限延至當年（即 1961 年）。於是臺灣省文獻委員會以會內人員爲主進行了增修，至 1967 年暫告一段落，並油印出版「增修臺灣省通志稿」。1966 年底，臺灣省文獻委員會決定「整修」臺灣省通志，1973 年《臺灣省通志》編成出版，其中有廣播電視內容的「卷五教育志文化事業篇」於 1971 年出版。然而，人們普遍認爲「通志稿」比「通志」修得好。後根據臺灣「內政部」《地方志書纂修辦法》省志 20 年一修之規定，決定重修《臺灣省通志》，至 1999 年基本完成《重修臺灣省通志》，其中有廣播電視內容的「卷六文教志文化事業篇」於 1995 年出版。就筆者目前所見《臺灣省通志稿》、《臺灣省通志》、《重修臺灣省通志》，廣播電視均未單獨成書，而是「教育志」或「文教志」的組成部分。

（二）總體規模

　　據臺灣省文獻委員會主任委員謝嘉梁回顧，臺灣在纂修省志方面，「先後纂修『臺灣省通志稿』十志十一卷、五十九篇、六十冊的一千一百萬字；『增修臺灣省通志稿』二十一篇，二十五冊約四百萬字；『整修臺灣省通志』十志十二卷、七十五篇，一百四十六冊，約一千九百五十八萬；及『重修臺灣省通志』十志十二卷，五十四篇、七十二冊，約三千六百萬字。」〔註 8〕從規模上看，臺灣省志已經四次纂修，文字總量上比正在開展二輪修志的大部分大陸省份都要多。

　　臺灣廣播事業起步於日據時期，日本戰敗後南京國民政府接管了由日本人開辦的幾家廣播電臺。1949 年南京國民政府遷臺後，尤其 1950 年開始對臺灣全省實行戒嚴，對廣播電視事業實行軍事管制，在這種狀態下，廣播電視仍然得到了長足發展。其中廣播主要包括以「中國廣播公司」爲代表的公營廣播電臺和數量眾多的民營廣播電臺；電視則形成了「臺視」、「中視」、「華視」三臺鼎立的局面。從七十年代開始，隨著臺灣經濟的高速發展，廣播電視的實力也

〔註 8〕謝嘉梁：《由行政主管談當前方志纂修面臨的問題》，載許雪姬、林玉茹主編《五十年來臺灣方志成果評估與未來發展學術研討會論文集》，出版者：中央研究院臺灣史研究所籌備處 1999 年 5 月版，第 375 頁。

越來越強，1987 年「解嚴」後，臺灣廣播電視業進一步開放，市場競爭更加激烈。據 2006 年數據，在臺灣這個人口只有 2300 萬人的市場裏，擁有 7 個 24 小時新聞臺，近 200 家廣播電臺、超過 100 個有線電視頻道，臺灣地區廣播電視媒體之發達是超乎想像的。然而，目前臺灣已出版的幾部省志均於 20 世紀出版，沒有充分記載 20 世紀 90 年代之後臺灣廣播電視如火如荼的發展態勢，筆者目前能夠搜集到的《臺灣省通志稿》卷五教育志文化事業篇、《臺灣省通志》卷五教育志文化事業篇、《重修臺灣省通志》卷六文教志文化事業篇，其中涉及廣播電視的內容分別約 0.57 萬字、1 萬字、3.8 萬字，總共 5 萬餘字。

（三）操作方式

「臺灣省修志亦屬官修之舉，惟其具體組織纂修做法與大陸編修新志有所不同。文獻委員會、縣史館以及鄉鎮志的主編，均是策劃其事，擬定體例，提出框架，然後由主編物色各卷（編）主持人和撰稿人，由委員會、國史館、鄉（鎮）發出聘書。所聘者，爲各行各業之專家學者，多爲各大學的科系之名教授，也包括所在地的文史工作者。」〔註9〕臺灣省修志不同於大陸修志採取領導、專業人員和專家學者「三結合」的做法，以學者爲主體力量。除此之外，臺灣地方志在審查方面也比大陸嚴格。大陸所編縣市志、省志均由省級領導機構審查後即可出版，而臺灣所編志書無論縣市志還是省志，都應送「內政部」審查，如審查未通過則不能出版。以「志稿」之名出版的往往就是因爲未審查通過而出版的「地方志」，有的更乾脆改變名目，規避審查。

（四）內容與評價

臺灣省志方面，包括廣播電視內容的共有三部志書，即《臺灣省通志稿》（1958）、《臺灣省通志》（1971）以及《重修臺灣省通志》（1995）。大體內容如下：

《臺灣省通志稿》第七章爲「廣播事業」，下設三節和一個附錄。第一節爲「廣播事業之重要性」；第二節爲「光復前之廣播事業」；第三節爲「光復後之廣播事業」，第三節內容最多，包括「工務方面」、「節目方面」、「業務方面」；附錄爲「臺灣廣播電臺組織系統圖。

《臺灣省通志》第七章爲「廣播事業」，下設三節。第一節爲「廣播事業

〔註 9〕碧涵：《寶島志壇鱗爪錄——海峽兩岸地方史志學術研討隨筆》，載《廣東史志》，1999 年第 1 期，第 57 頁。

之重要性」；第二節為「光復前之廣播事業」；第三節為「光復後之廣播事業」，下設三項，第一項為「光復初期之廣播事業」，第二項為「廣播事業之發展」，第三項為「廣播事業之現況」。

《重修臺灣省通志》1998 年出版，「上窮原始；下迄（民國）七十年（1981）為斷代。」〔註 10〕。這部志書收錄了廣播電視的內容，其第六卷「文教志」下設「文化事業篇」，該篇第二章為「大眾傳播事業」，第四節為「廣播事業」，第五節為「電視事業」。「廣播事業」一節下設五項。「第一項，廣播事業之崛起；第二項光復前廣播事業之狀況；第三項光復後廣播事業之經營；第四項廣播事業未來發展之途徑；第五項，重要廣播電臺之簡介。」約有 2 萬 2 千餘字。「電視事業」一節下設十項。「第一項，我國電視事業之發展；第二項，教育電視臺之創設；第三項，臺灣電視公司之成立；第四項，中國電視公司之誕生；第五項，中華電視臺之籌建經過；第六項，電視之功能；第七項，電視新聞之特性與重要性；第八項，電視新聞之展望；第九項，我國電視事業之貢獻；第十項，電視事業未來努力方向。」電視部分約有 1 萬 6 千餘字。

將此三部志書的廣播電視內容稍作對比研讀，發現志書在編纂過程中並不認真，甚至似有以訛傳訛之嫌，試舉兩例。其一是日據時期收音機登記之數字，《通志稿》第 427 頁記臺東縣有收音機 416 架，《通志》和《重修通志》則於 223 頁和 248 頁分別記臺東縣有收音機 461 架。將《通志稿》所記各縣數字相加，與總數 97541 架相符，但將《通志》各縣數字相加則與其總數 97541 架不符，由此可知《通志》和《重修通志》並不是訂正《通志稿》，而是抄寫或校對錯誤。其二是光復前臺灣廣播電臺有關「臺中放送局之北屯放送機室」和「民雄放送所之民雄放送機室」的問題。《通志稿》第 426 頁載，「臺灣區廣播電臺之建立，日期各有先後，……臺中放送局之北屯放送機室，建立於民國二十四年（昭和十年）4 月 1 日；民雄放送所之民雄放送機室，建立於民國二十九年（昭和十五年）9 月 28 日，惟於二次大戰期中，被盟軍炸壞停播。」而《通志》第 223 頁，則記為「臺中放送局之北屯放送機室，建立於民國二十四年（昭和十年）9 月 28 日，惟於二次大戰期中，被盟軍炸壞停播」，比《通志稿》缺少「4 月 1 日；民雄放送所之民雄放送機室，建立於民國二十九年（昭和十五年）」部分。如《通志》所記正確，則與兩志前述「光復前，臺灣區共有廣播電臺五處……臺中北屯及臺南各一座，輸出電力均繫一基羅瓦特」矛盾；也與《通志

稿》第 429 頁記載光復工務工作接收各電臺的情況「民國三十四年……11 月 17 日至 18 日，接收前民雄放送所」相矛盾。因此，雖對此事無法進行實地調研，但根據上下文的相關記載，也基本可以確定《通志》所載是錯誤的，而以《通志》爲基礎修成的《重修通志》也重複了這個錯誤。總結以上出現的兩處明顯錯誤，實際上都是首先由《通志》編纂者的粗心造成的，而《通志稿》在編纂時，對《通志》未做核實便直接拿來，更是令人遺憾。

（五）研究與使用

臺灣在方志資源的應用方面，有較爲成熟的做法，除了特藏的善本方志借閱使用有一些專門的要求和規定以外，其他方志的借閱和複製等都比較方便，而且與大陸一樣都很重視方志資源的數據化和網絡化建設。然而，就筆者目力所及，臺灣省對地方志的研究成果不如大陸多，廣播電視志或相關的研究更是少見。再考慮到筆者所發現的兩處明顯錯誤之前並未在任何研究資料中看到，可以想見臺灣研究者對地方志尤其是廣播電視內容的重視程度。

然而，需要特別提出的一篇文章是陳世敏教授在臺灣中華傳播學會 2001 年年會上發表的《華夏傳播學方法論初探》。這篇文章聚焦在中文世界傳播學研究方法的移植問題，檢視中國原生的方志學作爲「華夏傳播學」方法論的可能性。他以著名學者史景遷、孔復禮等的研究大量參閱了各地方志裏的資料爲例，認爲地方志裏有關人與社會互動的有關傳播活動的資料「俯拾皆是」，提出應探尋華人社會傳播研究的本土方法論，須「拋開既定的傳播學框框，大膽本土化，大膽建構理論——包括大膽探索方志學這個方法論用來建構華夏古老文化小區的特殊傳播規律，或許是下一階段華人傳播學術界的共同志業。」文章立足於傳播學研究方法，從挖掘中華文化傳統中的傳播現象、活動和方法爲切入點和目標，是華人傳播學界重視方志在傳播學領域作用的重要文獻，也爲地方志的研究開拓了新的視野。

（六）小結

1949 年來，中國大陸和臺灣一直走在不同的路上，無論社會制度、經濟體制、政治體制都有著根本的不同，然而兩岸的文化傳統卻是任何力量也分割不開的。地方志作爲中華文化傳統特有的載體之一，雖然在海峽兩岸分別經歷了不同的發展軌迹、但基本建立了大體相似的編纂體制（比如都規定每

20 年左右編修一次）；廣播電視志作為地方志中的新事物，雖然出呈現不同的樣貌，但無論在體例和內容上都注意在繼承傳統的基礎上有所突破和創新。然而，海峽兩岸同樣面臨的問題是編纂水平有待提高，志書的推廣與使用有待普及等問題。這方面，海峽兩岸的新聞傳播學者都已經有所注意。廣播電視志在廣播電視乃至新聞傳播領域的記載方面，兼具權威、全面的特性與優勢，經得起時間沉澱，然而在實際的研究與應用中所扮演的角色，迄今則只能勉強算做配角。

二、香港澳門地方志編修情況

　　2003 年 3 月，香港特區政府提出建議由中央圖書館或香港歷史博物館編纂《香港地方志》。2004 年 6 月 9 日，香港嶺南大學主辦了「香港地方志座談會」，香港特區政府主管文化工作的民政局長何志平太平紳士，嶺南大學校長、著名經濟學家陳坤耀教授，中國地方志指導小組秘書長秦其明研究員，香港特區立法會議員馬逢國作為主禮嘉賓出席。香港特區政府香港地方志的編修可以追溯到 1856 年，香港《中華學術人物志》印行。〔註 11〕而根據嶺南大學劉志鵬博士統計，香港 18 個行政分區中迄今已有 15 個區編纂了風物志，但這是香港的一種原始、簡單的方志形式，從記載內容和編纂方式看都不是現代意義上的方志。〔註 12〕當前《香港地方志》的編修工作雖然沒有正式啓動，但有關準備工作已在進行。而有關澳門地方志的情況到 2007 年時仍然沒有實質性發展。

　　就學術研究而言，臺灣歷史學者王爾敏在為《方志學與地方史研究》一書所作的序中很贊同作者林天蔚的觀點，即就方志學的研究而言，內地遠遠超過港臺。「港臺兩地亦有論文可觀，而專書寥寥無幾。」〔註 13〕而且，臺港澳與內地學者就地方志的交流越來越多。早在 1986 年，「中央港澳工委宣傳部覆函廣東省委宣傳部，同意廣東省地方志學會邀請部分港、澳專家、學者參加在廣州召開的粵、港、澳地方志學術交流會，並推薦了 8 名學者代表」；「1990 年 7 月 17～19 日，廣東省地方志學會在廣州市召開『粵瓊港澳臺地方志學術交流會』。這是臺灣學者第一次參加在大陸舉辦的方志學術會議。」

〔註 11〕諸葛計：《中國方志五十年史事錄》，方志出版社 2002 年 12 月版，第 8 頁。
〔註 12〕吉祥：《文化保存與香港新方志的發育》，載《中國地方志》2006 年第 8 期，第 51～52 頁。
〔註 13〕王爾敏序，載林天蔚著《方志學與地方史研究》，南天書局 1995 年版，序一。

〔註14〕2004 年 6 月 9 日，香港嶺南大學主辦的「香港地方志座談會」，「是近代香港 100 多年來首次圍繞編修地方志問題舉行的專題會議」。〔註15〕編修地方志是中華民族的優良文化傳統，通過編修地方志，回顧和總結歷史，可以振奮民族精神，增強民族自尊心、自信心與凝聚力。

五、首輪廣播電視志編修的回顧和展望（劉書峰　趙玉明）

　　近日，筆者收到了含有廣播電視內容的《寧夏通志・文化志》。至此，我國首輪省級廣播電視志編修任務隨著這部志書的問世宣告完成。從 1991 年第一部省級廣播電視志《吉林省志・新聞事業志・廣播電視》出版以來，我國各省、自治區和直轄市編修出版了大批省市地縣級廣播電視志，現將省級廣電志出版情況列表如下：

首輪省級廣播電視志一覽表

序號	書名	上下年限	字數(萬字)	出版年月	出版單位
1	吉林省志・新聞事業志・廣播電視	1932～1985 年	32	1991 年 10 月	吉林人民出版社
2	湖北省志・新聞出版（廣播電視部分）	1935～1985 年	約 9.6（注1）	1993 年 4 月	湖北人民出版社
3	陝西省志・廣播電視志	1932～1989 年	76.7	1993 年 5 月	中國廣播電視出版社
4	山東省志・廣播電視志	1933～1985 年	24	1993 年 12 月	山東人民出版社
5	河南省志・廣播電視志	1934～1987 年	約 5.6	1994 年 8 月	河南人民出版社
6	新疆通志・廣播電視志	1935～1985 年	45.7	1995 年 1 月	新疆人民出版社
7	河北省志・新聞志（第二篇廣播電視事業）	1934～1991 年	約 14	1995 年 8 月	中華書局

〔註14〕諸葛計：《中國方志五十年史事錄》，方志出版社 2002 年 12 月版，第 182 頁，348 頁。
〔註15〕《香港地方志座談會在香港舉行》，載《中國地方志》2004 年第 6 期，第 5 頁。

8	雲南省志・廣播電視志	1932～1990 年	78.7	1996 年 1 月	雲南人民出版社
9	青海省志・廣播電視志	1949～1985 年	22.4	1996 年 1 月	黃山書社
10	黑龍江省志・廣播電視志	1926～1985 年	41	1996 年 6 月	黑龍江人民出版社
11	四川省志・廣播電視志（含重慶市，注 2）	1932～1985 年	43	1996 年 7 月	四川科技出版社
12	湖南省志・廣播電視志	1930～1989 年	45	1997 年 1 月	湖南人民出版社
13	安徽省志・廣播電視志	1932～1988 年	51	1997 年 6 月	方志出版社
14	遼寧省志・廣播電視志	1925～1985 年	53	1998 年 11 月	遼寧科技出版社
15	山西通志・廣播電視志	1931～1995 年	86	1998 年 12 月	中華書局
16	廣東省志・廣播電視志（含海南省，注 2）	1927～1997 年	53	1999 年 1 月	廣東人民出版社
17	江西省志・廣播電視志	1933～1993 年	58	1999 年 4 月	方志出版社
18	貴州省志・廣播電視志	1938～1996 年	85	1999 年 5 月	貴州人民出版社
19	上海廣播電視志	1923～1998 年	151	1999 年 11 月	上海社會科學院出版社
20	廣西通志・廣播電視志	1932～1995 年	72	2000 年 6 月	廣西人民出版社
21	江蘇省志・廣播電視志	1928～1997 年	80	2000 年 12 月	江蘇古籍出版社
22	福建省志・廣播電視志	1933～1990 年	54.3	2002 年 10 月	方志出版社
23	內蒙古自治區志・廣播電視志	1939～1995 年	70	2003 年 5 月	內蒙古人民出版社
24	天津通志・廣播電視電影志	1924～2003 年	約 190	2004 年 12 月	天津社會科學院出版社

25	西藏自治區志·廣播電影電視志	1951～2000 年	約 47	2005 年 7 月	中國藏學出版社
26	北京志·新聞出版廣播電視卷·廣播電視志	1927～2003 年	95	2006 年 6 月	北京出版社
27	浙江省新聞志（廣播電視編）	1928～2000 年	約 32	2007 年 5 月	浙江人民出版社
28	甘肅省志·廣播電影電視志	1933～1998 年	約 82.1	2007 年 8 月	甘肅人民出版社
29	寧夏通志·文化卷（廣播電視部分）	1934～2000 年	約 25.4	2009 年 10 月	方志出版社

注 1：字數爲版權頁所載，加「約」字爲筆者估計的廣播電視部分字數。

注 2：首輪廣電志編纂期間，海南、重慶尚未成爲省級行政單位，兩地有關廣電內容已分別記入廣東、四川廣電志書中。

注 3：因資料所限，以上統計未包含臺港澳有關情況。據筆者所知，臺灣省已經四次編修出版臺灣省通志（稿），其中均含廣播電視部分內容。香港、澳門地方志編纂工作均已正式啓動。

　　從上表可以看出我國首輪省級廣播電視修志的幾個特點：第一，編修時間跨度大，吉林省最早於 1991 年就出版了廣播電視志，最末的寧夏回族自治區的廣播電視志則出版於 2009 年，時間跨度接近 20 年。第二，內容下限不一，首輪編修的各廣播電視志均從本區域內最早的廣播開始記述，但下限如吉林和湖北定爲 1985 年。其後出版的西藏、浙江等則延至 2000 年。最近出版的天津、北京等則定爲 2003 年，相差近 20 年，這就決定了編修內容有很大不同。由於編纂出版周期較長，不少廣播電視志還在後面增加了補記，以適當填補下限至最終出版這段時期的空白。第三，內容字數不等，按廣播電視部分的數字統計，上海和天津分別達到 151 萬字和約 190 萬字，而湖北和河南則僅爲約 9.6 萬字和約 5.6 萬字，其他字數有的在 20～40 萬字，最近幾年新出的則一般爲 40～80 萬字左右，形成了極大的反差。第四，編修體例多樣。大部分省份單獨成「志」，有的則是某部「志」當中的「篇」、「編」、「部分」或「章」。其涵蓋內容主要涉及有線廣播、無線廣播、有線電視、無線電視、管理、人才隊伍、對外交流、學術研究等，而天津、西藏的志書中還增加了電影的內容。

　　以上這些特點反映出我國首輪廣播電視志的編纂出版仍處於探索階段，

各地由於成書時間不同，廣播電視發展水平各異，再加上編修人員對本地廣播電視和對編修志書的認識不同，因此編纂的志書從內容到形式、從編修思想到工作狀況都各具特色。當前，我國首輪廣播電視志已經完成，新一輪修志工作已經開始，急需從理論上對廣播電視志的編修實踐問題進行深入探討，一方面對首輪廣播電視志進行梳理總結評價，另一方面更需要對新一輪修志工作在理論上奠定基礎，以提高新一輪廣播電視修志的水平。本文擬對上述問題作一探討，不當之處尚希指正。

一、我國編修廣播電視志的歷程

1、我國廣播電視志的萌芽（1958～1966）

中國地方志編修事業的歷史源遠流長。新中國成立以來，黨和政府一直十分重視地方志的工作。新方志的編纂是隨著新中國政治形勢的逐漸穩定和國民經濟的逐步恢復好轉開展起來的，編修廣播電視志則是有史以來的第一次。上世紀50年代末到「文革」前，廣播正在通過有線、無線等各種方式逐步普及，電視則出現不久。因此在這段時期廣播電視還沒有單獨形成志書的條件，部分地方志中包含了廣播方面的內容，電視則基本沒有涉及到。比較早收入廣播方面內容的志書是北京和甘肅。「北京市於 1958 年開始修市志，其中之地質、植物（上冊）、郵電、航空、林業、財政金融、歷史、人物傳、自然地理、氣候、市政建設、新聞、報刊、廣播、戲劇、電影、工藝美術、文物、音樂、宗教、風俗習慣等 21 篇完成。」﹝註16﹞1959 年 3 月 7 日，中共甘肅省委宣傳部在關於編寫《甘肅新志》的意見中提到，這段時間完成的志稿有「《甘肅新志‧文化藝術志》（由省委宣傳部文化藝術志編寫小組編成），包括報紙、廣播、出版、歷史文物、戲劇電影、音樂舞蹈、美術、文藝隊伍、文學等 9 編。」﹝註17﹞遼寧省撫順市清原縣這段時間內編纂的《清原縣志》在第六篇文教衛生中，也記述了廣播站、報刊、雜誌、新聞等的內容。

從 50 年代開始的修志工作，在「文化大革命」中全部中斷。這一時期的修志工作起了承前啓後的作用。廣播電視志在這段時間雖然也有所進展，但整體還處於剛剛起步的發軔和萌芽期，沒有單獨成志的條件，但已有部分省

﹝註16﹞轉引自巴兆祥：《方志學新論》，學林出版社 2004 年版，第 206 頁。
﹝註17﹞轉引自諸葛計：《中國方志五十年史事錄》，方志出版社 2002 年 12 月版，第 18 頁。

市在志稿中收入的廣播的內容，爲此後開展首輪修廣播電視志的編修工作打下了一定的基礎。

2、首輪廣播電視志編修的起步（1981～1995 年）

中共十一屆三中全會後，80 年代初，新編地方志工作掀起高潮。1983 年，中國地方志指導小組通過了《新編地方志工作暫行規定》，推動新修方志進一步展開。由中國地方志指導小組、中國地方史志協會及各地的方志機構組織主辦了多次學術研討會並創辦專門刊物、出版論文集，爲培養隊伍、提高認識、解決分歧起到了很好的作用。與此同時，從 80 年代初開始，中國的廣播電視也進入了一個飛速發展的時期，在宣傳工作和事業建設方面都取得很大的進展和成績。尤其 1983 年第十一次全國廣播電視工作會議，提出了「四級辦廣播、四級辦電視、四級混合覆蓋」的事業建設方針以及與之相配套的一系列改革措施，對廣播電視的改革發展產生了十分重大的影響。

廣播電視的迅速發展，爲廣播電視單獨成志打下了物質基礎。1983 年 7 月，在吉林省長春市召開的「中國廣播電視史座談會」上，湖北省代表彙報了本省廣電志編纂工作從 1981 年開始起步的情況，並提出要開創修志工作的新局面，與會代表就此進行了討論。最早問世的省級廣播電視志《吉林省志‧新聞事業志‧廣播電視》於 1991 年 10 月由吉林人民出版社出版，截至 1995 年底，全國已有 7 個省級行政區正式出版了省級廣播電視志，一些地市縣也開始編印自己的廣播電視志。這期間出版的 7 本省級廣電志，內容起於上世紀 30 年代，下限爲 80 年代末 90 年代初。這段時期既是廣播電視大發展的時期，也是廣播電視志單獨成志的起步時期。

3、首輪廣播電視志編修的迅速發展（1996～2000 年）

1997 年，中國地方志指導小組頒發了《關於地方志編纂工作的規定》，對原《新編地方志工作暫行規定》進行了完善和發展，對地方志的編纂有了更爲科學、規範和明確的要求。這一時期的廣播電視繼續發展，到 2000 年底「已形成了比較完善、配套的廣播電視節目製作、播出、覆蓋體系，基本建成由發射臺、轉播臺、衛星上行站、衛星收轉站、微波站、監測臺（站）和有線傳輸覆蓋網構成的多技術、多層次混合覆蓋的現代化的、世界上覆蓋人口最多的廣播電視網。全國共有廣播電臺 304 座，電視臺 354 座，廣播電視臺 1272 座，對內對外廣播發射臺和轉播臺 740 座，電視發射臺和轉播臺 42228 座，

衛星收轉站 368553 座，專用微波線路 8 萬公里，微波站 2286 座，有線電視光纜、電纜幹線 30 多萬公里，寬帶有線電視用戶分配電纜 300 多萬公里，廣播電視人口綜合覆蓋率分別為 92.74%和 93.65%，覆蓋人口 10 億，有線廣播電視用戶約 8000 萬。……廣播電視事業所取得的一系列成就和進步，為 21 世紀更快更好的發展打下了良好的基礎。」〔註 18〕

　　這期間，省級廣電志出版了 14 本，幾乎占所有省級廣電志的一半。這批廣電志內容起於上世紀 30 年代，下限則為 80 年代中期或 90 年代末。有些志書由於編修成書時間過長，於是在志書中增加了補記，以適當填補下限至最終出版這段時期的空白。這段期間出版的省級廣播電視志書的質量有了進一步提高，多部廣電志書在廣電系統和地方志系統的省級及全國評比中獲獎，其中《雲南省志・廣播電視志》於 1997 年獲全國地方志評選一等獎，1998 年又獲第三屆全國廣播電視學術著作評選一等獎。這說明《雲南省志・廣播電視志》在全國各級各類地方志中具有較高的水平，我國首輪廣播電視志編修呈現快速發展的勢頭。

4、首輪廣播電視志的收尾及二輪修志的開始（2001～2009 年）

　　進入 21 世紀，首輪廣播電視志編纂從整體式進入收尾階段，同時第二輪修志工作陸續展開。2001 年 12 月 20 日～21 日召開的全國地方志第三次工作會議，實際上是全面啓動新一輪修志工作的動員部署大會。2006 年 5 月 18 日，國務院總理溫家寶簽署了第 467 號國務院令公佈《地方志工作條例》，為新一輪修志工作指明了方向。進入新的世紀，我國逐步由廣播電視大國邁向世界廣播電視強國的行列。這些情況雖然還沒有反映到首輪修志的內容中去，但在各地的續修中，這些觀念已經影響到編修志書的工作人員，新世紀廣播電視的新發展必將在以後的續修中佔有重要位置。

　　這期間，省級廣電志出版了 8 本，完成了全部 29 個省、自治區和直轄市廣電志的出版任務。另外，大部分完成首輪修廣播電視志任務的省份已經進入到第二輪修志中，省級方面，湖南省第二輪廣播電視志已經出版；市級方面，青島第二輪廣播電視志已經出版。

　　也有些省份剛剛出版了第一輪廣播電視志，一邊對首輪廣播電視志進行總結，一邊籌劃二輪修志的大綱。海南省、重慶市則因建制較晚需另行獨立

〔註 18〕趙玉明主編：《中國廣播電視通史》，北京廣播學院出版社 2004 年 1 月版，第 450 頁。

編修的，也已經開始著手首次編修廣電志書。總的來看，首輪廣播電視修志已經進入收尾階段，並整體進入到二輪修志的階段。

二、首輪廣播電視修志的成績及存在的主要問題

首輪廣電志的成績大致有以下三點：

第一，廣播電視首次入志，爲當代中國志林增加了新的成員和新的品種

編修地方志是中華民族特有文化傳統的繼承和發展，廣播電視入志則是地方志歷史上的第一次。改革開放以來，修志規模之大，出版志書數量之多，遠遠超出歷代。廣播電視志作爲地方志的新品種，取得了巨大的成績。隨著首輪省級廣播電視志編纂工作的完成，全國共正式出版了 29 部省級廣播電視志書，共計約一千七百多萬字，同時還編纂了一大批地市縣區級廣播電視志（稿）以及少量的廣播電視臺志，因其中只有少數正式出版，還有一大部分爲內部印刷，尚缺乏準確的統計。在正式出版的廣電志書中，《雲南省志‧廣播電視志》獲得了全國地方志系統評選一等獎，又獲廣播電視系統評選一等獎。此外，《湖南省志‧廣播電視志》等 12 部省級志書和《大連市志‧廣播電視志》等 4 部市縣級志書在 1998～2003 年廣播電視系統的評選中分獲一二三等獎，在各地方進行的評選中也有一些廣電志獲獎。作爲初次出現的志書新品種，廣播電視志體現了一定的編纂水平。

第二，從總體上反映了中國廣播電視從無到有，從小到大，從弱趨強的發展歷程廣播電視首輪編修的志書，第一次從「橫向」的角度完成對各地廣播電視發展的歷史記述，爲修訂、重寫中國廣播電視史提供了系統、完整、眞實的資料。從各地所編修的廣電志中，可以瞭解中國境內最早的廣播電臺、中國人所辦的最早的廣播電臺、國民黨所辦最早的廣播電臺、中國共產黨領導下的第一座人民廣播電臺等等。總的來說，首輪編修的廣播電視志涉及的年代從上世紀 20 年代初至世紀末，中間經歷了兩個歷史時期，即民國時期和新中國時期，這是我國歷史大變革的年代。首輪廣電志從總體上反映了我國廣播電視事業從無到有，從小到大，由弱趨強的歷程，凸顯了眞實性、學術性、專業性的特點，爲廣播電視領域的存史、資治、教化等方面發揮了重要作用。

第三，初步探索和總結了廣電志書的編修理論

與廣播電視志有組織、有規模的編纂不同，廣播電視志的理論研究基本

是自發行為。由於廣播電視志都是由各地廣播電視部門根據各地史志辦的統一要求自行組織編纂，因此在研究與交流方面存在一定困難，中國廣播電視協會廣電史研究委員會在這方面發揮了比較重要的作用。1987 年起至 2009 年，中廣協會廣電史研究委員會先後組織了 8 次全國性的廣播電視史志研討會，並編印了 7 本研討會專輯。每次研討會中都有廣播電視志編纂交流的內容，全國各地編纂廣播電視志的人員能夠有機會聚集在一起交流編史修志的心得體會，展出各地廣播電視志的最新編修成果，探討提高廣播電視志編修水平。研討會專輯中廣播電視志編纂交流方面的內容都佔有一定的比重，同時陸續將出版的省級和部分地市級廣播電視志的目錄刊登在上面，為有關廣播電視志的學術交流、經驗總結、理論探討保存下珍貴的資料。除此之外，經廣電史研委會提議，從 1998 年第三屆全國廣播電視學術著作評選起，中廣協會也將廣播電視志列入廣播電視系統的評獎範圍。另外，在中國新聞史學會組織的三次地方新聞史志研討會中，也有部分廣播電視志的專題文章。總體上看，雖然目前研究廣播電視志的文章數量不多，研究的人員也較少，理論深度有待深入發掘，但這些努力和研究為獨具行業特色的廣播電視志理論的探索奠定了基礎，豐富了廣電史學研究的內容。

對於新修地方志，一般可以用「成果巨大」來概括，但具體到數以萬計的志書質量，則可以用「參差不齊」來形容。90 年代初期，原任中國地方志指導小組秘書長酈家駒先生認為，真正高水平的志書是少數，真正不合格的也是少數。這一評價也適用於首輪廣播電視志。通覽已出版的省級廣播電視志，除體例規劃、篇目設置和圖文質量等方面問題多年來一直在探索和爭鳴中不斷完善外，從廣電志書內容上感到有兩個明顯的不足是帶有共同性的，需要在總結經驗的基礎上作進一步的探討，以提高二輪修志的水平。

第一，對民國時期的廣播史實記述不足

根據《中國廣播電視通史》記載，民國時期官辦廣播 150 座以上，民營廣播 300 座以上，外國人辦的廣播 30 餘座，日偽廣播 60 餘座，解放區廣播電臺 40 餘座，總計 600 座左右。但通覽相關地方廣電志，首輪廣電視志最普遍的問題在於，對民國時期的廣播尤其是國民黨黨政軍辦的廣播電臺、商業廣播電臺、宗教性廣播電臺、外國人辦的廣播電臺的的記述過於簡略，缺乏細緻的調查，一方面有史實的遺漏，另一方面在文字表述上過於政治化，而且在圖片選用上也非常少。這對以存史為重要功能的地方志來說，留下了

可能是難以彌補的遺憾。當然，造成這種問題的原因一方面是舊中國的廣播電臺性質複雜，各地發展不均衡，對我國社會發展的影響和作用也各有不同，另外也不排除編纂者對這段歷史不熟悉、囿於「官書」的性質而在選取時特意考慮的可能。

如解放戰爭時期，美軍為支持國民黨反動派打內戰，在一些駐地如北平、天津、青島等地曾辦有軍用廣播電臺，已出版的《山東省志・廣播電視志》並未記載青島美軍廣播電臺一事。再如《西藏自治區志・廣播電影電視志》中沒有記述西藏和平解放之前的廣播的情況，給人的感覺是西藏在解放之前似乎沒有廣播。但根據周德倉著《西藏新聞傳播史》記載，曾被任命為西藏地方政府「外交部長」的英國人福特（R・Ford），「從 1948 開始，花了一年的時間，建立了西藏的第一座無線電廣播站——西藏廣播電臺（也稱『拉薩電臺』），西藏第一次可以向外界廣播了。」〔註 19〕隨後西藏當局又在昌都、那曲、阿里、亞東等地建立了四座分臺。在 1949 年秋天的「驅漢事件」中，西藏廣播電臺用藏漢英三種語言播出了許多惡毒的謠言，還播出了所謂《西藏獨立宣言》，混淆了大眾的視聽，當時西藏獲取域外信息最快捷的方式就是收聽廣播。林青主編的《中國少數民族廣播電視發展史》也記載了西藏地區當時在拉薩和昌都的廣播電臺。再如解放前遼寧有一個「瀋陽軍中廣播電臺」，該臺呼號為 XMPE，波長 260.8 公尺，負責人為謝恒玉，從 1947 年 10 月～1948 年 10 月播音，隸屬於國民黨政府國防部新聞局。〔註 20〕然而，這個廣播電臺也同樣沒有被收入《遼寧省志・廣播電視志》中。

除此之外，對人民廣播的記載也有遺漏，如 1949 年 2 月河南鄭州曾建立中原新華廣播電臺，這是中南解放區的第一座廣播電臺，但《河南省志・廣播電視志》中卻未見記載。

第二，對新中國廣電發展中的失誤記述不足

在廣播電視志的編纂中，既要認真記述新中國成立以來廣播電視事業取得的成就，也要如實記載那些在廣電事業發展中出現的失誤特別是嚴重的失誤。經驗和成績要寫足，問題和教訓也要寫透。但在首輪編修廣播電視志的過程中，大家普遍感到總結成績和經驗相對好寫，但談到失誤和教訓時則比

〔註 19〕周德倉：《西藏新聞傳播史》，中央民族大學出版社 2005 年 9 月版，第 121 頁。
〔註 20〕《解放前遼寧廣播電臺名錄》，載《中國廣播電視年鑒》（1995），中國廣播電視年鑒出版社 1995 年版，第 670 頁。

較難於下筆，於是來個「宜粗不宜細」就一筆帶過。這種簡單地淡化失誤的做法是不可取的，不利於後人以史為鑒、引以為戒，也不利於發揮志書「資治、存史、教化」的功用。一般來說，涉及嚴重失誤的敏感問題有三：反右派鬥爭、「大躍進」和「文化大革命」。

就 1957 年的反右派鬥爭而言，《關於建國以來黨的若干歷史問題的決議》中是兩句話：既是完全必要的，但又犯了嚴重擴大化的錯誤。這對廣播系統也是適用的。廣播系統關於反右派鬥爭方面的問題，一是宣傳了反右派鬥爭擴大化的錯誤，助長了擴大化；二是在本系統內部開展的反右派鬥爭中錯劃了一批「右派分子」。從首輪出版的省級廣播電視志來看，首先存在記述遺漏的問題，有一半左右的省級廣電志書根本沒有涉及到反右派鬥爭有關的問題，給人的感覺就是反右派鬥爭這件事在廣播系統的部分單位和部門似乎就沒有發生過，更不要說其擴大化對廣播電視事業的消極影響了。其次有的廣電志書的記述態度不明確，只做了「純客觀」的描述。如有的廣電志書中寫道「從 1957 年 6 月起，新聞報導轉向以反右派鬥爭為中心的宣傳，設立了《反右派鬥爭節目》和《反右鬥爭特別節目》。」人們從中看不出宣傳反右派鬥爭擴大化的錯誤。當然也有云南、吉林等地的廣電志書記載比較實事求是，既記載了反右派鬥爭和相關宣傳的情況，又指出了助長反右派鬥爭擴大化的錯誤。如《雲南省志・廣播電視志》既提到雲南人民廣播電臺在「反右鬥爭中，黨內外幹部中被錯劃為右派分子的 18 人」，又寫了「中共十一屆三中全會以後，……平反冤假錯案 98 人」，〔註 21〕《新疆通志・廣播電視志》則更為明確：「1957 年 10 月，新疆臺在整風反右中，有 17 人被劃為右派分子，1983年落實政策時全部平反。」實事求是地反映反右派鬥爭對廣播系統的影響。有的志書認為，作為專業志，廣電志可以不涉及反右派鬥爭類似的政治事件。但廣電志不是只反映反右派鬥爭本身，而是記述其對廣播事業的影響。

上世紀 50 年代末 60 年代初的「大躍進」、人民公社化對社會生產力造成極大的破壞，給國家和人民帶來了災難性的損失，廣電宣傳也有值得總結的教訓。有關「大躍進」問題，大部分省級廣播電視志能夠記述廣播電視在「大躍進」的宣傳中的高指標、浮誇風等左傾錯誤和廣播電視自身在「大躍進」中存在的問題，但也有個別廣電志書中沒有給予應有的記載。

「文化大革命」持續時間較長，幾乎占大部分廣播電視志記載時期的五

〔註 21〕《雲南省志・廣播電視志》，雲南人民出版社 1996 年 1 月版，第 430 頁。

分之一或六分之一，而且「文化大革命」對廣播電視的負面影響也比較大，因此所有的廣播電視志中都有相關記載。但是，記載的水平如何，是否恰當的反映了歷史事實，各廣播電視志卻是有明顯不同的。一般的說，較早出版的廣播電視志有關「文化大革命」的記載水平不如較近出版的；總字數較少的廣播電視志有關「文化大革命」的記載水平不如總字數較多的。如上世紀90年代中期及以前出版的湖北、山東、河南、河北等省廣播電視志，不但總字數較少，有關「文化大革命」的記載字數更少，基本上是一筆帶過，不作具體的記述。對廣播電視受林彪、江青反革命集團控制，所作的錯誤宣傳以及事業建設受到的影響，或語焉不詳，或片面絕對，不能真實地反映當年的實際情況。

應該說，對反右派鬥爭、「大躍進」宣傳和「文革」災難記述的如何，基本上可以反映廣播電視志編纂者的寫作態度和認識水平，可以當作評價該部志書質量高低的重要標準之一。廣播電視志作為官修權威史書，既要充分反映所取得的經驗和成就，也不能迴避諸如反右派鬥爭、「大躍進」、「文革」等對廣播電視帶來的消極影響。只講成績，不講失誤、挫折和教訓，就不是一部實事求是的廣播電視志書。

三、對廣播電視二輪修志的展望

當前，新中國廣播電視首輪修志已經完成，普遍進入二輪修志。擺在廣播電視系統面前的修志任務仍然是十分繁重的。

第一，應做好首輪修志的補遺、勘誤、考證工作

如前所述，廣播電視首輪修志取得了豐碩的成果，但也存在種種問題。作為官修史書，為了使志書真正達到「資治、存史、教化」的作用，應對首輪所修志書進行全面、客觀、深入的研究和評述。如前所述，首輪各地廣播電視志對民國時期的廣播記載普遍存在遺漏的情況，尤其是對非中共所辦的廣播著墨太少，圖片資料更是基本沒有，這是一個非常大的遺憾。如在編修第二輪志書的時候，能以首輪所修志書為基礎，補充佚失的資料、修正記述不實的內容，對發現有疑問的、違背歷史事實以及有爭議的內容予以認真查核、考證，在第二輪修志時進行補充、修正，善莫大焉。

第二，要重視篇目設計

新一輪志書制定篇目的總的要求是，遵循新方志篇目設置的基本原則，

並順應時代的發展變化而進行創新。廣播電視的歷史不長，首輪修志形成篇目基本是符合各地廣播電視發展實際的，而在新一輪修志時，應當有所堅持、有所調整和創新。廣電事業在新世紀有了許多新的特點，如廣電產業得到較大發展，三網融合趨勢明朗，廣電新媒體蓬勃發展等等。總的看來，相對於首輪修的廣播電視志來說，第二輪修志的內容將在以下幾個方面進行調整：有線廣播的比例縮小，新技術帶來的網絡電視、手機電視、衛星電視等逐步入志；廣電欄目、頻道，對外交流、經營管理等所佔內容和比重增大；社會力量參與廣播電視內容增加等等。

　　除此之外，各地新一輪廣播電視修志也面臨如何保留和體現廣電特色的問題。可以預見的是，隨著文化體制改革的進一步深化，廣播電視管理部門將逐漸合併、精簡，與文化、新聞、出版等部門的關係越來越密切，但無論體制如何改革，廣電行業仍將按自己的規律再發展，因此，如何在篇目設計中與時俱進地體現廣電特色，是特別需要下工夫的。

第三，多渠道收集資料

　　當前修志已經普遍進入第二輪。有些地方編修廣播電視志主要依靠「年鑒」提供史料。「年鑒」是當年編纂，當年出版，記錄了每年的最新情況，為史料的留存起到了重要的作用，但完全依賴年鑒編修志書也是不夠科學的。雖然「年鑒」提供了豐富的史料，但從「年鑒」轉手而來的材料，已經是「第二手」甚至「更多手」，而廣播電視志應當努力尋找第一手材料。廣播電視志除了要記錄新出現的事物，還要記錄好正在消失或已經消失的事物，全面表現一個事物發展的全過程，需要做更細心的甄別，更耐心的調查。

　　隨著社會的轉型，廣播電視業結構發生了很大的變化，單純依靠政府下文，各部門供稿的方式可能有些已經不太適應形勢的發展。因此，新一輪材料的收集，應採用「二主二輔」的多元化搜集資料渠道的方法。即應以政府管理部門供稿為主，以直接向大型廣電集團、臺、站聯繫供稿為主；以走向社會，調查研究為輔，以收集會議文件、報刊資料為輔。尤其是走向社會進行調查研究，現在很多社會上的影視製作公司，他們的節目有些是做的很好的，但電視臺、廣電局可能不傾向於提供他們播出的材料，以為不是自己製作的，所以有必要進行重點的調研和約稿。這樣既可以保證廣播電視志的權威性，又擴大了廣播電視志資料的覆蓋面，保證了志書的真實性、完整性。

第四，加強研究與交流

當前廣播電視志的理論研究還有很大的不足。與如火如荼的修志實踐相比，更是已經逐漸落在了後面。廣播電視志是記述廣播電視歷史與現狀的地方志書，具有「廣播電視性」和「地方志性」兩個要素，自然需要從廣播電視學和方志學兩個學科分別吸取養分。將廣播電視志研究納入廣播電視學中，使廣播電視志的研究成為廣播電視學學科體系的組成部分，對廣播電視志的研究有重要意義。首先，明確了學科歸屬，廣播電視志的研究就會更加有的放矢。研究廣播電視史的學者應當更加關注廣播電視志，學會使用廣播電視志，廣泛進行廣播電視志評論，並對廣播電視志的編修體制、體例、語言等展開深入研究。其次，廣播電視學者，尤其是廣播電視史學研究人員，應當積極參與各地修志，這一方面利於廣播電視史學研究的積纍，提高研究者對廣播電視志的關注度，同時更是提高廣播電視志學術化的重要手段。廣播電視學界應加強對廣播電視志理論研究，從而推進廣播電視志的理論創新和編纂實踐，進一步推動廣播電視志事業的發展和繁榮。中廣協會廣電史研究委員會在廣電志的研究與交流方面做了大量的工作，期盼 2009 年換屆之後，也能一如既往地重視廣電志的研討交流工作，適時組織研討和評獎等活動。

第五，勇於創新

地方志是信息事業，是各地最權威、系統、全面、豐富、完整的信息庫。應盡可能地採用現代化信息工具，收集、加工、傳播、存儲信息。科技的進步促進了地方志的發展，首輪修廣播電視志可以明顯的反映出科技進步對志書的影響。首輪編修的廣播電視志出版時間跨度較大，從 90 年代初期開始直到 21 世紀初，相比較而言，後期出版的廣播電視志裝幀更加精美、印刷更加精良、用紙更加考究，尤其 2004 年出版的《天津通志・廣播電視電影志》，率先出版了電子版，以一張 DVD 光盤，收入了《天津通志・廣播電視電影志》全書的文字和彩頁。為滿足不同層次讀者的不同需求，同一部廣播電視志書可以在版本樣式上多樣化。比如根據載體的不同可以將志書分為「印刷版」、「光盤版」和「網絡版」；根據內容的不同可分為「純文字版」、「圖文版」和「影像版」等。隨著科技的進步，廣播電視志未來發展總的趨勢是：數位化、網絡化、影像化。

參考文獻：

1. 梅森：《方志學簡論》，黃山書社，1997 年。

2. 諸葛計：《中國方志五十年史事錄》，方志出版社，2002 年。

3. 倉修良：《方志學通論》（修訂本）方志出版社，2003 年。

4. 巴兆祥：《方志學新論》，學林出版社，2004 年。

5. 方漢奇：《中國新聞事業通史》（全三卷），中國人民大學出版社，1992 年，1996 年，1999 年。

6. 趙玉明：《中國廣播電視史文集（續集）》，北京廣播學院出版社，2000 年。

7. 趙玉明主編：《中國廣播電視通史》，北京廣播學院出版社，2004 年。

8. 各省級廣播電視志書。

9. 中廣協會廣電史研委會：《中國廣播電視史志研討會專輯》（1～7 輯），1987-2005 年，內部編印。

10. 《中國廣播電視史座談會專輯》，1983 年，內部編印。

（原載《現代傳播》2012 年第 7 期）

主要參考文獻

（以編、著者及主辦方等拼音字母爲序）

一、專著及論文集

新聞傳播學類：

1. 艾紅紅：《中國廣播電視史初論》，山東大學出版社，2002 年。
2. 艾紅紅：《新時期電視新聞改革研究》，中國廣播電視出版社，2003 年。
3. 白潤生：《白潤生新聞研究文集》，中國文史出版社，2004 年。
4. 丁淦林：《中國新聞事業史》，高等教育出版社，2002 年。
5. 丁淦林：《丁淦林文集》，復旦大學出版社，2005 年。
6. 丁淦林、商娜紅：《聚焦與掃描：20 世紀中國新聞學與傳播學研究》，新華出版社，2005 年。
7. 戴元光：《20 世紀中國新聞學與傳播學·傳播學卷》，復旦大學出版社，2001 年。
8. 方漢奇：《中國新聞事業通史》（全三卷），中國人民大學出版，1992 年，1996 年，1999 年。
9. 方漢奇：《中國新聞事業史編年史》（上、中、下）福建人民出版社，2000 年。
10. 方漢奇 陳業劭：《中國當代新聞事業史（1949～1988）》，新華出版社，1992 年。
11. 方漢奇：《方漢奇文集》，汕頭大學出版社 2003 年。
12. 方漢奇、丁淦林等：《中國新聞傳播史》，中國人民大學出版，2002 年。
13. 方漢奇、李矗：《中國新聞學之最》，新華出版社，2005 年。
14. 郭鎮之：《中國電視史》，中國人民大學出版社，1991 年。
15. 郭鎮之：《電視傳播史》，北京師範大學出版社，2000 年。

16. 郭鎮之：《中外廣播電視史》，復旦大學出版社，2005 年。

17. 甘惜分：《新聞論爭三十年》，新華出版社，1988 年。

18. 黃瑚：《中國新聞事業發展史》，復旦大學出版社，2001 年。

19. 李彬：《媒介話語——新聞與傳播論稿》，新華出版社，2005 年。

20. 李彬：《全球新聞傳播史》，清華大學出版社，2005 年。

21. 李建新：《中國新聞教育史論》，新華出版社，2003 年。

22. 李良榮：《李良榮自選集——新聞改革的探索》，復旦大學出版社，2004 年。

23. 李秀云：《中國新聞學術史（1834～1949）》，新華出版社，2004 年。

24. 林青：《中國少數民族廣播電視發展史》，北京廣播學院出版社，2000 年。

25. 劉建明：《新聞學前沿——新聞學關注的 11 個焦點》，清華大學出版社，2005 年。

26. 雷躍捷：《新聞理論》，北京廣播學院出版社，1997 年。

27. 馬光仁：《上海新聞史（1850～1949）》，復旦大學出版社，1996 年。

28. 馬光仁：《上海當代新聞史》，復旦大學出版社，2001 年。

29. 馬藝：《天津新聞傳播史綱要》，新華出版社，2005 年。

30. 《毛澤東新聞工作文選》，新華出版社，1983 年。

31. 寧樹藩：《寧樹藩文集》，汕頭大學出版社，2003 年版。

32. 童兵：《主體與喉舌——共和國新聞傳播軌迹審視》，河南人民出版社，1994 年。

33. 童兵、林涵：《20 世紀中國新聞學與傳播學·理論新聞學卷》，復旦大學出版社，2001 年。

34. 王醒：《山西新聞史》，山西人民出版社，2001 年。

35. 王中：《王中文集》，汕頭大學出版社，2003 年版。

36. 徐光春：《中華人民共和國廣播電視簡史》，中國廣播電視出版社，2003 年。

37. 徐培汀：《二十世紀中國的新聞學與傳播學》，黨建讀物出版社，2002 年。

38. 徐培汀：《20 世紀中國新聞學與傳播學·新聞史學史卷》，復旦大學出版社，2001 年。

39. 徐培汀、裘正義：《中國新聞傳播學說史》，重慶出版社，1994 年。

40. 謝駿：《新聞傳播史論研究》，福建人民出版社，2006 年 1 月。

41. 袁軍、哈豔秋：《中國新聞事業史教程》（修訂本），中國廣播電視出版社，2001 年。

42. 鍾沛璋：《當代中國的新聞事業》（上下），（北京）當代中國出版社，1997 年。

43. 張濤：《中華人民共和國新聞史》，經濟日報出版社，1992 年。

44. 趙凱、丁法章、黃芝曉主編：《二十世紀中國社會科學・新聞學卷》，上海人民出版社，2005 年。

45. 趙玉明：《中國廣播電視史文集（續集）》，北京廣播學院出版社，2000 年。

46. 趙玉明：《中國廣播電視通史》，北京廣播學院出版社，2004 年。

47. 趙玉明：《聲屏史苑探索錄——趙玉明自選集》，北京廣播學院出版社，2004 年。

48. 周德倉：《西藏新聞傳播史》，中央民族大學出版社，2005 年。

49. 《新聞春秋》（1～5 輯） 華中科技大學出版社、蘭州大學出版社、廈門大學出版社、河南大學出版社、首都師範大學出版社。

50. 《中國廣播電視史志研討會專輯》（1～7 輯），北京廣播學院廣播電視研究中心等編。

51. 《新聞春秋》，中國新聞史學會編，內部刊物（1～8 輯）

史學及其他類：

1. 白壽彝：《中國史學史》，北京師範大學出版社，2004 年。

2. 巴兆祥：《方志學新論》，學林出版社，2004 年。

3. 倉修良：《方志學通論》（修訂本）方志出版社，2003 年。

4. 倉修良：《史家・史籍・史學》山東教育出版社，2000 年。

5. 倉修良：《章學誠和〈文史通義〉》中華書局，1984 年。

6. 曹子西、朱明德：《中國現代方志學》，方志出版社，2005 年。

7. 陳光貽：《中國方志學史》，福建人民出版社，1998 年。

8. 陳向明：《質的研究方法與社會科學研究》，教育科學出版社，2000 年。

9. 杜維運：《史學方法論》，北京大學出版社，2006 年。

10. 葛兆光：《思想史的寫法——中國思想史導論》，復旦大學出版社，2004 年。

11. 葛兆光：《思想史研究課堂講錄：視野、角度與方法》，生活・讀書・新知三聯書店，2005 年。

12. 黃葦等：《方志學》，復旦大學出版社 1993 年。

13. 洪子誠：《中國當代文學史》，北京大學出版社，1999 年。

14. 洪子誠：《問題與方法——中國當代文學史研究講稿》，生活・讀書・新知三聯書店，2002 年。

15. 何兆武、陳啓能：《當代西方史學理論》，上海社會科學院出版社，2003 年。

16. 來新夏：《方志學概論》，福建人民出版社，1983 年。

17. 來新夏：《三學集》，中華書局，2002 年。

18. 李泰棻：《方志學》，河北人民出版社，1990 年。

19. 林天蔚：《方志學與地方史研究》，南天書局 1995 年。

20. 梁濱久：《梁濱久方志文集》，香港天馬圖書有限公司，1999 年。

21. 劉柏修、劉斌：《當代方志學概論》，方志出版社，1997 年。

22. 劉俐娜：《由傳統走向現代──論中國史學的轉型》，社會科學文獻出版社，2006 年。

23. 劉知幾：《史通通釋》，上海古籍出版社，1978 年。

24. 羅鳳禮：《現代西方史學思潮評析》，中央編譯出版社，1996 年。

25. 呂志毅：《方志學史》，河北大學出版社，1993 年。

26. 姜義華、瞿林東、趙吉惠：《史學導論》，復旦大學出版社，2003 年。

27. 李澤厚：《中國古代思想史論》，天津社會科學院出版社，2003 年。

28. 李澤厚：《中國近代思想史論》，天津社會科學院出版社，2003 年。

29. 李澤厚：《中國現代思想史論》，天津社會科學院出版社，2004 年。

30. 羅鳳禮：《現代西方史學思潮評析》，中央編譯出版社，1996 年。

31. 梁啟超：《中國歷史研究法》，上海古籍出版社，1998 年。

32. 梁啟超：《中國近三百年學術史》，上海古籍出版社，1998 年。

33. 李明：《新方志編纂實踐》，上海人民出版社，1988 年。

34. 林衍經：《方志編纂係論》，安徽大學出版社，2001 年。

35. 林衍經：《方志學綜論》，華東師範大學出版社，1988 年。

36. 梅森：《方志學簡論》，黃山書社，1997 年。

37. 錢穆：《中國歷史研究法》，生活·讀書·新知三聯書店，2001 年。

38. 瞿林東：《中國史學史綱》，北京出版社，2005 年。

39. 王復興：《方志學基礎》，山東大學出版社，1987 年。

40. 汪榮祖：《史學九章》，生活·讀書·新知三聯書店，2006 年。

41. 王晴佳、古偉瀛：《後現代與歷史學：中西比較》，山東大學出版社，2006 年。

42. 王曉岩：《方志體例古今談》，巴蜀書社，1989 年。

43. 王學典：《20 世紀中國史學評論》，山東人民出版社，2002 年。

44. 王學典：《二十世紀後半期中國史學主潮》，山東大學出版社，1996 年。

45. 吳承學：《中國古代文體形態研究》，中山大學出版社，2002 年。

46. 衛家雄：《方志史話》，中國大百科全書出版社，2000 年。

47. 嚴耕望：《怎樣學歷史：嚴耕望的治史三書》，遼寧教育出版社，2006 年。

48. 曾小華：《文化‧制度與社會變革》，中國經濟出版社，2004 年。

49. 楊念群、黃興濤、毛丹：《新史學：多學科對話的圖景》，中國人民大學出版社，2003 年。

50. 張廣智、張廣勇：《史學：文化中的文化》，上海社會科學院出版社，2003 年。

51. 章學誠：《文史通義新編新注》，倉修良編注，浙江古籍出版社，2005 年。

52. 趙世瑜：《小歷史與大歷史：區域社會史的理念、方法與實踐》，生活‧讀書‧新知三聯書店，2006 年。

53. 周迅：《中國的地方志》，商務印書館，1998 年

54. 諸葛計：《中國方志五十年史事錄》，方志出版社，2002 年。

55. 朱孝遠：《史學的意蘊》，人民大學出版社，2002 年。

56. 中國歷史文獻研究會編：《章學誠國際學術研討會論文集》，北京圖書館出版社，2004 年。

57. 中國地方志指導小組辦公室編：《新方志理論與實踐二十年——中國地方志協會 2004 年度學術年會論文集》，方志出版社，2005 年。

58. 中國地方志指導小組辦公室編：《新方志糾錯百例》，方志出版社，2003 年。

59. 中國地方志指導小組辦公室編：《方志事業可持續發展的探索與實踐：全國第二輪修志試點工作經驗交流會文件彙編》，方志出版社，2005 年。

二、志書

1. 《吉林省志‧新聞事業志‧廣播電視》，吉林人民出版社 1991 年 10 月版。

2. 《湖北省志‧新聞出版‧廣播電視部分》，湖北人民出版社 1993 年 4 月版。

3. 《陝西省志‧廣播電視志》，中國廣播電視出版社 1993 年 5 月版。

4. 《山東省志‧廣播電視志》，山東人民出版社 1993 年 12 月版。

5. 《河南省志‧廣播電視志》，河南人民出版社 1994 年 8 月版。

6. 《河北省志‧新聞志第二篇廣播電視事業》，中華書局 1995 年 8 月版。

7. 《新疆通志‧廣播電視志》，新疆人民出版社 1995 年 1 月版。

8. 《雲南省志‧廣播電視志》，雲南人民出版社 1996 年 1 月版。

9. 《青海省志‧廣播電視志》，黃山書社 1996 年 1 月版。

10. 《黑龍江省志‧廣播電視志》，黑龍江人民出版社 1996 年 6 月版。

11. 《四川省志‧廣播電視志》，四川科技出版社 1996 年 7 月版。

12. 《湖南省志‧廣播電視志》，湖南人民出版社 1997 年 1 月版。

13. 《安徽省志‧廣播電視志》，方志出版社 1997 年 6 月版。

14.《遼寧省志‧廣播電視志》，遼寧科技出版社 1998 年 11 月版。

15.《山西通志‧新聞出版志‧廣播電視篇》，中華書局 1998 年 12 月版。

16.《廣東省志‧廣播電視志》，廣東人民出版社 1999 年 1 月版。

17.《江西省志‧廣播電視志》，方志出版社 1999 年 4 月版。

18.《貴州省志‧廣播電視志》，貴州人民出版社 1999 年 5 月版。

19.《上海廣播電視志》，上海社會科學院出版社 1999 年 11 月版。

20.《廣西通志‧廣播電視志》，廣西人民出版社 2000 年 6 月版。

21.《江蘇省志‧廣播電視志》，江蘇古籍出版社 2000 年 12 月版。

22.《福建省志‧廣播電視志》，方志出版社 2002 年 10 月版。

23.《內蒙古自治區志‧廣播電視志》，內蒙古人民出版社 2003 年 5 月版。

24.《天津通志‧廣播電視電影志》，天津社會科學院出版社 2004 年版。

25.《西藏自治區志‧廣播電影電視志》，中國藏學出版社 2005 年 7 月版。

26.《北京志‧新聞出版廣播電視卷‧廣播電視志》，北京出版社 2006 年 6 月版。

27.《重修臺灣省通志》，臺灣省文獻委員會 19938 年 7 月版。

28.《四川省自貢市廣播電視志》，四川辭書出版社 1990 年 2 月版。

29.《遼寧省大連市志‧廣播電視志》，大連出版社 1996 年 10 月版。

30.《甘肅省蘭州市志‧廣播電視志》，蘭州大學出版社 1999 年 1 月版。

31.《中國國際廣播電臺部門志》（第四集），中國國際廣播出版社 2005 年 7 月版。

32.《江蘇省鎮江市廣播電視志》，方志出版社 1999 年 4 月版。

33.《浙江省蕭山市廣播電視志》，方志出版社 2002 年 10 月版。

34.《宜昌廣播電視志》，方志出版社 2006 年 7 月版。

35.《北京志‧新聞出版廣播電視卷‧出版志》，北京出版社 2005 年 10 月版。

36.《上海新聞志》，上海社會科學院出版社 2000 年 12 月版。

37.《寧夏通志‧文化卷》，方志出版社 2009 年 10 月版。

三、期刊、年鑒、史料、網站

期刊：

1.《新聞大學》、《新聞戰線》、《現代傳播》、《中國廣播電視學刊》、《新聞與傳播》、《國際新聞界》、《新聞與傳播研究》、《中國記者》

2.《中國地方志》、《黑龍江史志》、《江蘇地方志》、《廣西地方志》、《新疆地方志》、《滄桑》

年鑒：

1.《中國廣播電視年鑒》、《中國新聞年鑒》

史料：

1. 中央人民廣播電臺研究室、北京廣播學院新聞系編：《解放區廣播歷史資料選編（1940～1949）》，中國廣播電視出版社，1985 年。

2. 北京廣播學院新聞系編：《中國人民廣播回憶錄》（第 1～4 集），中國廣播電視出版社，1983、1986、1990、1995 年。

網站：

1. 人民網·傳媒頻道：http://media.people.com.cn
2. 學術批評網：http://www.acriticism.com
3. 中國新聞研究中心：http://www.cddc.net
4. 中華傳媒網：http://www.mediachian.net
5. 京網：www.bjdfz.gov.cn
6. 內蒙古區情網：www.nmqq.gov.cn
7. 吉林省情網：www.jlsq.gov.cn
8. 中國龍志網：www.zglz.gov.cn
9. 上海通：www.shtong.gov.cn
10. 浙江通志：www.zjol.com.cn/gb/node2/node87411/index.html
11. 安徽省地方志首頁：www.ahdfz.gov.cn
12. 福建省情網資料庫：www.fjsq.gov.cn
13. 山東省情網：www.infobase.gov.cn
14. 廣東省情信息庫：www.gd-info.gov.cn
15. 廣西通志館：www.gxi.gov.cn/tzg/
16. 貴州地方志：http://www.gzgov.gov.cn/gov_dfz/default.asp
17. 陝西省地情網：www.sxsdq.cn
18. 國史館臺灣文獻館網站：http://www.th.gov.tw/

四、譯著

1. 〔美〕艾爾·巴比著，邱澤奇譯：《社會研究方法基礎》（第八版），華夏出版社，2002 年。

2. 〔英〕傑弗里·巴勒克拉夫著，楊豫譯：《當代史學主要趨勢》，北京大學出版社，2006 年。

3. 〔法〕雷蒙·阿隆著，馮學俊、吳泓渺譯：《論治史》，三聯書店，2003

年。

4. 〔美〕魯濱孫《新史學》，何炳松譯，廣西師範大學出版社 2005 年版

5. 〔英〕邁克‧克朗著，楊淑華、宋慧敏譯：《文化地理學》（修訂版），南京大學出版社，2005 年

6. 〔美〕托馬斯‧庫恩著，金吾倫、胡新和譯：《科學革命的結構》，北京大學出版社，2003 年。

7. 〔日〕左藤卓己著，諸葛蔚東譯：《現代傳媒史》，北京大學出版社，2004年。

五、外文文獻

1. Hayden White, Historiography and Historiophoty, American Historical Review, Vol.93, No.5（December 1988）. pp.1193～1199.

2. H.P.R.Finberg ed., Approaches to History（Toronto：University of Toronto Press, 1962）

3. Selections from Classics of Western Journalism Communication（熊澄宇選編、導讀：《西方新聞傳播學經典名著選讀》中國人民大學出版社，2004年）。

六、主要論文

1. 卜衛：《論媒介教育的意義、內容和方法》，載《現代傳播》1997 年 1 月號。

2. 陳啟能：《略論微觀史學》，《史學理論研究》，2002 年第 1 期。

3. 陳橋驛：《地方志的學術性與實用性》載《浙江方志》1993 年第 4 期。

4. 賀培育：《制度學芻議》，載《長沙電力學院學報（社會科學版)》，1999年第 3 期。

5. 胡喬木：《在全國地方志第一次工作會議閉幕會上的講話》，《中國地方志》，1987 年第 1 期。

6. 胡巧利：《志書資料性和學術性問題辯證》，載《中國地方志》2004 年第11 期。

7. 吉祥：《文化保存與香港新方志的發育》，載《中國地方志》2006 年第 8期。

8. 金吾倫：《信息高速公路與文化發展》，載《中國社會科學》，1997 年第 1期。

9. 韓同慧：《略論計算機與互聯網時代的年鑒》，載《年鑒信息與研究》2005年第 6 期。

10. 梁啟超《說方志》，載《飲冰室合集》文集之四十一，中華書局 1985 年影

印本。

11. 梁啓超：《遊龍縣志序》，載《飲冰室合集》文集之四十三，中華書局 1985 年影印本。

12. 梁濱久：《試談地方志的學術性》載《廣西地方志》1997 年第 4 期。

13. 梁濱久：《史志關係研究的幾個問題》，載《中國地方志》1989 年 4 月。

14. 梁濱久：《史志關係立論的基礎》，載《史志文萃》，1988 年第 4 期。

15. 梁濱久：《中國國家志編纂的偉大意義》，載《黑龍江史志》，2003 年第 2 期。

16. 梁耀武：《「新史學」的興起與方志學》，《史學史研究》1999 年第 2 期。

17. 林衍經《關於方志功能的理性思考》，載《安徽大學學報（哲學社會科學版）》1998 年第 6 期。

18. 林小靜：《地方志工作立法芻議》，載《廣西地方志》2005 年第 6 期。

19. 劉金芳：《方志的語言特色》
http://www1.openedu.com.cn/yth/hyy/read.phpFileID=29935

20. 盧仰英、李國光：《再談編纂廣播電視志的幾個問題》，載 1987 年《第一次中國廣播電視史志研討會專輯》（內部資料）。

21. 陸原：《廣播電視志體例管窺》，載 1991 年 5 月《第二次中國廣播電視史志研討會專輯》（內部資料）。

22. 陸原：《廣播電視良志的探究──編纂〈四川省志‧廣播電視志〉的思索》，載 1994 年 12 月《第三次中國廣播電視史志研討會專輯》（內部資料）。

23. 陸原：《存眞求實勤有徑 益今惠後史無涯──〈四川省志‧廣播電視志〉編纂感言》，載 1994 年 12 月《第三次中國廣播電視史志研討會專輯》（內部資料）。

24. 羅炳良：《論中國古代史書體裁之辯證發展》，載《史學月刊》1997 年第 5 期。

25. 羅解三：《領導重視是做好修志工作的關鍵──爭取領導重視的回顧與體會》，載《廣西地方志》1998 年第 3 期。

26. 梅森：《從歷代中央政府的修志命令看〈地方志工作條例〉的繼承與創新》，載《中國地方志》2006 年第 9 期。

27. 梅森：《多元社會結構的多元化運作》，載《中國地方志》2005 年第 9 期。

28. 梅森：《續志編纂的邏輯思考》，載《黑龍江史志》2001 年第 1 期。

29. 歐陽發、丁劍：《新編方志十二講》，安徽省地方志編纂委員會 1984 年版，第 34 頁。

30. 龐亮：《跨世紀七年間（1999－2005）中國廣播電視史學研究述評》，載《第七次中國廣播電視史志研討會專輯（內部資料）》，中國廣播電視協會廣播

電視史研究委員會、黑龍江省廣播電視局、中國傳媒大學廣播電視研究中心，2005 年 12 月。

31. 邱新立：《方志學：它的歷史、現狀與存在的主要問題》，載《新方志理論與實踐二十年——中國地方志協會 2004 年度學術年會論文集》，方志出版社 2005 年 5 月版。

32. 饒展雄 黃豔嫦：《臺灣修志縱橫談》，載《中國地方志》1989 年第 1 期。

33. 饒展雄：《關於方志之論與學術性問題》，載《中國地方志》2005 年第 6 期。

34. 唐乃興：《試論新方志的文體與文風》，載《新志文輯》，安徽省地方志編委會編纂室。

35. 王先明：《「區域化」取向與近代史研究》，載《學術月刊》，2006 年 3 月。

36. 王辛丁：《切實提高廣播電視志稿的質量——談地（州）、市、縣廣播電視志編寫問題》，載 1991 年 5 月《第二次中國廣播電視史志研討會專輯》（內部資料）。

37. 王辛丁：《做〈湖南廣播電視志〉主編之我見》，載 1994 年 12 月《第三次中國廣播電視史志研討會專輯》（內部資料）。

38. 翁同文：《從社會文化史觀點論方志的發生發展》，載《漢學研究》，1985 年第 3 卷第 2 期。

39. 謝新洲：《網絡出版面臨的問題與未來走向》，載《傳媒》2005 年 7 月。

40. 辛光武：《廣播電視志 時代的見證——論已出廣播電視志的共性與個性》，載 2000 年 9 月《第五次中國廣播電視史志研討會專輯》（內部資料）。

41. 徐暉明：《廣播電視志芻議》，北京廣播學院 1994 屆碩士研究生畢業論文。

42. 徐暉明：《地方廣播電視志編修情況述評》，載《新聞春秋》，1994 年 1 月。

43. 楊軍昌《讀志用志試論》，載《中國地方志》1998 年第 2 期。

44. 《依法編纂 確保地方志質量》——國務院法製辦負責人就《地方志工作條例》答人民日報記者問，載《新疆地方志》2006 年第 2 期。

45. 章燕華、楊茹：《我國地方志網站建設現狀分析》，載《中國地方志》，2005 年第 11 期。

46. 張志安、沈國麟：《一個亟待重視的全民教育課題——對中國大陸媒介素養研究的回顧和簡評》，載《新聞記者》2004 年 4 月。

47. 張振華：《為了明天而研究昨天——中國廣播電視史研究的思考》，載《中國廣播電視學刊》2004 年第 7 期，

48. 諸葛計：《續修志書中的『糾』字說》，載《中國地方志》2001 年第 1～2 期。

49. 諸葛計：《對志書續修的兩點認識》，載《廣西地方志》2002 年第 5 期。

50. 趙玉明：《首屆編修廣播電視志進展述評》，載 1997 年 7 月《第四次中國廣播電視史志研討會專輯》（內部資料），於《中國廣播電視學刊》1997 年第 10 期刊登，並被收入《中國廣播電視年鑒》1998 年版、《中國廣播電視史文集》（續集），北京廣播學院出版社 2000 年 1 月版。

51. 張遠林：《地方廣播電視史志的特點與編修》，載 2005 年 12 月《第七次中國廣播電視史志研討會專輯》（內部資料）。

52. Guy Alitto：《中國方志與西方史的比較》，載《漢學研究》，1985 年第 3 卷第 2 期。

後　記

　　本書是我在中國傳媒大學博士畢業論文的基礎上修改增訂而成的。選擇廣播電視志作為畢業論文題目，確實下了很大的決心。最初的設想是研究中國地方廣播電視的發展情況，以求補充當前歷史研究中只注重中央而忽視地方的缺憾，甚至是試圖身體力行地改變當前研究新聞史的路數。然而通過一段時間的閱讀和積累，才發現僅憑自己的一腔熱情和有限的一段時間是很難做好這個課題的。而研究地方廣播電視，首先要從通讀各地的地方志，尤其是廣播電視志做起——而這也是一直以來被人所忽視的。於是，在導師的鼓勵下，我選擇從廣播電視志做起。

　　我的導師趙玉明教授是廣播電視史志領域的著名教授，對各地廣播電視志的編修情況始終保持著關注。自己離開生活了20多年的濟南來到北京，最應該感謝的是趙老師。從博士入學一直到現在，我這個最年輕的弟子一直受到趙老師的諄諄教誨和無私照顧，他積極務實的態度，紮實嚴謹的學風，無論是學問還是做人方面都給我樹立了最好的榜樣。我不止一次在私下裏告訴自己，將來要做一個像趙老師那樣的人。

　　在中國新聞史學會的秘書工作使我近水樓臺的接觸了很多學界的大家、名家，從方漢奇教授、丁淦林教授、吳廷俊教授，到程曼麗教授、李彬教授、黃瑚教授、郭鎮之教授等等，工作中的接觸總能讓我在不經意中感到他們的風度和學識，獲得意想不到的收穫。對一個年輕學子而言，這是一筆非常巨大的寶貴財富。中國傳媒大學的袁軍教授、雷躍捷教授、哈豔秋教授、曲宗生編審、李磊教授在我論文的寫作過程中給予了各種各樣的關懷和指導，參加論文預答辯的老師們給了我許多中肯的意見，在此也一併感謝。

在博士論文寫作的過程中，我還外出到各地進行了實地調研，得到方志出版社總編輯周均美，《中國地方志》原主編諸葛計，中國地方志指導小組辦公室副主任高延軍，上海市地方志辦公室方志處處長、上海市地方史志學會秘書長梅森，復旦大學寧樹藩教授，上海社科院新聞研究所馬光仁，文匯報高級記者俞松年，文匯新民報社高級編輯陳進鵬，文匯新民聯合報業集團新聞研究所潘玉鵬、上海電視臺高級政工師石品華，湖南省廣電局史志辦鍾鎮藩、王慶華，湖南省播音主持研究會會長、湖南電視臺主任播音員張林芝等人的熱情接待。他們都對地方志、新聞史志、廣播電視志工作有著切身的體會或多年的研究，對我這個陌生的年輕人給予了極大的支持和鼓勵，在此對他們表示深深的敬意和感謝。在這個不被很多人理解的領域裏，我能看到歷史和經驗在喧囂的塵世下以一種古老而又充滿情感的方式傳承。

在中國傳媒大學學習期間，得到許多老師和同學的幫助，他們是姚喜雙、王文利、薛文婷、龐亮、李煜、呂學武、范周、朱敏、謝勤亮、裴亞軍，祝他們永遠順利。

畢業後在中國廣播電視年鑒社的工作是舒心和快樂的，感謝編輯部的所有同仁，在平凡的崗位上以平和的心態認眞而努力的工作著，這樣的忙碌，讓人踏實，讓人樂觀，讓人願意爲之付出。

這本書要獻給我的父母和我的妻子，我時時刻刻都在感受著你們給我的愛，這種默默的鼓勵讓我可以永遠相信未來。願你們永遠健康，願我們永遠在一起。

2009 年 2 月 19 日